판토미나

판토미나

17, 18세기 영국 여성 작가 선집

FANTOMINA

마거릿 캐번디시
애프라 벤
일라이자 헤이우드
지음

민은경 · 최유정
옮김

문학동네

차례

마거릿 캐번디시
Margaret Cavendish

계약
The Contract(1656)

순결의 수난
Assaulted and Pursued Chastity(1656)

마거릿 캐번디시(1623~1673)

영국 에식스 지방 출생. 크롬웰의 공화정기와 찰스 2세의 왕정복고기에 활동한 작가, 철학자, 과학자. 『불타는 세계*The Blazing World*』(1666)의 '독자에게 전하는 말'에서 캐번디시는 자신이 세상에서 가장 야망 있는 여성이라고 주장하며 "헨리 5세, 찰스 2세가 될 수 없다면, 마거릿 1세가 되겠다"는 유명한 말을 남겼다. 부유한 젠트리 가문이자 왕당파 가문 출신으로 1642년 영국에서 왕당파와 의회파의 내전이 발발하고 찰스 1세가 사형당하자 왕비 헨리에타 마리아의 시녀가 되어 프랑스 파리로 망명했다. 1645년 서른 살 연상인 윌리엄 캐번디시(뉴캐슬 후작)와 결혼했고, 예술에 조예가 깊은 남편의 독려와 도움으로 집필과 출판 활동을 활발히 했다. 1653년부터 시, 소설, 희곡, 철학, 과학 등 다양한 장르를 넘나들며 글을 썼고, 열두 권이 넘는 책을 출판했다. 1660년에 찰스 2세가 왕위에 오르고 군주제가 부활하자 남편과 함께 영국으로 돌아왔다. 대표작인 희곡 『쾌락의 수녀원*The Convent of Pleasure*』(1668)에서 결혼을 거부하는 여성들을 위한 유토피아를 제안하며 당대의 젠더 담론을 비판했고, 초기 공상과학소설로 불리는 『불타는 세계』에서는 자신의 독특한 자연철학관을 로맨스와 여성군주론과 결합시킨 판타지를 선보였다. 과학 발전을 위해 1660년에 설립된 왕립학회를 1667년 여성 최초로 방문해, 당시로는 드물게 여성도 지식 공론장에 참여할 수 있음을 보여주었다.

계약

결혼한 지 꽤 된 고귀한 신사 한 명이 살고 있었는데, 아내가 내내 아이를 낳지 못했다. 그러다 결국 아내가 죽음을 맞이하자 주변 친구들이 재혼하라고 재촉했다. 신사에게 남동생 한 명이 있었지만, 동생의 자식들도 세상을 떠났고 제수가 아기를 다시 가질 가능성이 희박했기 때문이다.* 신사는 품행이 단정한 젊은 여성을 아내로 맞이했고 일 년 후 임신 소식이 들려오자 다들 크게 기뻐했다. 그러나 그녀는 딸을 낳자마자 세상을 뜨고 말았다. 둘째 아내를 여읜 슬픔을 견디지 못하고 비탄에 빠져버린 신사 역시 얼마 지나지 않아 막대한 재산을 모두 어린 딸에게 물려준 후 죽고 말았다. 어린 딸을 거두고 보살피는 일은 동생의 몫이 되었다. 동생은 장례식이 끝난 뒤 아이를 집으로 데려갔고 그의 아내는 아이를 정성껏 키웠다. 가문의 유일한 자손인 조카딸은 시간이 지날수록 점점 더 애틋하고 사랑스러운 존재가 되어 그에게 크나큰 위안과 기쁨을 주었다.

조카딸을 얻은 신사가 살던 지방을 호령하던 신분 높은 공작은 사냥할 때면 신사를 찾아와 아침식사를 같이하곤 했다. 이렇게 만남을 이어가면서 그들 사이에 우정이 무럭무럭 자랐다. 신사는 공작에게 훌륭한 말벗이었다. 교양이 풍부하고 젊은 시절 세상을 두루 여행해 식견이 높은데다, 전쟁에 나가 무수한 전투를 치른 사람치고 궁정 예법에 밝았기 때문이다. 게다가 그는 매우 사교적이었다. 말도 참 잘했고, 세속에서 물러나 조용히 살면서 학문에 열심이었던 터라 박식했다. 공작은 자연스럽게 그와 함께 시간을 보내는 일을 무척 즐기게 되었다. 사실 또다른 이유도 있었다. 아들만 둘 둔 공작은, 이 신사의 조카딸이 아버지에게 큰 재산을 이미 물려받은데다 작은아버지의 재산 또한 물려받으리란 사실을 알게 되자 둘째 아들을 신사의 조카딸과 꼭 결혼시켜야겠다고 마음먹었다.* 신사는 비록 지체 높은 가문의 자제라고 하지만 공작의 둘째 아들과 조카딸을 결혼시키는 일이 내키지 않았다. 그러나 결국 공작의 끈질긴 설득에 넘어가버렸다. 다만 조카딸이 일곱 살도 채 안되었으니 훗날 결혼할 나이가 되면 그때 결혼시키겠다고 말했다. 얼마 뒤 공작은 건강이 매우 나빠져 살날이 얼마 남지 않았다는 사실을 알게 됐다. 그는 신사와 그의 조카딸에게 마지막 인사를 하면서 조카딸을 자기 둘째 아들과 결혼시키는 데 동의해달라고 부탁했다. 그러자 신사는 조카딸이 결혼에 동의할 수 있는 나이가 되면 기꺼이 그리하겠다고 답했다.

공작이 말했다. 그때까지 기다리지 말고 두 사람을 하루속히 맺어줌시다. 젊은이란 거칠고 변화무쌍하고 변덕스러운 법 아닙니까. 내가 죽고 나면 아들은 자기 마음대로 행동하려고 할 수도 있습니다. 공작은 이미 성년이 된 아들에게 아직 어린아이에 불과한 신사의 조카딸과 결혼할 생각이 전혀 없다는 사실을 잘 알고 있었다. 공작이 아들을 그토록 결혼시키고 싶어하자 신사는 결국 승낙했다.

공작은 아들을 조용히 부르더니, 죽기 전에 결혼하는 모습을 꼭 보고 싶다고 말했다.

아들은 어린 여자아이와 아무런 애정도 없는 결혼을 하라고 강요하지 말아달라고 빌었다.

그 아이에게는 막대한 재산이 있고 그 재산은 계속 쌓여서 앞으로 더욱 불어날 거라고 공작이 말했다. 게다가 그 아이를 자식처럼 사랑하는 작은아버지의 유산도 물려받을 듯하니, 성인이 되면 재산을 탐내는 구혼자가 구름처럼 몰려들 거라고 했다. 그러니까 네가 그때 가서 청혼하면 성공을 장담할 수 없을 거다.

아들은 그 여자아이를 사랑하지 않는다고, 그러니 신붓감에게 아무리 큰 재산이 있다 하더라도 행복하지 않을 거라고 답했다. 이 말을 들은 공작은 격분했다. 공작은 아들에게 자기 말을 듣지 않는다면 자신은 이승을 결코 편히 떠나지 못하고, 괴로워하면서 죽음을 맞이하게 될 거라고 호통쳤다.

그러자 아들은 임종을 앞둔 아버지를 위해 결혼에 동의하는 척했다. 두세 명의 증인이 지켜보는 가운데, 신부는 마침내 공작의 아들과 신사의 조카딸을 가능한 한 단단하게 계약으로 맺어줬다.*

불만에 찬 아들은 아버지가 사망하자마자 전쟁터로 나가버렸다. 그러나 얼마 지나지 않아 형 역시 사망하는 바람에 집으로 다시 불려왔고 집안의 유일한 후계자로서 공작 작위와 재산을 한꺼번에 물려받게 되었다. 당시 그는 어린 아내를 찾지도 않고 안부를 전하지도 않고 있었다. 왜냐하면 젊고 아름다운 어느 귀족 부인과 열렬한 사랑에 빠져 있었기 때문이다. 그가 사랑한 여인은 매우 부유하지만 나이가 많은 남편을 둔 탓에 젊은 정부들의 유혹에 쉽게 넘어가곤 했다. 부인은 그중이 젊은 공작에게 특히 끌렸고 공작의 열정적 사랑에 열렬히 화답했다. 그럴 만도 했던 게, 공작은 매우 잘생긴데다 위트가 넘쳤고, 활동적이고 용맹하면서도 관대하고 부드러운 성격을 지닌, 매너가 훌륭한 남자였기 때문이다. 가문도 좋고 교육도 잘 받고 운도 타고났으니, 한마디로 방탕에 빠지지만 않았더라면 당대의 으뜸가는 남성으로 칭송받았을 것이다.

공작이 조카딸을 버리고 다른 여성에게 사랑을 바치는 꼴을 지켜본 신사는 조카딸이 훗날 공작의 사랑을 되찾아오길 바라며 더욱 정성껏 보살피고 교육했다. 공작과 결혼계약을 맺기 전에도 이미 조카딸 교육에 각별한 노력을 기울였던 터였다. 조카딸은 네 살 정도가 되었을 때부터 자기 나이에 어울리게 노래하고 춤추는 법을 배웠고, 신사는 조카딸이 나이들면서 더욱 자연스럽고 완벽하게 춤출 수 있길 바랐다. 조카딸이 일곱 살이 되었을 때부터는 책을 골라주고 읽도록 했다. 로맨스처럼 하찮은 책은 절대 주지 않고* 도덕철학서부터 읽게 했다. 사랑밖에 모르는 여성이 아닌 현명한 여성으로 성장하라는 뜻에서였다. 욕망을 절제하고 감정을 다스릴 줄 아는, 미덕이 마음속 깊이 뿌리내린 여인이 되도록 교육했다. 그다음에는 역사서를 읽게 했는데, 이는 이전 세대가 경험한 행운과 불행, 그들이 저지른 과오와 놓친 기회, 인간의 기질과 성향, 여러 나라의 법과 풍습, 흥망성쇠, 전쟁과 조약 등을 배움으로써 간접적으로 인생을 경험하게 하고자 함이었다.

조카딸이 역사를 다 깨우친 후에는 제일가는 시인들의 작품을 읽게 했는데, 이는 시적 상상력에 즐거워하고 시인의 재치를 즐기는 능력을 길러주기 위해서였다. 조카딸은 시를 읽는 데 그치지 않고 그날 읽은 시를 저녁에 낭송하고 나서야 잠자리에 들곤 했다. 조카딸이 이해하지 못하는 어려운 부분이 생기면 신사는 직접 설명해주면서 내용을 모두 이해하도록 가르쳤다. 조카딸은 다른 어린아이들처럼 놀 시간이 없었고 늘 공부하느라 바빴다.

신사가 조카딸을 교육하는 일을 유일한 임무이자 소일거리로 삼을 수 있었던 이유는 그가 가족도 몇 안 되고 왕래하는 사람도 매우 적어 수도승처럼 조용하고 은둔하는 삶을 살았기 때문이다.

조카딸이 열세 살쯤 되자 공작이 연애하던 여성과 결혼했다는 소식이 들려왔다. 남편이 늙어서 세상을 곧 떠날 거라며 공작에게 결혼 약속을 받아낸 그녀는 과부가 되어 큰 재산을 물려받자마자 그 약속을 지키라고 요구했다. 사실 공작은 결혼이 내키지 않았다. 세상의 쾌락을 맛본 남성은 아내를 장애물이요 짐으로 여기는 법이다. 그렇다고 해서 과부와 결혼하지 않으려고 자신이 예전에 이미 결혼계약을 한 몸이라는 핑계를 댈 생각을 하진 않았다. 공작은 아버지가 사망한 직후 이미 소녀를 아내로 인정하지 않겠다고 결정한 터였다. 여자아이가 그때 워낙 어렸기에 그 계약은 무효라고 굳게 믿었기 때문이다. 과부는 남편이 죽은 후 공작과 거리를 두는 방식으로 그를 자극했고, 그 술책에 넘어간 공작은 결국 그녀와 결혼했다.* 신사는 이 소식에 매우 낙담했다. 그가 상심하고 우울해하자 조카딸이 그 이유를 물었다.

그는 조카딸에게 사실대로 말했다. 그게 유일한 이유인가요? 그녀가 물었다. 그렇단다. 너도 속상하지 않니. 그녀가 질문에 답했다. 아니요. 제가 하늘의 뜻에 반하는 나쁜 죄를 범해서 버림받은 것도 아니고, 정숙하지 못한 행동이나 못된 짓을 해서 버림받은 것도 아니고, 자연의 섭리에 반하는 일을 해서 버림받은 것도 아니잖아요. 만약 그런 이유로 버려졌다 해도 저는 그분을 잃었다는 사실보다 그분을 잃은 이유에 대해 속상해해야겠지요. 명예롭지 못한 행실 때문에 세상 모든 사람의 비난을 응당 받게 될 테니까요. 그렇지만 저는 결백하니까 세상 사람들 앞에 한 치의 부끄러움 없이 얼굴을 들 수 있어요. 게다가 저를 사랑하지 않는 분과 행복할 것 같지 않아요. 그러니 작은아버지, 우울해하지 마세요. 행운이다, 혹은 운명이다, 이렇게 생각해주세요. 행운이라면 감사하게 여겨야 하겠고, 운명이라면 어차피 피할 수 없는 일이지요. 제 유일한 소원은 오직 작은아버지가 오래오래 사시는 것뿐이에요. 작은아버지만 제 곁에 계셔주시면 남편은 전혀 필요하지 않아요. 남편 없이 사는 것을 오히려 복이라 여기고 신들께 감사드리겠습니다.

그가 말했다. 애야, 그 공작은 형을 잃었고, 따라서 이 나라에서 네가 선택할 수 있는 남자 중 신분이 가장 높고 재산도 제일 많은 사람이란다. 이렇게 정숙하고 아름다운 네가, 게다가 재산도 많고 교육도 잘 받은 네가, 공작보다 신분이 낮은 사람과 맺어지는 걸 나는 원치 않는다. 네가 여태껏 해온 대로, 그대로만 잘 자라준다면, 몇 년 후에는 온 세상을 다스리는 황제도 탐낼 신붓감이 될 거란다.

작은아버지, 저를 과연 제대로 평가하고 계시는지 모르겠네요. 혹시 저를 너무 사랑하는 나머지 과대평가하시는 건 아닐까요. 제게 미덕이 있다면 미덕은 그 자체로 보상이고, 미모가 있다면 그것은 자연이 선사한, 그렇지만 앞으로 빛바랠 선물 아니겠어요. 제 미모에 반해 저와 사랑에 빠진 사람이라면 제가 늙고 추해지면 저를 미워할 거예요. 끝으로, 작은아버지 말씀대로 제가 큰 재산을 물려받을 거라면, 그 재산을 제 마음대로 처분할 수 있는 것만큼 큰 행복이 또 있겠어요? 작은아버지가 저를 훌륭하게 교육해주셨으니 저는 어떤 상황에서도 행복할 수 있어요. 저는 제가 가진 것에 만족하고, 그것이야말로 마음의 평안과 행복이라고 생각합니다.

하지만 네가 만약 그를 사랑했다면 지금처럼 괜찮다고 말할 수 있었겠니? 사랑 앞에서는 교육도 무용지물이란다.

다스릴 수 없는 열정 때문에 고통을 겪지 않게 해달라고 신들께 기도드려야겠습니다. 얼마 후 조카딸이 물었다. 그분은 어떤 남자인가요? 그때 너무 어려서 기억이 안 나요.

그럭저럭 괜찮게 생긴 사람이다.

겉모습이 괜찮은 사람인가보죠. 성품과 기질은 어떤가요?

방탕하고 사치스러운 사람이다.

그렇다면 하늘이 저를 그분으로부터 구했군요.

신사가 말했다. 네 결혼이 내 뜻대로 되지 않았으니 나는 너를 이 시대의 혜성으로 만들 것이다. 너는 여기서 숨어 지내며 교육받느라 들은 것도 본 것도 많지 않고 아는 것도 많지 않으니, 네게 더 많은 것을 가르치기 위해 너를 도시로 데려가야겠다. 그렇지만 앞으로 이삼 년 동안 너는 모습을 드러내면 안 된다. 네 얼굴을 보면 네가 누구인지 알아낼 수 있으니 항상 베일을 쓰고 다녀야 해. 우리는 누구와도 접촉하거나 만나지 않을 거야. 그 상태에서 최대한 많은 것을 관찰하고 보고 듣자.

조카딸이 말했다. 작은아버지의 뜻에 순종하겠습니다. 저는 작은 배와 같으니 작은아버지께서 조종해주셔야 안전하고 빠르게 바다를 건널 수 있어요. 작은아버지께서 옆에 계셔주신다면, 번잡한 대도시라는 세상에서 가장 깊고 위험한 바다에 배를 띄우는 일이 두렵지 않을 거예요.

신사와 조카딸은 필요한 준비를 간단하게 마치고는 믿을 만한 하인 몇 명만 데리고 바로 길을 나섰다. 도시에 마련해놓은 거처에 도착한 후 짐을 풀었다. 며칠 쉬고 난 다음 신사는 어떤 강연이 있는지 수소문했고 하루에 한두 번씩 조카딸과 함께 강연을 들으러 다녔다. 모르는 것을 배우는 일만큼이나 이미 배운 것을 잊지 않는 일이 중요하다고 생각한 신사는 조카딸이 춤과 노래를 다 연습할 때까지 늘 기다려준 뒤에 같이 외출했다. 예전에는 알지 못했던 자연철학 강연을 듣고 조카딸은 매우 재미있어하며 이런저런 사색에 빠졌다. 그 외에도 의학, 화학, 음악 강연이 있을 때마다 두 사람은 같이 가서 들었다. 법원에 찾아가 법관들이 중대한 판결을 내리는 모습을 함께 지켜보고 작은 법정에서 변호사들이 각자의 사건을 변호하고 다투는 모습도 함께 관람했다. 조카딸은 늘 얼굴을 베일과 스카프로 철저히 가리고 다녔다. 궁정이나 연회에 발을 들이지도 가면극이나 연극을 보러 다니지도 않았다. 신사는 강연자의 목소리가 잘 들리는 조용한 구석자리를 미리 맡아놓고, 강연이 끝난 후에는 숙소로 돌아가 조카딸에게 강연 내용을 설명하고 강연자의 주장 중 어떤 점이 고대 작가와 다른지 알려주었다. 강연자의 학설에 대한 자신의 견해를 밝히고 나서는 조카딸의 의견을 물었다. 이렇게 이 년이 흘렀다.*

학식이 깊어가는 동안 조카딸은 점점 더 아름다워졌다. 그 누구에게도 조카딸을 보여주지 않은 신사는 그녀가 열여섯 살이 되자 드디어 세상에 공개해야겠다고 결심했다. 젊음이란 그 자체로 매력적이지만, 아름다움과 미덕을 겸비한 젊음은 더욱 경탄을 불러일으킨다는 것을 그는 잘 알고 있었다. 신사는 진지한 성품을 지닌 조카딸이 새로운 문물에 쉽게 혹하는 성격이 아니라는 사실을 잘 알면서도 젊은이들 마음이 변덕스럽고 믿음직스럽지 못하다는 생각에 그녀를 추궁해보았다.

신사는 조카딸에게 도시의 거리를 지나다니면서, 여러 귀족 신사와 숙녀가 화려한 옷을 입고 멋진 금빛 마차를 타고 다니는 모습과 젊은 청년들이 자수로 장식한 마구를 입힌, 춤추듯 움직이는 아름다운 말을 타고 승마를 즐기는 모습을 보고 무슨 생각을 했는지 물었다.

그녀는 도시인들 모습이 멋지더라고 대답하며, 사람들의 차림새는 기발한 재치를 발휘해 꾸미고 장식한 결혼식장 같고, 사람들의 미모는 자연이 붓으로 그린 진귀한 꽃같이 아름답더라고 말했다. 하지만 저는 그 사람들을 제대로 만난 적이 없으니, 선량한 사람들인지는 모르겠더라고요. 그러다보니 지나가면서 보기에 멋지긴 해도 진짜 살아 움직이는 사람들 같지 않았어요. 같이 있고 싶은 마음도 안 생기고, 잠깐 보는 것으로 족해요. 그 사람들은 그저 움직이는 조각상 같아요.

조카딸의 대답에 만족해하며 그가 말했다. 그렇구나. 궁정에서 가면극이 열릴 예정이라는데 들어갈 수만 있다면 구경시켜주고 싶구나. 나야 다 늙어 춤도 추지 못하고 무도회에 어울리지 않지만 네가 무도회에서 어떻게 처신하는지 구석에서 지켜보고 싶기도 하고.

가면극이 무엇인가요?* 그녀가 물었다.

가면극을 하는 곳에 가면 물감으로 칠한 무대에 시인들이 노래한 천당과 지옥, 신과 악마, 해와 달, 구름과 별이 그려져 있단다. 도시나 성, 바다, 물고기, 바위, 산, 동물, 새 등 시인이나 화가나 감독이 원하는 것이라면 뭐든지 무대에 재현할 수 있지. 그리고 배우들이 등장해서 대사를 읊고, 음악소리가 울려퍼진단다. 가면극이 끝날 즈음 귀족 신사들과 숙녀들이 마치 구름을 타고 내려오는 듯한 장면이 펼쳐진단다. 그러면 무도회가 시작되지. 무도회에서는 모두가 춤추는데, 누구나 자기 맘에 드는 사람을 골라 춤춘단다. 춤을 추지 않는 경우도 있긴 해. 어떤 남자가 여자에게 춤을 청했는데 여자가 춤을 추지 못하거나 안 추고 싶은 상황이라고 치자. 국왕이나 왕비, 혹은 거기서 신분이 제일 높은 귀족이 무도회에 참석한 경우라면 우선 그를 바라보며 허리를 살짝 굽혀 절하고, 만약 참석하지 않았다면 무도회장 앞쪽을 바라보고 절하면 돼. 그러고는 몸을 돌려 춤을 청한 남자에게 절을 하고. 그러면 그 남자는 다른 여자를 찾거나, 여자가 원하는 다른 상대에게 데려다주는 법이다. 반대로, 여자가 남자를 데려다준 다음 자기 자리로 돌아갈 수도 있지. 춤추고 싶지 않은 남자들도 이대로 똑같이 하면 된단다. 다들 이런 식으로 예의를 갖춰 춤을 추는 거야. 도시에서 제일가는 젊은이들이 모두 몰려와 이 광경을 구경하고 또 자신을 뽐내고 싶어하지. 젊은이가 아니더라도 마음이 젊은, 멋진 옷과 볼거리를 좋아하는 사람이라면 모두 좋아하는 곳이란다. 춤이 한창일 때 무도회장에 얼마나 많은 양초를 켜놓는지 네가 알 리 없지. 마치 해가 떠 있는 것 같단다. 수많은 양초가 뿜어내는 빛이 태양의 금빛 줄기만큼이나 황홀한 장관을 이룬단다.

그렇게 지체 높고 아름답고 화려한 사람들이 모인 곳은 저와 영 어울리지 않을 것 같아요. 전 거기서 얼마나 궁상맞아 보일까요. 작은아버지와 함께 구석에 숨어 있을래요. 거기서 어떻게 행동해야 할지 몰라 너무 당황하고 부끄러워할 것 같네요. 이 나라에서 가장 화려한 사람들이나 갈 수 있는 그런 자리에서 저같이 집에 틀어박혀 지낸 아이는 정말 보잘것없어 보일 거예요.

네가 무엇을 부끄러워한다는 말이냐? 그가 물었다. 네가 물건을 훔치기라도 했느냐? 아니면 누군가의 명예를 더럽혔느냐? 간통이라도 했느냐? 너는 간통이 무슨 뜻인지도 모르지. 누굴 죽이거나 배신한 적 있느냐? 반역죄를 저질렀느냐? 대체 뭐가 부끄럽다는 말이냐?

그런 끔찍한 죄를 저지르지는 않았지만, 모르는 게 너무 많으니 실수할까봐 무섭고 사람들의 눈총을 받을까봐 두려워요.

저런, 나는 네가 실수하지 않길 바라지만 설령 실수를 한다 해도 사람들은 네가 어려서 그랬다고 생각할 거다. 그러니 자신감을 가져야 해. 나는 네가 꼭 무도회에 갔으면 한다. 좋은 옷을 입고 갔으면 싶구나. 잘 차려입고 가도록 재봉사를 불러야겠다.

작은아버지, 그녀가 말했다. 거리를 걸어다니면서 다른 숙녀들이 어떤 옷을 입는지 유심히 살펴보았어요. 제가 원하는 옷을 지어 입고 싶습니다. 한 번만 갈 게 아니라면 이번엔 지나치게 화려한 옷을 입고 싶지 않아요. 제가 처음부터 화려한 옷을 입고 나타나면 사람들이 다음번에 저를 보고 실망할지도 모르니까요. 그랬다간 애써 사놓은 호감을 바로 잃는 모양새가 되겠죠. 용맹스럽게 공격한 다음에 비겁하게 후퇴하는 기사처럼 말이에요. 제가 주목받기를 바라신다면, 점차 더 좋은 평가를 받을 수 있게 이번에는 적당히 차려입고 가게 해주세요.

나는 옷에 대해서는 아무것도 모르니 원하는 대로 하려무나. 사실 너는 꾸밀 필요도 없어. 이미 눈부시게 예쁘니 말이다. 옷을 걱정할 게 아니라 이사를 가야겠다. 우리집이라고 알리기에는 이 처소가 너무 소박하니 집사를 시켜 더 큰 곳을 구하고 격식 있게 꾸미자. 네가 탈 만한 좋은 마차도 장만하고 하인도 더 고용하마. 네 시중을 들 하녀도 구하고. 너는 큰 재산을 물려받았으니 그에 걸맞은 생활을 하고 사람들과 어울려라. 하지만 내가 직접 초대한 남자들 외에는 남자 손님을 받지 않을 거야. 남자의 관심을 조금이라도 부추길 생각은 없단다.

조카딸이 말했다. 작은아버지가 명하시는 바를 충실히 따르겠습니다.

신사가 자리를 뜨자 그녀는 생각에 잠겼다. 작은아버지는 왜 나를 세상에 공개하시려는 걸까? 설마 남편을 구하려는 뜻은 아니겠지? 오, 신이시여, 저는 결혼할 생각이 없으니 작은아버지의 뜻이 이루어지지 않게 하소서. 하지만 지혜롭고 다정한 작은아버지는 늘 내 행복만을 위하시지. 그러니 여러 생각 말고 따르자. 작은아버지의 뜻을 의심하다니 부끄럽구나. 자, 어떤 옷을 입고 갈까? 작은아버지는 내가 예쁘다고 말씀하셨지만 나를 편애하니 그러신 거겠지. 다른 사람들도 과연 그렇게 생각할지 궁금해. 그러니 검은색 옷을 입고 가야겠다. 색이 요란한 옷을 입고 가면 내가 입은 옷 때문에 사람들이 나를 쳐다보는지, 내가 예뻐서 쳐다보는지 알 수 없을 테니까. 내가 진짜 예쁜지 알고 싶어. 진정한 아름다움이 무엇인지 난 모르니까 내 눈이 아니라 다른 사람들의 눈을 빌려 판단해야겠어. 하지만 남들이 나를 예쁘게 봐준들 그게 무슨 소용이지? 미인이라고 감탄한들 그게 무슨 의미지? 모든 사람이 나를 쳐다본다고 해서 내가 더 똑똑하고, 위트 넘치고, 현명한 사람이 되는 건 아니잖아? 남이 먹는다고 내 배가 채워지나? 남이 잔다고 내 몸이 편안해지나? 남의 눈으로는 볼 수도 없고, 남의 귀로는 들을 수도 없어. 그러니까 사람들이 나에게 던지는 시선이 나에게 지혜나 진리를 가져다줄 수는 없어. 게다가 난 애인을 만들거나 잡고 싶은 마음이 전혀 없어. 난 남자에게 원한이 있는 사람이잖아. 남자는 내 적이잖아. 오, 신이시여, 한 남자가 계약을 어기고 저를 헌신짝처럼 버렸다고 해서 모든 남자에게 원한을 품는 것이 죄라면 저를 부디 용서해주소서.

하지만 나한테 경쟁심이 있는 건 사실이야. 공작부인이 아주 아름답다고 하던데, 사람들이 내가 그 부인보다 더 아름답다고 말해주면 좋겠어. 공작은 나를 버리고 그 부인을 택했는데, 세상 사람들한테 그녀가 더 예뻐서 선택받았다는 말을 듣고 싶지는 않아. 공작부인을 시기하거나 그녀가 가진 걸 탐하는 건 아니지만, 그녀가 행복하길 바라지만, 그렇다고 해서 내가 불행해짐으로써 그녀가 행복해졌다는 말을 듣고 싶진 않아. 자선은 집에서 시작된다는 말도 있잖아. 자기 자신을 위할 줄 모르는, 자신에게 가혹하게 구는 사람이 남에게 자비롭고 정의로운 사람이 될 수 있을까? 아, 그런데 지금 난 도대체 무슨 생각을 하고 있는 거지? 엉뚱한 길에 들어선 것 같아. 경쟁심은 질투와 분명 다른 건데, 지금 난 질투하고 있는 것 같아.

여하튼, 작은아버지께서 원하시니 무도회에 갈 수밖에 없겠구나. 그곳은 허영심의 전쟁이 벌어지고 큐피드가 왕림하는 곳이지. 총알이 귀를 스치는 전장에 처음 선 어린 병사처럼 숫기 없이 고개만 숙이게 될까봐 두려워. 오, 확신의 신이시여, 부디 저를 도와주소서. 그녀는 무도회에 가는 그날까지 연습을 거듭해 준비된 모습으로 나가기로 결심했다.

이삼일 후 가면극 날이 밝았다. 그녀가 준비를 마치자 작은아버지가 데리러 왔다. 그는 온통 검은 옷을 입은 조카딸을 보고 물었다.

아니, 왜 그렇게 온통 검은 옷을 입었니?

제 처지가 젊은 과부와 같아서요. 남편을 잃었으니 검은 옷을 입었어요.

참으로 너에게 어울리는 복장이구나. 마치 어두운 구름을 뚫고 환하게 솟아나는 태양을 보는 듯해. 무도회장에 들어가기 전에는 베일을 써라. 그전에는 아무도 너를 볼 수 없게. 무도회가 끝나면 모여 있는 사람들이 무리 지어 같이 움직일 거야. 그럼 그때 망토를 머리에 쓰고 거기서 재빨리, 조용히 빠져나와라. 우리가 더 번듯한 곳으로 이사가기 전까지는 네 신분이 밝혀지면 안 된다.

두 사람은 궁정으로 향했다. 무도회장 입구 주변에 사람들이 벌떼처럼 몰려들어 웅성이고 있었다. 보초병들이 사람들을 밀쳐내는 동안 여자들은 비명을 지르고 남자들은 욕을 내뱉었다. 입구를 막아선 보초병들과 들어가겠다고 아우성치는 사람들 사이에 벌어지는 대혼란을 보고 그녀는 겁이 덜컥 났다.

세상에, 작은아버지, 이게 무슨 소란인가요? 집으로 돌아갈까봐요. 왜 이 고생을 사서 하나요?

애야, 그가 답했다. 전쟁터와 궁정은 늘 시끄럽단다. 높은 사람들이 있는 곳에서는 늘 천둥이 치기 때문에 아랫사람들은 경이와 공포에 사로잡히기 마련이다. 시인들도 말하지 않니, 두렵고 감탄하는 마음이 결국 신을 만든다고.

사람들이 들어가기 위해 이런 모욕과 고생을 마다하지 않는 걸 보니 가면극이 정말 볼 만한가보죠. 작은아버지, 그래도 이 사람들이 모두 들어갈 때까지 기다리시지요.

사람들이 다 들어갈 때까지 기다리면 무도회가 끝날 때까지 못 들어갈 거야. 들어간 사람들이 나올 시간이 될 때까지 밖에서는 들어가려고 아우성을 치고 있을 테니까.

입구에 다다르자 신사가 보초병에게 말했다. 이 젊은 아가씨가 가면극을 볼 수 있게 들여보내주시오.

이제 자리가 없소. 아가씨들이 이미 너무 많이 들어갔어요. 총독님과 귀족들이 감당하기 어려울 정도로 말이죠.

이 친구 너무 완강하군, 신사가 속으로 생각했다. 그러고는 조카딸에게 말했다. 어쩔 수 없구나. 베일을 벗어 보초병에게 네 얼굴을 보여라. 일단 벼슬을 하나 차지한 사람은, 그게 고작 두 시간짜리 벼슬이라 해도 권세를 부리기 마련이다. 이 한 마리 잡는 일을 하고 있어도 마찬가지야. 네가 설득해보아라.

베일을 벗고 그녀가 보초병에게 말했다. 실례가 되지 않는다면 저희를 들여보내주세요.

보초병이 답했다. 아가씨의 얼굴을 보니 들여보내지 않을 수 없군요. 그런데 가만, 아가씨 얼굴을 다시 보니, 절대 들여보내면 안 되겠어요.

왜요? 그녀가 물었다.

아가씨는 화가와 시인을 골탕 먹이게 생겼어요. 시인은 가면극을 보러 온 관객의 귀를, 화가는 관객의 눈을 즐겁게 해야 하는데, 당신의 미모는 사람들의 눈과 귀를 멀게 할 겁니다. 당신을 들여보내면 모든 아가씨가 저를 저주하게 생겼어요.

당신을 저주받게 하느니 돌아가겠습니다.

아니에요, 아가씨. 당신을 되돌려보낼 힘이 제게는 없군요. 어서 들어가십시오.

이 신사분이 저와 동행하십니다.

저는 당신이 원하시는 그 누구도 가로막을 수 없습니다. 천사가 나타났으니 복종할 수밖에요.

도착해보니 무도회장이 꽉 찬 상태였다. 자, 이제 네가 알아서 해보거라. 신사는 말을 건네기 무섭게 무리 속으로 사라져버렸다.

가면극이 곧 시작할 예정이니 착석해달라는 안내가 나오자 사람들은 지인이 미리 맡아놓은, 혹은 자신이 골라놓은 의자에 서둘러 앉았다. 그러나 경험이 없는 그녀는 사람들이 의자를 차지하려고 서로 밀고 당기는 모습을 보면서도 그 사이를 비집고 들어갈 생각을 하지 못하고 어쩔 줄 모른 채 서 있었다. 사람들이 모두 앉자 그녀의 눈부신 자태가 한순간에 드러났다. 마치 그녀 앞을 가리고 있던 커튼이 걷힌 듯했다. 그 모습을 보고 모두들 너무 놀란 나머지 꼼짝도 못하고 앉아 있었다. 잠시 후 숙녀들을 더 잘 관찰하려고 반대쪽에 자리잡은 신사들이 일어나더니 서로 자리를 양보하겠다고 아우성쳤다. 그러자 총독이 나섰다. 그는 모두 착석하라고 지시한 후 그녀를 위한 의자를 가져오라고 명령했다. 그녀가 앉은 뒤에야 비로소 가면극이 시작되었다. 하지만 무대를 바라보는 이는 별로 없었다. 사람들은 가면극이 아니라 그녀를 구경하느라 바빴고 특히 총독과 공작은 그녀의 얼굴에서 잠시도 시선을 떼지 못했다.

가면 쓴 여배우들이 무대에서 내려와 춤을 추기 시작했다. 그중 신분이 제일 높은 여성은 아내를 여읜 총독의 외동딸*이었다. 숙녀들이 마음에 드는 신사를 택해 같이 춤추고 나서 자리에 앉자 신분 높은 신사 한 명이 한 숙녀를 택했고 이어서 여러 커플이 같이 춤췄다. 그녀의 미모에 이끌린 공작이 다가오더니 춤을 청했다. 그도 그녀가 누군지 몰랐고 그녀 역시 그가 누군지 전혀 몰랐다. 그녀가 춤추는 모습은 너무나 사랑스러웠다. 자연스럽고 자유로운 몸짓에는 타고난 품위가 배어 있었고, 진지한 얼굴을 하고 있지만 그 모습이 몹시 겸손하고 사랑스러웠다. 탁월한 춤 솜씨를 선보이며 음악의 박자에 맞춰 몸을 부드럽고 편하게, 차분하게 움직이는 그녀를 보고 모두가 경탄했다.

총독은 그녀가 어디에 사는 누구인지, 어디서 왔는지 알아보라고 아랫사람을 보냈지만 아무것도 알아내지 못했다. 무도회가 끝나자 다들 그녀가 어디 있는지, 누구인지 알고 싶어했지만, 그녀는 이미 조용히 모습을 감춘 뒤였다. 사람들은 환영이 갑자기 나타났다가 사라졌다고, 하늘에서 천사가 내려왔다고 아우성쳤다. 그녀는 작은아버지의 분부대로 춤이 끝나자마자 얼굴을 꽁꽁 싸매고 재빨리 무도회장을 빠져나왔다. 둘은 집으로 돌아갔다. 신사는 조카딸의 미모가 숱한 남자의 가슴에 불을 지른 광경을 보고 흡족하기 그지없었다. 집에 가면서 그녀가 물었다. 작은아버지, 무도회에 공작과 공작부인도 있었나요?

모르겠구나. 네가 어떻게 처신하는지 살피느라 그 장소에 누가 왔는지 제대로 생각하지도, 보지도 못했구나.

저한테 첫번째 춤을 청한 사람은 누구였나요?

그것도 영 모르겠다. 나는 너를 지켜보느라, 네가 사람들 앞에서 혹시라도 춤을 잘못 출까봐 얼마나 가슴 졸였는지 모른다. 네 걱정을 하느라, 네가 잘 추는 모습을 보고 기뻐하느라 온통 정신이 팔려 너와 춤춘 남자가 어떻게 움직이는지, 그가 누구인지 생각할 겨를이 전혀 없었구나. 그렇지만 이제 안심할 수 있게 되었으니 다음에 가면 제대로 살펴보마. 최대한 많은 것을 알아내 너에게 말해주마. 이렇게 이야기를 나누며 두 사람은 집으로 돌아갔다.

하지만 처음 본 그녀의 미모에 마음을 온통 빼앗긴 남자들, 특히 총독과 공작에게 그녀의 미모는 고통 그 자체였다. 그녀 생각에 가슴이 답답하고 아파서 쉬지도 못할 지경이었다. 스스로 알아차리지는 못했지만, 그녀 역시 무도회에서 상처를 입은 터였다. 깊이 잠들지 못했고, 잠들어도 계속 꿈을 꾸느라 정신은 잠들지 못하고 몸만 잤다. 그나마 그녀는 조금이라도 잤다. 그녀에게 푹 빠진 남자들은 몸도, 정신도 잠에 들지 못했다. 아무리 노력해도 그녀가 어디에 사는 누구인지 전혀 알아낼 수 없었다. 그녀를 다시 보고자 총독은 큰 무도회를 열기로 결정했다. 호화스러운 음식을 준비하고 모든 젊은 여성을 초대했다. 총독의 마음을 읽은 신사가 조카딸에게 다시 한번 외출하자고 말했다. 그리고 두번째 무도회 이후에 새집으로 옮기자고 말했다.

작은아버지, 다른 드레스를 입어야겠어요.

네가 원하는 거라면 뭐든지 장만해주마. 보석도 사주고.

보석에 돈 쓸 필요 없어요, 작은아버지. 보석이 필요할 만큼 성대한 연회에 자주 갈 일은 없을 거예요. 궁정 사람들은 처음 본 얼굴에 열광하는 것 같아요. 새로운 무대에 환호하듯이 말이에요. 곧 저에 대한 관심을 잃어버릴 거예요.

그는 그녀가 준비할 수 있도록 자리를 떴다. 그녀는 이번에는 은실 자수로 장식된 새하얀 새틴 드레스를 입었다.

조카딸을 본 신사가 말했다. 오, 별이 총총한 하늘처럼 아름답구나. 물론 네 미모가 네 옷보다 눈부시지만 말이야. 이번에는 얼굴을 가리지 말고 가거라. 너의 아름다운 모습 앞에 길이 모두 열릴 거야. 너무 일찍 갈 필요도, 소란스러울 때 갈 필요도 없다. 사람들이 모두 자리에 앉으면 바로 그때 들어가자. 그때 네가 더욱더 빛날 거야.

그녀가 빨리 나타나지 않자 무도회에 온 신사들, 특히 공작과 총독은 그녀가 오지 않을까봐 애를 태웠다. 그녀가 들어오는 모습을 놓치지 않으려고 눈을 보초병처럼 입구에 고정하고 있던 사람들은 그녀가 작은아버지와 함께 궁정에 들어서자 마치 천상의 존재가 나타나기라도 한 듯 흠칫하며 물러서서 길을 터주었고 그녀는 그 사이로 유유히 지나갔다. 보초병들은 할말을 잃고 서 있었고 아무도 길을 가로막지 않았다. 문이란 문은 모두 그녀 앞에 스르르 열렸다. 무도회장에 도착하자 신사들은 약속이라도 한 듯 모두 일어나 그녀를 숭배하듯 몸을 숙였다. 사랑의 전율에 떨고 있던 공작은 꼼짝도 할 수 없었다. 그가 넋을 잃은 사이 총독이 그녀에게 다가갔다.

총독이 말했다. 아가씨, 자리를 준비해드려도 되겠습니까.

그녀가 답했다. 과분한 영광입니다, 총독님.

그러자 총독은 의자를 가져오게 한 뒤 옆자리에 앉았다. 모든 이의 시선이 그녀의 얼굴에 모였다. 그녀는 햇볕을 모아 불을 지피는 볼록렌즈처럼* 시선을 끌어모으는 동시에, 그 시선을 반사해 모든 이의 가슴을 뜨겁게 태웠다. 총독이라고 해서 그녀를 독차지할 수는 없었다. 몸을 가누지 못할 정도로 사랑에 떨던 공작은 무도회가 시작할 때까지 꼼짝도 못했지만, 그녀와 춤추는 영광을 누리지 못하는 것을 수치로 여기는 젊은 신사들은 앞다퉈 춤을 청했다. 그녀에게 모든 관심이 집중되자 다른 숙녀들은 쳐다볼 가치조차 없어졌고 그들이 춤을 거의 못 추는 상황이 벌어졌다.

춤을 거절했다간 모욕적이라느니 무례하다느니 교육을 잘못 받았다느니 하는 질타를 받을까봐 그 누구도 감히 거절하지 못하는 아가씨가 곧 지칠까봐 걱정된 총독은 만찬을 원래 계획했던 것보다 일찍 시작하라고 지시했다. 총독이 그렇게 지시한 데는 또다른 이유가 있었다. 총독은 춤을 추지 못하는 다른 숙녀들이 화났다는 것을 눈치챘고, 감정 상한 숙녀들의 마음을 달콤한 음식으로 풀어주고자 했다. 하지만 만찬이 시작되자 총독 역시 다른 숙녀들을 무시한 채 그녀에게 다가가 음식을 권하고 그녀의 형용할 수 없는 아름다움에 어떤 말로 찬사를 보낼지 모르겠다고 말하면서 환심을 사고자 했다.

이윽고 그는 그녀에게 어디에 묵는지, 숙소를 방문해도 되는지 물었다.

총독이 방문한다면 크나큰 영광이고 은혜일 것이라고 그녀가 답했다. 그렇지만 저는 자유로운 몸이 아니어서 허락 없이 그 누구의 방문도 받을 수 없고 그 누구도 방문할 수 없습니다.

아가씨가 그토록 순종하는 복된 분이 누군지 알려주십시오.

저와 함께 사시는 작은아버지이십니다.

작은아버님이 묵고 계시는 곳은 어디입니까?

죄송하오나 주소를 알려드릴 수 없습니다.

작은아버님이 이 자리에 안 계신가요, 아가씨?

계십니다. 그녀가 작은아버지를 가리키자 총독은 그녀 곁을 떠나는 게 영 내키지 않았지만 그녀의 작은아버지와 이야기를 나누기 위해 자리를 떴다. 총독이 잠시 자리를 뜬 사이 젊은 신사들이 그녀 옆으로 경쟁적으로 몰려들어 마치 여신에게 공물을 바치듯 그녀에게 달콤한 사탕과자를 바쳤다. 그녀는 감사를 표하면서도 너무 부담스러워서 받을 수 없다고 절을 거듭하며 거절했다. 총독의 병사 한 명이 혼자 다 나를 수 없을 정도로 너무 많았기 때문이다.

이 모든 일이 벌어지는 동안 공작은 여전히 움직이지 못하고 동상처럼 멍하니 서 있었다. 그녀에게 시선을 고정했을 뿐, 그는 입술을 움직일 힘조차 없었다. 그녀는 아무도 눈치채지 못하게 그가 어디 있는지 눈으로 확인하고 그에게 살짝 눈길을 던졌다. 정숙한 여성에게 그 이상은 허락되지 않았다. 그가 누군지 알고 싶었지만 부끄러워 물어보지 못했다.

이윽고 그녀가 보내준 눈길에 용기를 낸 공작이 다가왔다.

아가씨, 제가 어떤 말을 해도 무례하게 들릴 듯해 입을 열기 힘듭니다. 당신의 부드러운 귀에 들어가도 될 만큼 부드럽고 품위 있는 말은 오직 당신의 입에서만 나올 것 같습니다. 그렇게 높은 곳에서만 머물지 말고 다른 신이나 여신들처럼 부디 인간에게 내려와주십시오. 인간이 당신이 사는 곳으로 올라갈 수는 없으니까요.

남자들이 우리 여자들을 화려한 말로 극찬하는 것이 궁정의 풍속임을 제가 알지 못했다면, 당신이 한 말을 모욕이자 멸시로 받아들였을 겁니다. 저를 알아듣지 못할 이름으로 부르고, 이해할 수 없는 존재와 비교하시니까요.

당신이야말로 이해할 수 없는 존재입니다. 당신을 사랑하는 우리는 당신이 우리를 어떤 운명에 처하게 할지 알 수 없습니다.

이때 총독이 신사와 함께 돌아왔다. 신사는 만찬이 끝났다며 조카딸에게 집으로 돌아가자고 말했다.

신사를 보고 그녀가 누군지 비로소 깨달은 공작은 밀려드는 죄책감과 회한에 찬 슬픔에 금방이라도 쓰러져 죽을 것만 같았다.

공작이 조카와 대화하는 모습을 보고 신사가 말했다.

당신이 한 비겁한 행동을 정당화할 길이 없으니 말을 삼가십시오.

신사의 말을 듣고 그녀는 죽은듯이 창백해졌다. 정념에 휩싸여 곤경에 빠진 그녀를 보호하기 위해 정기精氣가 모두 심장으로 몰린 탓이었다. 무도회장에서 소란스럽게 북적이는 사람들로 인해 신사의 말은 오직 공작과 그녀의 귀만 찔렀고, 그녀는 흔들리는 마음을 다행히 숨길 수 있었다.

총독이 그녀의 손을 잡고 마차로 배웅하자 신사들이 모두 그 뒤를 따랐다. 그러자 무도회장에 남겨진 숙녀들이 분노했다. 총알 같은 말을 불을 내뿜듯이 쏘아대면서 남자들을 원망했다. 특히 총독의 평판이 너덜너덜해지도록 공격하면서 그에게 일제히 총알 세례를 퍼부었다. 총독의 마음을 사로잡은 숙녀에 대해서는 따로 정한 장소에 모여 이야기하기로 결정했다. 그녀의 면면을 요목조목 잔인하게 헐뜯기 위해서였다. 이렇게 모두 흩어지자 총독은 적당한 시간에 그녀를 방문할 궁리를 시작했다.

그러나 공작에게는 시간도 인생도 모두 무의미해졌다. 내 죄가 너무 커서 용서를 바라기는 글렀구나. 그렇지만 용서받지 못한다면 나는 편하게 살지도, 죽지도 못할 거야. 이제 나에게는 절망하는 연인들의 몫인 고통과 고뇌만이 남았구나.

반면에 나이든 신사는 조카딸이 경탄을 자아내는 모습을 보고 흐뭇해져 집에 돌아가는 내내 콧노래가 절로 나오고 다시 스무 살이 된 것처럼 기운이 용솟음쳤다. 집에 돌아온 신사가 조카딸에게 물었다.

그래, 공작은 어떤 것 같니? 너를 데리러 갔을 때 네가 얘기를 나누던 자가 공작이다.

외모는 나쁘지 않더라고 그녀는 답했다.

그가 물었다. 그럼 총독은 마음에 들었니?

유행이 지난 물건 같던데요. 그녀가 답했다.

나이든 남자를 싫어하는구나, 그렇지만 들어라. 언젠가 시간은 육체의 아름다움을 거두어 가지만, 그 대신 지식과 이해심을 두 배로 선사한단다. 외모에 혹하면 안 된다고 너도 말하지 않았더냐. 설마 나한테 그런 말을 늘어놓고 나서 너 자신은 다른 신조를 따르진 않겠지.

제 신조를 따르기보다는 작은아버지의 가르침에 마땅히 순종하겠습니다.

그렇다면 덕성에 대해 내가 하는 말을 잘 들어라. 덕성에는 사려 분별, 기백, 절제, 정의라는 네 가지 요소가 있다. 사려 분별이란 우리에게 닥칠 수 있는 최악의 상황을 예견해, 우리 앞에 놓인 위험한 길을 피하고 가장 안전한 길을 택함으로써 최선의 상황을 만들어내는 것이지. 이를 네 상황에 적용해보면, 너는 외양의 아름다움이라는 위험한 길을 피하고 부와 명예라는 가장 안전한 길을 택해야 할 것이다.

그렇다면 기백이란 무엇이겠느냐. 기백은 불행에 맞서 우리 자신을 무장하고, 인내심으로 우리 마음의 요새를 강화해 적과 열심히 싸우는 것이다. 이를 너에게 적용하면, 너는 네 귀를 꼭꼭 틀어막아, 유혹하는 말이 네 귀로 들어가 그 말에 귀기울이는 일이 없도록 해야 한다. 그 말이 머릿속에 닿으면 네 가슴속으로 가는 길이 뚫릴 수 있고 어리석은 사랑의 불이 이성의 탑을 폭파할 수도 있기 때문이다.

절제란 욕구를 다스리고 날뛰는 욕망을 수그리게 하는 것이다. 이를 너에게 적용하면, 너는 네 욕망에 이끌려 기이하고 허영심에 찬, 거만하고 자만심에 취한, 거칠고 방탕하며, 어리석고 낭비벽이 심한, 돈도 없으면서 사기나 치는, 변덕스러운 젊은 남자와 결혼하면 안 된다. 그 대신 신중하고 냉철하며 지혜롭고 이해심이 많은, 재산도 많고 명예롭고 위엄 있는 나이든 남자와 결혼해야 한다.

네번째로, 그리고 마지막으로 정의에 대해 말해주마. 정의란 모든 것을 올바름과 참의 기준에 따라 구별하는 걸 일컫는다. 정의란 우리가 행한 바에 걸맞은 포상 또는 벌을 받는 것이고, 남에게 받고 싶은 대로 남에게 행함을 뜻하기도 하지.

정의의 원칙에 따라, 너를 아끼는 사람들이 지금 너에게 조언하고 권하는 바를 잘 따라야 한다. 너 역시 소중한 사람에게 조언할 때 너에게 돌아올 이득 따위는 모두 잊은 채 오직 그의 안위만 생각하기 마런 아니겠니. 자, 이제 잘 때가 되었으니 편히 쉬어라. 무척 졸릴 것 같구나.

작은아버지가 떠나자 그녀는 생각했다. 아, 작은아버지의 교리는 무척 도덕적이긴 한데 나한테는 장례식 설교처럼 음울하게만 들리는구나. 작은아버지는 분명히 어떤 의도를 지니고 그런 말씀을 하신 듯해. 혹시라도 나를 총독과 결혼시키려 하시는 게 아닐까! 숱한 남자 중에서도 총독은 정말 내가 좋아할 수 없는 사람이야. 차라리 죽음과 결혼하겠어. 내 심성과 반대되는 사람이야. 오, 선한 주피터 신이시여, 저를 그에게서 구해주소서. 잠자리에 들어도 잠은 오지 않았다. 벌떡거리는 맥박처럼 생각이 꼬리에 꼬리를 무는 바람에 조금도 쉴 수 없었다.

바로 다음날 총독이 신사를 찾아와 조카딸을 아내로 삼고 싶다고 말했다.

신사는 총독과의 결혼이 조카딸에게는 큰 행운이겠지만 사랑을 강제할 수는 없는 일이라고 했다. 다만 당신께 약속하겠습니다. 그 아이의 작은아버지로서 제가 가진 권력과 권위를 다해, 그 아이를 아끼는 마음을 다해, 그 아이가 당신과 결혼하는 데 동의하도록 최선을 다해 설득해보겠습니다.

조카따님과 직접 만나서 이야기 나눌 수 있게 해주십시오. 총독이 청했다.

신사는 면담은 어렵다고 말하면서 총독의 양해를 구했다. 그는 가족이 결혼을 주선해주기 전에 처녀가 외간남자와 교제하면 안 되는 법이라고 말했다. 총독은 그녀의 얼굴도 보지 못한 채 떠나고 싶지 않았지만 그녀를 곧 아내로 맞이할 수 있겠다는 희망을 위안으로 삼으며 인사를 전해달라는 말만 남기고 떠났다.

신사는 고심했다. 조카딸이 총독을 조금도 마음에 들어하지 않는다는 사실을 확인했으니, 어떻게 해야 그녀의 마음을 움직여 총독과 결혼하겠다는 동의를 얻어낼 수 있을지 고민이었다. 가면극과 무도회에서 본 젊은 청년들의 매끈한 얼굴이 조카딸의 기억에서 사라지길 바라면서 일단 조카딸에게 일주일이든 그 이상이든 시간을 주기로 결정했다. 작은아버지가 기다려주는 동안 그녀는 점점 우울해졌다. 얼굴이 슬픔으로 가득찼고 몸에서 기운이 다 빠져버렸다. 음식을 먹지도 편안히 쉬지도 못하니 낯빛이 나빠질 수밖에 없었다. 공부하고 춤추며 운동하는 일상에서 멀어졌다. 악보를 보거나 음정 높여 노래 부르기는커녕, 시선을 떨군 채 이리저리 방안을 걸어다니면서 한숨을 내쉬고 눈물 흘리는데, 그 이유를 자신도 알 수 없었다.

나한테 나쁜 운명이 닥친 것만 같아. 감각을 잃은 흙더미라도 된 것처럼 멍청해진 느낌이야. 그렇다고 병이 난 건 아닌 듯해. 몸이 아프지는 않으니까. 그렇다면 마음의 병인 게 틀림없어. 마음이 왜 병들었을까? 작은아버지는 나를 한결같이 사랑해주시고, 나는 부족함 없이 살고 있고, 내가 원하는 모든 기쁨과 즐거움을 다 누리고 있는데. 아, 분명 총독 때문에 마음이 병든 것 같아. 그렇지만 그것도 말이 안 되는게, 작은아버지는 내가 원하지 않는 결혼을 하라고 강요하지는 않으실 분이야. 게다가 내 마음은 온통 공작 생각으로 가득차, 다른 사람 생각을 할 겨를이 전혀 없는걸. 나는 상상에 빠져 공작에게 천 가지 옷을 입혀놓고 그를 바라보고 있으니, 천 가지 모습으로 그가 내 머릿속에서 배회하고 있구나. 하늘이시여, 설마 제가 사랑에 빠진 건 아니겠죠! 사랑을 아는 사람에게 이게 사랑인지, 사랑의 감정이 과연 어떤 것인지 물어볼 수도 없고. 그런데 공작과 사랑에 빠질 이유가 뭐가 있지? 공작만큼 잘생긴 남자라 하더라도 다시 쳐다본 적이 없는데. 아니야, 잘 생각해보면 공작이 내가 본 남자 중 제일 잘생기긴 했어. 그렇지만 품성이 좋지 않은데 잘생기면 뭐해? 그 사람은 절개를 지키지 않았고 나를 배반했어. 아, 그 사람 아버지는 그에게 애정에 반하는 계약을 강요하지 말았어야 했어. 이런 식으로 혼자서 열띤 토론을 하고 있을 때 신사가 방에 찾아와서는 좋은 남편감이 나타났다고 말했다.

작은아버지, 저한테 싫증나셨나요? 제가 짐덩어리인가요? 남편을 구해서라도 저를 떼어버리고 싶을 만큼?

아니다. 나는 너를 떼어놓지 않을 거다. 내게 얼마 남지 않은 시간을 네 곁에서 보낼 거고.

그렇지만 저를 남편에게 넘겨주시는 순간 작은아버지의 권력과 권위, 그리고 제게 명령하실 권리도 넘기셔야 하잖아요. 남편의 명령과 작은아버지의 명령이 다를 경우 저는 한 사람만 따라야 하고 남편을 따라야 해요.[*]

맞다. 너를 위해서라도 나 역시 네 남편의 명령에 따라야 하겠지. 그렇지만 그때가 오기 전까지는 내 명령을 따르기 바란다. 상상하지 못할 정도로 어마어마하게 좋은 배필감이 청혼해 왔구나. 바로 총독이다. 그는 엄청난 부자란다.

하지만 그분은 어리석은 사람일 수 있어요.

아니야, 그는 현명하고 신중하다.

성격도 나쁘고 고집 센 사람이라고 들었어요.

막대한 권력과 권위를 가진 사람이다.

그렇다고 해서 그분이 참된 사람이란 보장은 없죠.

총독은 왕의 총애를 받고 있다.

작은아버지, 왕과 군주가 가장 총애하는 신하가 가장 훌륭한 사람이라는 법은 없어요. 실력이 있다고 해서 실세가 된다는 보장도 없고, 오히려 제일 자격 없는 사람이 제일 높은 자리에 오르는 경우가 허다합니다. 게다가 왕과 국가를 지배하는 것은 뇌물, 편애, 아부, 이런 것들 아닌가요.

그런 수사를 써서 너를 배반한 공작의 부인이 누리는 지위보다 더 높은 지위를 너에게 부여해줄 남편을 거절하면 안 된다. 너한테 굴러들어온 복을 걷어차는 미련한 짓을 하지 않길 바란다. 네 재산이 더해지면 총독의 재산은 공작의 재산보다 많아질 것이고, 그와 결혼하면 너는 아주 귀한 대접을 받게 될 거야. 하인을 많이 거느리고 풍족하게 살면서 화려한 옷을 입고 네가 원하는 모든 즐거움과 기쁨을 다 누릴 수 있을 거란다. 총독은 나이가 많기 때문에 너를 더욱 아낄 것이고. 방탕한 생활이 얼마나 헛된지 이미 경험해본 사람이라 차분하고 현명하다.

작은아버지, 총독은 나이가 많아서 말씀하신 화려함과 즐거움과 기쁨을 제게서 오히려 뺏어버리고 말 거예요. 그분은 늙었고 저는 젊으니, 질투심 때문에 저를 통제하고 죄수처럼 감금할 게 분명해요. 저를 비추는 햇빛도 질투하고 제가 하는 생각도 질투해서, 저를 어둠 속에 가둬버리고 제 마음의 평화를 방해하고 괴롭힐 거예요. 질투하는 사람은 스스로도 편히 지내지 못하고 주위 사람도 편히 지내지 못하게 한다고 들었어요.

얘야, 얘야, 네가 무슨 말을 하는지 알 수 없구나. 보아하니 너는 젊고 까부는, 돈을 흥청망청 쓰는 젊은이와 결혼할 모양이다. 네 남편은 너에게 병이나 주고 창녀와 포주, 아첨쟁이와 어울리면서 자기 재산, 그리고 네 재산까지 탕진할 거야. 네가 집에서 울고 있을 때 밖에서 시끄럽게 놀다가, 집에 돌아올 시간이 한참 지난 뒤에 나타나서는 편히 쉬지도 못하게 하겠지. 네가 고생을 해야 한다면 너를 전혀 위할 줄 모르는 사람보다는 차라리 너를 너무 사랑하는 사람 때문에 고생하는 게 낫다. 질투란 사랑이 넘쳐서 생기는 것이다. 그러니 내 명령을 따르거라. 그동안 내가 너를 위해 쏟은 모든 정성과 심려와 비용이, 내 모든 노력에 대한 보상이, 네 반항으로 인해 헛수고가 되지 않길 빈다.

작은아버지께 한없는 빚을 졌으니 제가 지켜야 할 도리를 다해야 할 것입니다. 제 목숨과 마음의 평화를 희생하는 한이 있더라도 명령에 복종하겠습니다.*

한편 공작은 우울과 불만에 빠져 사람들을 만나지 않고, 심지어 공작부인이나 친구들의 방문도 거절한 채 틀어박혀 지냈다. 오래전부터 그를 돌봐온 나이 많은 하인을 제외하곤 아무도 가까이 오지 못하게 했다. 예전부터 즐기던 쾌락과 즐거움과 오락이 모두 혐오스러웠고 그 기억조차 역겨웠다. 과한 쾌락에 심신이 다 나가떨어진 듯했다. 결국 공작은 이 모든 고통의 근원인 아가씨에게 자신의 감정을 알려야겠다고 생각하게 되었다. 그렇지만 그녀를 대면할 방법도, 그녀에게 말을 걸 방법도 알 수 없어, 편지를 보내기로 결심했다. 하인에게 펜, 잉크와 종이를 가져오게 하고는 다음과 같이 썼다.

아가씨,

노하는 신들조차 뉘우치는 자에게 자비를 베풀고 가장 끔찍한 죄악마저 용서하십니다. 회한의 눈물을 흘리면 축복해주고 분노를 거두어 가시지 않습니까. 설마 신보다 더 가혹하지는 않으시겠지요. 정의가 너무 엄격하면 잔혹이 됩니다. 물론 제가 지은 죄가 너무나 중대해서 큰 벌을 받아 마땅합니다. 그렇지만 당신이 저에게 자비를 베풀어주지 못하시더라도, 제가 얼마나 큰 고통을 느끼고 있는지 조금만 알게 된다면 분명 저를 불쌍히 여기실 겁니다. 제 가슴을 짓누르는 이 슬픔의 무게를 당신이 덜어주지 않으신다면 저는 그 슬픔에 깔려 죽을 것만 같습니다. 당신이 너그럽게 써주시는 한두 줄짜리 편지를 받을 수만 있다면, 그 편지가 저를 질식시키더라도, 제 영혼은 무덤 속에 편히 잠들 수 있을 것 같습니다. 당신 손에 죽었으니까요. 그렇지만 제가 그렇게 죽는다면, 부디 제 못된 행동을 기억하지 말고 영원한 망각의 바다에 던져버려주시기 바랍니다. 신께서 당신을 보호하시길.

공작은 편지를 봉한 뒤 하인에게 건네고 비밀리에 배달하라고 지시했다. 아가씨가 어떤 하녀를 가까이하는지 알아본 후, 그 하녀에게 편지를 건네 아가씨가 혼자 있을 때 전달하게 하라고, 그리고 밖에서 기다리면서 반응을 보라고 했다. 편지는 공작이 명한 대로 배달되어 아가씨의 손에 들어갔다. 편지를 읽고 발신인의 정체를 알게 된 그녀는 마음이 심란해졌다. 웃어야 할지 울어야 할지 심히 난감했다. 공작이 자신을 사랑한다는 사실에 그녀는 뛸듯이 기뻤지만, 그와 함께 살 수도, 합법적으로 맺어질 수도 없다는 사실이, 게다가 공작에 대한 작은 아버지의 원한이 워낙 깊어 그를 보지도 그와 대화를 나누지도 못하는 현실이 괴로웠다. 가장 견디기 힘든 것은 그녀가 곧 다른 남자와 강제로 맺어질 예정이라는 슬픈 사실이었다. 이미 공작에게 버림받았음에도, 다른 남자의 변하지 않는 사랑을 받기보다 그의 사랑을 받고 싶었다. 그녀는 이 편지에 답장을 보내야 할지 말지를 놓고 한참 고민하며 혼잣말했다. 작은아버지께서 자신의 허락 없이(허락해주실 리가 절대로 없지) 내가 편지에 답장을 보냈다는 사실을 아시는 순간 나는 작은아버지의 사랑을 모두 잃게 될 텐데, 그 사랑을 잃느니 차라리 내 목숨을 잃겠어. 그렇다고 답장을 안 보내면 공작은 내가 원한을 품고 있다고 생각하고 내 성품을 오해할 텐데, 그의 마음속에 내가 그런 모습으로 비치는 걸 바라지 않아. 너그럽고 자상한 마음으로 이 편지를 읽는 게 맞겠어. 공작이 하는 말이 진실이라면, 생명이 위태로울 수도 있는데, 이것저것 따지다가 그를 죽이고 싶지는 않아. 답장 보내는 게 신앙이나 법에 위배되는 일도 아니고, 내 명예나 도리에 어긋나는 일도 아니잖아. 위험을 무릅쓰고 편지를 쓰자. 나중에 작은아버지께 용서를 구하면 되지. 작은아버지는 호랑이. 같은 분은 아니셔. 어진 마음으로 나를 분명 용서해주실 거야. 용서야 나중에 구하면 되지만 죽은 사람을 다시 살려낼 수는 없잖아. 그녀는 펜과 잉크를 준비해 다음과 같이 편지를 썼다.

공작님,

한때 당신과 맺어졌던 저는 당신이 저를 내치기 전까지는 그 인연에 순종했으나 당신은 저를 쓸모없는 물건이라 여기고 내다버렸습니다. 제가 불명예를 뒤집어쓰고 오욕에 시달리다 수치심에 휩싸여 죽을 게 분명한데도. 작은아버지께서 저를 거둬주지 않으셨더라면 더없이 곤궁한 처지가 되었겠지요. 당신은 지금에야 저에게 관심을 다시 가지는 듯한데, 예전에 저를 멸시한 당신이 이제 와서 사죄하며 저에게 사랑을 구한다는 것을 믿기 어렵고, 거짓말을 미끼로 순진하고 어린 저를 재미삼아 낚아보려는 심보가 아닌가 염려됩니다. 남자들은 속임 당한 여자들을 전리품처럼 과시하는 법이지요. 불행히도 저는 그렇게 속아넘어간 첫번째 여자도 아니고, 마지막 여자도 아닐 것입니다. 그런 술책으로 저를 유인할 생각이라면 차라리 깨끗하게 죽여주십시오. 저를 포로로 만들어 과시할 생각은 마십시오. 만약 당신이 편지에 썼듯, 지금 당신이 마음의 평화를 잃어버린 채 양심과 싸우고 고민하고 있다면, 저는 기꺼이 당신 곁으로 돌아가 그 싸움을 중재하고 싶은 마음입니다. 그러나 운명은 이미 달리 정해졌습니다. 제게 닥친 운명은 불행할지라도 당신에게는 더 나은 운명이 예정되어 있기를 바랍니다. 신께서 당신과 함께하시길.

아까 그 서신을 가져온 하인에게 이것을 주거라. 그녀가 하녀에게 말했다.

공작은 하인이 예상 밖으로 빨리 돌아오자 아가씨에게 편지를 전달하지 못했다고 생각했다.

내 편지를 전달하지 못했구나.

아닙니다. 전달해드렸고 답장도 가져왔습니다.

아니, 그게 어떻게 가능하냐. 금방 돌아왔는데.

제가 기적을 이뤄냈네요. 사실 주인님이 지독하게 어려울 거라 말씀하셔서 저도 오래 걸릴 줄 알았습니다.

신속한 만큼 성공적인 심부름이었기를 바란다. 이제 내가 다시 부를 때까지 나가 있어라. 공작은 편지를 앞에 두고도 차마 뜯을 용기를 내지 못했다. 중풍에 걸린 것처럼 손이 떨리고 안경도 쓸모없을 정도로 눈이 침침하니, 공포가 나를 노인보다 약하게 만드는구나. 그러나 편지를 읽은 후 그는 다시 살아난 듯했다. 그가 혼잣말했다. 여기서 그녀는 내 사람이 되고 싶다고 분명히 말하고 있어. 운명이 가로막지만 않는다면 내 곁으로 돌아오겠다는 말은 작은아버지가 나를 반대한다는 뜻이야. 그녀와 접촉할 수만 있으면 나는 영원히 행복해질 수 있을 거야. 편지를 몇 번이고 거듭 읽고 나니 힘이 불끈 솟았다. 공작은 이제 외출을 위해 기운을 차려야겠다고 결심하고 하인을 불러 먹을 것을 가져오라고 명했다.

주인님, 먹을 것을 달라 하셨습니까?

그래, 배가 고프구나.

저는 주인님 손과 입, 식욕과 위장이 합심해 무슨 결심이라도 한 줄 알았습니다. 손은 음식과 음료를 입에 넣지 않았고요. 입은 아무것도 삼키지 않았고요. 식욕은 깡그리 사라졌고요. 위장은 아무것도 소화하지 않기로 작정한 줄 알았다니까요. 이번주에 주인님은 거의 아무것도 안 드셨어요. 그러니까 기운이 빠질 대로 빠져 남자아이와 씨름해도 질 지경이셨고요.

무슨 소리냐. 나는 지금 힘도 기운도 펄펄 넘쳐서, 너 같은 놈 두세 명은 쉽게 이길 수 있어. 어디 한번 보여줄까? 이리 와라, 한 손으로 때려주마.

아이고, 아닙니다, 하인이 피하며 말했다. 주인님 말씀을 믿습니다.

기운 넘치는 주인님을 잠깐 두고 음식을 가지러 가겠습니다.

하인이 음식을 가지고 돌아오자 공작이 춤을 추고 있었다.

위장이 비어 있어서 몸이 가벼워지셨네요. 하인이 말했다.

그래, 공기처럼 가벼워서 네 머리 위에서 춤출 수 있을 것 같다.

주인님이 그러시면 저는 주인님 발에 머리를 얻어맞고 음식을 떨어뜨리기라도 할까봐 걱정입니다.

음식을 먹으며 공작이 하인에게 물었다. 너는 왜 결혼도 안 하고 나이들어 그렇게 혼자 사느냐?

주인님, 아내를 두려면 비용이 많이 듭니다.

아니, 아내를 두지 못할 정도로 가난하다는 말이냐?

가난이 문제라기보다, 여자들은 허영심이 많지 않습니까. 남편 재산을 다 써버리는 것으로도 모자라 재산을 미끼로 애인을 두기 일쑤니, 돈이 있어봤자 오쟁이 지기 마련 아닙니까.

결혼하도록 너를 설득해야겠구나. 결혼할 여자도 내가 정해주고.

모범을 보이셨더라면 제가 따라 했겠죠. 하인이 말했다.

모범이라니. 내 결혼이 모범이 아니라는 거냐? 행복한 결혼 같지 않으냐?

마님과 떨어져 있을 때는 행복하신 것 같긴 한데요, 같이 있을 때는 주피터와 주노가 만났나 싶을 정도로 천둥소리가 끊이지 않으니, 저희 하인들은 그저 두 분의 분노가 이 세상을 전부 불살라버리지 않을까 두렵습니다. 주인님이 미혼으로 지내셨을 때가 저희에게 황금시대였습니다. 지금은 철기시대가 되어버렸네요. 최후의 심판이 다가오고 있는 것만 같습니다.

만약 네 예언대로 최후의 심판이 다가오고 있다면 너는 천국에 가는 행운을 누리길 바란다.

솔직하게 말씀드리면, 운명이 두 분을 잘못 맺어드린 듯합니다. 왜냐면 부부가 되기에는 두 분 기질이 워낙 다르지 않습니까. 자연의 이치에 맞는 결합은 아닌 것 같아요.

네가 여자에게 아무리 불만이 많다 해도, 그래서 네 구혼 작전은 펼칠 생각이 없다 해도, 내 구혼 작전은 좀 도와줘야겠다.

주인님이 부탁하시는 일이라면 무슨 일이든 도와드려야지요.

아까 그 편지를 전달했던 하녀에게 다시 찾아가 100파운드를 건네고, 그 아가씨와 만나서 이야기할 수 있게 도와주면 100파운드를 더 주겠다고 말해라. 만약 그 하녀가 머뭇거리면 500파운드, 아니면 그 이상을 제시해서라도 일을 무조건 성사시켜야 한다.

아니, 주인님, 그런 굉장한 선물을 보내실 거라면 이 기회에 저도 구애를 좀 해봐야겠네요. 괜찮으시다면 이제 물러나도 될까요? 가서 수염도 좀 깎고 얼굴도 씻고 치장을 좀 해보려고요. 혹시 모르죠, 저도 성공할 수 있을지. 아무래도 올해는 늙은 남자들 운세가 좋은가봅니다. 젊은 숙녀의 사랑도 얻으니까요. 총독이 세상에서 가장 싱그럽고 아름답고 참한 아가씨와 결혼한다고 사람들이 떠들어대던데요. 총독은 많이 늙었고 제가 보기에 저보다 못생겼는데 말이죠. 그 말을 듣고 공작의 얼굴이 창백해졌다.

하인이 말했다. 주인님, 걱정하실 필요 없습니다. 주인님이 예전에 내다버린 아가씨입니다. 총독은 주인님이 버린 찌꺼기를 주울 뿐이죠. 그 말을 듣고 공작이 손을 들어 하인의 뺨을 후려쳤다. 말조심해라.

총독은 그 아가씨와 절대로 결혼하면 안 된다.

아, 주인님 뜻이 그러하시다면야, 잘 알겠습니다. 그런데 주인님은 과연 한마디도 허투루 말씀하시지 않네요. 기운이 넘쳐 한 손으로도 저를 때릴 수 있다고 하시더니 말입니다.

공작은 방을 이리저리 서성이며 마음을 애써 가라앉혔다. 그러고는 하인에게 말했다. 부지런히 달려가 그 하녀를 설득해 아가씨와 만날 수 있게 해주면 다음에는 때리는 대신에 돈을 많이 주마.

그렇다면 다른 한 뺨도 기꺼이 맞겠습니다.

잔말 말고 어서 가라. 그리고 가능한 한 빨리 돌아와.

일이 성사되는 대로 빨리 돌아오겠습니다. 그러지 않으면 제 노력도, 보상도 물거품이 될 테니까요. 행운의 신께서 저를 도와주시길! 운만 따라주면 세상 사람들 모두 저에게 호의를 베풀 거예요. 성공하면 친구가 절로 생기는 법이니까요. 돈만 많으면 겁쟁이도, 악당도, 바보도, 갑자기 용감하고 정직하고 현명한 사람으로 불리더라고요.

하인이 말을 이어갔다. 그러니 주인님, 저를 위해 행운의 신께 부디 기도를 올려주시고 빌어주십시오. 결국 주인님 자신을 위한 기도가 될 테니까요. 자기에게 돌아올 이익이 없으면 기도도 열심히 안 하게 되더라고요. 성의 없는 그런 기도는 병들고 나약한 사람과 같아서 어디 멀리 가지도 못하고 정신 잃고 쓰러져 뒤처지게 되어 있습니다.

이런 일이 벌어지는 사이, 총독과 신사는 조카딸의 동의 없이 결혼 계약을 체결하고 문서화했다. 이후 신사는 조카딸에게 총독의 신부가 될 준비를 하라고 명하며 이렇게 말했다. 이 결혼에 동의하지 않는다면 너는 다시는 내 곁에 오지 말아야 한다. 그럴 경우 나는 더이상 네 작은

아버지가 아니라 너의 적이 될 것이다. 그가 한 말은 무수한 비수가 되어 그녀의 가슴에 꽂혔다. 너무 슬픈 나머지 눈물도 나오지 않았다. 이 와중에 공작의 돈을 건네받은 하녀는 나중에 호되게 혼날 각오를 하고 공작을 아가씨 방에 언제든지 침입할 수 있는 곳으로 안내해줬다. 아가씨는 생명도 감각도 모두 잃은 듯, 석상처럼 전혀 움직이지 않고 가만히 서 있었다. 공작이 다가가자 그녀는 상념에서 깨어나 소스라치게 놀라며 경이로운 대상을 만난 듯이 그를 바라보았다. 침묵이 한참 흐른 후 그녀가 말했다.

제 허락도 없이, 작은아버지가 알지도 못하게 이렇게 찾아오시다니, 이것은 저에 대한 예의가 아닙니다. 게다가 한밤중에 도둑처럼 남몰래 숨어들어와 저를 놀래다니, 명예롭지 못하십니다.

아가씨, 제일 아끼는 사람을 잃어버릴 위험에 처했을 때 사랑은 그 어떠한 사람이나 시간도, 장소나 어려움도 거들떠보지 않고 오직 자기 세력을 집결시키고 강화하려고 노력하는 법이고, 자신을 방해하는 모든 이와 맞서 싸우고 공격하는 법입니다. 당신이 총독과 결혼한다고 들었습니다. 만약 총독과 정말 결혼한다면, 저는 즉시 당신을 과부로 만들어 그와 맺은 언약을 산산조각낼 것입니다. 당신 남편은 신부 대신 죽음을 끌어안게 될 것이고, 그의 신혼 침대는 곧 무덤이 될 것입니다. 그가 죽지 않으면 제가 직접 수의를 몸에 두르고 무덤에 눕겠습니다. 당신이 다른 사람의 소유가 되는 광경을 볼 수도, 인정할 수도 없습니다. 그렇지만 무덤 너머에 저세상이 존재한다면, 제가 죽는다고 당신이 더 안전해지지는 않을 것입니다. 사람들이 상상하는 것처럼 유령이 존재한다면, 저는 유령이 되어 당신을 찾아가 신혼의 기쁨을 누리지 못하도록 겁줄 것이고, 당신이 죽음의 왕국에 합류할 때까지 가만히 내버려 두지 않을 것입니다. 만약 당신이 신혼의 술잔에 피를 담아 마실 만큼 잔혹한 분이라면 얼마든지 그와 결혼하십시오. 우리 둘 다 그 따뜻하고 검붉은 술을 마시고 취해 죽어버립시다.

제가 당신 소유라고 인정하지도 않고, 다른 사람의 소유가 되는 것도 허락하지 않다니, 제게 전례 없는 악의를 품고 있거나, 극도로 무례하고 오만한 분이군요. 당신은 제가 홀로 떠돌며 공작이 버린 여자로 알려져 세상 사람들의 놀림거리가 되기를 바라나봅니다. 사람들은 저를 업신여기고 멀리하겠죠. 작은아버지도 저를 인정하지 않으실 테고, 그렇게 되면 세상 사람들은 제가 작은아버지의 뜻을 거역한 반역자라고, 감사할 줄도 모르고 육친을 사랑할 줄도 모르는 배은망덕한 배반자라고 비난하겠지요.

제가 살아 있는 한 당신에 대한 소유권 역시 살아 있습니다. 왕권이란 사람이 아닌 왕관에 귀속되는 법입니다. 왕관을 쓴 왕에게 자신이 물려받은 왕관을 내려놓을 권리가 없듯, 저 역시 당신에 대한 제 권리를 내려놓을 수 없습니다. 왕관을 박탈당해도 될 만큼 제가 폭군처럼 행동하긴 했지만, 그 왕관을 제 머리에서 가져갈 권리는 오직 죽음에게만 있습니다. 왕관을 벗어던질 권리는 저에게조차 없고, 후계자 역시 제가 죽어야만 이 왕관을 쓸 권리를 갖게 됩니다.[*]

그렇다면 제가 죽어야 공작부인이 당신에 대한 권리와 소유권을 온전히 가질 수 있다는 뜻이군요.

그런 뜻이 아닙니다. 제 말은, 당신의 정당한 권리를 공식적으로 주장하라는 뜻입니다.

뭐라고요? 당신에 대한 권리를 법정에서 다투란 말입니까.

예. 그가 말했다.

재판에서 진다면 두 배로 수치스러운 일이 될 것입니다.

정의의 여신이 법정을 지켜주신다면 당신이 비난받을 일은 없을 것입니다. 그동안 제 행실이 나빴지만, 제가 태생적으로 타락하거나 못된 사람은 아니고, 교육을 제대로 받지 못하고 젊은 시절을 어리석게 보낸 탓이 큽니다. 나이들면서 제 실수를 인정하게 되었습니다. 눈부시게 아름다운 당신에게는 감각이 둔한 사람조차 사랑에 빠뜨릴 수 있는 힘이 있군요. 그렇지만 지금 제가 괴로운 이유는 당신이 너무 아름다워서가 아닙니다. 제 마음의 괴로움은 제가 저지른 잘못 때문입니다. 당신이 저를 용서하고 호의를 가지고 받아줄 때까지 저는 마음 편히 쉬지 못할 것입니다.

당신이 편히 쉬기 위해 필요한 것이 오직 제 용서라면 정말 좋겠네요. 제 용서만 있어도 된다면 당신을 바로 용서해 당신 눈이 순하고 부드러운 잠에 잠기고 당신 마음에 평화가 내리게 해드리고 싶습니다. 그렇지만 작은아버지의 노여움은 무서운 꿈처럼 당신 잠을 방해할 거예요. 작은아버지의 분노가 꿈처럼 사라지면 좋겠지만 그렇게 쉬이 거둬질지 모르겠습니다.

그렇다면 우리 작은아버님 앞에 같이 가서 무릎 꿇고 그분의 두 귀에 호소해봅시다. 저는 한쪽 귀에다 제 잘못을 고백하고 당신은 다른 쪽 귀에다 저를 용서해달라고 청하는 겁니다. 작은아버님이 설령 철의 심장을 가졌어도 당신 말을 들으면 동정심에 녹아내리실 거고 저는 거기에다 제 눈물을 보태겠습니다.

작은아버지는 이미 총독과 약속했고 결혼계약을 맺으셨습니다. 그 계약을 절대로 깨지 않으실 거예요.

공작이 말했다. 그렇다면 총독으로 하여금 그 계약을 스스로 파기하게 하여 작은아버님을 자유롭게 해드리겠습니다. 당신은 제 소유이지 작은아버님의 소유가 아닙니다. 당신이 제 소유권을 거부하거나 저를 적으로 삼지만 않는다면 저는 제 권리를 주장할 것입니다.

하늘이 당신을 인도하길 바랍니다. 늦었으니 이만 돌아가세요.

당신 손에 입을 맞춰도 된다고 말해주십시오.

제 마음을 이미 가진 당신에게 손을 거절할 이유가 없습니다.

다음날 공작은 총독의 자택을 찾아가 긴밀히 나눌 이야기가 있다고 전했다. 단둘이 남게 되자 공작은 문을 닫고 칼을 뽑았다. 총독이 놀라 사람을 부르려고 하자 공작이 말했다.

아무도 부르지 마시오. 소리도 내지 마시오. 소리지르면 맹세컨대 당신을 찌를 것이오.

이게 무슨 짓입니까? 총독이 말했다. 나한테 대체 왜 이러는 겁니까?

당신에게 물어볼 게 하나 있고, 금할 것이 있고, 요구할 것도 하나 있습니다.

그렇다면 내가 답할 수 있는 질문을 하고, 금해도 될 것을 금하고, 들어줄 수 있는 요구를 하기 바랍니다.

그러지요, 공작이 말했다. 제 질문은 이겁니다. 델리시아 아가씨*와 결혼하신다고 들었는데 사실입니까?

그렇소.

그녀와의 결혼을 금합니다.

이유가 무엇이오?

제 아내이기 때문입니다. 우리는 거의 구 년 전에 결혼했습니다.

아니, 그럼 아내를 둘이나 뒀다는 말입니까?

아닙니다. 아내는 오직 한 명, 그녀가 제 아내입니다.

그렇다면 당신의 요구는 무엇입니까?

그녀와 절대 결혼하지 마십시오.

절대 결혼하지 말라고요? 아니, 당신이 죽어도 그녀와 결혼하면 안 됩니까?

안 됩니다. 저는 죽어서도 그녀가 당신과 결혼하는 것을 참을 수 없을 만큼 그녀를 사랑합니다. 이 문서에 서명하십시오.

공작이 들이댄 문서를 보고 총독이 말했다. 이런 문서에 서명을 할 바에야 차라리 죽는 게 낫지.

공작이 목소리를 높였다. 하늘에 맹세합니다. 당신이 여기 서명하지 않으면 끔찍한 죽음을 맞이할 겁니다. 요구가 하나 더 있습니다. 국왕 폐하께 저를 고발하지 않겠다고 여기 서명하십시오. 서명하시겠습니까, 안 하시겠습니까? 저는 지금 미칠 지경입니다.

만약 나를 친다면 이는 국왕 폐하를 치는 것과 같소.

말장난 그만하십시오. 지금 바로 서명하지 않으면 당신을 죽일 겁니다.*

지금 미칠 지경이라고 했소?

그렇습니다.

그럼 나 역시 미칠 지경이니, 지키지 않을 약속이지만 서명할 수밖에.

지킬지 말지는 총독이 선택할 바입니다.

이 문서를 읽을 필요도 없겠소. 서명하지. 뭐라고 쓰여 있든, 어쩔 수 없는 일이니.

총독은 서명한 후에야 문서를 들여다보았다. 그가 서명한 내용은 다음과 같았다.

델리시아 아가씨에게 구혼하지 않을 것이며 그녀와 결혼하지 않겠다고 하늘에 맹세하며 서약합니다.

여기에도 서명하십시오. 공작이 말했다.

이 일과 관련해 공작에게 복수하거나 국왕 폐하께 고발하지 않겠다고 하늘에 맹세하며 서약합니다.

서명을 마치자 공작이 말했다. 이제 가겠습니다. 편히 쉬십시오.

악마가 당신을 괴롭히길! 총독이 말했다. 행운의 여신과 운명의 세 여신을 저주하고 싶구나! 보기 드물게 아름다운 여인을 누릴 수 있는 행복을 내게서 가로채 가다니, 게다가 달콤한 복수를 할 수 있는 길마저 가로막다니! 나는 신과 악마의 존재를 믿지만, 맹세를 어기고 싶은 마음 굴뚝같구나. 신들은 기도와 찬양에 약하고, 악마는 협박에 약하니. 그렇지만 사실 맹세를 어기지 못하는 이유는 신이나 악마 때문이 아니라 사람들 눈이 두렵기 때문이지. 맹세를 어긴 치욕은 돌이킬 수 없으니까. 명성과 생명의 관계는 살가죽과 살의 관계보다 더 가깝지.

살이야 벗기면 새살이 돋아나 더 젊어 보일 수 있지만 평판이 벗겨진 자는 그것을 되찾을 수 없어. 남은 인생 동안 늘 시리고 따끔거리는 몸을 안고 살아야 하고, 사람들의 모진 혀가 내뱉는 적의와 질투에 시달려야 해. 그렇게 되지 않으려면 공작과 우호적인 관계인 척할 수밖에. 그를 노골적으로 적대시해서는 안 돼. 그는 언제라도 내가 겁에 질려서 그 문서에 비굴하게 서명했다는 사실을 만천하에 공개할 수 있으니까. 하지만 나처럼 사회적 평판을 거는 한이 있어도 목숨을 지키려 들지 않고 소위 명예로운 죽음을 택하는 자는 멍청하다. 좋은 평판을 남기기 위해 죽는다고 치자. 과연 무엇을 얻었다고 말할 수 있을까? 용맹한 사람이었다는 말을 듣는 게 무슨 이득인가? 이득은커녕, 무덤에 묻히고 몸은 부패해 흙이 될 것이다. 세상을 선명하게 식별하는 감각, 밝게 타오르는 욕망의 불은 꺼질 것이다. 욕망의 불이 다 꺼지지 않는다고 해도 무덤에는 욕망의 불을 태울 장작이 없으니까. 죽음은 차디차고 무덤은 황량하다. 게다가 무덤에서는 기억도 사라지고 모든 것이 잊히는 법. 무덤에 누운 자가 과거의 용맹에 기뻐할 수 있나, 화려했던 승리를 기억할 수 있나. 무덤에서 누릴 수 있는 유일한 행복이란, 그곳에 쾌락이 부재하듯, 고통 또한 부재하다는 것일 터. 그러니까 자연이 우리를 불러내기 전에 생명을 저버리는 건 통지서를 받기도 전에 세금을 내는 꼴*이고, 죄수가 되기도 전에 자유를 헌납하는 꼴이다. 멍청한 자여, 죽음으로 곤두박질치고 싶다면 얼마든지 그리하게나. 나는 최대한 오래 살겠어. 오래 살고, 최대한 여유 있고 자유롭게, 즐겁게 살겠어. 이 작자는 나를 모함해서 곤경에 빠뜨리려 하지만 난 그의 요구를 들어주는 척하면서 위험에서 빠져나가면 돼. 내 인생의 모든 즐거움을 포기하기보다는 한 여자를 누리는 즐거움을 포기하는 게 상책이지. 그렇지만 가능하면 이 작자에게 비밀리에 복수하리라. 보아하니 이 공작이란 작자는 아내를 하나밖에 둘 수 없으니, 젊은 여자들을 모아 하렘을 차릴 모양이다. 젠장, 정말 예쁜 아가씨를 자기 첩으로 삼으려 한단 말이다. 그럼 공작이 나와 약혼했던 아가씨의 환심을 사는 동안 나는 그의 아내를 공략할 테다. 그러지 않겠다고 맹세한 적은 없으니까. 오쟁이 지게 만들어주지. 그렇게 복수하는 거다.

이렇게 해서 총독은 공작부인을 찾아가게 되었다. 인사를 대충 나눈 후 둘은 본격적인 이야기로 바로 들어갔다.

부인, 지금 당신 남편은 보기 드물게 예쁜 아가씨와 사랑에 빠져 남들이 그녀를 쳐다보기만 해도 질투하고 있어요. 남들은 쳐다보지도 못하게 하려고, 다른 남자들의 눈을 다 뽑아버릴 기세더군요. 그녀에게 사랑을 고백하는 자에게는 도전장을 내밀고, 그녀와 결혼하겠다는 자는 죽여버리겠다고 협박하고 있으니, 부인은 이 일을 어떻게 생각하시오?

그가 그녀와 그렇게 사랑에 빠져 있었다니…… 그런 이유가 있었던 거군요. 그는 제 미모도 빛바랬다고 생각하고, 제 포옹도 달가워하지 않고, 제 말도 재미없어하고, 저와 보내는 시간도 성가시다고 여기는 것 같았어요. 저 자신을 탓할 수밖에요. 늙은 남편에게 싫증내고, 그이가 죽기를 바라고, 젊은 남편을 원했던 제 잘못이에요. 경험 많고 현명한 그이를 혐오하고, 존경해야 할 그이의 흰머리를 경멸한 제 탓입니다. 제가 누릴 수 있었던 행복을 제 손으로 뿌리친 죄예요! 돌아가신 그이는 제 미모를 늘 칭찬하고, 제 말씨에 탄복하고, 저보고 원하는 대로 다 하라고 했지요. 늘 제 기분을 살피고, 건강을 챙기고, 사랑을 갈망했어요. 제가 잘해주면 그이가 얼마나 의기양양했는지 모르실 거예요. 그이한테 제 웃음소리는 음악이었고, 제 미소 짓는 얼굴은 천국, 찌푸린 얼굴은 지옥이었죠. 반면에 공작이 저를 어떻게 생각하는지 아세요? 저는 그저 공작을 구속하는 쇠사슬, 행복을 바다에 잠기게 만든 폭풍우, 희망을 말려버린 기근, 욕망을 죽인 역병, 계략을 낭떠러지로 떠밀어버린 지옥, 그가 꿈꾸는 결실에 저주를 퍼부은 악마일 뿐이에요.

총독이 말했다. 나이든 남편을 둔 아내야말로 최고로 행복한 여성 아니겠습니까? 나이든 남편은 아내의 아름다운 육체가 아닌 덕성을 흠모하니 사랑이 오래 지속됩니다. 그래서 아내가 더이상 아름답지 않은 나이가 되어도 아내의 명예와 명성을 소중하게 생각할 줄 아는 겁니다. 진정한 신사는 숙녀를 대하는 법도에 따라 아내를 항상 상냥하게 대하고 존중하지요. 그리하여 다른 이들의 모범이 되고요. 반면 젊은 남편은 아내에게 무례하게 굴고, 아내를 자기 하인보다 못한 사람으로 알고 거만하게 명령하고, 경멸하고 무시하고, 가족의 뒤치다꺼리나 시키면서 망신 주고 욕한다는 말입니다. 젊은 남편은 잘난 척하는 어리석은 친구들과 어울리면서 바보 같은 말이나 쓸데없이 지껄이고, 아내 흉보는 걸 취미로 여깁니다. 반면에 나이든 남편은 아내를 가족의 여왕처럼 대하죠. 아내를 사랑의 주인으로 알고, 아내를 대화의 여신으로 모십니다. 아내를 칭송하고 아내의 행동에 박수를 보내고 아내의 심성을 치켜세웁니다. 나이든 남편은 아내의 안전을 신처럼 섬기면서 용맹함을 바치고, 아내의 명예를 높이기 위해 야심차게 노력합니다. 그는 오로지 아내를 즐겁게 하기 위해 일하고, 편안하게 해주려고 신중을 기합니다.

그가 배라고 치면, 그의 유일한 나침반은 아내의 기쁨이에요. 그는 바다 같은 아내의 사랑에 배를 띄우고, 아내가 하는 말을 신탁으로 삼습니다. 아내를 소중하게 대하는 일이 자신의 명예를 높이는 일이라는 걸 그는 잘 압니다. 반면에 젊은 남편은 아내의 심성을 존중하지 않고, 아내의 고귀한 본성을 업신여기는데다, 외모에 싫증내고, 조언을 거절합니다. 남들이 자기보다 아내가 더 현명하다고 생각할까봐 걱정하는 모습이 영락없는 바보입니다. 이런 조바심이야말로 많은 젊은 남편이 앓는 병이죠. 사려 깊은 판단력, 현명한 화술, 절제된 생활 습관을 지닌 나이든 남편은 자연이 만들어준 그대로 남자다워요. 반면에 성급한 판단력, 과격한 행동, 거친 행실, 자만에 찬 화법, 방탕한 생활 습관을 지닌 젊은 남편은 여자 같죠.

아름다운 이마, 매끈한 피부, 발그레한 볼, 붉은 입술, 요염한 눈, 아첨하는 혀를 가진 남자는 여자 같고 어린애 같지, 남자답지 않아요. 그가 아무리 용맹한들 말이죠. 칼을 잡는 것보다 채찍질 당하는 게 더 어울리지요.

반면에 나이가 지긋한 남자를 보세요. 세월이 파놓은 도랑과도 같은 주름살은 인생을 수많은 실수로부터 보호해주는 경험을 담고 있어요. 처진 눈꺼풀은 활기찬 병사가 전리품의 무게 때문에 허리를 숙인 것과 같지요. 우리가 시각을 통해 포착한 대상은 뇌로 옮겨졌다가 결국 이성에 배달되어 기억의 창고에 전시되는데, 그의 기억 창고에는 눈을 통해 평생 모아놓은 많은 전리품이 쌓여 있다보니 눈꺼풀이 내려앉은 겁니다. 나이든 남자의 백발은 시간이 지혜의 성에 걸어놓은 평화의 깃발과도 같아요. 충고와 조언이 자유로이 오가게 해줍니다. 나이 때문에 허약해진 몸도 남자다움의 증표입니다. 쇠약해진 다리는 피곤을 견디며 적을 향해 행군했음을 보여주는 증거이고, 떨리는 손과 머리는 휴식의 의미도 모른 채 적을 때리고 감시했음을 보여주는 증거입니다.

그의 말을 듣고 공작부인이 답했다. 총독님의 웅변술을 당할 수가 없네요. 젊은 남편의 문제점을 꿰뚫어보고 나이든 남편을 숭앙하시니, 젊은 남편을 경멸하고 나이든 남편을 원하게 됩니다. 젊은 제 남편을 경멸합니다. 그가 꿈꾸는 사랑에 걸림돌이 되고야 말겠습니다.

그러는 사이 공작은 아가씨의 작은아버지를 찾아갔다. 공작이 방에 들어오자 신사는 봐서는 안 되는 끔찍한 광경을 본 사람처럼 소스라치게 놀랐다.

대체 무슨 불행한 이유로 내 집에 쳐들어온 겁니까? 신사가 물었다.

공작이 답했다. 첫번째 이유는 제가 한 일을 뉘우치고 있기 때문이요, 두번째 이유는 조카따님을 사랑하기 때문이요, 마지막 이유는 제가 마땅히 그래야 하듯, 어르신을 존경하기 때문입니다. 제 잘못을 뉘우치고 있으니 부디 용서해주십시오. 조카따님을 사랑하고 있으니 제가 드리는 말씀을 너그럽게 받아주십시오. 어르신을 존경하는 마음에 말씀드립니다. 조카따님이 총독과 결혼하면 많은 위험과 문제가 뒤따를 수 있습니다.

현명하고 명예로운 내 조카딸이 부와 권력을 자랑하는 총독과 결혼하는 게 어째서 위험하다고 말하는 것이오? 총독은 내 조카딸을 사랑하고 나를 공경하고 존경하는 사람이오.

총독이 탐내고 질투하는 마음을 지닌데다 공격적이고 괴팍하며, 타고난 본성이 저열하고 비겁한 위인이라도 조카따님이 그와 행복할 수 있겠습니까?

총독은 그런 사람이 아니오.

그런 사람이라는 걸 제가 증명할 수 있다면, 그래도 조카따님을 총독과 결혼시키시겠습니까?

총독이 그런 사람이라는 걸 증명할 필요는 없습니다. 당신이 정직하다는 걸 증명하지도 못하는 주제에.

조카따님을 사랑하니 어르신의 꾸짖음이야 참고 견딜 수 있습니다. 그렇지만 연적은 받아들일 수 없습니다.

뭐라고요? 설마 내 조카딸에 대한 권리를 주장하겠다는 건 아니겠죠?

공작이 답했다. 저에게는 그녀를 차지할 권리가 있고 제 목숨을 걸고 죽을 때까지 그 권리를 지킬 것입니다. 아니, 죽어서 유령이 되더라도 할 수만 있다면 그 권리를 위해 싸울 것입니다.

하늘이시여, 저 아이를 불쌍히 여기시길! 신사가 탄식했다. 대체 저 아이에게 무슨 짓을 할 속셈이오? 아이를 아내로 인정하지 않고 버릴 때는 언제고, 이제 와서 아이에게 찾아온 행복을 다 망칠 셈이오? 내 가족에게 대체 무슨 앙심을 품고 이러는 것이오? 우리 가문을 뿌리째 뽑아버려 역사에서 지워버리겠다는 것이오? 경멸의 똥더미에 내다버리겠다는 것이오?

제 희망은, 제가 할 수만 있다면, 조카따님을 행복하게 해주는 것입니다. 그녀의 행복을 방해하고 평안을 앗아가는 모든 이와 맞서겠습니다. 조카따님이 총독을 사랑할 리 없습니다. 게다가 총독은 조카따님에 대한 모든 권리를 포기했고 결혼을 하지 않겠다고 맹세까지 했습니다.

내 집에서 당장 나가시오. 역병 같으니라고. 이 가문을 더럽힐 병을 옮기려고 왔구나.

어르신이 제 청을 들어주실 때까지 이 집에서 나갈 수 없습니다. 물러날 수 없습니다.

아니, 나를 협박하는 것이오?

어르신, 제발 제 청을 들어주십시오.

나를 협박하기라도 하면 내 직접 칼을 들어 당신과 싸우리라. 내 비록 나이는 많지만 용기를 잃지는 않았소. 팔다리에 힘이 다 빠졌더라도 내 영혼에 흐르는 뜨거운 피로 당신을 제압할 것이오. 수치스럽게 살아남느니 차라리 명예로운 죽음을 택할 것이오.*

어르신, 공작이 말했다. 어르신을 화나게 하려고 온 것이 아닙니다. 어르신께 드린 상처 때문에 슬퍼하는 제 마음을 가엾게 여겨주십시오. 저를 용서하시고, 조카따님이 저에 대한 권리, 저와 혼인할 권리를 주장할 수 있도록 도와주신다면 평생 어르신께 감사하고 도리를 다하며 잘 모시겠습니다.

뭐요? 당신이 그 아이를 버렸다는 사실을 법정에 나가 만천하에 고하라고요? 나보고 약속을 저버리는 나쁜 놈이 되라고요?

어르신, 걱정하는 것처럼 저 때문에 수치스러운 일을 당하지는 않으실 겁니다. 그렇지만 총독이 조카따님을 거절했다는 사실이 알려진다면 매우 수치스러운 일이 될 겁니다. 총독의 의사를 증명하는 서류가 여기 있습니다. 총독이 조카따님을 버리겠다는데 어르신이 그와의 약속을 지킬 필요가 어디 있겠습니까. 제 말이 사실임을 보여드릴 수 있습니다. 여기 총독의 서명이 담긴 서류를 보십시오.

신사가 서류를 읽는 도중 총독이 방으로 들어왔다.

때마침 아주 잘 오셨습니다. 이 서류에 서명하신 게 맞습니까?

예. 총독이 답했다.

이게 명예로운 일이라고 생각하십니까? 신사가 물었다.

남편이 있는 여인과 혼인하라는 말씀입니까?

글쎄요, 총독 자리를 오래 유지하지 못하실 테니, 직위에서 물러나시면 그때 제 생각을 알려드리지요. 그때까지 안녕히 계십시오.

공작은 그사이 아가씨에게 찾아가 신사와 이야기가 잘되었고 신사가 총독에게 화가 났다는 소식을 전했다.

신사는 총독의 행동에 크게 분노하는 한편, 공작이 잘못을 뉘우치며 고개 숙이는 모습에 마음이 풀리기 시작했다. 공작에 대한 조카딸의 한결같고 변함없는 마음을 인정하게 되면서 신사는 공작이 제안한 대로 소송을 하기로 마음먹었다. 세 사람은 상의 끝에 뜻을 같이한다는 사실을 철저히 숨기기로 하고 피고인인 공작은 소송에 반대하는 척*하기로 했다. 그러지 않으면 공작이 의도적으로 법을 어긴 죄로 목숨이 위험해지거나 엄청난 벌금을 물어야 하는 처벌을 받을 수도 있는 상황이었기 때문이다.

세 사람이 합심하고 소송을 제기하자 온 나라가 소송 이야기로 떠들썩해졌다. 할일 없고 호기심 많은 구경꾼들이 법정으로 몰려갔다.

재판 당일 공작과 두 여인을 위한 자리가 마련되었고 모든 재판관이 배석한 후 아가씨가 발언을 시작했다.

엄숙하신 법관님과 더없이 공평하신 재판관님,

저는 제 권리를 찾기 위해 여기에 서게 되었습니다. 저는 말주변이 없습니다. 그렇지만 진실을 말하기 위해 대단한 말주변이 필요하지는 않으니, 제 주장이 저절로 증명되리라 믿습니다. 정당하지 못한 이유로 여기 서 있다면 화술이 아무리 화려해도 재판관님들의 정확한 눈을 속일 수는 없을 것입니다.

게다가, 재판관님들이 모시는 정의의 여신은 현명한 군주라, 적이 아무리 공격한들 정의의 성은 무너질 수 없습니다. 정의의 여신은 용기로 정의의 요새를 지키고 평정으로 정의의 창고를 채웁니다. 인내로 정의의 식량을 마련하고 사려 분별로 정의의 보초병을 세웁니다. 그러니 거짓이 그 성을 덮칠 수 없고 뇌물이 성을 타락시키지 못합니다. 공포가 그 성을 굶주리게 할 수 없고 연민이 그 성을 쓰러뜨리지 못하며 편파심이 그 성을 폭파할 수 없으니, 해악을 끼치고 거짓을 일삼는 적들로부터 정당한 청원을 보호해주실 것입니다. 제가 여기에 선 이유를 들어주신다면 제 청원을 받아주시리라 믿습니다.

이에 재판관들은 어떤 소를 제기하는 것인지 설명하라고 말했다.

그럼 설명드리겠습니다.

저는 이 공작과 결혼한 사이입니다. 매우 어린 나이에 결혼하긴 했지만 제 명예와 신앙을 걸고 한 그 결혼 서약은 성스러운 것이었고, 잘잘못을 구분할 수 있는 나이가 된 지금, 그때의 성스러운 계약을 충실하게 따를 의무가 있습니다.

저에게는, 제 남편이 살아 있는 한, 그의 순결한 아내가 되겠다고 서약한 바를 이행할 의무가 있을 뿐 아니라, 그가 저에게 정당하게 귀속된, 저만의 남편이라는 법적 사실을 알리고 법을 지키게 할 의무가 있습니다. 아내로서 제가 가진 이 권리는 그 누구와도 나눌 수 없습니다. 저기 서 있는 저 여인은 공작이 자기 남편이라고 주장하지만 그렇게 말할 권리가 그녀에게는 없습니다. 교회법이 아닌 보통법에 의거해* 판단을 내려주십시오. 제 소의 정당성을 인정하고 정의를 지켜주시리라 믿습니다. 비유를 하나 들겠습니다. 어떤 어린 상속인이 성년이 되기 전에 누군가에게 돈을 빌려 빚을 진다면, 그 빚을 갚게 할 합법적 수단은 없을지라도 그가 만약 정의로운 사람이라면 성인이 된 후 예전 일을 기억하고, 속임수나 거짓을 쓰지 않고, 그 빚을 정의롭게 갚지 않겠습니까? 제 경우도 마찬가지입니다. 제 가족은 저를 위해 남편을 선택했고 저는 결혼계약을 했으며 교회에서 식을 올렸습니다. 나이가 어려 그때는 동의하지 못했지만 이제는 동의할 나이가 되어 여기 그 동의의 뜻을 담아 서류에 서명했습니다.

그렇다면 공작의 입장은 무엇입니까? 재판관들이 묻자 공작은 다음과 같이 답했다.

제가 이 여인과 교회에서 파기할 수 없는 성스러운 계약을 한 것은 사실입니다. 그러나 그때 그 결혼에 진심으로 동의한 것은 아닙니다. 돌아가시기 직전 아버지가 저에게 결혼을 강요하셨습니다. 심지어 저주에 찬 말로 저를 협박하셔서, 저는 임종을 앞둔 아버지의 저주가 두려워서, 그리고 아버지께 복종하기 위해, 제 감정과 의지에 반하는 계약을 하고야 말았습니다. 아버지가 돌아가신 후 다른 여인을 사랑하고 그녀와 결혼하게 되었는데, 예전에 제가 한 계약이 유효하다는 생각을 그때는 전혀 하지 못했습니다. 왜냐하면 저와 계약했던 사람은 여섯 살밖에 안 된 어린아이였고 어린아이와 맺은 계약은 무효라고 생각했기 때문입니다.

그러자 아가씨가 말했다.

더없이 올바르신 재판관님, 제 어린 나이가 공작에게 면죄부를 줄 수는 없습니다. 저는 그때 어렸지만 공작은 성년이었습니다. 아버지의 노여움에 대한 두려움도, 아버지에 대한 도리를 다하고자 하는 애틋한 마음도, 저에 대한 그의 의무를 지울 수는 없습니다. 아버지에 대한 의무를 지키기 위해서라면 위증을 해도 된다는 법은 없습니다. 아버지에 대한 두려움이 저에게 저지른 잘못을 정당화할 수도 없습니다. 어리석은 약속을 하는 바람에 인생이 번거로워지더라도, 현자들이 만드신 법에 따라 그 약속을 지켜야 합니다. 자신의 사적 이익을 위해 어느 정직하지 못한 사람이 거짓 약속을 하는 경우에도, 정의로운 법이 그 약속을 지키도록 강제합니다.

어느 겁쟁이가 겁에 질려 약속을 하는 경우도 마찬가지입니다. 약속을 어겨서 챙길 수 있는 이득보다 법이 주는 공포가 훨씬 강해서 그 약속을 지킬 것입니다.

그러니 현명하고 정의롭고 고결한 사람이라면 자기가 지킬 수 있고 실천할 수 있는 계약만 할 것입니다.

명예로운 사람이라면 잘 모르는 상태에서 속임을 당해 섣부르게 하게 된 계약이라 하더라도 그 계약을 끝까지 지켜야 한다고 믿을 것입니다. 계약하게 된 이유가 아무리 의심스러워도, 계약할 당시 아무리 속임을 당했어도, 계약을 파기할 이유가 아무리 설득력 있어도, 계약을 지킴으로써 아무리 큰 위험이 발생할지라도, 계약을 지키는 것이 지키지 않는 것보다 나쁜 결과를 초래하지만 않는다면 계약은 무조건 지켜야 합니다.

공작의 두번째 결혼이 잘한 일이라고 생각하지 않지만 그를 비난하고자 여기 서 있는 것은 아닙니다. 하느님 앞에서, 천사들이 증인으로 지켜보는 가운데 자신이 맺은 계약을 부인하기에는 공작이 너무 고귀한 분임을 잘 압니다. 저로부터 자유로워지기 전에는 다른 계약을 할 수 없으니 이 여성과 맺은 계약은 진실한 것이 아니었을 터입니다. 그 계약은 진실하고 오래 지속될 계약이 아닌, 사랑의 속임수나 아첨 같은 것이었을 터입니다. 연인들이 자주 그러듯이 사랑의 궁전을 땅이 아닌 구름 위에 짓는 실수를 범했으니 그 궁전은 금방 사라질 수밖에요. 참된 권리가 없는 곳에 진실이 설 자리는 없습니다. 공작이 저와 맺은 계약에서 자유로운 몸이 아니거늘 저 여인이 어떻게 그와 정당하게 결혼했다고 주장할 수 있겠습니까. 공작이 자유로운 몸이 되기 위해서는 제 동의가 필요한데 저는 절대로 동의할 수 없습니다.

그러자 다른 여인이 입을 열었다.

고귀하신 재판관님,

저 교활한 아첨쟁이, 거짓말쟁이 어린아이는 제 남편에 대한 권리를 주장하지만 그의 아내가 될 자격이 전혀 없습니다. 태생도 미천하고 교육도 제대로 받지 못했습니다. 게다가 법적인 권리도 전혀 없습니다. 결혼계약을 할 때 너무 어려서 결혼에 자발적으로 동의할 수 없는 처지였습니다. 공작은 방금 그 당시 결혼에 동의할 수 없었던 이유를 대고 계약을 부인했습니다. 설령 그녀가 동의했다 하더라도 공작의 입장에서는 강요당한 계약이었으니 그것을 제대로 된 계약, 합법적 계약이라고 볼 수 없습니다. 이 소송이 성립하지 않는다고 판결해주십시오.

그러자 아가씨가 말했다.

정의로운 재판관님,
공작이 내심 계약하기 싫었다고 한들 그게 무슨 상관인가요? 법은 생각이 아닌 행동을 심판해야 합니다. 공작이 어떤 생각을 했는지는 여기서 무의미하며 재판에서 고려할 대상이 아니라고 생각합니다.
더없이 올바르신 재판관님, 저 여성분은 감정이 복받친 나머지 저를 심히 모욕했습니다. 무례를 범하지 않는 선에서 저 자신을 변호할 기회를 주실 것을 청합니다.

범죄를 저질러 처벌받은 사람이 아니라면 누구도 재판장에서 비방하면 안 된다고 재판관들이 말했다. 자유롭게 변호를 이어가셔도 됩니다.

제가 미천한 태생이라고 저 여인은 주장했습니다. 제가 귀족 신분이 아닌 것은 사실입니다. 그렇지만 저는 오백 년 된 훌륭한 젠트리 가문에서 태어났고 가문의 고결함은 시간이 지나면서 더 아름다워지는 법입니다. 귀족이라고 해서 제 가문을 업신여길 자격은 없습니다. 제 가문의 영지는 국왕 폐하가 하사하신 게 아니고 조상님들이 직접 일군 것입니다. 젠트리 가문 이란 높은 덕망과 오래된 역사가 빚어낸 결과물로, 이 명예로운, 유서 깊은 젠트리 가문은 그 누구와 견줘도 손색이 없습니다. 온 세상을 지배하는 군 주라 하더라도 마찬가지입니다.

더없이 관대하신 재판관님, 저 여인은 저더러 남을 속이는 거짓말쟁이 어린아이라고 말했습니다. 제가 어리고 경험이 없는 것이 사실이고, 나이 가 많지 않으니 판단력도 어린아이처럼 부족할 수 있겠습니다만, 나이가 어린 게 죄는 아니길 빕니다. 만약 죄라면 제가 지은 죄가 아니라 자연이 지 은 죄겠지요. 제가 남을 속이는 데 능하다고 저를 비난했는데, 남을 속일 만 큼 나이가 많지 않습니다. 제 젊음을 걸고 말씀드립니다만, 사람은 남을 속 이는 능력을 갖고 태어나지 않습니다. 속임수는 일종의 기술이지 타고난 능력은 아니지요. 속임수의 대가가 되기 위해서는 남을 열심히 관찰하고 힘든 연습 과정을 거쳐야 하는데, 저는 너무 어려서 남을 속이는 연습을 할 시간이 없었습니다. 여기 모이신 분들이 저의 때묻지 않은 순수함을 술책 이라고 여길 만큼 부도덕할 리 없습니다. 저를 보고 추한 것을 아름답게 비 추는 거짓 거울이라고 생각하지는 않으시겠지요.

이에 더해 저 여인은 제가 형편없는 교육을 받았다고 공격했는데 제가 소박한 교육을 받은 것은 사실입니다. 저는 어른들께 복종하고 나이 많은 분들을 공경해야 한다고 배웠고, 꾸지람을 달게 받고, 현명한 조언에 귀기 울이고, 올바른 원칙을 따르고, 일분일초도 소중히 알고 시간을 아껴야 한 다고 배웠습니다. 말을 아끼고, 행실은 단정하게, 행동은 조심스럽게 해야 한다고 배웠습니다. 정갈한 생각을 하고, 경건한 마음으로 기도하고, 불행한 이들에게 선행을 베풀고, 아랫사람에게 친절하게, 모르는 사람에게 정중하게 대하는 법을 배웠습니다. 이런 교육을 받고 자랐으니 궁정의 허례허식이나 화려한 허영심에 대해서는 당연히 아는 바가 없습니다. 궁정 사람들이 얼마나 피 튀기는 파벌 싸움을 하는지, 서로 얼마나 질투하고 뒤에서 헐뜯는지에 대해 무지합니다. 아첨에 능한 그들의 혀가 내는 소리를 들어본 적도 없고, 미소로 꾸민 그들의 얼굴에도 익숙하지 않고, 그들의 가식적인 처세술을 알아볼 만한 재주도 저에겐 없으며, 그들의 모략이 얼마나 깊고 위험한지 간파하기에도 전 너무 어리고 약합니다.

인파로 가득한 도시에 오래 산 적이 없으므로 도시의 사치를 알지 못하고, 도시인들이 여는 사적인 모임이나 공적인 모임에 참여해본 적도 없습니다. 낮과 밤이 바뀔 정도로 난장판이 될 때까지 놀아본 경험도 없습니다. 저는 도시인들처럼 놀 줄 모르고 도시인들처럼 행세할 줄 모릅니다. 저는 수탉 울음소리를 듣고 몇시인지 알 수 있는 시골에서 조용히 자랐습니다. 그곳은 양떼, 소떼가 내는 울음소리에 맞춰 춤을 추고, 새들의 노랫소리에 맞춰 생각을 정리하고, 행복한 마음을 악기처럼 연주하는 곳입니다. 그곳의 유일한 가면극은 계절에 따라 변화하는 자연 풍경입니다.

하지만 제 주장은 사실 이 모든 것과 별개입니다. 제가 설령 저 여성이 주장하는 대로 태생이 미천하고 교육도 못 받고 성격이 나쁘다고 하더라도, 어린 나이에 걸맞지 않게 부도덕하다 하더라도, 제 소송은 여전히 유효할 것입니다. 그러니 저 여인이 주장하는 바와 같이 소송이 취하되지 않게 제 주장에 천천히 귀기울여주시길 빕니다. 편향된 시선으로 저를 바라보거나, 정당하지 못한 잣대를 들이대거나, 성급한 판결을 내리지 말아주십시오. 진중하게 천천히 숙고해주시고 정의에 부합하는 판결을 내려주십시오.

진리는 옷을 필요로 하지 않지만 진리를 섬기는 자들에게는 권리와 예법이라는 옷이 필요합니다. 이러한 옷을 빼앗길 경우 찬탈당하고 슬픔의 도랑에 내던져져 경멸받은 채 까마귀 밥이 될 것이 분명합니다. 그럴 경우 존중받으며 땅속에 묻히지도 못하고, 무덤에서조차 평화를 누리지 못하고, 영구한 피라미드처럼 영원한 행복을 누리지도 못할 것입니다. 재판관님들이 정의로운 판결을 내려주시면 이들 앞에 천국이 열릴 것이고, 정의롭지 못한 판결을 하시면 지옥문이 열릴 것입니다. 그러니 진실 앞에 신이 되실 수도, 악마가 되실 수도 있습니다.

재판관들은 다음과 같이 판결했다.
아가씨가 제기한 소송은 당연히 정당합니다. 제아무리 엄격한 재판관이라 하더라도, 법을 아무리 엄격하게 적용한다 하더라도, 이에 대해 이견이 있을 수 없습니다.
아가씨의 변론이 명확하고 타당해 참으로 다행입니다. 그렇지 않았다면 아가씨의 미모와 뛰어난 화술에 재판관이 넘어갔다는 오해를 살 수도 있었겠습니다. 공작은 법을 어긴 책임을 지고 벌금을 내십시오.

이에 공작은 다음과 같이 답했다.

더없이 신중하고 조예 깊고 정의로우신 재판관님, 그리고 나라의 법관님,
정의의 포로로서 제 잘못을 인정하고, 정의가 내리는 벌과 자비를 받아들이겠습니다. 제가 관습과 종교와 도의에 대해 지금 깨달은 바를 젊은 시

절에 일찍이 알았더라면, 망나니처럼 마구 내달리면서 잘못된 길로 뛰어들지 않았을 텐데, 어릴 때부터 지나친 안락에 길들여져, 자유롭고 부족함 없이 자라다보니 거친 젊은 시절을 보냈고, 모든 것을 제 마음대로 하고 덕성을 버리고 쾌락을 좇게 되었습니다. 이제 저는 이 뼈아픈 경험을 통해 인생에 더 엄격한 잣대와 숭고한 원칙이 존재함을 알게 되었습니다. 제 옛 행실을 되돌아보니 양심의 가책을 느끼게 됩니다. 미래의 행복을 기약하지 못할 정도로 괴롭습니다. 재판관님이 어떻게 판결하시든, 그 결정을 받아들이겠습니다.

공작, 당신은 신분이 높아 우리가 직접 벌금을 부과할 수 없고, 오직 국왕 폐하께서 하실 수 있습니다. 다만 우리는 이 아가씨만이 당신의 합법적 아내이고 다른 여인과의 연은 끊어야 한다고 판결하는 바입니다.

공작이 말했다. 이 판결에 기꺼이 복종하겠습니다.

이 말을 듣고 아가씨가 말했다. 이 정의로운 판결에 대해 하늘이 정당한 보상을 내리실 것입니다. 여기 계신 분들께 감히 청합니다. 부디 공작의 잘못을 용서해주시기 바랍니다. 그가 방탕함에 빠진 것은 폭군과도 같은 사랑의 힘에 제압당했기 때문이니, 날카로운 비난에 큰 상처를 입지 않게 해주십시오.

남자든 여자든, 제아무리 성격이 차갑다 한들,
때론 사랑의 공격을 받고 꼼짝없이 속박되기 마련이죠.

가까이서 재판을 지켜본 총독이 다른 여인에게 말했다. 법이 당신 남편을 다른 여인에게 줘버렸으니, 허락하신다면 제가 그의 자리를 채워드리겠습니다. 그와 보낸 시간보다 저와 보낼 시간이 더 행복하지 않겠습니까.

당신이 주는 사랑을 받아들이겠습니다. 그녀가 답했다. 운명이 저를 도와줬다고 믿습니다.

재판이 끝나자 양쪽 모두 크게 기뻐하면서 자리에서 일어섰다.

순결의 수난*

서문

나는 이 이야기를 통해 나이 어린 여성이 부모나 남편, 또는 각별한 친구의 보호 없이 돌아다니는 일이 얼마나 위험한지 보여주고자 한다. 정절은 좋은 방패이긴 하나 여성이 타인의 도움 없이 자신의 신체를 보호하기란 사실 쉽지 않다. 정절이 보호해준다 하더라도 젊음과 미모는 여성을 배반한다. 정절의 힘보다 젊음과 미모에 따르는 위험이 더 큰 법이다. 정절을 지키는 아름다운 여성이 혼자 돌아다니다가 남자에게 험한 일을 당한 이야기는 넘쳐날 정도로 많다. 야곱의 딸 디나*가 세겜에게 겁탈당한 이야기를 보라. 성경 또는 성경만한 권위를 갖지 못한 역사서들에 나타난 사례를 살펴보면, 정절을 지키는 여성이라고 해서 저속한 폭력을 당하지 않도록 하늘이 특별히 보호해주지 않는다는 사실이 여실히 드러난다. 물론 그렇다고 해서 하늘이 정절을 겸비한 여성을 절대로 돕지 않는다는 것은 아니고, 간혹 도와줄 사람을 보내주는 경우도 있다. 그러나 그것은 어디까지나 불가항력적으로 위험에 처한 여성에게만 해당되는 이야기이며, 무지나 경솔함, 호기심 때문에 위험에 처한 여성은 하늘의 도움을 기대하기 어렵다. 하늘은 위험을 도저히 피할 수 없는 경우에만 도움을 주기 때문이다. 게다가 여성이 공격을 피해 간다 하더라도 세상의 추문까지 피해 가긴 어려운 법이다. 세상 사람들은 실제 있었던 일보다는 있었을 법한 일, 진실보다는 표면, 마음보다는 얼굴을 보고 판단을 내리기 때문에 그동안 수많은 순결한 여성의 명예가 더럽혀져왔다. 결론적으로, 이리저리 돌아다니거나 여행을 다녔음에도 폭력과 스캔들로 얼룩지지 않은 여성이라면 나는 하늘이 그녀를 특별히 보살폈다고 말하겠다.

부의 왕국은 활기 없는 평화를 오래 누리다가 전쟁에 빠지게 되었다. 사치가 곪아터지고 탐욕이 열병처럼 달아올라 반란이 역병처럼 퍼져나간 결과였다. 이 부당한 전쟁은 수많은 사람의 목숨을 위협하는 칼날이나 다름없었으며, 많은 이가 전염병과도 같은 이 파국을 피하기 위해 다른 나라로 떠나갔다. 조국에 남은 자들은 아내와 딸들을 대피시켜 군중의 잔혹한 만행*을 피하도록 했다. 집에 머물다가 거칠고 무례한 병사들에게 명예와 순결을 잃으니 차라리 피란길에 닥칠 위험을 무릅쓰는 게 낫다고 판단했기 때문이다. 전쟁은 십 년 넘게 이어졌다. 이윽고 고통에 지친 사람들은 어리석음을 뉘우치고 복종의 미덕을 깨닫게 되었다. 기절한 사람처럼 힘없이 쓰러져 있었던 평화가 기운을 되찾았고 생명력의 근원인 사랑 또한 본래의 움직임을 되찾았다. 다시 불붙은 애국심이 무지한 백성들을 좋은 정치로 인도했다. 두려움과 근심 때문에 왕국을 떠난 사람들이 고국에 대한 애착에 이끌려 다시 돌아오기 시작했다.

이들 중에는 미덕과 재치, 미모를 모두 타고난 한 아가씨도 포함되어 있었다. 그러나 그녀는 배를 타고 고향에 돌아가던 중 모진 운명의 장난으로 폭풍을 만나 관능의 왕국에 그만 정박하고 말았다. 이 나라에 대해 아는 바도, 아는 사람도 전혀 없었던 그녀는 곧 곤경에 처했다. 믿었던 사람들은 모두 그녀를 배신하고 곁을 떠났고, 나이도 어린데다 세상 경험이 부족하다보니 어떻게 살아나가야 할지 막막했다. 어떻게 처신해야 할지 모르는 상황이었기에 생계를 유지하는 것 또한 어려웠다. 젊고 유연한 머리를 굴린 끝에 아가씨는 일거리라도 찾아 나서기로 결심하고 그 나라에서 가장 큰 도시로 발걸음을 옮겼다. 항구에서 그리 멀지 않은 곳이라 한 선원에게 길을 같이 가달라고 부탁했다. 그러나 선원이 안내한 곳은 초라하고 불량한 숙소였다. 운명과 시간과 행운에 따라 될 대로 되라고 내동댕이친 것이었다. 아가씨의 미모를 눈여겨본 숙소의 여주인은 가난한데다 탐욕이 많아 유혹에 쉽게 넘어가고 말았다. 여주인은 결국 손님의 안전이 아니라 자신의 이득을 택하고 아가씨를 어느 포주에게 몰래 팔아넘겼다. 포주는 젊은 고객을 위해 미모를 사고파는 늙은 여자였다. 여러 나라에서 장사를 해온 늙은 포주는 다양한 언어를 구사했다. 아가씨는 말이 통하고 사탕발림에 능한 이 포주의 꼬임에 넘어가 같이 살게 되었다. 선한 마님처럼 보이는 포주는 아가씨를 친절하게 대하고, 맛있는 음식을 먹여주고, 예쁜 옷을 입혀줬다. 아가씨가 운명의 여신의 선택을 받았다고 생각하게 되는 동안 포주는 그녀를 누구의 눈에도 띄지 않게 꼭꼭 숨겼는데, 당시 그 나라에 와 있던,

고객 가운데 손이 제일 큰 손님이 찾아올 때까지 기다릴 속셈이었기 때문이다.

기다리는 동안 포주는 아가씨에게 자연법칙에 대해 일장연설*을 했다. 나이가 어릴 때 미모를 제대로 활용해야 하고 젊음을 아깝게 썩히면 안 된다는 내용이었다. 미모와 젊음을 최대한 이용해 이윤을 남겨야 한다고, 미모와 젊음만 있으면 즐거움과 기쁨을 두루 얻을 수 있다고 말했다.

자연은 무엇도 허투루 만드는 법이 없고 언제나 유용함을 목표하니, 존재하는 모든 것은 공동의 이익과 보편적 선을 위해 복무해요. 자연법칙의 예로 지구와 물, 공기와 불, 태양, 달, 별, 빛, 열기와 냉기를 들 수 있지요. 아름다움, 힘, 욕구의 경우도 마찬가지로 자연이 만든 존재에게 기쁨을 선사하기 위해, 혹은 생식을 통해 더 많은 존재를 만들어내기 위해 존재하는 것입니다. 자연이 존속하기 위해서는 후손이 계속 만들어져야 하는데, 서로 소통하고 어울리지 않으면 후손이 만들어질 수 없죠. 부끄러워하며 숨어 지내는 사람은 자연 앞에 죄를 짓는 것과 마찬가지이기 때문에 그런 죄를 짓지 않도록 조심해야 해요. 자연은 만물의 형태를 끊임없이 바꿀 수 있는 막강한 힘을 지닌 위대한 여신이에요. 자연은 자신을 충실히 섬기고 따르는 사람에게는 평안과 기쁨을 선사하지만, 눈 밖에 난 사람에게는 고통을 주고 자기 자신을 괴롭히게 만들어요. 그러니 유일하고 진정한 여신인 자연만을 숭배하세요. 주피터나 주노 등의 이름으로 불리는 수많은 신은 진짜 신이 아니니 헛되이 숭배하지 마시고요. 그들은 어떤 위대한 발명을 했거나 영웅적 업적을 남겼다는 이유로 신성화된 인간 남자와 여자일 뿐이에요. 죽은 후

잊히지 않은 이들을 신이나 여신이라고 부르는 이유는, 사람들이 보통 미신을 잘 믿어 두려워하고 우상 숭배하듯 의례를 따르고, 옛것을 신비스럽게 여기기 때문이죠. 진정한 신은 오직 자연뿐이니 자연만 잘 따른다면 잘못을 저지를 수 없어요. 자연은 저처럼 나이든 사람들을 사제로 거느리고 있죠. 우리는 자연의 법칙과 관습을 오랫동안 숙지한 터라 자연을 가장 잘 섬기는 방법을 젊은이들에게 알려줄 수 있어요.

영리한 젊은 아가씨는 이 열변에 분명 숨은 의도나 속임수가 담겨 있음을 감지했다. 겁이 덜컥 났지만, 신들이 분명 자기를 보호해주리란 믿음을 갖고 마음을 다잡았다. 포주에게는 눈치챈 티를 전혀 내지 않고 그저 조언에 감사한다고 말했다. 그렇지만 포주가 자리를 뜨자 자신이 처한 위험에서 어떻게 벗어날지 궁리하기 시작했다. 만약 도움을 적극적으로 구하지 않고 마땅한 해결책도 물색하지 않고 기적이 일어나기만 바란다면 신들도 도와주지 않을 테니, 일단 최선의 방법은 탈출을 시도하는 것이라는 생각이 들었다. 그 집에 남아 있는 것이 가장 위험한 일이기에 자신의 운명을 또다시 우연에 맡겨보기로 했다. 그러나 그녀의 포부는 금세 꺾였는데 포주가 어찌나 철저히 감시하는지 도망갈 재간이 도통 없었기 때문이다. 아가씨의 순결을 비싼 가격에 팔아넘길 생각에 혈안이 된 포주는 그녀가 혹시라도 유혹에 빠져 어느 남자에게 순결을 바쳐버릴까봐 노심초사했다. 그녀는 어쩔 수 없이 상황을 일단 받아들인 뒤 위험에서 벗어날 방법을 찾아보기로 하고, 자신의 순결을 잔인하게 습격해올 침략자들로부터 구원해달라고 신들께 간절히 기도했다.

이삼일 후 왕국의 가장 큰 도시의 번화가에 그 나라 왕자가 찾아왔는데, 그는 어린 처녀를 독차지하는 재미에 사는 사람이었다. 그곳에 도착하자마자 왕자는 늙은 포주를 불러 아가씨들이 그사이 얼마나 늘어났는지 물었다. 포주는 뛰어난 미인이 있다고, 오직 그를 위해 그녀를 꼭꼭 잡아놓았다고 자랑했다. 자연이 빚어낸 미인 중에서도 보기 드문 절세미인인데, 아직 부끄러움을 많이 탄다고 덧붙였다. 그렇지만 시간이 지나 뜨거운 사랑의 맛에 눈뜨면 분명히 무르익어 대담한 애인이 될 거라고 말했다. 포주는 서둘러 집으로 돌아가 왕자를 맞이할 준비를 시작했다. 비싼 가구를 들이고 침대를 화려하게 꾸몄다. 침실에 달콤한 향까지 태우니, 마치 순결, 젊음과 아름다움을 제물로 바쳐 비너스 여신을 기리는 제단을 세운 듯했다. 포주는 화관 대신 비싸고 화려한 보석으로 아가씨를 치장했다. 그렇지만 이러한 인위적인 치장이 필요 없을 만큼, 아가씨의 고운 이목구비와 조화로운 몸매, 우아한 자태, 부드럽고 정숙한 얼굴은 자연이 빚어낸 모습 그 자체로 이미 너무나 아름다웠다. 포주가 분주히 준비하는 모습을 본 미제리아*(그때 그녀가 사용한 이름이었다)는 자신이 두려워하던 일이 눈앞에 닥쳐왔음을 확신했다. 자칫하면 난파될 수 있는 위험한 상황이 다가오자 파국을 어떻게 피할지 몰라 몹시 동요했다. 명예를 잃더라도 살아남아야 할지, 아니면 명예를 지키기 위해 목숨을 던져야 할지, 마음속으로 논쟁을 벌였다. 명예를 잃는 수모를 견딜 수 없었고 죽음 또한 두려웠다. 명예를 잃을 수 있다는 생각에 얼굴이 뜨거워졌고, 죽을 수 있다는 생각에 온몸이 바들바들 떨렸다. 그렇지만 한참 동안 갈등하며 몸부림치던 미제리아는 이내 죽음을 결심하게 되었다. 그녀가 혼잣말했다. 내가 만약 죽는다면 내 고통도 사라지겠지. 반면에 불명예스럽게 살아남는다면 어떤 행복도 느끼지 못할 거야. 죽음은 누구에게나 찾아오지만 내가 택한 죽음은 자연사가 아니니까 극단적인 수단이 필요해. 내 상황에는 특단의 방도가, 인위적인 도구가 필요한데 어떤 방법이 있을까. 거듭 고민한 끝에 그녀는 방을 치우는 등의 일을 해주는 하녀를 떠올렸다. 하녀가 일하는 동안 대화를 많이 나누면서 친해진 터였다. 그녀는 하녀를 불러 어느 현명한 마법사에게 전해들은 말이라면서, 생일날 총을 쏘면 그해의 액운을 다 태워버리고 행복을 누릴 수 있지만 총을 쏘지 않으면 불행해질 거라고 했다. 바로 오늘이 생일날이니 당장 총이 필요하다고, 큰 총을 쏘면 소리가 너무 크니까 작은 총을 갖다달라고 부탁했다. 아무도 모르게 조용히 총을 쏴야 한다고, 들키기라도 하면 모든 노력이 수포로 돌아갈 수밖에 없기에 누구한테도 이 일을 알리면 안 된다고 덧붙였다. 순진한 하녀는 미제리아가 하는 말을 쉽게 믿었고 요구한 물건을 잽싸게 구해왔다. 총을 손에 쥐자 더이상 우울하지 않았고 마음에 기쁨이 넘쳐났다. 근심에 빠져, 불안한 생각에 잠겨, 오래 서 있지도 앉지도 못하고 방안에서 이리저리 몸을 옮기며 안절부절못하던 그녀는 마음이 침착해져 의자에 앉을 수 있게 되었다. 닻도 내리지 않고 바닥짐도 없이 풍파에 이리저리 떠밀려 다니던 배가 비록 어디로 향하고 있는지 알 수는 없어도 순풍을 만나 차분하게 바다 위를 항해하는 듯했다.

잠시 후 늙은 포주와 왕자가 방에 들어왔다. 왕자는 미제리아의 미모에 깜짝 놀라 한참 동안 가만히 쳐다보기만 했다. 이윽고 옆으로 다가와 찬찬히 바라보면서 가벼운 질문을 몇 개 던졌고 미제리아는 짧지만 재치 있게 답변했다. 미제리아의 말솜씨에 더욱 감탄한 왕자는 늙은 포주와 가격을 흥정할 시간조차 아까울 따름이었다. 거래가 성사되자 포주가 자리를 떠났고 왕자는 미제리아에게 몸을 돌리면서 말했다. 그가 만난 여성 중에 그녀만큼 그의 감각을 흥분시킨 여성은 없었다고, 그의 영혼은 찬사로 가득하다고.

그러자 미제리아는 그의 감각 때문에, 혹은 자신의 외모 때문에 욕정의 대상이 될 바에는 온몸이 다 망가져 흙더미 밑에 묻히는 편이 낫겠다고 말했다. 그러나 당신의 고귀하고 정중한 태도를 보니 당신은 그런 짓을 하지 않으실 것 같고, 저는 당신의 불행이 아니라 당신의 행운을 위해 기도해야 할 것 같습니다. 자연이 조건 없이 제게 선물하신 것을 빼앗아갈 이유가 무엇입니까? 제가 소유한 것을, 제 동의 없이, 제게서 빼앗아가는 행위는 정의롭지 못합니다. 고귀한 심성을 지닌 사람이라면 그런 정의롭지 못한 짓을 혐오하기 마련이고, 명예로운 사람은 고귀한 심성을 지녔을 테니까요. 당신 역시 명예로운 분으로 보입니다. 힘도 없고 순결무구한 자에게 말도 안 되는 명령을 내리고 못된 요구를 하는 건 저열하고 잔인한 폭군이나 할 법한 짓이죠.

당신은 분명 고귀한 신사이시니, 열정을 잘 다스리는 주인, 관용을 베푸는 왕, 자비와 동정심의 신이라는 걸 증명해 보여주십시오. 먹이를 앞에 둔 짐승, 순수함을 탐하는 폭군, 순결, 덕성과 믿음을 파괴하는 악마가 아니라는 걸 증명해주세요. 미제리아의 눈에서 흐르는 눈물은 그의 야만적인 계획을 거둬달라는 간청과 같았다. 그러나 그녀의 눈물은 독을 먹은 자에게 주어진 음료와도 같아 왕자는 더욱 목마름을 느꼈고 그의 욕정 또한 더욱 거칠어졌다. 왕자가 그녀에 대한 자신의 애정을 그 어떠한 말로도 막을 수 없으리라고 말하며 달려들자 미제리아는 감춰뒀던 권총을 꺼내 미간을 찌푸리며 자신을 지키겠다고 외쳤다. 잔인하고 완강한 적으로부터 자신을 보호하는 것은 죄가 될 수 없습니다. 잘 들으세요. 사악한 자는 제가 죽은 후에야 저를 붙들 수 있을 것입니다. 저는 살아 있는 한 명예롭게 살 것이고, 제가 죽거나 남을 죽인다면 오직 제 안전을 지키기 위해서*일 것입니다.

미제리아가 총을 들고 호통치는 모습을 본 왕자는 깜짝 놀랐지만 그녀가 내뱉은 말을 곧이곧대로 듣지 않았다. 게다가 여자한테 기가 눌리는 수모를 당할 수는 없었다. 왕자는 여유 있게 미소 지으며 말했다. 당신은 실제로 하지도 않을 일을 하겠다고 협박하고 있군요. 당신이 죽어 무덤에 묻힌다면 당신의 명예도 같이 죽음을 맞이하게 되겠지요. 반면에 죽지 않고 살아남는다면 즐거움과 행복으로 가득한 삶의 궁전을 지을 수 있을 거고요. 손에 쥔 권총을 빼앗으려 왕자가 다가오자 미제리아는 단호하게 말했다. 멈추세요, 거기 멈추세요. 당신 무덤 위에 제 명예의 신전을 먼저 짓겠습니다. 어린 처녀들이 모두 신전에 찾아와 저를 위해 제사를 올릴 겁니다. 미제리아는 이런 말을 하다가 왕자에게 총을 쐈다. 왕자는 즉시 바닥으로 쓰러졌다. 총소리를 듣고 달려온 늙은 포주의 눈앞에 왕자가 피를 쏟으며 바닥에 고꾸라져 있었다. 그 옆에 선 미제리아는 대리석 조각상이라도 된 양 미동도 없이 자신이 만든 작품을 물끄러미 바라보고 있었다. 사람 살려, 사람 살려, 도와주세요, 도와주세요! 포주는 어쩔 줄 몰라하며 비명을 지르면서 방안을 이리저리 정신없이 뛰어다녔다. 공포에 질린 포주가 칼을 꺼내 미제리아를 찌르려고 하자, 왕자는 포주에게 칼을 치우라고 명했다. 왕자는 미제리아에게 합당한 벌을 내릴 수 있도록 신들이 자신의 목숨을 지켜주길 바란다고, 그 이상으로 바라는 것은 없다면서 침대에 눕혀달라고 말했다. 이윽고 의사들이 달려와 출혈을 최대한 막고 다친 부위를 치료했다. 생명이 위험한지 묻자 의사들은 상처가 깊어 위험한 상태이지만 회복할 수 있다는 희망을 포기할 필요는 없다고 말했다. 치료를 받은 후 왕자는 어린 아가씨를 방에 가두라고 명령했다. 그 집에 그녀가 있다는 사실을 아무도 눈치채지 못하게 관리하라고 했다. 또한 자기가 어떻게, 어떤 방식으로 다치게 되었는지에 대해 함구하라고 지시했다. 그러고는 가마에 실려 자기 집으로 돌아갔다. 그 도시에 있는 웅장한 궁전이었다.

왕자가 총을 맞았다는 소문이 파다하게 퍼졌다. 사람들은 어떻게 그런 일이 있을 수 있냐며 놀라워하고 자초지종을 물었다. 모두 상상의 나래를 펼쳤지만 진실은 아무도 몰랐다. 시간이 지나면서 왕자의 상처는 낫기 시작했지만 미제리아에 대한 사랑 때문에 마음은 오히려 더 고통스러웠다. 그녀가 그토록 용감하게 지켜내고 수호한 것을 강제로 빼앗고 싶지는 않았다. 그렇다고 그녀와 합법적으로 맺어질 수도 없는 노릇이었다. 그는 이미 오 년 전에 결혼한 몸이었기 때문이다. 비록 지금은 형이 죽고 그가 가문의 종손이 되었지만, 그가 스무 살이었을 때 형은 아직 살아 있었고 부모님의 권유로 신분 높고 재산도 많은 과부와 결혼*을 해버린 것이었다. 서로의 이익을 위한 결합이었지 사랑을 위한 결혼이 아니었다. 그의 아내는 나이가 많아 아이를 가질 수 없었고, 그는 자연스럽게 윤락가 여인들을 찾아 나서게 된 것이었다.

왕자의 마음에 갈등과 의심, 걱정, 희망과 질투가 오래도록 요동쳤다. 그는 결국 미제리아를 포주의 집에서 나오게 해 선물도 주고 달래

보면서 설득해보기로 결심했다.

왕자에게는 나이든 이모가 있었는데, 태도가 매우 정중하고 그를 매우 아끼는 여성이었다. 그는 이모에게 무슨 일이 있었는지, 어떤 감정을 느끼고 있는지 고백했다. 그러고 나서 미제리아를 포주의 집에서 조용히 데리고 나와달라고 부탁했다. 자기가 건강을 회복할 때까지 미제리아를 잘 숨겨서 데리고 있어달라고, 그리고 친절하고 진중하게 대해달라고 부탁했다. 이모는 그가 부탁한 대로 다 해주었다. 미제리아를 도시에서 떨어진 자신의 집에 데리고 와서 함께 지냈다. 미제리아는 죽을 각오가 되어 있었고, 자신이 용기를 내어 총을 쏘았던 것처럼, 자신에게 닥쳐올 운명을 용감하게 맞이할 작정이었다. 미제리아는 마음을 다 비운 상태였는데, 유일한 불평이라면 너무 무료하다는 것이었다. 왕자의 이모가 찾아오자 소일거리를 좀 달라고 청했다. 제 머리를 녹슬지 않게 해줄 일이 필요해요. 책을 좀 보겠냐고 묻자 미제리아는 좋은 책이라면 기꺼이 보겠지만 그렇지 않은 책은 사양한다고 했다. 좋지 않은 책은 무례한 사람과도 같아서, 함께한 즐거움을 느끼기보다는 쓸데없는 말로 불쾌감을 느끼게 하니까요. 나이 지긋한 이모는 그럼 로맨스를 읽겠냐고 물었다.* 아니요. 로맨스는 덕성을 어찌나 치켜세우는지, 그런 완벽한 덕성을 아직 갖추지 못한, 앞으로도 영원히 갖추지 못할 독자에게 질투심만 불러일으키지요. 또한 로맨스는 나약한 인간을 어찌나 호되게 징벌하는지, 독자는 벌받는 자를 불쌍하다못해 사랑스럽다고 느끼게 됩니다. 게다가 로맨스는 너무나 황당해서, 이성의 잣대로 보면 바보 같은 이야기에 지나지 않고, 나이 어린 독자의 심성에 연애를 동경하는 마음과 음탕한 욕망만 심어놓습니다. 그럼 자연철학은 어떨까요? 이모가 물었다. 미제리아가 답했다. 자연철학은 의견에 불과합니다. 그 의견에 진실이 어느 정도 담겨 있다고 하더라도 거짓 아래 하도 깊숙이 파묻혀 있어 밝혀낼 재간도 없습니다. 그렇다면 도덕철학을 읽으시겠어요? 아니요, 미제리아가 답했다. 도덕철학은 정념을 어찌나 세밀하게 분류하는지, 게다가 우리에게 그 철학을 따르라고 얼마나 엄격하고 부자연스럽게 종용하는지, 결과적으로 실천이 불가능합니다. 그럼 논리학에 대해서는 어떻게 생각하세요? 논리학은 궤변에 불과하다는 대답이 돌아왔다. 시끄러운 분쟁만 빚어내고 결론적으로는 아무 성과도 내지 못합니다. 그럼 역사서를 드릴까요? 아니라고 했다. 역사는 사건이 벌어진 시점 한참 후에, 그러니까 진실이 다 잊힌 후에 대개 기술되고, 당대에 기술되는 경우라 하더라도 편파적이거나, 욕망 또는 두려움에 지나치게 영향받았을 가능성이 높습니다. 그럼 종교서를 드려야겠네요. 아닙니다, 미제리아가 답했다. 종교서도 해결 불가능한 논란만 키우는걸요. 살아 있는 동안 알 수도 없는 것을 가지고 마음을 괴롭게 하고, 마음 편히 죽지도 못하게 양심에 겁을 줘요. 그녀는 희곡이나 수학책을 읽겠다고 했다. 인간의 기질과 관습을 포착하고 보여주는 희곡은 나 자신과 타인을 더 잘 이해하게 해줍니다. 경험이 가르쳐주는 것보다는 훨씬 짧은 시간 안에 말이지요. 수학은 이성을 통해 진리를 입증하는 방법을 알려주고, 선행의 척도에 따라 제 삶을 재단하게 해줍니다. 제가 빚진 분들에게 얼마나 감사해야 하는지 수학 기호로 정확히 분석하게 해주고요. 하느님이 제 인생을 저울질하시는 그날에 좋은 평가를 받을 수 있도록 경건한 마음으로 기도하는 나날을 헤아리게 해주는 것도 수학입니다. 수학은 음악과 건축, 항해술과 전술, 물과 불, 바퀴와 같은 수많은 기계와 기구를 쓰는 방법과 관련됩니다. 수학을 알면 지구가 얼마나 큰지, 우주가 얼마나 드넓은지, 별이 몇 개나 되는지, 행성이 어떻게 움직이는지 이해하게 됩니다. 시간을 나누어 헤아리게 해주고 이 세계 전체를 아우르는 법에 통달하게 해주니 수학은 진리의 촛불과 같고, 우리가 자연 만물을 들여다보고 재현할 수 있는 것은 오로지 이 촛불 덕분입니다. 진리의 이름을 붙여 알아갈 수 있는 모든 것이 수학에 담겨 있고, 그 밖의 것은 인간의 평안을 방해하니, 오직 수학만이 인생을 달콤한 기쁨으로 물들게 해줍니다.

왕자의 이모가 말했다. 미모와 말씨로 미루어보아 아가씨는 다른 평범한 젊은 여성보다 집안도 더 좋고, 교육도 훨씬 더 잘 받으신 듯합니다. 실례가 되지 않는다면, 어떤 집안 태생이신지, 누구신지, 어떻게 이곳에 오게 되셨는지 물어봐도 될까요? 미제리아가 한숨을 내쉬며 대답했다. 제가 살던 나라에 불행히도 전쟁이 나서 어머니와 함께 고향을 떠나게 되었습니다. 저는 그때 나이가 매우 어렸던데다 외동딸이라 부모님은 저를 안전한 곳으로 보내고 싶어하셨어요. 아버지는 제 고향에서 신분과 직책이 누구보다 높은 분 중 한 분이셨는데, 전쟁 총지휘관이 되자 어떤 결과를 초래할지 모르는 채로 어머니와 저를 안전의 왕국으로 보내셨어요. 예전에 그 왕국에 대사로 파견되신 적이 있거든요. 어머니와 저에게 전쟁이 끝날 때까지 거기 머무르라고 말씀하셨지요. 아버지는 전쟁터에서 돌아가셨고, 그 소식을 듣고 슬픔에 빠진 어머니도 숨을 거두고 마셨어요. 저는 결국 하인 몇 명을 제외하고는 아는 사람 없는 낯선 곳에 홀로 남게 되었지요. 그러다 고국에 평화가 다시 찾아왔다는 소식을 듣고 고향으로 돌아가기로 결심했어요. 아버지의 유일한 상속인으로서 재산을 되찾아야 할 필요도 있었고요. 하녀와 하인한 명씩만 데리고 배에 탔는데, 불행히도 폭풍을 만나 이 왕국에 정박하게 되었어요. 제가 데리고 왔던 두 사람은 배은망덕하게도 제 보석과 돈을 모두 훔치고 저를 이곳에 홀로 두고 떠나버렸어요. 그때 제가 묵던 곳의 주인은 저를 나이 많은 여자 포주에게 팔아넘겼고, 포주는 다시 자기 고객에게 저를 팔아넘겼어요. 그가 저를 겁탈하려 했을 때, 저는 저 자신을 지키려고 그에게 총을 쏘았습니다. 그가 살았는지 죽었는지 모르겠습니다. 그 이후 여기로 잡혀왔는데, 누구의 지시로 여기 오게 되었는지 아마 저보다 마님이 더 잘 알지 싶습니다. 여기서 마님이 저를 친절하고 격식 있게 대해주시니 두려움이 조금 가십니다. 저를 죽음에서 구해주지는 못하더라도 남자에게 욕을 당하지 않도록 보호해주시리라는 생각이 듭니다. 제가 누구인지, 어디서 왔는지 물어보신 마님께 저도 질문을 드리고 싶습니다. 마님은 누구신가요? 저는 누구의 지시로, 왜 여기로 오게 된 건가요?

나이든 여인은 자신이 왕자의 이모임을 밝히며 조카를 무척 사랑한다고 말했다. 조카의 뜻에 따라 미제리아를 데려왔고, 그녀를 앞으로 어떻게 할지 그가 결정할 때까지 이곳에 머물러야 한다고 말했다. 조카의 신분도 알려줬다. 단, 조카가 미제리아를 사랑한다는 사실은 알려주지 않았고 마치 그녀가 큰 위험에 처했다는 듯이 겁을 줬다. 그러고선 그녀가 원하는 책들을 보내주겠다는 말만 남기고 자리를 떴다.

몇 주 후 건강을 회복한 왕자는 미제리아를 방문하기로 마음먹었다. 이모에게 미제리아의 태생에 대해 듣고 나자 그녀를 쉽사리 제압하기 어렵겠다는 생각이 더욱 강해졌다. 반면, 왕자의 신분을 알게 된 미제리아는 그가 명예롭게 행동하리라는 희망을 품게 되었다. 왕자가 찾아왔을 때 미제리아는 슬픈 표정을 한 채, 눈을 깜빡이지도 않고 굳은 자세로 앉아 있었다. 과거에 자신이 겪은 불운을 생각하며 우울한 생각에 잠겨 있었던 미제리아는 자신이 처한 상황을 심각하게 받아들이고 미래에 있을 일에 대해 고민하는 중이었다. 왕자를 보자마자 그녀는 과거에 자신이 겪은 위험을 기억하고 앞으로 닥칠 위기를 예상하면서 두려움에 파르르 떨었다. 다행히 왕자는 매우 공손하고 품위 있게 행동했다. 자신의 행동에 대해 용서를 구했고, 그녀가 만남을 허락하기만 한다면, 그토록 소중하게 생각하는 것을 빼앗지 않겠다고 약속했다. 그녀와 같이 있는 것보다 세상에서 더 소중한 것은 없다면서. 그녀 옆에 앉은 왕자는 고국에, 아니면 어딘가에, 사랑을 약속한 사람이 있냐고 물었다. 미제리아가 없다고 대답하자 왕자는 크게 만족하며 기뻐했다. 명예 또는 명성을 지키기 위해서가 아니라, 사랑하는 애인을 위해서 자신을 공격했을 수 있다는 생각에 질투심을 느꼈던 터였다. 그녀의 사랑을 받는 행복 다음으로 큰 행복은 그녀에게 달리 사랑하는 사람이 없다는 사실을 확인하는 것이었다.

당신의 용맹함이 놀랍습니다, 왕자가 말했다. 여자들은 보통 연약하고 겁이 많아서 칼이나 총 같은 무기는 잘 쳐다보지도 못하고 얼굴을 돌리거든요.

그러자 미제리아가 답했다. 필연의 여신은 위대한 사령관입니다. 말을 이어가던 그가 다음날 다시 찾아오겠다면서 떠나자 미제리아는 몹시 안도하며 탄식했다. 이 굶주린 사자를 매일 대해야 한다니, 이 무슨 고통인가! 이렇게 흥분해서 날뛰는 자에게, 그리고 그와 닮은 모든 몹쓸 남자에게 맞서려면 묘약을 찾아야만 해. 머리를 이리저리 굴리던 중 독약을 떠올렸다. 미제리아는 독약을 구해 아주 작은 주머니에 잘 담고, 주머니를 단단히 봉한 다음 팔에 꽉 묶었다. 위험한 상황에 처하면 언제든지 주머니를 깨물어 독약을 삼키고 죽을 생각이었다.

다음날 아침, 왕자로부터 온갖 진귀한 선물이 도착했다. 화려한 페르시아산 실크, 거즈, 고운 리넨과 레이스 등 젊은 처녀들이 좋아하는 옷감과 장신구가 한 보따리 도착했다. 그러나 미제리아는 편지와 함께 선물을 다 되돌려보냈다. 매우 감사하지만 부모나 친지가 보내준 선물이 아닌, 되갚지 못할 선물은 받을 수 없다면서. 선물이 모두 되돌아오자 왕자는 미제리아가 만족하지 못했다고 생각해서 더 비싼 보석을 구해 보냈다. 그것을 보자 그녀는 정말 화려하고 비싼 보석이라고 말하며 이 역시 돌려보냈다. 이러한 부귀와 사치가 내 젊고 자유로운, 순수한 마음을 허영심으로 물들이고 타락시킬까봐 걱정된다. 그러니 왕자께 눈부신 미끼로 나를 사로잡을 생각일랑 거둬들이라고 전해라.

선물을 보내도 아무런 소용이 없자 왕자는 근심에 빠졌다. 그러나 그는 시간이 자신의 편이 되어주리라 믿고 미제리아를 다시 찾아갔다. 자기를 혐오하다못해 보내준 선물까지 혐오하니, 마음이 너무 아프다고 했다. 선물을 받는 게 법도나 예법에 어긋나지 않거늘, 어째서 선물을 거부하는지 모르겠다고 호소했다.

미제리아는 자신은 달리 배웠다면서, 선물이란 주는 것도 받는 것도 위험하며, 특히 숨은 의도가 있거나 야심을 품은 사람이 주는 선물일 경우 더욱 그러하다고 말했다. 사랑을 받지도 주지도 못하게 하니 너무 속상하다고 왕자가 말했다. 왕자는 매일매일 찾아와 시간 가는 줄 모르고 미제리아에게 사랑을 바쳤다. 외모에 한껏 신경쓰고 예의를 갖추면 미제리아의 마음을 움직일 수 있지 않을까 싶어 몸에 파우더를 바르고 향수를 뿌리고 화려한 옷을 입는 등 갖은 노력을 다했다. 어찌나 매력이 넘치고 장점이 많은지, 말은 또 어찌나 감미롭게 하는지, 상대가 어리고 어수룩한 여성이었다면 금세 넘어갔을 것이다. 왕자가 미제리아의 기분을 살뜰히 살피고, 성품을 칭송하고, 아름다움을 찬미하고, 재치를 칭찬하고, 판단력을 예찬하자 그녀는 점차 그와 같이 있는 것을 싫어하지 않게 되었을 뿐 아니라, 심지어 그가 곁을 떠나면 우울해지기까지 했다. 왕자의 이름을 들으면 얼굴이 빨개지고 그가 가까이 오면 깜짝 놀라는 등, 시시때때로 한숨이 나오고 눈물이 고이고 얼굴이 창백해지고 마음이 어지러워졌지만, 자신이 병에 걸렸다는 사실도 알아채지 못했고 무슨 병인지는 더더구나 알지 못했다. 거울을 자꾸 들여다보고, 머리를 곱슬곱슬하게 말고, 얼굴을 잘 씻고, 옷을 예쁘게 차려입고, 햇살을 피하면서도 그 이유를 몰랐다. 그러나 경험 많은 애인은 눈치가 빠른 법이다. 미제리아가 예전보다 공들여 꾸민 모습을 본 왕자는 그녀의 가슴에 싹튼 애정이 금방 식을까봐 애태우며 사랑을 거듭 고백했다. 맹세코 오직 그녀만 섬기겠다고, 신의를 저버리지 않고 죽을 때까지 그녀만 사랑하겠다고 약속했다. 미제리아는 그런 약속을 지킨다고 해서 사랑이 적법해지는 건 아니라고 했다. 그렇다면 당신은 그 사랑에 대해 떳떳하게 말할 수 있나요? 하느님 앞에 서서 이 사랑에 죄가 없다고 말할 수 있나요? 당신의 사랑에는 제 가족에 대한 모독도, 여성에 대한 악의도, 덕성에 대한 공격도, 순수함에 대한 잘못도, 저에 대한 무례함도 전혀 없다고 맹세할 수 있나요?

왕자는 자연이 준 사랑이니 합법하다고 말했다.

미제리아가 답했다. 저를 더럽힐 생각은 하지 마세요. 그건 하늘을 더럽히는 일만큼이나 어려울 테니까요. 하지만 당신이 저와 합법적으로 결혼하실 수 있는 자유의 몸이라면 당신의 사랑을 받아들이겠습니다.

왕자는 자신과 미제리아의 젊음에 호소했다. 나이든 아내가 있지만 그녀는 조금만 있으면 곧 사망할 거라고 말했다. 그러니 우리 일단 사랑을 즐겨요. 그러다가 아내가 세상을 뜨면 우리 그때 결혼해요.

싫습니다, 미제리아가 답했다. 그런 비싼 값을 치르고 남편을 얻을 생각은 추호도 없습니다. 그리고 저는 살아 있는 사람의 죽음을 기도할 만큼 사악하지 않습니다. 아내분이 덕성, 순결, 신앙을 배반하지 않았다면 말이에요. 불쾌해하는 미제리아의 모습을 보자 왕자는 일단 물러서기로 마음먹었다. 어리고 가냘픈 애정의 싹을 해칠까봐 두려웠다. 얼마 지나지 않아 왕자는 귀족 모임에 참석하게 되었는데, 귀족들이 애인을 위한 건배를 이어가자, 사랑에 소홀하지 않고자 왕자 역시 자신의 애인을 위해 격식을 차려 정중하게 잔을 올렸다. 사랑의 제단 앞에 그의 이성은 향이 되어 날아간 듯했고, 그의 머리는 연기가 자욱한 듯한 상태가 되었다. 연회가 끝난 후 연인을 찾아간 왕자는 그녀의 아름다운 자태를 보고 기름에 불붙은 것처럼 화끈 달아올랐다. 그의 불타는 욕망을 보고 기겁한 그녀는 독약이 든 주머니를 입에 넣었다. 물러서지 않는다면 독약을 삼키겠다고 경고했다. 그러나 이성보다 열정의 힘에 압도된 왕자가 그녀가 한 말을 귀담아듣지 않자 미제리아는 독약 주머니를 확 깨물었다. 그리고 바로 그 순간 죽은듯이 바닥에 쓰러졌다. 그 모습에 왕자는 넋을 잃었고 몸이 마비됐다. 도와달라고 그가 겨우 소리치자 이모가 달려왔다. 왕자는 두려움에 떨며 무슨 일이 있었는지 겨우 설명했다. 약초에 대한 책을 이것저것 읽어본 적 있고 여느 나이든 여성처럼 약을 다룰 줄 아는 이모가 아가씨에게 얼른 해독제를 먹였다. 미제리아는 독을 뱉어냈고 가까스로 목숨을 건졌다. 그러나 어쩌나 심하게 앓던지, 어렵게 건진 목숨을 부지할 수나 있을지 아무도 자신하지 못했다. 왕자는 후회막심이었다. 왕자는 머리를 쥐어뜯고 가슴을 치면서 자신을 저주했다. 용서해달라고, 다시는 그런 짓을 하지 않겠노라고 그녀에게 큰 소리로 맹세했다. 그러나 돌아오는 것은 신음소리와 한숨뿐이었다. 이모가 열심히 보살펴주고 치료해주자 미제리아는 서서히 건강을 회복했다. 왕자는 그 과정 내내 옆에서 괴로운 마음으로 지켜보았다. 어느 정도 회복하자 미제리아는 자신이 처한 상황과 위험에 대해 다시 통탄했다. 이 가혹한 운명의 덫을 어떻게 빠져나갈지, 운명을 자기편으로 어떻게 되돌릴지 깊은 고민에 잠겼다. 기회는 생각보다 금방 찾아왔고 그녀는 그 기회를 놓치지 않았다. 왕자가 궁정에 불려간 사이 건강이 썩 좋지 않던 이모도 자리를 잠시 비우자 그녀는 방을 여기저기 뒤져 시종이 오래전에 입었던 옷을 찾아냈다. 그 옷을 자신이 묵는 방으로 들고 와 숨긴 다음, 펜과 잉크를 찾아 편지를 두 통 썼다. 한 통은 왕자에게, 다른 한 통은 이모에게 남기는 편지였다. 미제리아는 편지를 다 쓰고 봉한 다음 탁자 위에 올려두었고, 머리카락을 싹둑 베어버리고 옷도 홀라당 벗어버리고는 시종의 옷으로 갈아입었다. 벗은 옷과 머리카락은 방 뒷구석에 던져놓고 그 집에서 뛰쳐나왔다.

이렇게 남자 시종으로 변장한 그녀가 이내 도착한 곳은 큰 항구도시였다. 바닷가에는 많은 배가 닻을 내린 채 정박해 있었고, 마침 막 출발하는 배 한 척이 보였다. 너무나 두려웠던 나머지 미제리아는 그 배가 어디로 가는 배인지 생각하거나 알아볼 겨를도 없이 허겁지겁 올라탔다. 선원들 역시 돛을 올리고 밧줄을 조절하느라 정신이 없어 그녀가 승선했다는 사실을 알아차리지 못했다. 해안에서 멀어지자 배가 다시 조용해졌다. 갑판 위를 걷던 선장은 곱상하게 생긴, 시종 옷을 입은 청년이 서 있는 것을 발견했다. 어디서 온 누구냐고 묻자 그녀가 말했다. 혹시 부의 왕국으로 가시는 중 아닙니까. 그곳에 가고자 합니다. 배에 뒤늦게 탄데다, 출발할 때 다들 너무 바쁘셔서, 아무것도 여쭙지 못하고 탔습니다만, 저에 대해 궁금하시면 성심껏 대답해드리겠습니다. 선장이 말했다. 이 배는 부의 왕국이 아니라 남쪽으로 가는 탐험선이오. 게다가 이 탐험에 참여하는 인원수에 딱 맞게 식량을 실었기 때문에 사람을 더 태울 수 없소. 이 말을 듣자 그녀의 뺨에 눈물이 주르르 흘러내렸다. 그 고운 모습을 본 선장은 마음이 움직여 청년을 측은히 생각하게 되었다. 누구냐는 질문에 그녀는 신사의 아들이라고 대답했다. 내전이 터지자 어린 나이에 어머니와 함께 고국을 떠나게 되었다는 사연과 관능의 왕국에 난파된 경위를 솔직하게 들려주었다. 다만, 그녀는 어느 숙녀의 시종으로 일해왔다고 말하면서, 고국에 돌아가고 싶은 간절한 마음에 불행히도 엉뚱한 배에 몸을 실었고, 소원대로 고국에 돌아갈 운명은 아닌 듯하다고 말했다. 그렇지만 저는 젊기 때문에 여행을 통해 지식을 쌓을 수 있으리라 생각합니다. 어떤 일을 주셔도 당신을 위해 최대한 열심히 일할 각오가 되어 있습니다. 신중하고 분별 있는 선장은 그녀의 부드럽고 공손한 태도와 겸손한 표정, 그리고 미모를 유심히 살펴본 후 남자라고 생각하고, 이미 배를 탔으니 바다에 버리지는 않겠다고 말했다. 식량이 모자라긴 하지만 내 몫을 나눠주겠소.

그녀는 선장에게 진심으로 감사하면서 베풀어준 은혜에 값하는 일꾼이 되겠다고 약속했다. 몇 주 후 선장의 건강이 매우 나빠졌다. 그녀는 앓아누운 선장을 정성껏 돌보고 간호했다. 자식이 없는데다 나이가 많아서 앞으로 자식이 생길 가능성도 없던 선장은 그녀의 보살핌에 큰 감동을 받아 그녀를 양아들로 삼기로 결정했다. 오륙 개월 동안 배는 큰 풍파 없이 순항했다. 바위와 모래톱을 만날 위험에 닥치면 노련하게 피해 갔고, 좋은 항구를 만날 때마다 배를 재정비했다. 이렇듯 배가 순항했기에 선원들은 이 항해가 편안하고 성공적일 거라는 희망을 안게 되었다.

그러나 운명은 역시나 장난을 멈추지 않았다. 운명은 인간에게 큰 희망을 품게 한 다음 이내 나락으로 떨어뜨리는 법이다. 운명은 신들이 탐험선을 보고 노여워하게 만들었다. 자신들의 창조물에 대한 인간의 호기심이 도를 넘었다는 생각에 신들은 분노했다. 큰 폭풍이 일고, 구름과 바다가 충돌하면서 비가 억수같이 내렸다. 바람이 요동치고 천둥이 쿵쾅거리고 번개가 번뜩이자 선원들이 놀라 공포에 떨었다. 그들은 스스로를 구해낼 힘이 충분치 않았고, 시야도 확보할 수 없었으며, 환난에 맞설 숙련된 경험이나 용기도 부족했다. 닻은 떠내려가고 방향키도 부서졌다. 돛대는 갈라지고 돛은 모두 찢어졌으며 선체에는 물이 차고 희망은 온데간데없었다.

남은 것은 오직 어두운 절망과

눈앞의 음산한 죽음뿐이었다.

얼굴 위로 죽음이 바람을 타고 불어왔고

파도가 일렁일 때마다 무덤이 깊어만 갔다.

선원들이 혼돈에 빠져 있을 때 트라벨리아*(그녀가 새로 지어낸 이름이었다)는 늙은 양아버지 뒤에 바짝 붙어 있었다. 배가 가라앉지는 않을지, 사람들이 생존할 수 있을지 선장 역시 그녀만큼이나 두려웠다. 배를 더이상 조종할 수 없는 상황이 되자 그는 서둘러 작은 배를 바다에 띄우라고 조타수에게 지시했고, 그의 명령대로 작은 배를 띄우자마자 함선은 큰 바람에 떠밀려 바위에 부딪히더니 두 동강이 나고 말았다. 조타수와 사랑하는 양아들과 함께 작은 배에 올라탄 선장은 함선과 배를 잇는 밧줄을 끊고 신들의 가호를 빌면서 운명에 몸을 맡겼다. 작은 돛을 배에 매달아 그저 바람이 부는 방향대로 떠가길 바랐다. 밧줄 끊긴 작은 배가 나아가자마자 함선이 바닷속으로 가라앉았다. 선원들도 바닷속으로 사라졌다.

신들은 정절을 지킨 트라벨리아에게 호의를 베풀었다. 거센 바람이 차차 잦아들었고 엿새가 지나자 배는 거대한 강으로 밀려 들어갔다. 민물이었지만 강이 어찌나 길고 넓은지 바다와 다를 바 없었다. 나흘 동안 육지를 보지 못하고 가다가 땅이 보이기 시작하자 그들은 강가로 향했다. 강가에는 사람들이 떼를 지어 모여 있었다. 거리가 좁혀지자 배에 탄 사람들과 육지 사람들은 서로의 생소한 모습을 보고 공포에 휩싸였다. 그곳 육지 사람들은 물고기처럼 헤엄칠 수는 있을지언정 물위에서 헤엄치는 배 따위는 본 적이 없는 터였다. 배에 탄 사람들

또한 두려움에 떨었다. 이곳 사람들처럼 생긴 사람들을 본 적이 없었기 때문이다. 육지 사람들의 피부는 흑인 피부처럼 까맣지도 않고, 황갈색도 회색도 아닌, 짙은 보라색이었다.* 이들의 머리카락은 우유처럼 하얗고 양모처럼 곱슬곱슬했고, 입술은 얇고, 귀는 길고, 코는 납작하면서도 끝이 뾰족했고, 흑단처럼 까만 이와 손톱이 반짝반짝 빛났다. 키도 몸집도 전체적으로 컸고 거의 벌거숭이나 다름없었다. 두른 것이라고는 허리와 사타구니를 가린 천밖에 없었는데, 천을 먼저 허리에 두른 후 다리 사이로 빼낸 다음 매듭을 지은 모양새였다. 나무껍질로 만든 이 천은 실크만큼이나 곱고 부드러워 보였다. 남자들은 저마다 손에 긴 창처럼 생긴 화살을 들고 있었다. 어찌나 단단하고 반들반들한지 쇠로 만들었나 싶었지만 실은 고래 뼈로 만든 화살이었다.

배가 육지에 다다르자 보라색 피부의 사람들이 몰려와 배를 타고 온 사람들을 포위했다. 그 수가 어찌나 많은지 질식할 지경이었다. 사제처럼 보이는 근엄하고 위상이 높은 듯한 사람들이 있었는데, 이들이 배를 타고 온 사람들을 이 지역을 다스리는 추장에게 보냈다. 모든 기이하고 희귀한 것을 추장에게 바치는 풍습이 있다는 사실은 나중에 알게 되었다. 사제처럼 보이는 이들이 나와 트라벨리아 일행을 끌고 가는 바람에 보라색 피부의 사람들이 강가에서 거행하고 있는 제사를 구경할 겨를이 없었다. 물고기를 잡아 바다의 신에게 제물로 바치는 제사를 지내는 중이라 추측할 따름이었다. 보라색 피부의 사람들은 배를 타고 온 사람들을 진기한 동물에 태웠다. 송아지 몸뚱이에 물고기 꼬리를 하고 머리에는 뿔이 솟아 있어 유니콘을 닮은, 반은 짐승이고 반은 물고기인 동물이었다. 강가에 떼를 지어 사는 모습이 흡사 물개와 같았다. 얼마나 온순하고 길들이기 쉬운지 굳이 사육하지 않아도 보라색 피부의 사람들이 필요할 때 갖다 쓸 수 있었다.

이 물고기인지 짐승인지 모를 동물을 타고 모래사장을 따라 추장의 처소 쪽으로 한참 가다보니 둑 위에 가지런하게 지어진 집들이 보였는데, 생선뼈를 돌이나 벽돌처럼 촘촘하고 정교하게 쌓아올린 멋진 집이었다. 생선 비늘을 타일처럼 납작하게 뉘어 만든 지붕이 햇빛에 어찌나 반짝이는지 은 같기도 하고 오색찬란한 무지개 같기도 했다.

추장의 처소에 도착하자 추장은 이들을 또다른 추장에게 보냈다. 같은 동물 등에 태워 다른 사절단과 함께 보냈는데, 강가를 따라 며칠 이동하는 동안 뜨거운 모래에 구운 생선을 먹었다. 이들이 먹을 수 있는 것은 강에 넘쳐나는 낯선 물고기와 새들밖에 없었는데, 잔디도 초목도, 아니 초록색이라고는 찾아볼 수 없는 이곳의 낯선 풍경은 이방인들에게 기묘하게 다가왔다.

마침내 숲으로 보이는 곳에 도달했다. 숲이라 생각한 이유는 나무가 많았기 때문인데, 이상한 점이 한두 가지가 아니었다. 나무에는 가지나 잎이 전혀 없었고 나무기둥이 어찌나 큰지, 스무 명 혹은 그 이상의 식구도 그 나무에 살 수 있을 정도였다. 추장 가족이 사는 나무는 다른 나무보다 네 배나 컸다. 이 나무는 겉모양도 속모양도 꽃다발 같았는데, 각기 다른 색, 모양과 향기를 지닌 꽃을 모아놓은 형상이었다. 나무를 한쪽 방향으로 베면 꽃 모양이 하나하나 그대로 다 살아 있지만 반대 방향으로 베면 꽃이 줄기에서 우수수 떨어진 모양이 되어버렸다. 나무에서 피어나는 달콤한 향기가 숲 전체에 진동했다.

숲의 추장이 트라벨리아 일행을 살펴보더니 이번에는 또다른 동물

위에 태워, 또다른 사절단과 함께 다른 곳으로 떠나보냈다. 이들이 타고 온 동물은 원래 살던 곳으로 돌아갔다. 이번에 타게 된 동물은 석탄처럼 새까만 색으로, 몸통은 수사슴과 같고, 크기는 말과 흡사했다. 꼬리는 개, 뿔은 양과 같았으며, 뿔 끄트머리는 나무에서 돋는 싹처럼 초록빛을 띠었다. 노루만큼 빨리 달리는 이 기이한 동물을 타고 또다른 숲에 도달했는데, 키가 매우 크고 기둥 또한 넓은 나무로 이루어진 숲이었다. 이 숲은 마치 누군가가 여러 종류의 초록 물감을 섞어 나뭇잎을 그린 것처럼 다채로운 초록빛을 뿜어냈다. 기묘한 색깔과 모양의 새들이 숲을 날아다녔다. 부리, 몸통, 다리를 보면 분명 새처럼 생겼지만 꼭 파리 날개 같은 날개가 달린 새도 있었고, 깃털로 된 날개에 다람쥐 몸통이 달린 새도 있었다. 어느 멋진 새는 부리, 머리, 몸통, 다리는 꼭 앵무새 같았지만 온몸에 깃털 대신 털이 뒤덮여 있었다. 날개는 꼭 박쥐 날개처럼 생겼는데 털 색깔은 앵무새처럼 알록달록하고 무지갯빛이 감돌았다. 태양처럼 노란 눈에서는 태양빛 같은 광선이 반짝였으며 이마 중앙에 바늘처럼 뾰족한 작은 나선형 뿔이 솟아 있었다. 이 새는 매처럼 빙글빙글 돌면서 비상한 다음 하강하며 다른 새들을 잡아먹었다. 다만 매처럼 발톱을 쓰지 않고 이마에 달린 뿔로 다른 새의 몸통을 찔러 죽였다. 마치 자축이라도 하듯 죽은 새 여러 마리를 뿔에 꿰어 여기저기 날아다닌 다음에야 내려와 먹었다.

온통 깃털로 덮였지만 세상에서 제일 작은 파리만한 크기의 새도 있었고 부리도 깃털도 꼭 새와 같지만 몸통은 양과 같고 날개가 없는 동물도 있었다. 몸은 낙타 모양인데 백조 목을 한 동물도 있었는데, 이 동물은 머리와 얼굴이 다 하얀색이고 머리 꼭대기에 색색의 머리털이 자랐다. 몸은 샛노란 금빛인데다 머리 위의 털처럼 색색으로 된 꼬리를 달고 있는데, 그 꼬리를 공작새 꼬리처럼 들어올린 다음 활짝 펼치면 무척이나 아름다웠다. 다리와 발 역시 몸통처럼 노란색이었지만 발굽은 흑단처럼 까만색이었다.

트라벨리아 일행은 마침내 세번째 추장을 만나게 되었다. 그가 사는 곳은 향신료로 집을 짓는 마을이었다. 이곳 사람들은 계피로 넓은 지붕과 기둥을 세우고, 육두구 껍질을 조각내 벽에 문질러 발랐는데, 한 조각의 넓이가 무려 1평방피트에 이르렀다. 이곳에서는 육두구와 생강이 사람이 겨우 들고 다닐 정도로 크게 자라는 덕에, 육두구를 네모난 모양으로 두껍게 잘라 벽돌처럼, 혹은 대리석 조각처럼 쌓고 생강을 잘라 긴 널빤지처럼 활용할 수 있었다. 지붕을 석류 껍질로 만든 집이 있는가 하면, 오렌지와 감귤류 과일 껍질로 만든 집도 있었다. 석류 껍질 지붕이 더 견고하긴 했지만 감귤류 껍질로 만든 지붕이 더 향기롭고 아름다웠다. 이곳은 비가 내리지 않는 곳이었다. 이 왕국 어디에도 비는 내리지 않았다. 공기는 늘 맑고 부드러워, 더위를 식혀주는 미풍보다 더 센 바람이 부는 법이 없었다. 이곳 사람들은 사냥을 즐겼는데 여성들은 암컷을, 남성들은 수컷을 사냥했다.

트라벨리아가 일행과 함께 추장 앞으로 다가가자 주변 사람들이 몰려와 신기한 듯 구경했다. 추장은 트라벨리아를 감탄하며 눈여겨보았지만 그를 붙잡아두지는 못했는데, 왜냐하면 관습상 이들을 왕이 살고 있는 수도로 보내야 했기 때문이다. 그들은 며칠 동안 이동한 끝에 숲에서 나와 바닷빛과 버드나무빛을 띤 풀로 뒤덮인 드넓은 들판과 녹지를 마주하게 되었다. 온갖 종류의 초록빛으로 물든 초원도 있었다. 수도에 가까워지자 큰 규모의 크리스털 채석장들이 눈에 들어왔다. 성벽 밖은 온통 과수원과 뿌리채소 밭이었다. 여기서 키우는 뿌리채소는 어찌나 실한지 설탕에 절인 것처럼 맛이 달콤하고 즙이 뚝뚝 떨어졌다. 과일은 대부분 견과류처럼 껍질로 덮여 있었고 비견할 수 없이 맛이 좋았는데, 희한하게도 그 껍질은 딱딱한 껍질이 아니라 그물이나 망사와 같이 투명한, 과육이 훤히 다 들여다보이는 껍질이었다. 크기는 무척 다양해서, 머리통만큼 큰 것도 있고, 우리 과일만한 것도 있고, 아주 작은 것도 있었다. 이곳에는 비가 내리지 않고 대신 이슬이 내렸는데, 밤에 눈꽃처럼 내렸다가 땅에 닿으면 사르르 녹는 이 이슬은 두 번 정제된 설탕 맛이었다.

드디어 수도에 도착했다. 크리스털 성벽 안의 집들은 크고 높았으며, 거대한 크리스털 기둥을 아치형으로 세운 산책로가 각 집 앞을 장식했다. 도시의 거리를 가로지르며 흐르는 개울이 있었는데, 아름다운 금빛 모래바닥 위로 흐르는 개울을 이쪽저쪽으로 건널 수 있게 은으로 만든 작은 다리들이 놓여 있었다. 개울 양쪽에 나무가 쭉 심겨 있었다. 사이프러스 나무 높이의 이 나무의 가지에는 푸른 잎 대신 달콤한 꽃이 피어 있었다. 그 향이 어찌나 강한지, 산들바람이라도 불면(센바람은 불지 않는 곳이었다) 익숙하지 않은 사람은 거의 질식할 정도였다.

이 도시 중앙에 왕의 궁전이 있었다. 그 어떤 집보다 높이 솟아 있는 이 궁전의 바깥벽은 온통 크리스털이었다. 크리스털 벽을 작은 삼각형 모양의 조각으로 깎아놓아 하나의 대상도 무수히 많은 형상으로 비쳤다. 벽 꼭대기에는 크리스털 조각을 쭉 박아놓아 태양이 비추면 빛줄기가 잘게 부서지며 눈부시게 빛났다. 궁전을 둥글게 두르고 있는 벽이 얼마나 반짝이던지, 화염 속에 불타는 고리처럼 보였다. 이 벽으로 이어지는 개방된 네 개의 아치형 통로가 있었고 통로는 다시 산책로와 연결됐다. 산책로 양옆에는 나무가 자랐는데 유리처럼 매끈한 나무껍질은 머리카락 색깔을 띠었고 나뭇잎은 잔디처럼 진한 초록빛이었다. 그 고장에서 초록은 진귀한 색이었다. 자연이 물감을 섞어놓은 듯, 그곳에는 만물이 알록달록한 색을 띠고 있었기 때문이다. 새들이 이 나무를 어찌나 사랑하는지, 나무에 새가 늘 넘쳐났다. 나무 한 그루 한 그루에 합창단이 하나씩 상주하는 듯했다. 새들의 노래 선율이 어찌나 곱고 그 박자가 어찌나 정연한지, 듣는 이는 그 소리에 금세 홀리고 말았다. 게다가 그 곡조가 무척 다양해서 마치 자연이 매일매일 새로운 노래를 지어내는 듯했다.

산책로를 따라 가면 마노석 담장으로 둘러싸인 뜰이 나왔다. 여러 가지 형상의 조각으로 장식된 이 벽 꼭대기에는 눈동자와 가장 비슷한 모양의 마노석들이 박혀 있었다. 몇몇 마노석은 색이 자연스럽게 섞여 있는데다 둥근 줄무늬까지 있어 영락없는 눈동자처럼 보여서 마치 수많은 감시병이 주변을 감시하고 있는 듯한 분위기를 자아냈다. 이 마노석 담장을 지나면 또다른 산책로가 나왔다. 산책로 양쪽에 여러 가지 색 돌을 깎아 만든, 살아 있는 동물을 꼭 닮은 석상들이 보였다. 이 산책로 역시 뜰로 이어졌는데 이 뜰에는 담장이 없는 대신 희고 빨간 홍옥수를 뾰족하게 깎아 만든 가로대가 있었다. 가로대를 지나면 금으로 포장한 평탄한 도로가 나왔고 이 도로를 따라 가다보면 궁전이 보였다. 작은 언덕 위에 세운 궁전으로 가는 계단이 두 개 있었다. 호박으로 만든 계단을 밟으며 궁전 옆을 돌면 높고 넓은 대문이 나왔다. 작은 터키

석 조각으로 촘촘하게 장식된 대문은 마치 거대한 조각품 같았다. 궁전 벽은 하얀색 도자기였고 바닥과 지붕은 흑옥이라, 흑옥은 더욱 검게 보이고 도자기는 더욱 하얗게 보였다. 유리 창문은 따로 없었고 공기가 통하도록 아치형 구멍만 벽에 뚫려 있었다. 궁전 중앙에 이르면 큰 방이 나왔다. 왕이 목욕할 수 있고 맑은 시냇물이 졸졸 흐르는, 작은 초원과도 같은 방이었다. 이곳에는 온갖 꽃이 핀 정원도 있었는데, 그 중앙에는 자수정을 깎아 만든 바위와 자개를 조각해 만든 요정들이 서 있었고, 금빛 모래알 위로 여러 작은 개울이 굽이굽이 흐르고 있었다. 광물이 이토록 풍부한 왕국이 이렇게 비옥하기까지 하니, 놀랍지 않을 수 없었다.

이곳에서 트라벨리아와 동행인들이 마침내 왕을 접견했다. 수많은 시종을 거느린 왕은 엉겅퀴로 만든 카펫 위에서 이들을 맞이했다. 왕과 귀족은 다른 사람들과 달리 피부가 오렌지색이었다. 석탄처럼 까만 머리카락과 우유처럼 하얀 치아와 손톱이 대조적이었다. 키가 무척 컸으며, 몸 형체가 반듯했다.

트라벨리아 일행을 만난 왕은 깜짝 놀랐다. 그곳에는 수염 난 사람이 없었기 때문에 나이든 선장의 수염을 보고 일단 놀랐고, 일행의 뱃사람 복식을 보고 놀랐으며, 남루하고 지저분한 옷을 걸쳤는데도 용모가 수려한 젊은이를 보고 또 한번 놀랐다. 왕은 일행의 옷을 벗기라고 명령했다. 왕의 명령을 수행하기 위해 시종들이 다가오자 트라벨리아는 공포에 질려 기절하고 말았고, 트라벨리아의 몸에 손을 댄 시종들은 그가 죽을 줄 알고 깜짝 놀라 뒷걸음질쳤다. 그러자 선장은 트라벨리아의 몸을 일으켜 정신을 차리게 했다. 기절이 뭔지 모르는 이곳 사람들은 이 광경을 보고 선장이 사람을 살릴 수 있는 능력이 있다고 믿었다. 따라서 그들의 몸에 손을 대지 말아야겠다고 생각했다. 이들이 대체 어디서 왔으며 어떻게 대해야 할지 논의하기 위해 왕은 사제들과 마법사들을 불러모았다. 대머리인 보통 사제들과 달리 궁정 사제들은 정수리에만 머리카락을 한 다발 기르고 있었다.

사제들과 왕은 트라벨리아 일행을 두고 논쟁을 한참 벌였다. 젊은이를 데리고 있고 싶어하는 왕이 사제들을 설득해봤지만 소용없었다. 모든 종교 사제들이 으레 그렇듯, 이곳 사제들 역시 말에 능했다. 결국 일행은 사제들 차지였다. 열두 달 동안 이방인들을 데리고 있으면서 신체에는 전혀 손을 대지 않았다. 트라벨리아가 기절하는 걸 보고는 이방인들 몸에 손을 대면 이들이 죽는다고 생각했기 때문이다. 이방인들과는 오직 손짓으로 소통했다. 트라벨리아 일행은 그곳에서 편안하게 지낼 수 있었다. 일을 전혀 시키지 않고 음식도 가려서 잘 차려주었기 때문이다. 이곳 사람들에게는 인육을 먹는 습성*이 있었지만 일행이 인육을 먹지 못한다는 사실을 알게 되자 억지로 먹이지 않았다. 우리가 양과 같은 가축을 사육하듯, 이곳에서는 많은 수의 남녀 노예를 사육하고 있었다. 우리는 연하고 부드러운 고기가 먹고 싶을 때 어린 양이나 송아지를 잡고, 씹는 맛이 있는 고기가 먹고 싶을 때는 소고기나 양고기를 먹는다. 비슷한 이치로, 이곳 사람들은 연한 고기를 원하면 어린 노예를 잡아먹고, 좀더 질긴 고기를 원하면 나이가 든 노예를 잡아먹었다. 노예의 씨가 마르면 절대 안 되었기 때문에 여자 노예 한 명을 잡는 것을 남자 노예 다섯 명을 잡는 것과 같이 쳤다. 그러나 이들이 씨가 마를 걱정을 할 필요가 별로 없었던 것이, 이곳 여자들은 출산할 때 아이를 적어도 두세 명은 낳는데다 예순 살까지는 아이를 계속 뱄다. 이곳에서는 사람들이 장수하여 이백 살까지 사는 경우도 더러 있고, 병에 걸리지 않는 이상 보통 백 살까지는 살았으며, 백육십 살까지 사는 경우도 많았다. 병에 걸리는 이유는 우리네처럼 유흥, 죄악, 오염된 공기 때문이 아니었고 이들이 섭취하는 음식 때문이었다. 인육을 먹다보니 나쁜 체액이 분비되어 피가 탁해지기 마련이었던 것이다.

음식을 집에서 먹지 않다보니 이들의 집은 깔끔하기 그지없었다. 고대 스파르타인들과 비슷하게 이곳 사람들은 공용 식당에서 함께 식사를 했지만 스파르타인들보다는 훨씬 자유롭고 흥겹게 식사했다. 스파르타와 비슷한 점이 또하나 있었는데, 이곳에서도 남자들이 여자들을 공유했다. 단, 귀족 여성은 제외되었다. 앞서 언급한 대로 귀족은 생김새부터 달랐고 평민과 어울리지 않았기 때문이다. 만약에 평민과 어울렸다는 사실을 들키기라도 하면 죽음을 각오해야 했다. 고대 브리턴족처럼 이곳 귀족들도 온몸에 문신*을 했다. 이곳은 독재국가로, 평민은 귀족의 노예나 다름없었다.

이곳 사람들의 정성스러운 대우가 의심쩍었던 나이든 선장은 양아들에게 그들이 자신들을 제물로 삼으려 하는 것 같다고 말했다. 도망치기 위해서는 이들의 언어를 반드시 터득해야 하며, 자신들이 신이라고 믿도록 해야 한다고도 말했다. 만일 자신들을 죽일 경우 신벌을 받게 된다고 믿게 만들어야 한다고 덧붙였다. 나야 나이가 많고 기억력이 쇠퇴해 새로운 언어를 배우긴 틀렸지만, 너는 젊고 무엇이든 배울 수 있는 나이니 목숨을 걸고 이들의 언어를 배워야 한다.

그러자 양아들이 대답했다. 배워야 살 수 있다고 하시니, 이들의 언어를 목숨 걸고 열심히 배우겠습니다. 열두 달이 지나자 그는 과연 그곳 말에 능통해졌다. 무슨 말이든 알아들을 수 있었고 말도 꽤 잘할 수 있게 되었다. 상황을 정확히 파악할 수 있었고 이 고장에서는 많은 신과 여신을 믿는다는 것도 알게 되었다.

이곳 사람들에게 최고의 신은 태양, 최고의 여신은 지구였다. 그 밑에 바다와 달이 있었다. 그들은 우리가 성인들에게 기도하듯 별에게 도와달라 빌었고, 태양과 달에게 기도했다. 태양과 달이 부부라고 생각했으며 별들이 그들의 자손이라고 믿었다. 남자들은 남신에게만 기도하고 제물로 남자만 바쳤다. 마찬가지로 여자들은 여신에게만 기도하고 제물로 여자만 바쳤다. 선장과 양아들은 이곳 사람들의 말과 행동을 통해 자신들이 곧 제물로 바쳐질 운명이라는 사실을 간파했다. 자신들을 남자로 생각하니 태양신에게 바쳐질 게 뻔했고, 귀한 이방인을 제물로 바치기 위해 성대한 의식을 준비하는 모양새였다. 트라벨리아를 아직 건드리지 못하는 이유는 제단에 바치기도 전에 그가 혹여나 죽어버릴까봐 염려해서였다. 이렇게 시간이 흐르는 동안 트라벨리아는 이들의 말을 이해하고 할 수도 있다는 사실을 철저히 숨겼다. 선장과 트라벨리아는 신전 근처를 마음대로 돌아다닐 수 있었는데, 이를 틈타 선장은 화약과 총을 장만했다. 나무를 태워 숯을 만든 후 초석을 섞어 화약을 만들었고, 그리 정교하거나 말끔하지 못하지만 화약을 발사할 수 있는 총을 두 자루 만드는 데 성공했다. 그러고는 트라벨리아에게 제물로 바쳐질 날에 어떻게 말해야 하고, 어떻게 행동해야 하는지 미리 각본을 준비해줬다. 트라벨리아 역시 준비에 착수했는데, 우선 그날 입을 옷을 풀로 짰다. 풀을 뜯어 짠 초록색 옷은 결이 어찌나 고운지 꼭 새틴 같았다. 여러 빛깔의 꽃을 엮어 종아리를 덮으니 반장화가 따로 없었고, 머리 위에는 화관을 썼다. 발에는 샌들을 신었는데, 밑창은 초록색 풀을, 윗부분은 반장화처럼 알록달록한 꽃을 엮어 만들었다. 양손에 총을 한 자루씩 들고, 그때까지 묶어놓고 보여주지 않았던 머리를 풀어 어깨 밑으로 길게 늘어뜨리니 머리카락이 등을 덮었다. 제의를 치르는 날 그를 데리러 온 사제는 트라벨리아의 복장과 특히 머리를 보고 크게 놀랐다. 그곳 사람들 머리는 짧고 아프리카 사람들처럼 곱슬곱슬해서 그런 머리를 본 적이 없었기 때문이다. 사제는 그를 건드릴까봐 두려워하며 마치 보초 서듯 그의 곁을 지키면서 신전으로 데려갔다. 왕과 신하들과 백성들이 모두 그가 도착하기만을 기다리고 있었다. 제단 바로 앞에 왕이 오른손에 긴 창을 들고 서 있었다. 그곳 풍습에 따라 왕이 태양의 날카로운 광선을 상징하는 다이아몬드를 깎아 만든 창촉으로 희생자의 심장을 찌르면, 사제가 심장을 도려내고 왕이 그것을 날것으로 먹을 계획이었다. 제사가 거행되는 동안 사제는 만물의 아버지인 태양을 찬양하는 노래를 부를 예정이었다. 마침내 사제와 제물들이 도착하자 트라벨리아의 아름다운 모습을 보고 모두가 놀라워하며 기뻐했고, 신들이 그들의 제물을 아름답게 치장했노라고 큰 소리로 환호했다. 그러나 트라벨리아가 신전에 다가가서 갑자기 그들의 언어로 말하기 시작하자 모두가 놀라 조용히 침묵하며 귀를 기울였다.

국왕 폐하, 그리고 여기 모이신 여러분,

신들은 당신들에게 생명과 기쁨을 선사하고자 우리를 보내셨거늘, 당신들은 왜 신의 뜻을 전하는 사자를 죽이려고 합니까? 만약 제가 여러분에게 역병이라도 옮겼다면 저를 제물로 바칠 수도 있겠지요. 제가 죽음과 어둠의 세계에서 왔다고 생각할 수 있을 테니까요. 그러나 저를 아무 이유 없이 죽인다면 당신들의 거짓된 신앙에 대한 벌로 위대한 태양은 그의 수많은 작은 번개 중 하나를 골라 당신들을 모두 말살시킬 것입니다. 사제들이 먼저 죽고 나머지가 그 뒤를 따를 것입니다.

말을 마치자마자 트라벨리아는 바로 총을 들어 대제사장의 가슴을 쐈다. 대제사장은 곧바로 쓰러졌다. 총에서 소음과 불꽃이 터져나오는 광경을 난생처음 본 사람들은 깜짝 놀랐다. 그들은 대제사장이 고꾸라지는 모습을 보고 경악하며 공포에 사로잡혔다. 팔과 다리를 부들부들 떨었고, 눈물을 뚝뚝 흘렸다. 모두가 무릎을 굽혀 자비와 용서를 구했다. 트라벨리아는 신이 내린 벌을 면할 방법은 없다고 선언했다. 하지만 우선 이틀 동안 금식하고 침묵하라고, 그리고 신의 사자인 자신의 가르침을 순순히 받아들이라고, 금식 기간이 끝날 때까지 집에서 머무르고 그후에 신전으로 다시 모이라고 명했다. 신전에는 나이든 선장과 자신만 남아야 한다고 말했다. 신전은 뛰어난 손재주와 기술로 만들어진 건물로, 그곳 건축술의 진수를 한껏 보여주는 호화스럽고 기묘한 작품이었다.

이에 왕과 백성들은 일제히 일어나 고개를 숙이며 복종했다. 그를 신으로 떠받들며 자기들에게 내려진 벌을 피하게 해달라고 기도했다. 슬픔에 잠긴 백성들은 죄를 뉘우치며 각자 집으로 돌아가 한동안 입을 꼭 다물고 말하지 않고 음식도 먹지 않았다. 그동안 트라벨리아와 선장은 신전에 머물면서 여유를 가지고 앞으로의 계획을 궁리했다. 그들이 자신들에게 유리한 쪽으로 생각의 나래를 펼치는 것을 막거나 방해할 사람은 아무도 없었다. 오랜 시간 머리를 맞대고 숙고한 끝에 선장이 왕에게 가서 신의 뜻을 전달하기로 했다. 선장은 왕에게 왕국의 모든 백성을 신전으로 불러모으라고 말했다. 신전에 오기 전 모두 허브 샐러드를 먹고 맑은 물을 마시고 와야 한다고도 전했다. 배를 주린 백성들이 짜증을 내거나 너무 기운이 없는 탓에 정신이 몽롱해져 지시를 내려도 제대로 듣지 못할 것을 방지하기 위해서였다. 반면에 음식을 너무 많이 섭취하면 흥분되어 머리가 나쁜 기운으로 가득찰 것이라고 말했다. 왕에게 신의 뜻을 전달한 선장은 신전으로 돌아왔고, 왕은 그의 지시를 신들의 명령으로 받아들이고 백성들을 신전으로 불러모았다. 백성들이 한자리에 모이자 트라벨리아는 모두에게 잘 들리도록 높은 곳에 올라 다음과 같이 연설했다.

신께 순종하는 벗들이여. 신을 기쁘게 하기 위해 모인 여러분을 이렇게 불러도 되겠지요. 무지한 당신들은 그릇된 길에 들어섰으나 신들은 당신들의 잘못된 믿음을 꿰뚫어보고 그 안에 숨겨진 간절한 마음을 알아보았습니다. 당신들의 행위에 대한 신들의 분노는 정의롭고 신들의 정의는 구현되어야 합니다. 신들의 왕국은 참되고 진실되며 신들은 진실로 만물을 통치하니까요. 그러나 신들은 당신들의 무지를 가엾게 여기고 그 정의로운 분노를 누그러뜨리는 지혜를 발휘했습니다.

신들은 인간세계에 유전하는 만물을 운명의 주사위 던지듯 던져놓고 우연으로 하여금 이를 줍도록 만들었죠. 눈이 먼 우연은 이를 줍고 배분하는 일에 실수를 범하기 마련입니다. 신들의 섭리에 따라 인간의 운명은 우연의 손에 맡겨졌습니다. 우연은 불공평한 배분자이며, 인간은 이 세상을 구성하는 일시적인 현상에 대해 우연이 허락하는 것 이상으로 알 수는 없습니다. 모든 것은 우연의 손에서 비롯되지만 앞을 못 보는 우연은 왕에게 거지의 운명을 내리기도 하고, 주인에게 하인의 운명을, 하인에게 주인의 운명을 씌우기도 합니다. 그러나 신들이 인간에게 선사한 내적 능력은 좀 다릅니다. 외적 운명은 덧없이 변하지만 신들이 심어준 내적 능력은 덜 변하기 때문입니다. 어떤 이는 완벽에 좀더 가까운 내적 능력을, 다른 이는 완벽에서 좀더 거리가 먼 능력을 타고납니다. 그러나 누구든 인간은 완벽한 지식을 가질 수 없습니다. 신들이 인간 본성에 야심을 심어놓았기 때문에, 만약 인간이 신들의 영광이나 제일 원인*에 대해, 그리고 그 원인에서 야기된 모든 것에 대해 완벽히 알게 될 경우, 인간들이 신들과 힘을 겨루고 신들의 권위를 찬탈하고자 덤벼들리라는 걸 알았기에 완벽한 지식을 허락하지 않은 것이지요. 인간의 마음이란 허영을 좇느라 분주하고, 신들은 인간의 무지를 이용해 인간을 통솔합니다.

신들의 선은 한량없으나, 그 선은 인간의 죄를 심판하기에 공포를 불러일으키는 정의와 분리할 수 없습니다. 인간에게 재갈을 물리기 위해 신들은 인간을 무지하게 만들었지만, 그 무지에서 비롯되는 자잘한 잘못에 대해서도 신들은 심판합니다. 신들의 힘이 세상을 빚어낸 것처럼, 신들의 지혜가 세상을 통치하고, 신들의 정의가 세상을 심판합니다. 동시에, 신들의 자비가 세상을 파멸에서 구하고, 신들의 사랑이 인간을 구하며 인간에게 찬란한 행복을 선사합니다. 신들은 이와 같은 사랑을 당신들에게 나누려고 저를 보냈으나 당신들은 너무나 무지한 나머지 신들의 사랑을 저버릴 뻔했지요. 신들이 우리를 통해 당신들에게 지식을 선사하니, 이 지식을 잘 받아서 간직하기 바랍니다. 미신을 따르는 실수를 자발적으로 저지르지 말기 바랍니다. 인간이란 본래 심술궂고 미신을 무척 신봉하는데다 무엇이든 캐내고 싶어하고 웅얼웅얼 불평하기 좋아하는 존재라, 인간을 설득하기란 신들에게도 힘든 일입니다.

인간은 신들이 불공평하다고 말하며 인간이 응당 받아야 할 몫을 챙겨주기보다 마음 내키는 대로 인간을 편애하거나 내친다고 불평합니다. 자신들의 정념에 따라 신들을 평가하는 것이지요. 그러나 신들은 변화를 통해 세상을 지속시키고, 역설로 통치하고, 동질감으로 기뻐하게 합니다. 그 점에서 기쁨이란 온전히 우연에 달려 있지 않습니다. 기쁨은 인간의 영혼과 본성에 내재된 것입니다. 감각의 대상은 영혼으로 하여금 동질감 또는 반감을 느끼게 합니다. 이것은 우연의 작용입니다. 그러나 그렇다고 해서 감각이 영혼을 지배하는 것은 아닙니다. 영혼은 그 자체로 신성을 지니고 있기 때문입니다.

영혼은 자신보다 낮은 것을 인도하고 지휘할 수 있을 뿐만 아니라 자신보다 훨씬 높은 것을 인지하고 파헤칠 수 있으며, 발명하면서 창조하고, 사색에 기뻐할 줄 압니다. 자기 자신을 완벽하게 지배하는 능력은 없지만, 그 자체로 조화롭고 완벽합니다. 영혼은 태초부터 계신 영원한 신과는 물론 다르지만 불멸하기에 그 나름의 영원한 신성을 지니고 있습니다. 영혼은 육신과 결부되어 있지만 그 관계는 주피터와 주피터의 신전이 맺는 관계와 같습니다. 육신은 영혼이 쉬는 집일 뿐이며, 감각의 정령精靈*은 영혼의 천사, 혹은 전달자나 정보원이라 할 수 있습니다. 따라서 인간의 영혼과 감각의 정령 간의 관계는, 신과 인간의 영혼 간의 관계와 비슷하다고 할 수 있습니다. 당신들은 신들이 그 육신을 해체하고 영혼을 새집으로 옮기기도 전에 인간의 육신을 폭력적인 방식으로 파괴하고 신이 만든 감각의 정령을 육신으로부터 몰아낼 작정인가요? 모든 창조물에 영혼이 있는 것은 아닙니다. 동물에게는 영혼이 없습니다. 영혼은 오로지 인간에게 있습니다. 영혼이 모든 인간에게 있는 것도 아닙니다. 짐승과 다를 바 없는 인간도 많습니다. 인간의 형상과 정신을 가졌지만 영혼이 없는 자도 많습니다. 그러나 인간에게 영혼이 있는지 없는지는 오직 신들만이 알 수 있습니다. 인간은 다른 이의 육신에 영혼이 깃들어 있는지 없는지 알 수 없을뿐더러 심지어 자기 자신의 육신에 영혼이 깃들어 있는지조차 알 수 없습니다.

그 이유는 신이 인간에게 보이지 않듯, 영혼 역시 감각의 정령에게 보이지 않기 때문입니다. 영혼은 감각의 정령을 통해 지식과 정보를 얻지만 감각의 정령은 영혼으로부터 어떠한 정보도 얻지 못합니다. 신은 인간을 알지만 인간은 신을 알지 못하는 것과 같은 원리입니다. 따라서 영혼은 감각을 알지만 감각은 영혼을 알지 못합니다. 그러므로 당신들은 인간을 파괴하려 들지 말고 인간이 신의 신전이라 생각하고 보호해야 마땅합니다. 인간을 죽이는 자는 신성모독자입니다. 남을 죽이거나 죽이려 하는 자는 죽음에 처해야 합니다.

주피터는 죽음을 죽음으로 갚아야 한다고 말했습니다. 그리고 인간에게는, 원할 때 남에게 죽음을 선사할 수 있는 힘을 주었습니다. 그러나 생명은 오직 신만이 줄 수 있습니다. 신을 노하게 하는 자에게는 고통이 따를 것입니다. 육체적 고통만 따르는 것이 아닙니다. 신은 그를 이 육신에서 저 육신으로 이동시키며 영원히 고통스럽게 죽어가게 할 것입니다. 끝끝내 죽지는 못하게 하면서요. 그가 인간의 육신을 입었다면 옆구리에 칼이 꽂힐 것이요, 황소의 육신을 입었다면 머리를 맞는, 사슴의 육신을 입었다면 뒷다리에 화살이 박히는, 물고기의 육신을 입었다면 낚싯바늘에 입이 찢기는 고통을 맛볼 것입니다. 또는 이에 준하는 고통을 경험할 것입니다. 온갖 종류의 질환과 질병에 시달릴 것입니다. 육신은 불에 타고, 목이 매달리고, 물에 빠지고, 질식하고, 짓눌리고, 얼어버리고, 부패할 것입니다. 수천 가지, 아니이루 셀 수도 없이 많은 고통에 시달릴 것입니다. 마음은 하나여도 몸은 그육신을 갈아입을 때마다 매번 고통받을 수 있기 때문입니다.

그러나 신을 기쁘게 하는 자는 어떤 육신을 입고 있든 평안하게 살다 조용하고 평화롭게 죽음을 맞이할 수 있습니다. 만약 신이 그의 육신 또는 집을 바꿔준다면 그것은 그를 더 평안하게 하기 위한, 그에게 좋은 변화를 주기 위한 조치겠지요.

신들은 당신들에게 이러한 가르침을 전달하고자 우리를 보냈습니다. 당신들이 이 가르침을 배우고 신들의 뜻을 깨우칠 때까지 여기 머문 다음 돌아오라고 지시했습니다.

이 말을 듣고 왕과 백성들은 얼굴을 땅에 대고 절하며 트라벨리아를 신으로 떠받들었다. 그를 위해 제단을 쌓고 제물을 바치려 했으나 트라벨리아는 그러지 못하게 하며 백성들에게 말했다. 제물을 바칠 제단이 아니라 마음의 제단을 쌓으십시오. 당신들이 만들어낸 신을 섬기기위해 당신들의 손으로 만든 제단에 인간을 제물로 바치는 행위를 이제그만해야 합니다. 형용할 수 없이 위대한 주피터가 원하시는 제물은 인간의 육신이 아니라 당신들의 기도와 감사입니다.

트라벨리아는 며칠 동안 그들에게 꾸준히 설교했다. 헛되고 야만적인 풍습과 비인간적인 의식을 버리라고 종용했고, 신들을 직접 알거나 이해할 방법은 없다고 가르쳤다. 신은 오로지 그의 창조물을 통해 자신을 드러내는바, 신의 창조물을 통해 신을 찬미해야 한다고 말했다. 트라벨리아의 가르침을 받아들인 백성들은 시간이 지나면서 차차 문명화되었다. 그들에게 가르침을 준 스승을 어찌나 따르는지, 신앙이나 통치와 관련된 어떠한 사안도 트라벨리아의 지도 없이는 결정하려 들지 않았다. 백성들은 그의 허락이 떨어지자 비로소 신전을 떠났다. 그렇지만 정해진 날이 오면 왕과 백성들은 다시 신전에 찾아와 트라벨리아에게 가르침을 청해 들었고, 트라벨리아가 일행과 함께 신전에서 모습을 드러내는 날이면 환호하며 그들을 에워쌌다. 왕이 조언을 구하러 찾아올 때면 귀족들도 모두 참석했고 신하들이 시중을 들었다. 트라벨리아와 그 일행은 백성들의 사랑과 존경을 한몸에 받으며 찬란하게 빛나는 나날을 보냈다. 백성들은 그들의 몸이 신성하다 믿고 그들이 하는 말을 곧 법으로 받아들였으며, 그들의 행동을 본보기로 삼았다.

여기서 트라벨리아 이야기를 잠시 두고 왕자 이야기로 돌아가보자.

왕자의 이모는 하인을 불러 아펙시오나타*(그곳에서는 그 이름으로 불렸다)의 방에 가서 그녀를 직접 모셔오라고 일렀다. 그녀의 위트 넘치는 화술과 부드러운 성격이 좋아 시간을 같이 보내고 싶어서였다. 하인은 분부대로 방에 찾아갔지만 아무리 둘러봐도 그녀는 보이지 않았다. 큰 소리로 아가씨를 불러봐도 아무런 인기척이 없자 아가씨가 보이지 않는다고 보고했다. 이런 낭패를 당한 이모는 몹시 동요했다. 아가씨에게 정과 호감을 느끼고 있었던데다 자신이 아펙시오나타를 잘 데리고 있기로 한 책무를 저버렸다고 조카가 원망할까봐 두려웠다.

어찌할 바를 모르고 발을 동동 구르고 있을 때 왕자가 들어왔다. 아가씨 방에 찾아갔으나 만나지 못하자 이모와 함께 있으리라 생각하고 찾아온 것이다. 아가씨는 보이지 않고 이모만 눈물 흘리고 있는 모습을 본 왕자는 그녀의 행방을 황급히 물었다. 이모가 답하지 못하고 눈물을 쏟으며 울기만 하자 주변에 있던 사람들이 아가씨가 어디론가 사라져 아무리 찾아도 안 보인다고 설명했다. 이 말을 들은 왕자는 안색이 창백해지고 표정이 슬픔으로 가득찼다. 그의 영혼이 그녀를 찾아 나선 듯, 가만히 서 있는 모습이 꼭 동상 같았다. 시간이 좀 지나자, 마치 절망하는 영혼이 몸에 다시 돌아온 것처럼 그는 미친듯이 비통해하며 자신에게 닥친 악운을 저주했다. 결국 왕자는 그녀가 있을 리 만무할지라도 그녀의 자취가 남아 있는 곳을 모두 일일이 확인했다. 사랑에 빠진 사람은 연인을 찾기 위해서라면 모든 수고를 감내하기 때문이다. 그녀가 머물던 방 구석구석을 뒤지다 마침내 탁자 위에 놓인 편지가 왕자의 눈에 들어왔다. 아가씨가 이모에게 남긴 편지였는데 그는 봉인된 편지를 바로 뜯었다. 이모에게 허락을 구하고 편지를 읽어야 예의겠지만 질투에 사로잡힌 연인들은 그런 형식에 구애받지 않는 법이다.

마님,

그동안 저에게 베풀어주신 깊은 은혜에 감사할 줄 모르고, 허락도 소리도 없이 떠나버렸다고 원망하지 말아주십시오. 마님 곁에서 안전하게 머물 수만 있었더라면 쫓아내실 때까지 곁에 머물렀을 것입니다. 제 의무를 다하기 위해 목숨을 바쳐서라도 마님을 받들어 모셨을 것입니다. 그러나 굶주린 사자가 이 어린 양을 호시탐탐 노리고 있으니, 사자를 피해 안전한 곳으로 떠날 수밖에 없습니다. 제 명이 다하는 날까지 고귀한 마님을 잊지 않겠습니다. 신들이 마님의 건강과 덕성을 지켜주시길 기도하겠습니다. 안녕히 계십시오.

아펙시오나타

편지를 다 읽은 후 제자리에 놓으려던 왕자는 탁자 위에 편지가 한 통 더 있다는 것을 알아차렸다. 자신에게 쓴 편지였다. 왕자는 곧바로 편지를 뜯어 읽었다.

왕자님,

이곳에 남는다면 분명 파멸을 면치 못할 것이니, 떠난다고 해서 저를 원망하실 수는 없을 것입니다. 정념을 스스로 다스리지 못하시니까요. 고작 목숨을 잃을까봐 두려워 떠나는 게 아닙니다. 목숨을 기꺼이 버릴 만큼 죽음을 사랑해서 떠나는 것도 아닙니다. 저는 순결의 수도자입니다. 제 목숨이 아니라 순결을 지키고자 떠납니다. 제 목숨이 붙어 있는 한, 순결의 신을 모실 것입니다. 순결의 신이 명하는 바를 끝까지 받들고, 죽는 날까지 순결의 신을 모시는 사제의 옷을 입겠습니다. 제 어리석음 때문에 덕의 신이 눈물 흘릴 일은 없을 겁니다. 제 거짓 탓에 진실의 신이 질책하실 일도 없을 겁니다. 제가 죽는 날, 꽃 대신 명예라는 화환이 제 관을 장식할 것이며, 결백이라는 수의가 제 시신을 감쌀 것입니다. 명예로운 자들이 후대에 저를 그렇게 기억해주기 바랍니다. 만약 왕자님에게 정념을 다스릴 힘이 있었다면, 왕자님의 다른 덕성과 견줄 만한 절제력이 있었다면, 성자들이 신을 곁에 가까이 두고 모여 살 듯, 저 역시 기꺼이 당신 곁에서 살았을 것입니다. 가혹한 운명 탓에 저는 이미 많은 위험에 빠졌고, 이제 당신 때문에 한 치

110

앞도 내다보지 못하는 길에 나서게 되었으니, 제 눈앞에는 더욱더 많은 위험이 펼쳐지겠지만, 제 운명과는 별개로, 주피터가 당신을 축복하시길 빕니다. 안녕히 계십시오.

아펙시오나타

왕자는 편지를 읽고 깊은 생각에 잠겼다. 한참 후 일어나더니 한마디도 없이 도시에 있는 처소로 돌아갔다.

슬픔에 찬 왕자를 본 나이든 왕자비가 이유를 물었다. 왕자는 몸이 아프다고 짧게 대답하고는 침실에 들어가 누워버렸다.

이튿날, 왕자는 집사를 불러 재산을 정리한 후 여행을 떠날 테니 경비를 마련하라고 지시했다. 준비가 끝나자 나이든 아내에게 여행을 다녀오겠으니 잠시 떠나 있다고 상심하지 말라고 말했다. 내 왕국에서 도망친 자가 있어 그 사람을 찾으러 갑니다. 내게 손해를 끼친 자에게 복수할 때까지 마음의 평화를 찾을 수 없습니다. 이 얘기는 비밀로 해두기 바랍니다.

아내가 눈물을 흘리며 그를 붙잡았지만 소용없었다. 아무리 애원해도 그의 마음을 돌릴 수 없었다. 왜냐하면 사랑은 완고하기 때문이다. 사랑을 베푼 만큼 돌려받지 못하면 악의에 차기 마련이요, 자신이 즐기지 못하는 사랑을 남이 누리는 모습을 참지 못하는 법이다. 원하는 것을 갖지 못하는 자신을 혐오하게 된다. 왕자 역시 그랬다. 길을 떠나 배에 탈 때까지 도무지 마음을 다잡을 수 없었다. 왕자는 아가씨가 고국으로 돌아갔으리라 믿고 부의 왕국으로 향했다. 그녀 없이 살 자신이 없었기에, 그녀를 찾다 죽는 한이 있어도 반드시 찾으리라 굳게 다짐했다.

왕자가 배에 몸을 싣고 가는 동안 그의 사랑은 상상의 배를 타고 마음의 바다를 건너며 불길한 생각의 파도에 이리저리 요동쳤다. 배는 곧 해적의 습격을 받고 말았으니, 왕자는 몸과 마음이 모두 포로가 된 셈이었다. 불량한 해적들은 처음에는 왕자를 험하게 다뤘다. 그러나 왕자의 고귀한 성품과 부드러운 언행을 알아보고 태도를 곧 바꿨다.

해적들은 왕자가 탄 배를 포함한 여러 배에서 약탈한 물건을 놓고 한바탕 싸움을 벌였다. 처음에는 말로만 싸우더니 이내 몸싸움을 벌였다. 위험을 감지한 왕자는 격식 있는 말로 싸움을 멈춰야 하는 이유를 대며 그들을 말렸다. 왕자가 하는 말이 해적들의 귀와 마음에 닿아 싸움이 곧 멎었다. 왕자를 존경하고 따르게 된 해적들은 약탈한 물건을 고루 나눠달라 그에게 청했고 그의 분별력에 기꺼이 승복했다. 그들은 이내 왕자를 선장으로 삼았다. 해적들은 지혜롭고 온화한 지도자인 그를 선장을 넘어 신처럼 떠받들며 예를 다해 복종했다. 삼지창을 손에 쥔, 바다의 신 넵튠처럼 바다 위 자신의 왕국에 군림하는 왕자 이야기는 여기서 잠깐 멈추고 선장과 그의 양아들 이야기로 돌아가자.

트라벨리아 일행은 신이 되어버린 나날에 지쳐갔다. 지혜로운 자들은 위험한 영예로 가득찬 화려한 삶을 살기보다 세속에서 물러나 평안히 살기를 선호하는 법이다. 그들 역시 그곳에서 탈출해 고국으로 돌아가고 싶었다. 남의 화려하고 웅장한 성보다는 가난하고 볼품없는 오두막이라 할지라도 내 집이 좋은 법이다. 그들은 떠날 방법을 궁리하고는 왕과 백성들을 신전으로 불러모았다. 엄숙한 분위기 속에서 트라벨리아는 평소 연설하는 자리에 서서 다음과 같이 말했다.

신들이 저에게 돌아오라고 하십니다. 신들이 당신들의 국왕께 고하는 바를 전합니다. 국왕께서는 백성을 사랑하고 정의를 실천하십시오. 무고한 자를 보호하시고, 죄지은 자를 처벌하십시오. 인간을 잔인한 의식에 희생시키지 말고, 백성을 올바른 길로 인도하시어, 신의 대리인으로서 백성을 진리의 길로 들게 하십시오. 이웃 왕국과 싸우지 말고, 당신의 왕국을 수호하고 백성을 보호하기 위해서가 아니라면 전쟁에 나서지 마십시오. 행복은 평화 속에서 자라나고, 전쟁은 폐허와 파멸만 가져올 뿐입니다. 신들의 지시를 따른다면 편안한 침대 위에서 숙면을 취하는 것처럼 평안한 나날이 이어질 것이고, 국왕께서는 천국으로 가는 전차를 탄 것처럼 길고 평탄한 생애를 누리실 수 있을 것입니다. 그리하여 폐하는 현세에서는 업적으로 명성을 떨치고 후세에서는 이름이 기려질 것입니다.

신들이 백성께 고합니다. 신을 성심으로 믿고 왕에게 복종하며 이웃을 사랑하고 적을 용서하십시오. 친구들에게 변함없는 우의를, 노예에게는 자유를 선사하십시오. 부모님에게 효를 다하고, 부지런하고 세심히 자식을 보살피십시오. 그렇게 한다면 자연스레 풍족한 삶을 영위하게 될 것입니다. 여러분 곁에 즐거움이 늘 춤추고 기쁨이 여러분을 초대할 것입니다. 천국의 영광을 나누기 위해 신들이 여러분을 부르는 날까지 평화가 여러분 곁을 지킬 것입니다. 주피터 신이 여러분을 보우하시길 기도하겠습니다.

연설 후 트라벨리아 일행은 작별을 고하려고 왕에게 찾아갔다. 왕과 백성들은 계속 머물러달라며 눈물을 흘렸지만 소용없었다. 결국 강가까지 배웅 나온 왕이 값비싼 선물을 배에 실어주려 했으나 비상시에 쓸 정도의 선물만 조금 받았다. 왕은 새로 만든 배를 선물하려 했지만 선장 생각은 달랐다. 더 큰 배를 몰려면 선원이 더 필요하기도 했고 낯선 배보다는 예전 배가 여러모로 더 안전하리란 생각이었다. 그래서 기념물로 보관되었던, 원래 타고 왔던 배에 다시 몸을 실었다. 떠나는 이에게나 남는 이에게나 슬픈 작별이었다. 남은 자들은 천사와 같은 존재가 떠나서 슬퍼했고 떠나는 자들은 앞으로 닥칠 위험이 두려워서 슬퍼했다. 이윽고 강가에서 배가 출발했다. 선장은 예전에 배가 들어온 각도와 항로를 참작해 배를 능숙하게 몰았다. 엿새가 지나자 그들은 다시 바다에 도달했다. 파도가 잠잠하고 바람이 좋아, 배는 파르티아인의 활*이 쏘아올린 화살처럼 쏜살같이 물결을 가르며 나아갔다. 배는 머큐리 신의 날개 달린 신발처럼 가볍게 앞으로 나아갔다. 간혹 거친 파도가 일어도 배는 봄동산에서 가볍게 뛰노는 어린 염소처럼 물마루 위로 날아갔고, 돛이 바람에 부풀어오르듯 선원들의 기쁜 가슴에 희망이 솟았다. 그러나 이번에도 운명의 장난을 피해 갈 수 없었으니, 해적을 가득 실은 배가 고래처럼 그들을 덮치고 만 것이다. 해적들은 평소처럼 약탈할 물건을 찾는 데 혈안이 되어 배를 구석구석 뒤졌지만 기대했던 보물이 보이지 않자 나이든 선장을 배에 내버려두고 잘생긴 젊은이만 데려가기로 결정했다. 선장을 데려가면 짐만 될 게 뻔했다. 젊은이는 노예로 팔아넘길 작정이었다. 하지만 두 사람이 어찌나 서로 꼭 껴안고 눈물을 흘리는지 떼어놓기가 여간 어렵지 않았다. 서로 부둥켜안고 눈물을 흘리니, 마치 시냇물이 모여 강을 이룬 것 같았다. 둘을 억지로 떼어놓자 젊은이가 무릎을 꿇고 눈물을 흘리며 자신을 풀어달라고, 아니면 아버지를 같이 데려가달라고 호소했다. 젊은이가 말했다. 이 넓고 위험한 바다에 연로한 아버지를 홀로 떠나보내지 말아주십시오. 제가 큰 도움이 되진 못해도 연로한 아버지는 지팡이에 의지하듯 저에게 의지하십니다. 아버지를 보살피는 일은 제 숙명입니다. 신들이 저에게 명하신 일입니다. 아버지를 불쌍히 여겨주십시오. 아니면 저라도 불쌍히 여겨주십시오.

뿌리가 늙고 메마르다고 해서 저를 뿌리에서 잘라낸다면
이 불쌍한 가지는 이내 시들어 죽을 것입니다.

만약 아버지를 돕지 못한다면 차라리 죽겠습니다. 제 뜻대로 살지 못한다면 적어도 제 뜻대로 죽겠습니다.

그때 소란스러운 소리를 듣고 해적선에서 선장 노릇을 하던 왕자가 갑판 위로 모습을 드러냈다. 왕자는 젊은이를 보자마자 연민을 느꼈다. 젊은이의 얼굴이 자신이 그토록 연모하는 아가씨의 모습을 너무나 빼닮았기 때문이다. 그는 젊은이에게 다가가 슬퍼하지 말고 눈물을 닦으라고 말하면서, 힘이 닿는 대로 두 사람이 같이 지낼 수 있게 해주겠다고 했다.

그러자 젊은이가 말했다. 신들이 당신을 축복하실 겁니다. 당신도 사랑하는 이와 이별할 일이 없길 빕니다. 그러나 눈물을 멈추고 눈을 다시 뜨고는 자신이 누구에게 빚졌는지 확인한 순간 트라벨리아는 마치 끔찍한 괴물을 본 양 공포에 질려 바들바들 떨고 말았다. 그녀가 괴로워하자 왕자는 왜 그렇게 몸을 떠느냐고 물었다. 그녀는 떨리는 목소리로, 공포에 질려 온몸의 근육이 수축했다가 갑작스러운 기쁨에 다시 풀린 탓이라고 했다. 그러자 왕자는 젊은이의 머리를 쓰다듬으며* 두 사람에게 잘해주겠노라 약속하고 선장실로 돌아갔다.

배는 전쟁터에 나간 말처럼 파도를 가르며 씩씩하게 전진했지만 이내 곤경에 처했다. 마치 병든 말의 다리에 난 종양이 터진 것처럼 배에 구멍이 터져버린 것이었다. 최선을 다해 구멍을 막아보았지만 물이 곧 들이닥칠 것 같아 보이자 선원들은 저마다 느끼는 두려움과 희망의 강도에 따라 다양하게 반응했다. 슬픔에 잠긴 자, 기도하는 자, 수군거리는 자, 발작하는 자 등 그 모습이 가지가지였다. 태생적으로 용감한 왕자는 그들이 죽음을 두려워하는 만큼이나 죽음 앞에서 침착했다. 공포에 질리지 않고, 기꺼이 운명을 받아들이고 담담하게 죽음을 맞으려 했다. 이처럼 불행이 절정에 이르렀을 때, 저멀리 섬 하나가 마침내 보였고, 모든 사람이 기쁨에 찬 나머지 함성을 질렀다.

이렇듯 사람이 살다보면 여러 가지 사건을 겪게 되는 법이며 괴롭고 슬픈 와중에도 곧잘 위안거리가 생기기 마련이다. 이때 역시 그랬다. 해적들은 모든 돛을 정비해 배를 섬 방향으로 돌렸지만 섬에 도달하기 전에 배에 구멍이 다시 터졌고 배가 조금씩 힘을 잃고 앞으로 나아가지 못하자 다시금 공포에 휩싸였다. 왕자는 작은 배를 띄워 제일 공포에 질린 사람들을 먼저 섬으로 보냈다. 정작 자신은 맨 나중에 배에서 나왔다. 작은 배는 사람들을 여러 번 실어날랐고 다행히 모두가 구출됐다. 그뿐만 아니라 해적선에 실려 있었던 물품도 전부 섬으로 옮기는 데 성공했다. 이 와중에도 왕자는 트라벨리아를 잊지 않고 잘 챙겼다. 트라벨리아가 자신을 아끼는 마음보다 트라벨리아를 아끼는 왕자의 마음이 더 강했다. 트라벨리아는 자신의 정체가 탄로날까봐 안절부절못했다. 숲으로 뒤덮인 섬에 모두 안전하게 도착하자 이제는 어떻게 살아가야 할지에 대한 고민에 빠졌다. 왕자는 선원들을 불러모아 물품 보관용 오두막을 지을 사람들과 배를 만들 나무를 베어 올 사람들로 나눴다. 나머지 사람들은 섬을 탐방하고 먹을 것을 찾으러 흩어졌다.

탐방에서 돌아온 사람들이 전하길, 길이가 30마일이 채 안 되고, 넓이도 20마일이 넘지 않는 매우 작은 섬이라고 했다. 사람은 살지 않는 곳이었다. 온갖 물고기와 새들밖에 보이지 않았다. 그 외의 동물은 몇 종밖에 되지 않았고 온순했다. 들판에는 허브와 달콤한 향을 내뿜는 꽃이 가득했다. 숲은 그늘지고 상쾌했으며 맑은 물이 솟아나는 샘물과 졸졸 흐르는 시냇물이 여럿 보였다. 섬은 크지 않았지만 살기 좋았다. 제일 불편한 점은 거주할 숙소가 없다는 것이었다. 섬이라서 누워 있기에는 땅이 너무 축축했다. 그렇지만 공기가 맑았고, 기온은 약간 더운 정도였다. 배를 만드는 동안 왕자는 섬 한가운데에 작은 집을 짓고는 거기서 지냈다. 집이라기보다는 정자 같은 곳이었다. 나머지 해적들도 작은 오두막에서 지내며 시간을 때우기 위해 여러 가지 놀이를 하곤 했다.

연인을 잃어버린 슬픔에 빠진 왕자는 인적 없는 곳에서 지내다보니 여러 상념에 잠기게 되었다. 그러다가 언뜻 트라벨리아의 얼굴이 기억 속 연인의 얼굴과 매우 닮았다고 느끼게 되었고, 급기야 트라벨리아가 자신이 그토록 찾고 있는 여인일지도 모른다고 생각하기에 이르렀다. 아가씨가 아는 사람도 없이 몰래 도망친데다, 트라벨리아의 자태가 선장의 아들치고 몹시 고귀해 보인다고 생각한 왕자는 두 사람이 동일인이라는 희망을 품게 되었다. 그러던 어느 날 왕자는 나이든 선장과 대화를 나누다가 각자가 겪은 불운과 행운에 대한 이야기를 하게 되었다. 같은 나라 출신인 왕자를 신뢰하게 된 선장은 트라벨리아가 자신이 직접 낳은 아들이 아니며, 연민하고 아끼는 마음으로 그를 양아들로 삼게 되었다고 고백했다. 그러고는 트라벨리아가 그의 허락 없이 몰래 배에 올라탄 사연을 들려주면서, 언제 어디서 배를 탔는지 그 경위를 자세하게 알려주었다. 이 이야기를 들은 왕자는 트라벨리아가 자신이 찾고 있던 아가씨임을 확신하며 기뻐했는데, 흥분을 어렵사리 최대한 억누르고 숨겼다.

왕자는 그녀와 단둘이 만날 기회를 호시탐탐 노렸다. 이윽고 어느 날 새를 잡으러 간다는 명목하에 트라벨리아에게 총알을 갖고 따라오라고 지시했다. 트라벨리아는 왕자가 두렵긴 했지만 사냥을 좋아하는지라 새총에 넣을 총알을 주머니에 담아 같이 나섰다. 다른 이들로부터 적당히 떨어진 그늘진 숲에 도달하자 왕자는 피곤한 척하며 앉아서 쉬자고 말했다. 그러고는 마침내 그녀의 정체를 알고 있음을 밝혔다. 왕자의 말을 들은 그녀는 마치 죽은 사람처럼 창백해졌다. 두려움에 떨면서, 자신을 죽여주지 않으면 스스로 죽어버리겠다고 말했다.

그러나 왕자는 그녀가 이 섬에서 자신의 아내가 되어 함께 살겠다고 약속하지 않는다면* 우선 그녀를 가질 거라고 했다. 왕자가 말했다. 우리는 이 섬에서 방해받지 않으며 자유롭고 안전하게 살 수 있을 겁니다.

이 말을 들은 트라벨리아는 왕자가 거칠고 야만스러운 사람들과 어울린 탓에 순결과 멀어졌다고 느끼고는 일단 동의하는 척*만 하기로 결심했다. 그러자 왕자는 세상을 전부 얻은 사람보다 더 기뻐했다. 돌아가는 길에 두 사람은 매우 다른 모습을 하고 있었다. 한 사람은 넘쳐나는 기쁨에, 다른 한 사람은 슬픔과 고민에 휩싸여 있었다.

트라벨리아는 혼자 있을 곳을 찾아 아무 말도 하지 않고 눈물도 흘리지 않은 채 슬픈 자세로 한참 앉아 있었다. 너무 슬프고 놀란 나머지 눈물도 나지 않았고, 입에서 아무 소리도 새어나오지 않았다. 한참 지나서야 서러운 마음을 더이상 참지 못하고 소리 내어 절규했다.

신들이시여, 순결한 처녀를 보호해주지도 않고 순결하게 살도록 돕지도 않는 신들을 위해 대체 누가 제사를 지낼까요. 운명의 여신들이시여, 제 인생의 실타래를 이리도 비참하게 꼬아놓으실 수 있단 말입니까. 비정한 신이시여, 그 실을 일찌감치 잘라달라고 빌어도 들어주지 않으셨습니다. 이 불쌍한 소녀는 불행에서 스스로 탈출하고자 부단히 노력했지만 당신들은 이마저도 죄악이라고 하며 저를 괴롭히고 계십니다. 스스로 목숨을 끊을 수만 있다면 왜 명예를 더럽혀가면서 수치스럽게 살겠습니까. 그가 저를 욕보여도 사람들은 저에게 죄를 물을 것입니다. 아니, 저에게 손가락질하는 사람이 한 명도 없더라도 양심이 저를 가만히 놔주지 않을 것입니다. 빛의 신이시여, 저를 알아주지도 제 기도를 들어주지도 않으시니 저는 이제 어둠의 신을 찾아 떠납니다. 어둠의 신이시여, 제 목소리에 귀기울여주소서. 아무도 제 모습을 보지 못하게 당신의 어두운 망토로, 영원한 밤으로 저를 고이 덮어주소서. 저를 검은 망각에 내던져주시고, 아무도 기억하지 못하게 해주소서.

물가에서 새 선박을 만드는 일을 지휘하던 양아버지가 일을 마치고 돌아와 그녀의 한탄을 듣고는 깜짝 놀라 어디가 아픈지, 무엇이 필요한지 물었다. 그녀는 차라리 아프기라도 하면 좋겠다고 했다. 그럼 죽음이 저를 이 고통에서 구원해줄지도 모르니까요. 죽음보다 괴로운 이 고통은 지옥과도 같네요. 빙빙 도는 제 생각은 썩은 고기를 뜯어먹는 맹금류라도 된 듯, 저의 썩어버린 명예를 갈기갈기 찢고 있어요. 아무리 머리를 굴려도, 저는 두려움에, 슬픈 기억에, 뒷걸음질만 치게 됩니다. 산에 오르지 못하고 자꾸 뒤로만 굴러가는 돌멩이가 된 것 같아요. 그녀는 양아버지에게 자신이 누구이며 어떤 일을 겪었고 어떻게 여기까지 왔는지 처음부터 끝까지 들려줬다. 양아버지는 자신이 실수로 그녀의 정체를 왕자에게 알려줬다는 사실을 깨닫고 자기 입을 저주했다.

아버지, 지난 일은 돌이킬 수 없으니, 앞으로 닥칠 일에 대비하는 데 집중하고자 합니다. 죽음이 저를 삼키려 했을 때 아버지는 저를 구하셨고, 저는 그때부터 아버지께 순종했지요. 이제 제 명예를 지킬 수 있도록 도와주십시오. 여기 남는다면 왕자의 몹쓸 정욕에 희생될 게 분명하니, 저를 여기 내버려두지 말고 서둘러 데리고 나가주세요. 아무도 모르는 땅으로 건너가 수도자처럼 세상으로부터 숨고 싶습니다. 다시는 남자 얼굴을 보고 싶지 않아요. 남자라는 말만 들어도 제 모든 감각이 경악하며 마비되는 것 같고 두려움에 영혼이 이성을 잃어버릴 듯해요.

양아버지가 말했다. 하늘이 너에게 평안을, 나에게는 너를 도울 힘을 주시길 빈다. 네 계획이 알려지면 안 되니, 이제 일어나서 맑은 표정과 부드러운 말씨로 그를 대하여라. 그래야 행동의 제약을 받지 않을 것이다. 만에 하나 그가 너를 의심하게 된다면 너를 강제로 가두고 어디에도 나가지 못하게 할 텐데, 그리되면 너를 돕기 어려워질 것이다.

둘이 이처럼 대화를 나누고 있을 때 왕자가 다가왔다. 그녀가 없는 세상은 그에게 지옥이요, 그녀가 있는 세상은 천국이라, 그녀에게서 오래 떨어져 있을 수 없었다. 왕자가 선장을 치켜세우며 말했다. 아버지, 아버지라고 불러도 되겠지요. 이제 저는 아버지의 아들입니다. 그리고 이 아가씨는 아버지의 딸입니다. 남자가 아니고 여자라는 것이 밝혀졌으니까요. 운명의 여신이 이렇게 우리를 한자리에 모이게 하셨으니 신의 뜻을 거역하지 마십시다. 어떻게 하면 신의 뜻을 잘 따를 수 있을지 생각해보십시다.

왕자는 그 섬이 낙원이 될 수 있다고, 괜한 심술로 행복을 그르치지만 않는다면 그곳에서 아주 행복하게 살 수 있다고 주장했다. 선장은 동의하는 척했고, 왕자는 그가 비밀도 다 털어놓을 수 있는 절친한 친구라고 믿었다. 선장은 왕자가 막 세운 이 작은 왕국을 어떻게 관리하고 발전시켜나갈지에 대해 일일이 조언해줬기 때문이다. 물론 선장이 그를 돕는 척한 이유는 왕자가 자신의 계획을 의심하거나 눈치채지 못하게 하기 위해서였다.

왕자는 선장에게 어선과 선박을 만드는 작업을 감독하는, 바다와 관련한 일들을 맡아달라고 부탁했다. 우리의 앞날은 바다에 달려 있으니까요. 당신이 배를 만드는 동안 나는 선원들이 이곳을 안식처이자 은닉처로 여기도록 만들겠습니다.

왕자는 선장을 바닷가에 놔둔 채 트라벨리아만 데리고 잠시 선원들에게로 갔다. 왕자는 선원들을 감언이설로 꾀어 그 섬에 눌러앉기로 결심하도록 설득했다. 살 집을 짓고 바다에서 가져온 보물을 보관할 창고를 만들었는데, 그곳에서 장차 그 보물을 거래해서 안전하고 자유로운 곳으로 이동할 요량이었다. 모두들 꿀벌처럼 맡은 일에 몰두했다. 벌집을 가꾸는 벌이 따로 있고, 꿀과 밀랍을 모으는 벌이 따로 있듯이, 저마다 나무를 자르고, 돌을 캐고, 짐을 실어나르며, 터를 닦고 건물을 세웠다. 선장 역시 바닷가에서 어선과 선박을 만드는 일을 감독하며 바쁘게 지냈다. 그는 종종 작은 낚싯배를 타고 바다에 나가 고기를 잡아왔다. 그런 모습에 모두가 익숙해졌을 무렵, 선장은 낚싯배에 식량을 실었고, 트라벨리아에게 몰래 바다로 나오라고 일렀다. 그 무렵 왕자는 새 도시를 건설하기 위한 설계도를 그리느라 정신없었는데, 이를 틈타 트라벨리아는 조용히 빠져나왔다. 트라벨리아가 도착하자 양아버지는 낚시하러 가는 양 그물과 낚시용 도구를 들고 양아들의 도움을 받으며 낚싯배에 올라탔다.

두 사람을 실은 배가 바다 위로 나아갔다. 그러나 그들은 머지않아 무역선에게 잡히고 말았다. 우정의 왕국과 거래하는 배였다. 트라벨리아와 그의 양아버지는 우정의 왕국 상인들에게 팔렸다. 상인들은 트라벨리아를 신기하게 여겨, 수도로 데려가서 여왕에게 보여주었다. 여왕은 왕국에 대한 절대적인 통치권을 지니고 있었다. 그가 마음에 쏙 든 여왕은 그를 몹시 아끼고 가족처럼 대하며 가까이 두고 시중들게 했다. 트라벨리아가 여왕을 어찌나 잘 보필하는지, 여왕이 가장 마음에 들어하는 시종이 되는 건 시간문제였다. 그런 아들을 둔 덕택에 선장도 극진한 보살핌을 받았다.

그러나 연인을 잃은 왕자의 운명은 매우 달랐으니, 섬 전체를 뒤져도 그녀가 보이지 않고 그녀의 행방에 대해 아무도 말하지 못하자 왕자는 선장을 불러오라고 했다. 그녀의 행방에 대해 아는 게 있는지 물어볼 생각이었다. 그러나 선장 아버지와 아들이 낚시하러 바다에 나간 후 아직 돌아오지 않았다는 답변이 돌아왔다.

이 말을 들은 왕자는 두 사람이 도망쳤다는 사실을 금세 알아차렸다. 왕자는 심히 격노한 나머지 이성을 잃어 욕을 내뱉고 발을 동동 구르며 옷가지를 찢기까지 했다.

시간이 지나면서 흥분이 가라앉자 그는 깊은 우울에 빠졌다. 서글픈 생각으로 머릿속이 가득찬 채 혼자 정처 없이 걸어다녔다. 이 섬에서 어떻게 벗어날까 고민을 거듭했는데, 그녀가 없는 섬은 이제 혐오스러운 장소였기 때문이다. 그러나 난처하게도 왕자는 선원들에게 이 섬에서 잘 지내보자고 설득한 터였기에 어찌할 바를 몰랐다. 선원들은 섬에 정착하고자 큰 노력을 기울인 상황이었고, 이제 와서 말을 바꾸면 비웃음거리가 될 게 분명했다. 그렇다고 남아 있을 수도 없는 노릇이었다. 왕자는 마침내 선원들을 불러 이렇게 말했다.

동지들이여, 이 살기 좋은 섬에는 우리 말고 아무도 없습니다. 모든 게 우리 소유입니다. 여자만 있으면 우리는 이곳에 국가를 세우고 후대에 명성을 떨칠 수도 있을 것입니다. 그러나 이곳엔 남자뿐입니다. 우리가 여기서 살고 죽을 집은 지을 수 있어도 뒤이을 자손은 가질 수 없습니다.

그러나 방법이 있습니다. 우리 중 비교적 여유 있는 몇 사람이 새로 건조한 배를 타고 나가 여자를 해적질해 오는 겁니다.* 이웃 나라를 갑자기 습격하기만 하면 됩니다. 그곳에서 여자를 약탈해 올 수만 있다면, 여자는 어떤 물건보다 우리를 편안하고 즐겁게 해주고 위안이 되어줄 겁니다. 우리가 가진 것을 물려줄 자손이 없다면 이 모든 재물이 대체 무슨 의미가 있겠습니까?

이 말을 듣고 모두가 박수 치며 동의했고 왕자에게 어서 떠나라고 권했다. 여자를 데려올 생각만 해도 즐거웠다. 왕자와 함께 가겠다고 서로 나섰고, 남아야 하는 자들은 그들의 성공을 빌었다. 그때까지 기도한 적이 없는 자, 혹은 기도를 거의 안 하는 자들까지 한마음이 되어 빌었다. 사실 왕자는 본 적 없는 여자들을 데려오는 데 전혀 관심이 없었고 오로지 잃어버린 여인을 되찾아야겠다는 마음뿐이었다. 반면 다른 선원들은 여자를 많이 훔쳐오겠다는 꿈에 한껏 부풀어 있었다. 배는 바람을 타고 바다 위로 나아갔고 사나흘이 지나자 저멀리 육지가 보이기 시작했다. 사랑의 왕국이었다. 그들은 낯선 이들이 도착하자마자 위협을 느끼고 떼 지어 몰려온 그곳 사람들에게 포위당했다. 사랑의 왕국 사람들은 그들을 머릿수로 제압해 포로로 잡고는 왜 이곳에 왔는지 물었다. 물이 필요해서 왔다고 말하자 물을 마시려고 그렇게 무장하고 왔을 리 없다며 반박했다. 그들은 포박되어 왕이 머무는 수도로 끌려갔다. 낯선 이들에 대한 보고를 받은 왕이 이들을 맞이했다. 이에 왕자는 고개를 숙이고 예의를 갖춰 다음과 같이 말했다.

위대한 국왕이시여, 저희는 드넓은 바다를 떠돌며 자연을 탐미하는 길 잃은 순례자들입니다. 새로운 발견을 하며 자연을 예찬하는 재미에 살고 있습니다. 인간을 괴롭히는 취미를 가진 잔인한 운명의 여신이 저희를 해변으로 몰고 왔습니다. 저희는 도둑질하거나 약탈하러 온 게 전혀 아니고 힘을 비축하러 왔습니다. 그저 물이 없어 타들어가는 목을 축이고자 온 것뿐입니다. 죽기 두려워서가 아니라 고통스럽게 살기 싫어서 왔습니다. 명예가 걸린 싸움이라면 목숨을 기꺼이 내놓겠지만, 그런 경우가 아니라면 당당하게 목숨을 수호할 것입니다. 운명이 저희의 죽음을 명한다면 어쩔 수 없겠지만요.

저희를 믿지 못하겠다면 국왕을 섬길 기회를 주십시오. 용맹하게 싸워 저희의 진심을 증명해 보여드리고 저희가 저지른 잘못에 대한 용서를 구하겠습니다. 쇠사슬에 묶여 노예처럼 죽기보다는 영웅처럼 전장에서 생을 마감하겠습니다.

잘생긴 왕자가 우아한 말씨로 말을 마치자 왕은 그곳 풍습대로 운문으로 답했다.

당신의 진심을 믿고 용기를 시험하겠소.
당신이 얼마나 용맹스럽게 죽음에 맞서는지 보리다.

운문으로 말하는 이곳의 풍습을 눈치챈 왕자가 답했다.

목숨을 내놓을지언정 항복이란 없습니다.
당신을 위해 싸우다 승리하기 아니면 들판에서 죽기입니다.

마침 사랑의 왕국과 우정의 왕국은 전쟁중이었다. 사랑의 왕은 우정의 여왕과 혼인하고 싶었다. 두 왕국을 하나로 합치고 싶었던데다 여왕을 흠모했기 때문이다. 그러나 왕과 혼인할 생각이 전혀 없는 여왕은 그의 청혼을 받아들이지 않았다. 두 왕국이 합쳐지면 사랑의 왕국에 종속될까봐 우려한 우정의 왕국 사람들 역시 혼인에 반대했다. 이에 사랑의 왕국이 전쟁을 일으켰다. 무력을 써서라도 여왕을 데려올 생각이었다.

왕은 왕자의 풍모가 마음에 들었다. 그가 누구인지, 어디서 왔는지 묻자 왕자는 해적들에게 잡혀 그들과 얼마 동안 함께 살았는지 곧이곧대로 들려줬다. 다만 그 왕국에 온 이유는 밝히지 않았다. (실제로 그랬듯) 신분이 높아 보이고 교육도 잘 받은 왕자의 우아한 언변과 자태에 매료된 왕은 그를 가까이 두며 애정을 표했고 마침내 그를 총사령관으로 임명하고 군대 지휘권을 줬다. 사랑의 왕국에서는 신분이 가장 낮은 노예 같은 사람들이나 전쟁에 내보내곤 했다. 남자들이 전쟁에 나가는 것을 꺼리고 여자처럼 놀기 좋아했기 때문이다. 이 모든 이유 때문에 왕자를 사령관으로 삼게 되었다. 군인들을 잘 다스리고 이끄는 왕자의 모습을 보며 사람들은 그가 승리하리라고 믿었다.

이들의 의도를 모를 여왕이 아니었다. 여왕 역시 이들과 맞설 군대를 파견할 준비를 하느라 분주했다. 그러나 이때 여왕은 들판 위에서 벌어질 이 전쟁만큼이나 다른 전쟁에 온통 정신이 팔려 있었으니, 그것은 다름 아닌 사랑의 전쟁이었다. 그녀가 그토록 애지중지하는 트라벨리아가 병에 걸리자 여왕은 두려움과 회의에 어찌할 바를 모르며 큰 혼란에 빠졌고, 자신과 자신의 왕국을 보호하는 일보다 트라벨리아를 간호하는 데 여념이 없었다. 여왕이 파견한 군대를 이끄는 총사령관은 그 나라의 으뜸가는 귀족이었다. 우정의 군대는 사랑의 군대가 보이는 지점까지 행군했다. 상대방 군대가 나타나자 모두 전투 준비 태세에 들어갔다.

전투 준비를 마친 왕자가 사랑의 군대를 바라보며 매우 장군답게 말했다.

고귀한 친구들이여, 여러분은 저에게 이방인인지라 여러분의 성품과 풍습에 대해 아는 바가 별로 없습니다. 저 역시 여러분에게 이방인이니, 여러분도 제가 믿을 만한 사람인지, 행실은 어떠한지 잘 알지 못하실 것입니다. 제가 전쟁에 대해 무지하다고 생각하실 수 있겠지만, 저는 고국에서 군대 지휘관으로 활약하며 전투를 경험하기도 했습니다. 국왕에 대한 제 열의와 충성심을 의심하지 마십시오. 국왕께서는 제 목숨을 앗아갈 수도 있었지만 살려주셨습니다. 그러니 저는 국왕께 빚진 목숨입니다. 저는 야심과 재물욕에 눈먼 사람이 아니고, 그런 욕심에 제 충성심을 팔지 않았습니다만, 제가 혹여나 그런 사람이라 치더라도, 저에게 여러분을 이끌고 전장에 나가는 것보다 더 큰 명예는 있을 수 없습니다. 오늘의 승리를 장담합니다만, 만에 하나 승리하지 못한다면 그것은 제가 임무를 피하거나 여러분을 배반하거나 능력이 부족해서가 아니라, 운명이 저를 돕지 않았거나 여러분이 공포에 질렸기 때문일 것입니다. 그러나 적을 유쾌하고 쾌활하게, 기꺼이 맞이하면 공포에 질릴 이유가 없습니다. 명예를 찾고자 하는 우리는 지금 불과 같은 열기로 타오릅니다. 적군을, 아니 우리에게 맞서는 모든 이를 모조리 불살라버릴 때까지, 이 불을 안고 나아갑시다.

왕자가 말을 마치기 무섭게 사랑의 병사들이 우정의 병사들에게 달려들었다. 전투가 한참 이어졌고 마침내 왕자가 승리를 거머쥐었다. 왕자의 용맹한 모습에 고무된 사랑의 병사들이 잘 싸우고, 왕자 또한 전열이 흐트러질 때마다 새로운 병사를 투입하는 방식으로 전투를 잘 지휘한 덕이었다. 우정의 병사들이 대거 사망하거나 포로로 잡혔다. 왕자는 이번만큼은 운명이 자기편임을 직감했다. 때때로 자신에게 얼굴을 찌푸린 운명이지만 이번에는 친구가 되어주었으니 마음이 바뀌기 전에 승기를 잡아야 했다. 왕자는 적군을 끝까지 추격하라고 병사들에게 명령했다. 그러나 사랑의 군대는 우정의 군대를 약탈하는 데 정신이 팔려 그의 명령을 따르지 않았다. 우정의 병사들은 그 틈을 타 기운을 내어 후퇴했다. 재빨리 움직인 덕분에 이들은 혼미해진 정신을 추스르고 다른 마을을 방어할 시간을 벌 수 있었다. 요새에 병사를 다시 배치하고 참호에 몸을 숨겼다. 우정의 병사들이 패배에 대한 공포와 두려움에 떨며 희망을 잃어갈 때 공세를 밀어붙였더라면 많은 마을과 요새를 함락하고 우정의 왕국을 대부분 점령할 수 있었건만, 안타까운 일이었다. 왕자는 병사들이 적군을 약탈하는 재미에 빠져 더 큰 승리를 거머쥘 기회를 놓쳤다고 판단하고 일단 왕에게 적군을 한 차례 물리쳤다는 소식을 전했다. 그리고 적군을 바로 쫓아가지 못한 이유를 설명하고는 왕이 허락한다면 군대를 다시 정비해 전진하겠노라고, 자신의 운명을 다시 시험하겠노라고 알렸다.

그러는 사이 우정의 왕국 여왕은 패배 소식을 접하고는 어떻게 해야 할지 근심하다가 다행히 건강을 다소 회복한 트라벨리아를 찾아갔다. 군대가 패배했다는 우울한 소식을 전하면서 조언을 구하자 트라벨리아는 원로들을 불러모아 고견을 청취하라고 충고했다. 그 나라에서 누구보다 생각이 깊고 고귀한 사람들과 경험이 많은 사람들의 도움이 필요한 때라는 생각에서였다. 세상의 고난을 헤쳐나갈 지혜란 나이든 자들에게 있는 법이지요. 수많은 사건을 오랫동안 지켜보고 이겨낸 이들이 좋은 조언을 많이 해드릴 수 있을 것입니다. 반면 경험 없는 머리에서 나오는 조언은 필히 설익고 조잡한 법입니다. 원로들이 모여 오랫동안 숙고하더니 일치된 의견을 제출했다. 여왕이 군대를 직접 찾아 병사들의 사기를 되살릴 필요가 있다는 것이었다. 여왕은 곤혹스러웠다. 트라벨리아를 데리고 가자니 아직 완치되지 않은 그의 건강이 걱정되었고, 두고 가자니 그와의 이별이 죽기보다 더 싫었다. 원로들이 해산하자, 여왕은 노여워하며 트라벨리아를 찾아가 따졌다.

그래, 이게 네 충고를 따른 결과냐? 내가 원로들을 불러모으지만 않았더라면 내가 선택한 장군을 전장에 내보내면 되는 일이었다. 원로들이 나에게 전장에 나가라고 의결하지도 않았겠지. 내가 너를 사랑하는만큼 너도 날 사랑했다면 더 나은 조언을 했어야 했다. 여왕이 눈물을 흘렸다. 너를 두고 간다는 것은 운명이 나에게 내릴 수 있는 가장 가혹한 벌이다. 여왕의 눈물을 보고 트라벨리아가 말했다.

이 세상 그 어느 여성보다 아름답고, 자연이 만든 그 어떤 창조물보다 귀한 당신께서 왜 저같이 비천한 노예를 사랑하시는 겁니까? 수많은 왕이 자신들의 왕국을 걸고 당신께 구혼하지 않습니까? 당신께서 누구를 사랑하는지 백성들이 알기라도 한다면, 아니 의심이라도 한다면, 필경 당신께 등을 돌리고 당신의 적이 될 것입니다. 전쟁에서는 승리하는 자를 두려워하고 결국 따르기 마련이고 패배하는 자는 결국 멸시당하고 땅에 처박히기마련입니다. 비천하고 가난한 저는 여왕의 사랑을 받을 만한 존재가 전혀 아닙니다. 저를 위해 모든 걸 거시다니, 지혜롭지 못하십니다. 위대하신 여왕이시여, 길을 나서십시오. 하늘을 수놓은 저 별들보다 더 빛나는 승리를 쟁취하실 겁니다. 전쟁의 여신 팔라스 아테나가 당신을 인도하고 전쟁의 신 마르스가 당신의 전투를 돕기를 기도합니다. 사랑의 신 큐피드가 당신께 평안을 안겨주고 사랑의 여신 비너스가 기쁨을 선사하실 겁니다. 혼인의 신 하이멘이 당신의 신분에 걸맞은 배필을 내리시길, 운명의 여신이 늘 당신께 미소를 보내고, 당신의 왕국이 늘 평화를 누리길 빌겠습니다.

백성 한 명 한 명의 가슴에 당신을 위한 사랑이 자라고
당신께 복종하지 않는 자 하나 없기를,
수많은 나날이 당신과 함께하기를, 당신이 눈감는 날까지 명예롭기를,
당신의 명성이 트럼펫 소리처럼 우렁차게 멀리멀리 퍼지기를 빕니다.

여왕이 눈물을 흘리며 말했다.

내 귀에 들리는 그 어떠한 소리도, 내 마음에 닿는 그 어떠한 말도,
네 다정한 말보다 더 달콤할 수 없으리.

결국 여왕은 원로들이 아니라 트라벨리아에게 설득되어 전장에 나가기로 했는데, 조건이 하나 있었다. 자신이 돌아올 때까지 트라벨리아가 왕국을 맡아주는 것이었다. 여왕이 당부했다. 만약 내가 죽거든 내 왕관을 물려받고 이 나라를 다스려라. 이에 반발하는 이가 있다면 신들이 벌할 것이다. 여왕의 명령을 전해들은 백성들이 수군거리기 시작했

다. 왕국을 물려받고 다스릴 사람으로 지목받은 청년이 이방인인데다 포로로 잡혀와 팔아넘겨진 가난한 노예가 아닌가. 선장의 아들밖에 안 되는 작자가 백성을 다스리고 나라를 통치한다니. 사람들은 그를 죽여야겠다고 결심했다. 여왕이 떠난 후 실행에 옮길 작정이었다.

그러나 이 청년은 품성이 어찌나 온화한지, 말은 또 어찌나 부드럽고 예의바르게 하는지, 오히려 모든 이가 그를 사랑하게 되었다. 그의 행동 하나하나에 그의 천성이 얼마나 고운지 보여주는 자비가 배어났다. 모든 이에게 정당한 판결을 하며 나라를 지혜롭게 이끄는 그를 본 백성들은 입을 모아 칭찬하기 시작했다. 그에 대한 찬사가 종소리처럼 널리 울려퍼졌다. 백성들은 이 인자한 통치자에 대한 의무를 다하기 위해 복종하며 그의 명령, 아니 당부까지 하나하나 다 따랐다.

그가 나라를 평화롭게 통치하는 동안 전투가 이어졌다. 트럼펫 소리가 전투가 임박했음을 알리자 모든 병사가 적과 싸울 준비를 서둘렀다. 한쪽이 패배하면 다른 쪽이 명예를 앗아가는 이 싸움에서 반드시 승자가 되어야 했다. 사실 자연이 워낙 모든 이에게 재능을 골고루 선물했기에 운명의 여신이 몇 가지 우연한 사건을 통해 혼란과 혼동을 빚어내지 않았더라면 승패를 가리기 어려웠을 것이다.

여왕의 군사들은 지난번 패배가 안겨준 공포를 잊지 못한 상태였다. 반면에 사랑의 군사들은 이미 한 차례 이긴 경험을 기억하며 다시 승리할 수 있으리란 기대에 용기가 솟구쳤다. 결국 운명은 이들에게 승리를 안겨주었다. 우정의 군대는 완전히 패배했고 여왕마저 포로로 잡혔다.

여왕을 손에 넣은 왕자는 우정의 왕국이 곧 몰락하리라 자신했다.

그리하여 군대를 둘로 쪼개어 한 부대는 우정의 왕국에 있는 여러 마을, 성과 요새를 함락하라고 출정 보냈고 다른 부대는 자신이 직접 이끌고 사랑의 왕국으로 돌아가기로 했다. 왕자는 여왕을 왕에게 선물할 생각에 흥분하지 않을 수 없었는데 왕이 온 세상을 소유하기보다 여왕을 더 갖고 싶어한다는 사실을 잘 알기 때문이었다. 여왕이 아니라 다른 전리품을 안고 돌아가는 길이었다면 다른 이에게 맡겼겠지만, 이렇게 귀중한 선물은 자신이 직접 배달해야 했다.

사랑의 왕국의 왕은 이들이 온다는 소식을 전해듣고 멋들어진 의전을 거행하라고 지시했다. 왕자를 위해 화려한 전차와 자신이 입는 의복을 보냈다. 전차가 도시에 진입하기 직전, 왕자는 전차에서 내려 여왕만 태우고 전차 옆에서 걸었다. 여왕이 곧 왕의 배필이 되리라는 믿음에서였다. 귀족들이 모두 모여 왕을 호위했다. 여왕이 도착하자 왕이 정중하게 마중나와 성으로 인도했다. 성에 다다르자 왕은 여왕의 손에 입맞추고 미소 지으며 신들이 그녀를 이곳으로 인도했다고 말했다.

신들은 당신을 제게 선물함으로써 당신이 저의 왕비가 될 운명을 점지해주셨으니, 이로써 저는 신들처럼 모든 행복을 다 누릴 수 있게 되었습니다.

그러자 여왕이 슬픈 얼굴로 답하길, 운명의 여신은 결국 왕의 편이었고, 왕이 운명의 여신을 닮았다면 분명 변덕스러운 성품일 거라고 말했다. 만약 그렇다면 당신의 사랑은 증오로 바뀔 가능성이 있고, 저는 죽거나 제 왕국으로 송환되어 자유를 되찾을 수 있겠죠.

왕이 말했다. 저를 받아주시면 당신은 당신의 왕국뿐 아니라 제 왕국도 다 가질 수 있습니다. 사람들은 세상에서 으뜸가는 여성인 당신을 추앙하고 사모할 것입니다.

여왕이 답했다. 저는 추앙받기보다 저 자신이 추앙하는 걸 갖고 싶습니다.

왕은 여왕을 숙소로 모시라고 말했는데, 그 숙소는 안락하면서도 튼튼하고 안전한 곳이었다. 왕은 자주 찾아와 예의를 갖추고 정성을 다해 그녀의 사랑을 구했다. 그는 특별하고 대단한 열정으로 그녀를 사랑했다.

여왕을 데려와준 왕자에 대한 왕의 신뢰 또한 대단하여, 모든 일에서 왕자의 의견을 구했다. 하루는 왕자를 부르더니, 그가 늘 하던 대로 목덜미를 끌어안으며 말했다.

벗이여(평소 왕자를 이렇게 불렀다), 당신이 나를 위해 데려온 저 잔인한 포로는 내가 주는 사랑을 경멸하고 내가 찾아가도 얼굴을 돌리며 내 사랑을 뿌리치니, 내 외모도 혐오하고 내가 바치는 모든 걸 거부하는 그녀의 사랑을 도대체 어떻게 구할 수 있을지 모르겠소.

폐하, 저 역시 사랑의 패배자입니다. 제가 가장 사랑하는 사람이 저를 너무나 미워하여, 고향도 친구도 재산도 다 싫어진 저는 고국을 떠나게 되었습니다. 마음의 평화는 물론이요, 웃는 기쁨, 달콤한 쾌락, 안락한 생활을 누리지 못한 지 오래입니다. 그녀가 좋아하지도 사랑하지도 않는 저 자신이 증오스럽습니다. 그녀를 매만질 수 있는 빛과 어둠, 더위와 추위를 시기합니다. 다른 사람이 그녀를 갖는다고 생각하면 차라리 그녀가 죽어버렸으면 좋겠다가도, 그녀 없이는 살아갈 자신이 없고, 제가 먼저 죽고 그녀가 이 세상에 남는 것도 견딜 수가 없습니다. 하여 저는 하루하루 고문당하며 겨우 살고 있는 처지입니다. 어딜 가더라도 지옥에서 벗어날 수 없습니다.

사랑의 불운을 서로 한탄하고 있을 때 우정의 왕국에 파견한 군대가 패배했다는 소식이 들려왔다.

왕자는 당황했다. 어떻게 그런 일이 가능합니까? 싸울 줄 모르는 귀족들과, 짐승처럼 서로 싸울 줄만 알지 전쟁에 나가 싸울 줄은 모르는 농부들을 제외하고는 모두가 전장에 나갔는데 말이죠.

나쁜 소식이 연달아 날아들었다. 적군이 군대를 완전히 굴복시키고 심지어 사랑의 왕국에 쳐들어왔다는 것이었다.

왕은 군사들을 최대한 끌어모아 왕자가 데려온 병사들과 함께 전장으로 서둘러 내보냈다. 왕자의 상대는 다름 아닌 트라벨리아였다. 여왕이 포로로 잡혔다는 소식을 듣고 분노가 타오른 것이다. 여왕을 남자처럼 사랑하지는 않았으나, 자신에게 늘 친절하고 자상했던 여왕의 미덕을 흠모한 트라벨리아의 가슴에 남자다운 용맹함이 불끈 솟아올랐다. 여왕의 은덕을 입었으니, 마땅히 여왕을 위해 복수해야 했다. 그녀는 왕국에서 제일가는 사람들을 모아놓고 말했다.

명예롭고 고귀한 분들이여,

여왕 폐하가 포로로 잡히셨다는 슬픈 소식을 듣고 여러분은 심장이 떨리고 복수의 불길로 타오를 수밖에 없었을 겁니다. 폐하를 다시 모셔와 왕좌에 앉혀드릴 때까지 그 불길이 꺼지지 않기를 바랍니다. 여러분을 안전하게 보호하고자 떠나신 폐하를 적들 사이에서 살아가게 둔다면 그 이상의 배은망덕이란 있을 수 없습니다. 여왕 폐하가 노예가 되었는데 여러분이 자유로울 수는 없습니다. 적은 여러분의 처자식을 시장에 내다팔고 여러분을 노예처럼 부릴 겁니다. 여러분이 가진 모든 것을 빼앗고 누릴 겁니다. 그러니 이 나라가 빼앗긴 것을 여러분의 손과 힘으로 되찾아오거나, 적을 섬기기 위해 인생을 바쳐야 할 겁니다.

이 말을 듣고 그들은 한목소리로 트라벨리아를 장군이라 외쳐 부르며 군사를 더 동원하기로 결의했다. 그리고 여왕을 절대로 포기하지 않겠노라 맹세하고 전쟁에서 승리하지 못한다면 목숨을 버리겠다고 다 함께 각오를 다졌다.

장군이 된 트라벨리아가 승리를 위한 제사에 동참해달라고 촉구하자, 모두들 단식한 뒤 행렬을 지어 신전에 가서 신들에게 승리를 위한 제물을 바쳤다.

제사를 마친 트라벨리아는 전쟁에서 쓸 무기와 탄약을 점검했고, 가장 젊고 실력 있는 군사들에게 전투 지휘를 맡겼다. 그래야 경쟁하고 반항하는 무리가 생기지 않는 법이었다. 나이든 이들 중에서 고문을 골랐으며 양아버지도 그중 한 명이었다. 여러 기술자에게 군대를 뒤따르며 보조하는 임무를 맡겼다. 대장장이를 비롯해, 편자공, 공사공, 대포공, 수선공, 마부, 요리사, 여성 등도 군을 보조하기 위해 동참했다.* 또한 군사들이 병에 걸리고 다칠 것을 대비해 의사와 약사들도 따라나섰다. 트라벨리아는 남아 있는 여성들, 아이들, 노약자들에게 출정한 군사들의 승리와 안전을 빌며 끊임없이 기도해달라고 당부했다. 비록 그들은 전장에 나가지 못하지만 신들이 만든 가장 미약한 존재가 그들의 마음을 움직여주리라는 믿음에서였다.

나라를 이렇게 경건하고 질서정연하게 정리한 트라벨리아는 군대를 이끌고 침착하게 전진해나갔다. 함락당한 마을, 성과 요새를 하나씩 되찾으며 적군을 자국에서 내쫓았을 뿐만 아니라 사랑의 왕국으로 들이닥치는 데 성공했다. 국경을 넘은 지 며칠 후, 그들과 싸울 군대가 다가오고 있다는 소식이 들려왔다. 이윽고 두 군대가 마주보며 맞대결하기에 이르렀다. 트라벨리아가 최전선에 나섰다. 가장 용맹하고 경험 많은 지휘관들에게 좌우 병력을 맡겼고 뒤따르는 군사들 역시 뛰어난 지휘관의 통솔하에 움직이도록 했다. 양아버지에게는 예비군을 맡겼다. 유사시 빠른 속도로 군대를 이끌고 도와줄 수 있도록 지나치게 가깝지도 멀지도 않은 곳에서 대기해달라고 당부했다. 아버지, 아버지의 판단력과 용기와 기술, 신의를 믿고 아버지께 예비군을 맡깁니다.

그다음으로는 소부대를 이끄는 대위들에게 당부했다. 각 부대의 총지휘관이 전사하면 군사들은 기세가 크게 꺾여 용기를 잃기 마련입니다. 이들은 공포에 질려 사기가 떨어지고 말아 도망가기 바쁠 것이니, 부대 중앙에서 이들의 사기를 북돋고 이끌어주십시오.

중위들에게는 부대 뒤를 방어하며 탈영병을 막는 임무를 맡겼다. 혹여나 도망가는 병사가 있다 하더라도, 들키는 순간 수치심에 몸 둘 바를 모르고 복종할 것이니, 당신들의 날카로운 눈은 그에게는 요새나 다름없고, 당신들의 가슴은 그에게는 보루나 다름없습니다. 각 소대의 규모는 오 열, 오십 명을 넘지 않도록 했다. 소대가 더 커지면 아주 뚱뚱한 사람처럼 거동이 불편해져, 적을 날쌔게 공격하지도 스스로를 방어하지도 못합니다. 십 열도 넘는 소대는 소용이 별로 없는 게, 가장 뒤에 있는 병사들은 최전방에 나설 일이 없으니 병사의 수가 아무리 많아도 무용지물입니다. 트라벨리아는 군대 조직을 서둘러 정비하고 각각의 계급과 임무에 걸맞은 위치를 정해줬다. 최전선에는 갑옷 입은 기병을 세워, 전투의 충격을 막고 적에게 돌진하도록 명했다. 보병에게는 창과 장총을 지급해 기병을 호위하고 적의 말을 공격하도록 했다. 말을 잃은 기병은 쉽게 제압되기 때문이다. 트라벨리아는 대열이 흐트러지거나 끊어지지 않게 서서히 행군하라고 호령하고 모두를 이끌며 앞장섰다. 트라벨리아 뒤로 병사들이 일렬로 촘촘히 도열하니, 군대가 마치 한 점의 진공도 없이* 꽉 찬 상태가 된 듯했다.

반면에 왕자는 늘 해왔던 대로 병사들 사이의 간격을 넓게 잡았는데, 더 넓게 배치하는 편이 유리하리라는 생각에서였다. 그러나 이는 공격보다는 방어에 적합한 배치였다. 공격할 때 병사들이 넓게 퍼져 있으면 반은 힘을 제대로 쓰지 못하기 때문이다. 두 진영이 힘을 겨룰 준비를 마치자 트라벨리아가 군사들에게 말했다.

고귀한 친구, 용맹한 군사, 지혜로운 신하들이여,

이 전투가 위대하고 이로운 결과를 낳으리라 믿습니다. 전쟁에 스러져가는 이 나라에 평화를 가져오고, 우리를 거의 파멸시킨 적을 우리가 다시 파멸시킬 기회입니다. 우리가 두고 온, 슬픔에 잠긴 우리의 벗들을 기억합시다. 이들에게 평안을, 포로가 된 우리의 동지들에게 자유를 되찾아줍시다. 살아 있는 동안에는 명예와 부를 누리고, 죽은 후에는 명성을 얻을 기회입니다. 만약 적이 우리의 주인이 된다면, 끝없는 공포와 부당한 세금, 스스로 용납할 수 없는 맹세를 강요하게 될 것입니다. 그럼 마음의 평안도, 벗과의 우의도, 이웃과의 거래도 모두 불가능해질 것입니다. 적은 우리가 일군 비옥한 농토, 격식 있는 옛 전통과 의례를 모조리 다 빼앗아갈 것입니다.

우리는 백성으로서 누려온 자유도 누리지 못할 것이고 대대로 내려온 왕가의 가호도 누리지 못할 것이고 우리가 그토록 사랑하는 아름답고 덕망 있는 여왕 폐하의 다스림도 누리지 못할 것입니다. 적은 우리를 이처럼 약탈했는데 군말 없이 복종한단 말입니까? 우리가 힘들게 노동한 대가로 적이 윤택하게 살아가는 반면에, 우리는 적국의 법을 따르며 힘들게 살아가야 한단 말입니까? 고귀한 영혼은 속박을 증오합니다. 노예가 되느니 차라리 죽음이 낫다고 여깁니다. 그러니 벗들이여, 여러분이 맺은 정의로운 결의를 충실히 지키십시오. 신중하게 행동하고, 참을성 있게 노력하고, 영웅답게 행동하시기 바랍니다. 우리가 당한 모욕을 기억하고도 용기를 내지 못할 사람이 있습니까? 벗들이여, 자신을 위해, 나라를 위해, 여왕 폐하를 위해 나아갑시다. 용맹한 가슴으로, 뜨거운 기운으로 나아갑시다. 아폴로 신이 여러분과 함께하시기를, 신의 화살이 적에게 명중하고 신의 광채가 적의 눈을 부시게 하기를 빕니다. 전쟁의 신 마르스가 전투에서 여러분을 이끌고, 운명의 여신이 여러분을 도와, 팔라스 아테나가 여러분에게 승리를 선사하길 빕니다.

연설을 마치자마자 트럼펫 소리가 공격 개시를 알렸다. 트라벨리아의 지시에 따라 한 기병이 말을 타고 적의 진영으로 돌진했다. 공격하듯이 달려오던 말이 갑자기 방향을 틀어 달려가자 사랑의 왕국 병사들은 적군이 겁에 질린 줄 알고 정신없이 추격에 나섰다. 사랑의 왕국 병사들이 하도 서두르는 바람에 대열이 다 흐트러지자 그 틈을 타 여왕의 군사들이 질서정연하게 진격해왔다. 그 어마어마한 기세에 사랑의 왕국 병사들은 이내 주눅들고 말았다. 싸울 힘도, 도주할 기운도 내지 못하고 많은 병사가 죽거나 포로로 잡혔다.

여왕의 병사들이 전장을 완전히 정복하자 왕자는 하루에 걸쳐 어렵게 후퇴할 수밖에 없었다. 남아 있는 병사는 몇 안 됐고 괜찮은 말만 몇 마리 건진 상황이었다. 병사를 너무 많이 잃어버린 현실에 왕자가 크게 낙담하고 있을 때 구원군이 오고 있다는 희소식이 들렸다. 급하게 모집한 병사 수가 부족할 수도 있겠다고 판단한 왕이 다행히 병사를 더 구해서 보내준 것이다. 수치스러운 패배를 맛본 왕자는 복수심에 불타올랐다. 적에게 패배하는 것은 영혼에 상처를 입는 것과 같았다. 새 병사들로 충원된 군대를 이끌고 왕자가 다시 나타나자 이번에는 우정의 왕국 병사들이 낙담하고 말았다. 전투에 몹시 지친데다 전리품을 수거하느라 기운이 다 빠진 상태였기 때문이다. 이들이 고개 떨군 모습을 보고 젊은 장군이 말했다.

고귀한 벗들이여,

여러분의 얼굴에 드리운 슬픔을 보니 공포가 여러분의 가슴을 엄습했군요. 용기 내어 그 공포를 무찌르지 못한다면, 공포에 질려 적의 손에 죽게 될 것입니다. 온 힘을 다해 적과 싸우기도 전에 두려움에 항복하는 것은 비겁하지 않겠습니까? 제가 희망하듯 정의와 진리의 편에 서서 이성의 판단을 따른다면, 두려울 게 무엇입니까? 제가 너무 어리다고 생각하십니까? 나이가 어리고 경험이 없으니 판단력도 떨어지고 제대로 지휘하지 못하리라 생각하십니까? 율리시스나 네스토르 같은 영웅에 비견할 어르신들이 여러분을 돕기 위해 여기 전장까지 나오셨습니다. 그러니 쓸데없는 의구심은 거두고 희망을 가지세요. 용기가 여러분 가슴에 불을 붙이면 적은 화염에 휩싸여 한 줌의 재만 남기고 사라질 겁니다.

이에 병사들이 외쳤다. 가자! 우리는 승리할 것이다!

그동안 왕자는 구원군을 격려하고 있었는데, 그들은 무슨 일이 있었는지 통 모르고 있던 참이라 지난 전투에서 적군에게 패배했다는 청천벽력 같은 소식을 이제야 듣게 되었다. 이 소식에 충격을 받은 병사들의 기세가 약해지자 왕자가 이들을 북돋기 위해 말했다.

고귀한 동지들이여,

복종할 줄 아는 겸손함, 협력할 줄 아는 사랑과 잘못을 바로잡을 줄 아는 관용이 있는 그대들이여, 소망을 이루리라는 희망을 가지기 바랍니다. 희망이 있어야 그 위에 용기를 세울 수 있습니다. 겁을 내면 두려움은 적이 되어 당신들의 믿음을 짓밟아버릴 테니, 최선을 다해 충성을 실천하십시오. 행동하지 않고 생각만으로 복종한다면 성공할 수 없습니다. 그러니 용기 내어 전투하러 갑시다. 적이 그대들을 기죽이게 하지 말고, 이미 잃어버린 것을 한탄하며 울지 말고, 승리 아니면 죽음으로 명예를 되찾아옵시다. 게으르고 비겁한 자여, 당신에게는 올리브와 사이프러스 나무로 만든 월계관을 쓸 기회가 오지 않을 것이며, 당신은 목숨을 건지더라도 경멸과 굴욕 속에 살고, 죽어서도 인정받지 못하고 잊힐 것이오. 그러나 노력하고 용기 내는 자여, 당신은 명예의 왕좌에 올라, 그 명성이 트럼펫 소리처럼 멀리멀리, 크나크게 울려퍼지리다. 시간의 흐름도 그 소리를 막지 못하리다.

전투 준비를 마치고 두 군대가 맞섰다. 그러나 사기가 높지 않은 병사들이 피 흘리게 될까봐 걱정한 왕자는 전투를 포기하고 일대일 결투 도전장을 내밀었다. 도전장을 받아든 트라벨리아는 단신으로 결투에 나설 몸 상태가 아님을 잘 알았지만 도전을 받아들이지 않으면 명예를 잃게 될까봐 거절하지 못했다. 그러나 양쪽 병사들은 결투 결과를 기다리지 않고 잔혹한 전투에 돌입했다.

검을 잘 다루지 못하고 공격할 기운도, 스스로를 방어할 힘도 부족했던 트라벨리아는 금세 부상을 입었다. 그녀가 피를 너무 많이 흘려서 정신을 잃고 쓰러지자 고귀한 품성의 왕자가 달려왔다. 결투 상대의 체형을 보니 아직 어린 청년인 듯해 도우러 온 것이었다. 그러나 그녀의 투구를 벗기는 순간 당황하여 꼼짝도 할 수 없었다. 그녀의 정체를 한눈에 알아본 것이었다. 왕자는 상처에서 줄줄 흐르는 피를 겨우 멈추게 하고 의식 잃은 그녀를 흔들어 깨웠다. 트라벨리아는 의식을 되찾긴 했으나 말 한마디 할 기운도 내지 못했다. 왕자는 그녀 곁에서 한 발짝도 떨어지지 못하고 도움의 손길이 올 때까지 가만히 앉아 있었다.

두 사람이 이렇게 넋을 잃고 기다리는 동안 양쪽 군대는 지휘관 없이 전투를 이어나갔다. 운명의 여신이 예절과 품행의 편을 들어주었기에, 여왕의 군대가 승리를 거머쥘 수 있었다. 여왕의 병사들은 전리품을 찾아 전장을 돌아다니다가 트라벨리아를 품에 안고 멍하니 앉아 있는 왕자를 발견했다. 병사들은 왕자를 포로로 잡고 트라벨리아와 같이 들것에 실어 부대로 데려갔다. 트라벨리아가 정신을 차린 후 말했다.

기쁨이란 것이 있다고 들었지만 얻지는 못했습니다.
결국 기쁨도 고통 속에서 존재합니다.

그러니 살아 있는 것은 고통이요, 고통이란 살아서
쉼없이 운동하는 것, 운동은 곧 갈등입니다.
운동이란 앞으로, 뒤로, 위로, 아래로, 아니면
옆으로 또는 원 모양으로, 끊임없이 움직이는 것.
무덤에는 고통이 없으니,
죽음 대신 삶을 택할 자가 누가 있으리오?
아, 제 목숨을 살리려 하지 말고 죽게 내버려둬주십시오.
죽음은 행복이고 안식은 오직 무덤에 있습니다.

왕자는 이것은 그릇된 철학이라고 말했다.

살아 있다는 것은 신들이 선사하신 축복입니다.
신들 역시 살아 있으니까 우리가 섬기는 것이고요.
신은 생명의 기원이요 생명의 샘입니다.
모든 것은 생명에서 시작됩니다.
신이란 영원한 운동과 다름없으니,
운동이란 영원히 존재해온 것입니다.
생명을 부정한다는 것은 신을 부정하고
영혼의 부활을 부정하는 것입니다.
부활한 존재는 신과도 같습니다.
그래서 순교자 되기를 거절하지 않는 것이지요.
부활한 순교자는 마치 신 같은 존재가 되니까요.
자연은 존재 자체에 기뻐한답니다.

영원히 지옥의 고통 속에서 살아야 한다 해도
존재가 지워지는 일보다 더 나쁜 일은 없어요.
그것처럼 자연에게 나쁜 일은 없습니다.
그러니 작은 고통이 잠시 이어진다는 이유로
신과 자연을 모두 부정하면 안 됩니다.
지옥의 악마도 존재를 박탈당하기보다는 악마로 존재하길 원하지요.
당신은 타락해본 적 없는 천사 같지만요.

이렇게 논쟁을 이어가는 동안 왕자는 자신의 정체를 철저히 감췄다. 화해하기 전에 정체를 들켰다간 자신을 증오하는 트라벨리아가 다시 도주해버릴까봐 두려웠기 때문이다.

트라벨리아가 보이지 않자 병사들은 승리의 기쁨을 느끼지도 못하고 슬픔에 잠겼다. 귀에는 아무런 소리도 들리지 않았고, 입으로는 아무 말도 못했으며, 눈에는 그저 눈물만 고였다. 들것이 다가오는 것을 보고 젊은 장군이 죽었다고 생각한 그들이 탄식하는 소리에 대기가 흔들리고 구름이 갈라진 것만 같았다. 그 소리를 듣고 그녀가 깨어났다. 병사들이 달려오는 모습을 보고는 바깥을 향해 손을 흔들었다.

그 광경에 환호성이 하늘을 찔렀고
슬퍼하던 얼굴에 환희가 번졌다.

그러나 막상 장군의 창백하고 지친 얼굴을 본 병사들은 분노했다. 그에게 부상을 입힌 왕자를 죽이려 들었다. 트라벨리아는 병사들을 말리면서 자신이 생포한 포로이니 살려달라고 부탁했고 병사들은 그 말을 따랐다. 트라벨리아는 양아버지에게 포로를 맡겼다.

트라벨리아가 천막에서 의사들에게 치료를 받는 동안 병사들이 단단히 보초를 섰다. 장군이 할당해주기 전까지 병사들은 전리품에 손을 대지 않았고, 장군의 명령이 아니면 누구의 지시도 따르지 않았다. 장군이 건강을 회복하기 전까지 그들은 꼼짝도 하지 않았다. 트라벨리아는 몸이 조금 회복되자 병사들에게 행군을 이어가라고 명령했다.

그러나 그녀가 병상에 누워 있는 동안 사랑의 왕국 왕이 또다른 군대를 소집해 접근해오고 있었다.

트라벨리아는 아직 완전히 회복된 상태는 아니었지만 병사들에게 힘을 불어넣어주고자 몸을 일으켜세웠다. 자신들의 목숨보다 장군의 목숨을 더 소중하게 생각한 병사들은 더욱 용맹하게 싸웠고 적군을 제압했다. 왕이 병사를 더 끌어모으기 전에 수도를 에워싸는 데 성공했다.

트라벨리아는 병사들에게 성곽을 포위하라고 명령한 후 주위에 흙더미를 쌓아 성벽을 무너뜨릴 대포를 설치하라고 지시했다. 그러고 나서 작은 요새를 지어 대포와 수류탄을 발사하게 했다. 병사들은 수차례 공격한 끝에 성벽을 무너뜨리고 기습해 적군을 무찔렀다. 왕은 아군이 불리한 형세임을 알아차리고 더이상 버틸 수 없다는 사실을 깨달았다. 따라서 평화협정을 체결하고 싶다는 전갈을 젊은 장군에게 보냈다.

전황이 이렇게 흘러가는 동안 여왕은 포로 생활에 지쳐갔고 자신이 사랑하는 트라벨리아가 오기만을 애타게 기다리며 탄식했다.

아, 사랑하면서 사랑받지 못하는 이 지옥 같은 고통이여! 짝사랑하는 것
도 모자라 노예를 짝사랑하다니! 뭐, 노예를 사랑한다고? 아니야. 그는 노
예 같은 심성을 지니지 않았으니 노예일 리 없지. 그러니 그는 자유로운 몸
이야.

노예는 바로 나야. 나는 내 정념의 노예,
그리고 폭군 같은 사랑에 사로잡힌 노예.
하늘에 계신 신들이시여, 저보고 어쩌라는 건가요?
저를 벌하면서도 계속 사랑하게 하시다니요.
지독히 고통받는 마음을 구경하는 게 그리 재미있으십니까?
인간을 조금도 동정하지 않으십니까?
당신들의 창조물은 왜 이렇게 모순덩어리여야 합니까?
우리가 누리는 것은 모두 허구란 말입니까?
우리는 지각을 통해 의식하는 존재며,
공간이 없으면 존재하는 것도 불가능합니다.
그러나 전능하신 신들이시여, 당신들이 명령하기만 하면
무에서 유를 만들어낼 수도 있지요.
그러니 제가 소원하는 기쁨을 허락해주세요.
제 사랑을 돌려주시든가 저를 그냥 죽게 해주세요.

비탄에 잠긴 여왕을 잠시 두고 전장으로 돌아가보자.
휴전 기한이 끝나가자 젊은 장군은 원로들을 불러 다음과 같이 말
했다.

고귀하고 용맹한 영웅들이여,

왕이 휴전을 제안하면서 평화협정을 맺자고 했지만, 그가 여왕 폐하를 풀어주거나 왕관을 내려놓고 왕국을 우리 폐하에게 넘기지 않는 한, 협정은 무의미합니다. 그 이유를 들어보겠습니다.

첫째, 왕은 전쟁을 일으켜, 단 한 번도 그를 공격한 적 없는 우리 왕국의 평화와 평안을 깨뜨렸습니다.

둘째, 그는 우리 여왕 폐하를 포로로 잡아갔고, 우리 왕국을 폐허로 만들었으며, 우리 벗들을 죽음으로 내몰았습니다. 수많은 과부와 고아가 생겨났고 군사들이 전장에서 목숨을 잃었습니다.

게다가 아무런 이유 없이 주변 왕국을 침공한 저 정의롭지 않은 자를 어떻게 믿으란 말입니까? 우리 여왕 폐하와 왕국을 훔쳐가겠다는 야망에 눈먼 저자와 협정을 맺는다고요? 우리가 전쟁에서 이기지 않았습니까? 그러고도 저자의 요구를 받아준다면 패배한 것과 마찬가지입니다. 신들이 우리에게 선물한 승리를 헛되게 만드는 것과 같습니다. 우리가 비열한 협정을 맺고 포로로 잡혀간 여왕 폐하 구하기를 포기했다고 만천하에 알려야 하겠습니까? 그럴 수는 없습니다. 우리는 사랑의 왕국을 멸망시켜 여왕 폐하를 구출했다고 세상에 널리 알려야 합니다.

장군이 이와 같이 말하자 원로 중 한 명이 말했다. 네스토르만큼이나 나이가 많고 경험도 많은 자였다.

장군, 말씀만 들어봐도 장군이 얼마나 명예롭고 용맹한 분이신지 잘 알겠습니다. 영웅심이 넘치니 딱히 정치적 판단력을 발휘하지 않으셔도 되지 않을까 싶을 정도입니다. 그러나 용맹심만으로 국가를 유지해나갈 수는 없습니다. 용맹한 손 외에도 현명한 정치적 머리가 필요합니다. 그 머리에서 위대한 기획이 나오는 법입니다. 수류탄보다 더 효과적으로 도시를 불태우고, 잘 방어된 마을을 함락하고, 위대한 건축물과 성곽을 무너뜨리는 것은 손이 아닌 머리입니다. 전쟁을 승리로 이끌고, 포로를 잡아 노예로 만들어버리고, 왕을 제압하고 왕국을 정복하는 일도 마찬가지입니다. 국가를 위해 판단력을 발휘하는 일은 집안을 신중하게 다스리는 일과 같습니다. 저속한 무리는 지혜로운 분별력을 그저 값싼 속임수라 생각하지만, 그것이야말로 최악의 불행으로부터 우리 자신을 보호하고, 평화를 지키고, 평정심을 유지시켜줍니다. 용맹심을 대범한 정신이라 한다면, 정치적 판단력은 고치기 어려운 약점을 슬기롭게 보완해주는 믿음직한 친구와 같습니다. 우리가 지금 바다를 항해하는 배라고 합시다. 이 배가 난파되지 않도록 잘 인도해주는 것이 판단력입니다. 허영심에 부풀어오른 돛을 끌어내려 배가 고난의 바다에서 뒤집히지 않도록 합니다. 희망보다 불확실성이, 가능성보다 위험성이 높을 때, 참을성 있게 노를 젓고 조류처럼 이리저리 변화하는 시간을 감내하고 기다려주는 마음이 판단력입니다. 그러니 운명의 여신이 주신 승리를 과신하지 말고 조심하여 평화를 택해야 할 것입니다. 운명의 여신은 변화무쌍합니다.

전쟁에서는 알 수 없는 우연 때문에
승리를 놓치고 파멸에 이르기 일쑤입니다.

장군님에게 따지려고 이런 말을 하는 건 아닙니다. 자유롭게 의견을 드렸을 뿐, 장군님의 명이라면, 제아무리 위험한 명일지언정 따를 것입니다.

원로가 발언을 마치자 장군이 자리에서 일어나 말했다. 지당하신 말씀입니다. 나이 어린 제가 경솔했습니다. 이리하여 모두가 사랑의 왕국과 협정을 맺는 데 동의하고 왕이 보낸 사절단을 영접했다. 사절단은 다음과 같이 말했다.

승리로 빛나는, 위대한 우정의 왕국인들이시여,
만약 사랑의 신이 우리 국왕 폐하를 배반하지 않았더라면, 전쟁의 신 마르스가 그분을 적으로 삼지 않았더라면, 평화는 그분의 몫이었을 터, 여러분에게 평화를 구할 일은 없었을 것입니다. 사랑에 실패하고 전장에서 승리하기는 어렵습니다. 마르스 신은 늘 비너스의 아들 큐피드 편을 드니까요. 우리의 주인, 위대하신 국왕 폐하께서 곤경에 처한 이유는 사랑입니다. 그러나 이제 국왕 폐하는 신들이 내린 운명을 겸허히 받아들이기로 하셨습니다. 국왕 폐하께서 제안하시는 바는 다음과 같습니다.
첫째, 우리가 망가뜨린 요새를 복원하겠습니다. 무너뜨린 성벽을 다시 쌓겠습니다.
둘째, 이 전쟁으로 인해 발생한 모든 경비를 물어드리겠습니다. 우리가 더 많은 경비를 들였고 더 큰 손실을 보았지만, 감수하겠습니다.
셋째, 당신들이 잡아간 포로를 풀어주시면 우리도 포로를 풀어드릴 것입니다. 단, 여왕 폐하는 제외합니다. 왜냐하면 여왕 폐하는 포로가 아니니까요.

오히려 국왕 폐하가 여왕 폐하의 포로입니다.

여왕 폐하가 국왕 폐하와 그분의 왕국을 모두 차지했으니까요.

사랑의 왕국 왕이 보낸 사절단에게 우정의 왕국 사람들은 의논 후 다음과 같이 대답했다. 말과 행동은 엄연히 달라서 당신들 말만 믿고 움직일 수는 없고, 여왕 폐하가 돌아와 이 상황에 대해 스스로 설명하시기 전에는 당신들을 신뢰할 수 없으며, 여왕 폐하가 포로가 아니라고 하시니 도시 밖에서 마중하겠노라고, 그러지 않는다면 무력을 동원할 수밖에 없다고 엄포를 놓았다.

사절단은 빈손으로 왕에게 돌아갔다.

사실 진짜 포로는 왕자였다. 물론 몸이 아닌 마음의 포로였다. 트라벨리아의 양아버지는 그를 공손하고 친절하게 다뤘지만 그는 내내 침통한 표정을 짓고 있었다. 전쟁에서 패한 까닭에 우울해한다고 생각한 양아버지는 전쟁이야말로 우연의 지배를 가장 많이 받는다며, 세상에서 제일 용맹하고 지혜로운 자라 하더라도 운명의 여신* 손에 고꾸라지기 마련이라고 말했다. 왜냐하면 운명의 여신은 땅을 딛는 대신 자신이 굴리는 바퀴에 올라탔기 때문이다.

운명의 여신은 훌륭하고 뛰어난 자를 밀어주지 않아요.

운명의 여신이 손에 쥔 홀의 이름은 우연.

이에 왕자가 한숨 쉬며 답했다.

눈을 가린 매정한 운명의 여신이여,

당신이 앞을 보지 못하듯 우리에게 힘을 휘두르지 못하면 좋을 것을.

이 말을 내뱉는 순간 젊은 장군이 방에 들어왔다. 그를 본 왕자는 사랑의 감정에 휩싸여 얼굴이 창백해지고 온몸에 힘이 다 빠졌다. 트라벨리아도 마음이 편하지 않았지만 상냥하고 따뜻한 품성을 가진 탓에 자신이 못 누리는 마음의 평안을 왕자가 되찾길 바라며 다음과 같이 말했다.

고귀한 장군님을 소홀히 해서 그동안 찾아뵙지 못한 것이 아니고, 전쟁을 마무리하기 위한 여러 일을 챙기느라 시간을 내지 못했습니다. 장군님을 편안하게 해드리기 위해 아버지께서 애쓰신 줄 압니다. 군대를 지휘하시는 분이니, 전장에서는 안락한 거처를 기대하기 어렵고 불편하게 지낼 수밖에 없다는 사실을 모르실 리 없습니다. 더 좋은 곳에 모시지 못해 송구합니다. 부디 이해해주십시오.

왕자가 고개 숙여 답했다.

황송합니다. 저는 오로지 당신이 베푸는 호의의 포로입니다. 당신의 귀한 대접이 저를 자유롭게 합니다.

트라벨리아는 앞으로 맺을 협정에 대해 설명한 뒤 왕자를 두고 떠났다. 왕자의 몸은 장군을 따라갈 수 없었지만, 마음은 그와 동행했다.

사절단은 사랑의 왕국 왕에게 여왕을 돌려주지 않으면 평화협정을 체결하기 위한 협상에 임하지 않겠다는 우정의 왕국 입장을 전했다. 왕은 큰 고민에 빠졌다. 여왕을 계속 붙잡고 있기에는 군세가 너무 약했고, 그렇다고 그냥 보내주기에는 그녀를 너무 사랑했다. 원로들에게 의견을 구하면 여왕을 떠나보내야만 나라를 구할 수 있다고 주장할 게 뻔했다. 왕은 왕자가 곁에 없음을 한탄했다. 마음의 준비가 되었을 때 그는 여왕을 찾아가 머리에서 왕관을 벗어 그녀의 발 앞에 내려놓았다.

여왕이시여, 여기 제 왕관을 당신 앞에 내려놓습니다. 왕관과 함께 제 왕국을 당신께 바칩니다. 저는 당신의 포로이니, 당신이 원하는 대로 저와 제 왕국을 처분해주십시오. 연모하는 당신과 조건을 붙여 협상했다는 소리를 절대 듣지 않겠습니다. 제 영혼은 당신의 것입니다. 그러니 제가 가진 모든 것도 당신의 것입니다. 당신이 여기서 떠나야 한다고 하니, 기어이 떠나겠다면 저를 데려가십시오. 당신의 노예가 되어 당신의 승리를 증명해드리겠습니다.

여왕이 답했다.

폐하, 저는 여기서 과분한 대접을 받았습니다. 감사 표시도 하지 않고 떠나는 것은 도리가 아닙니다. 그러니 평화협정이 맺어질 때까지 여기 남겠습니다. 양국 모두에게 이득이 되는 평화협정을 맺길 소원합니다. 제 군사들을 이끄는 장군과 원로 몇 명을 불러와 폐하와 함께 상의하고 싶습니다.

왕은 성문을 열어 여왕의 명을 전했는데 그 내용인즉슨 군사들은 성문 밖에서 기다리고, 장군과 원로들, 그리고 주요 지휘관 몇 명만 여왕에게 데려오라는 것이었다. 그러나 준비를 마치고 떠나려는 순간 장군의 양아버지가 위독하다는 소식이 들려왔다. 아들이 곧 떠난다는 사실을 알게 된 양아버지는 죽기 전에 아들을 꼭 보고 싶다고 했다. 무거운 마음을 안고 아들이 아버지를 찾아왔다. 슬픈 얼굴을 한 아들이 침대에 다가오자 그가 말했다.

아들아. 이제 내 수명이 다했구나. 내 몸은 낡고 스러져가는 오두막, 세들어 살아온 이 오두막의 주인은 죽음이야. 계약 기간이 끝났으니 내 영혼은 이제 다른 집을 찾아 나서야 한단다. 나는 이제 저 투명한 하늘을 날아 신들의 궁전으로 가련다. 그곳에 가서 기도하마. 너에게 남아 있는 지상의 나날이 성공과 행복으로 가득하길.

트라벨리아가 탄식했다. 아버지! 저를 어찌 여기 홀로 남기고 떠나신단 말입니까.

신들이시여. 저에게 왜 이리 가혹하신가요.
무고한 젊은이를 곤경에 몰아넣는 신들이시여.

운명의 여신이 내린 악재로부터 저를 보호해주신 아버지. 저를 무지에서 구하고 정의롭고 정직한 길로 인도하셨습니다. 저를 두고 떠나시면 이

제 저는 어찌되나요? 저를 파멸시키려 하는 사람들로부터 누가 보호해주나요?

아들아, 신들이, 신들이 꼭 도와서 네 덕성을 보상해주실 거야. 잘 있거라, 잘 있거라, 아들아.

아버지는 고개를 돌리더니 숨을 거뒀다.

이제는 생기가 사라진 아버지의 시신을 앞에 두고 한참을 비통해하던 아들은 아버지의 장례를 치르도록 허락해달라고 여왕에게 청했다. 소식을 전해들은 왕은 전갈을 보내 아버지의 시신을 도시로 모셔와 제일 신성한 신전에 모시자고 제안했으며 장군은 이를 수락했다. 병사들이 관을 도시로 들어가는 성문까지 운구한 후 다시 참호로 돌아갔고, 성문부터는 지휘관들이 직접 관을 무덤까지 운구했다. 검은 상복을 차려입은 젊은 장군이 신전에 들어섰을 때 그의 얼굴은 마치 먹구름을 뚫고 비치는 햇살같이 아름다웠고, 그녀의 뺨을 적시는 눈물은 마치 장미와 백합이 자라는 강둑에 내린 이슬같이 영롱했다. 둥근 연단에 오른 그녀가 장례 연설을 시작했다.

저는 망자에 대한 불필요한 찬사나 거짓된 정보를 나누려고 이 자리에 서지 않았습니다. 그저 돌아가신 분에 대한 진실을 전하고자 합니다. 제가 아는 만큼 말씀드리겠습니다. 아버지는 연세는 많으셨지만 늙었다고 할 수는 없었습니다. 나이들어 기억력과 판단력이 감퇴한 사람을 두고 늙었다고 하는데 아버지는 그러지 않으셨습니다. 아버지는 자만심이라곤 없었으며 경험이 많고 지혜로운 분이셨습니다. 항해를 잘했지만 육지에서도 잘 싸우셨습니다. 바다생활을 하는 사람들은 보통 육지생활에 대해 아는 바가 별로 없지요. 육지란 폭풍우를 피해 항구에 정박하는 곳이라 대개 생각합니다. 신선한 음식을 배에 싣는 곳, 혹은 와인과 여자를 즐기는 곳 정도로 알지요. 그러나 아버지는 달랐습니다. 아버지는 정념을 통제할 줄 아셨습니다. 이성과 명예와 신앙심의 힘으로 절제된 생활을 하셨습니다. 지나치게 정중하거나 자만에 찬 태도로 남을 불편하게 하지 않으셨고, 늘 다정하고 편안하게 남을 대해주셨습니다. 성품이 따뜻하고 부드럽고 친절하셨지요. 어려움에 처한 사람을 동정했고, 선행에 앞장서셨습니다. 재치가 넘치고, 어찌나 용맹한지 남들까지 두려움을 잊게 만드셨습니다. 명예의 전당에서 교육받은 분으로, 덕을 원칙으로 삼았고 영웅처럼 행동하셨습니다. 매사에 정직하고 매력이 넘치셨습니다. 도덕적일뿐더러 신앙심이 깊으셨습니다. 신들에게 늘 제사를 지냈는데, 세속적 성공을 위해서가 아니라 신들을 진정으로 사랑하고 숭배하셨기 때문입니다. 아버지는 타의 모범이셨습니다. 신의 입김과 같은 영혼을 지닌 분이셨습니다. 자연이 만들 수 있는 가장 좋은 육신을 지닌 분이셨습니다. 그러나 자연은 자신이 만든 것을 스스로 파괴하기 마련이라, 어떠한 것도 오래 남겨두는 법이 없습니다.

눈물을 너무 많이 흘린 트라벨리아는 오랫동안 말을 잇지 못하다가 마침내 탄식하듯 말했다.

이 눈물이 아버지께 무슨 도움이 되겠습니까. 눈물을 흘린다고 아버지의 운명을 바꿀 수도 없고, 여기 이 세상에서 영원한 삶을 누리게 해달라고 신들을 설득할 수도 없습니다. 그러나 아버지를 사모하는 마음에 눈물을 멈출 도리가 없습니다.

그녀는 아버지의 시신 앞에서 고개 숙이며 말을 이어갔다.

이제 막 태어난 이 눈물이, 이 사랑의 열매가 아버지의 차디찬 재와 함께 묻힌다고 생각하니 조금이나마 마음의 위안이 됩니다. 죽음은 우리를 갈라놓았지만 이렇게 해서라도 우리가 하나되길 빕니다. 운명이 제 생명의 줄을 끊어 아버지의 생명과 함께 엮어주었더라면 좋았을 것을. 그럼 죽음이 저에게도 찾아와 이 슬픔을 덜어주었겠죠. 그러나 운명이 이를 허락하지 않았으니, 아버지를 마음에 묻어 제 생명이 다하는 날까지 기억하겠습니다.

장군이 추도사를 마치고 연단에서 내려와 아버지의 시신을 장작 위에 모시고는 불을 지폈다. 불이 다 꺼지자 재를 모아 유골함에 담은 다음, 무덤에 안치했다. 이렇게 장례식이 다 끝나자 장군은 상복을 벗고 군복으로 갈아입은 뒤 원로들과 함께 궁정을 찾았다. 트라벨리아를 다시 본 여왕의 마음은 전쟁에서 이긴 기쁨보다 더 큰 기쁨으로 가득찼다. 여왕은 아버지를 잃은 장군에게 애도를 표하고 나서 그가 전쟁에서 거둔 승리를 치하했다. 그러고는 왕과의 약속에 따라 감옥에 갇힌 왕자를 풀어주고 돌려보내라고 말했다. 장군은 여왕의 명을 바로 실행하라 지시했다. 여왕은 시간 가는 줄도 모르고 그동안 벌어진 일에 대한 상세한 보고를 들었다. 이야기를 맘껏 즐긴 여왕은 평화협정에 대해 논의

하기 위한 평의회를 곧 개최하기로 약속하고 원로들을 우선 돌려보냈
다. 그러나 여왕은 트라벨리아와 보내는 시간이 너무 행복해 그와 도무
지 떨어지고 싶지 않았기에 계속 남아 있도록 했다. 트라벨리아가 옆에
있을 때에만 여왕이 기뻐하는 모습을 본 왕은 질투심으로 타올랐다. 여
왕에게 사절단의 안전을 이미 약속하지 않았더라면 연적을 바로 처단
했을 것이다.

여왕이 트라벨리아와 시간을 보내는 사이 궁정으로 돌아온 왕자는
어떻게 처신해야 할지 몰라 무척 난감했다. 사랑하는 그녀에게 내 정체
를 밝히면 도망가거나 스스로 목숨을 끊을 것이 분명해. 그렇다고 해서
내 정체를 계속 숨기면, 국왕께 사정을 설명한다 해도 궁정 사람들은
내가 정치적 저의를 품고 있다고 생각하고 내 충성심을 비방하며 수군
거릴 게 분명해.

그는 한참 고민한 끝에 왕에게 모든 것을 고백하고 조언을 구하기로
했다. 왕은 그를 껴안으며 반갑게 맞았다. 나의 벗이여, 그대를 다시 보
니 나라를 되찾은 것만큼이나 기쁘구나. 왕자는 왕의 손에 정중하게 입
맞추며 운명의 여신이 자기를 적대시해 왕의 총애를 앗아갔다고 생각
했다고 말했다. 폐하, 전투에서 승리를 거두지 못해 송구스럽기 그지없
습니다. 허나 이는 제 탓이 아니라 신들이 그리되도록 안배했기 때문입
니다. 주피터와 마르스, 그리고 다른 신들조차 아름다운 여성들을 너무
도 좋아해서, 여성들은 절대로 징벌하지 않고, 여성들이 늘 승리하도록
하니까요.

여왕에 대해 하는 말이라고 생각한 왕은 왕자의 말에 흔쾌히 동의했
다. 왕은 여왕이 얼마나 그의 호의를 무시하고 젊은 장군에게 넋이 빠

져 있는지 모르겠다며 왕자에게 도와달라고 말했다. 그러자 왕자가 한 편으로 미소를 짓고, 다른 한편으로 한숨을 내쉬며 답했다.

폐하, 걱정하실 필요 없습니다. 폐하가 경계하는 자는 사실 여자입니다. 여왕 폐하는 이 사실을 전혀 모르지만요.

그러고는 자신의 연애담을 들려주었다. 그동안 있었던 일을 모두 왕에게 털어놓고 조언을 구했다. 왕은 장군이 여자라는 사실에 뛸듯이 기뻐하며 수많은 제안을 했다. 그러나 그 제안이 너무 많은데다 일관성이 없어 하나를 선택하기란 불가능했다.

두 사람이 이렇게 이야기를 나누는 동안 왕자에게 편지가 한 통 배달되었다. 고국의 상인들이 배달한 편지는 왕자의 아내가 죽었다*는 소식을 담고 있었다. 왕자가 어디 있는지 알지 못하는 고국 사람들이 혹시나 하는 마음에 여러 나라에 편지를 보내 그에게 소식을 전달하려 한 것이었다. 소식을 들은 왕자의 가슴에 희망이 싹텄다. 왕과 포옹하며 왕자가 말했다. 이제 사랑의 신 큐피드가 그들을 도와주기로 마음먹은 게 분명하고, 그들이 쌓아놓은 사랑의 요새에서 금빛 화살을 쏘아 두 여인의 가슴에 명중시킬 게 확실하다고.

드디어 평화협정을 맺기 위해 왕과 여왕, 그리고 각 나라의 원로가 모두 한자리에 모였다. 모든 이가 자리에 앉자 사랑의 왕은 우정의 여왕에게 한 가지 부탁을 했다. 왕자를 자신의 고문으로 출석시키고 싶다는 것이었다. 허나 여왕께서 허락하지 않으면 출석하지 않을 것입니다. 그는 당신의 포로라 당신의 처분을 기다리고 있기 때문입니다.

그러자 여왕은 왕자를 이미 풀어줬으니 더이상 통제할 이유가 없고, 사랑의 왕국 고문을 선택할 권리는 자신이 아닌 왕에게 있다고 답했다.

왕은 왕자를 불러오라고 말했다. 그러자 왕자가 얼굴을 가리지 않고 등장했다. 사람들 앞으로 성큼성큼 들어오는 왕자의 모습을 본 트라벨리아는 공포심에 이내 의식을 잃고 쓰러졌고, 그 광경을 지켜본 여왕은 이를 왕이 질투심에 저지른 소행이라 여기고 협정을 중단시켰다. 장군을 먼저 돌봐야만 했다. 트라벨리아는 금세 의식을 되찾았지만 마음의 병 때문에 쉽게 일어나지 못했다. 여왕의 의심은 커져만 갔다. 트라벨리아에게 독을 먹였다는 생각에 왕이 못 견디게 싫어졌다.

왕은 여왕이 자신을 더욱 차갑게 대하는 이유를 모르지 않았다. 왕은 왕자에게 해결책을 마련해달라고 부탁했다. 당신 애인을 어떻게든 움직여보시오. 아무리 여자라 해도 난 여전히 질투심이 나서 죽겠소.

왕자가 말했다. 제 애인이 남장을 하고 있지만, 폐하가 제 애인을 질투하는 만큼이나 저 또한 여왕 폐하를 질투합니다.

두 사람은 결국 여왕에게 사실을 밝히기로 결심했다. 왕자가 여왕을 찾아가 반시간가량의 접견을 청했다.

여왕은 어렵다는 답을 보냈다.

이에 왕자가 개인적인 일로 뵙고 싶다고 전하자 여왕이 허락했다. 왕자는 여왕에게 인사를 올리고 입을 열었다.

폐하, 편치 않으신 시간에 이렇게 찾아뵈어 송구할 따름입니다. 혹여나 저 때문에 시름에 잠기신 건 아닐까 하여 찾아왔습니다.

내 시름을 그대가 안다고? 가당치 않군. 자기 자신의 마음과 생각을 알아차리는 것도 어려운데, 하물며 타인의 마음을 어찌 알 수 있겠나.

폐하, 허락하신다면 폐하의 마음을 헤아려보겠습니다.

그럼 한번 해보게나.

왕자가 말했다. 폐하는 지금 사랑에 빠지셨습니다. 폐하가 사랑하시는 상대는 온갖 장점을 두루 갖추고 있습니다만, 그분은 폐하의 사랑을 절대 되돌려드릴 수 없습니다. 왜냐하면 폐하가 사랑하시는 상대는 바로 여자이기 때문입니다. 자신이 여자라는 사실을 숨기고 남장을 하고 있는데다 전사로 행세하고 있으니 폐하가 헷갈리실 만도 합니다. 폐하께는 얼마나 다정한지 모르겠지만 저에게는 너무나 잔인한 사람입니다.

왕자는 트라벨리아를 처음 본 순간부터 있었던 일을 모두 여왕에게 말했다. 그 이야기를 들은 여왕의 안색은 수차례 변화했다. 분노와 사랑의 감정, 그러니까 자신이 속았다는 데서 비롯된 분함과 트라벨리아를 차지하기 위해서라면 남자가 되고 싶을 정도로 여전히 사랑하는 마음, 이 두 가지 감정이 뒤섞여 교차했다.

여왕을 지켜보던 왕자는 왕의 사랑을 받아들여달라고 말했다. 그러나 사랑을 이루지 못해 마음이 너무나 혼란스럽고 고통스러운 여왕의 귀에 그런 얘기가 들어올 리 없었다. 왕자는 일단 물러나기로 했다. 그가 자리를 뜨자마자

그녀의 눈에서 눈물이 어찌나 쏟아지는지
그 홍수에 빠져 죽을 것만 같았다.
무거운 가슴에서 내쉰 한숨은 남쪽 혹은 북쪽에서
불어오는 강풍처럼 거칠었다.
폭풍이 물러나자 고요함이 찾아왔다.
그녀의 마음은 잔잔하게 흘렀다.

이윽고 부드러운 고개를 앞으로 숙이고
사랑의 신에게 기도했다.
저 높은 곳에서 사랑의 화살을 쏘는 위대한 사랑의 신이시여.
제 가슴 깊숙한 곳에 화살을 쏘아주십시오.
여자가 남자가 될 수 없다면
당신이 지핀 사랑의 불은 이렇게 해야 꺼질 것입니다.
이 기도를 들은 사랑의 신은 측은한 마음에
첫번째 사랑의 불을 끄고 두번째 불을 피웠다.
새로 지핀 불길은 약했지만
서서히 타오르기 시작하면서 커져갔다.
이윽고 왕에게 그 불길이 도달하니
두 왕국에 큰 기쁨이 찾아왔다.

달고 깊은 잠에 빠져들었던 여왕은 잠에서 깨어나자 트라벨리아의 침실로 찾아갔다. 여왕은 트라벨리아의 정체를 알게 되었다고 알리며 왜 지금까지 정체를 숨겼는지 부드럽게 꾸짖었다. 너 때문에 내가 얼마나 괴로웠는지 아느냐.

트라벨리아가 여왕에게 용서를 빌었다. 일부러 속이려 했던 건 아니고, 자신이 겪어온 불운 때문에 정체를 숨겼을 뿐이라고 설명했다. 그러고는 자신의 안전을 지키려면 여왕의 도움이 꼭 필요하다고 말했다.

두 사람이 이야기를 나누는 동안 왕과 왕자가 병문안하러 찾아왔다. 여왕은 이들을 웃는 얼굴로 맞이하면서 모진 애인에게 구애하는 중이라고 말했다.

왕은 사랑에 실패한 자를 동정하는 것은 인지상정이라고 하면서 자신 또한 여왕의 동정이 필요하다고 말했다.

그러자 여왕은 연애에 한 번 실패해보았으니 왕을 사랑하게 될 확률이 높아졌다고 했다. 왜냐하면 사랑에 실패하더라도 연인에게는 사랑하는 마음 자체가 주는 기쁨이 있는 법이니까요. 왕자에게 눈길을 돌리며 여왕이 말했다. 왕자님, 제 말이 맞지요?

폐하, 희망과 두려움이 뒤섞인 그 고통스러운 기쁨을 저도 잘 압니다. 그렇지만 희망이 없으면 기쁨 또한 사라지기 마련이지요. 지옥 같은 고통만 남고요.

만약 당신이 사랑하는 저 여인이 당신을 사랑했다면 정말 불행했겠군요. 당신에게는 이미 아내가 있으니까요.

왕자가 말했다. 아닙니다, 저는 이제 홀몸입니다. 그렇다고 그녀가 저에게 마음을 줄 가능성이 높아졌다고 보진 않습니다만.

이 말을 듣고 트라벨리아는 열병에 걸린 사람처럼 가슴이 몹시 뛰었다. 그 말이 사실이길 바라면서도 거짓말일지 모른다는 생각에 마음이 어수선했다. 사실이라면 너무 기쁠 것 같았지만 사실이길 바라서는 안 될 것 같았다.

홀몸이라는 사실을 어떻게 알게 되었냐고 여왕이 묻자 왕자가 자초지종을 설명했다.

막무가내로 공격하는 당신한테서 보호해주겠노라고 저 여인에게 이미 약속했지만, 당신이 예의를 갖춰 합법적으로 구혼한다면 양보할 생각이 있습니다. 단, 조건이 있어요. 내 왕국에서 떠나서는 안 됩니다. 그녀가 내 남편이 될 수 없다 하더라도* 내 친구로 삼고 두고두고 내 곁에 둬야겠습니다.

그 말을 들은 트라벨리아의 얼굴에 화색이 돌기 시작했다. 그녀는 침대에서 일어나 여왕에게 감사를 표했다.

왕자가 말했다. 여왕 폐하, 신들이 저에게 그 어떤 선물을 준다 해도 폐하께서 저에게 주신 이 행복보다 더 클 수 없습니다.

왕이 끼어들었다. 폐하, 저에게 주실 것은 없습니까.

부끄러움에 얼굴이 빨개진 여왕은 원로들만 동의한다면 왕에게 자기 자신을 선물하겠다고 말했다.

이에 왕이 무릎을 꿇고 여왕의 손에 입맞추며 말했다. 간절히 원하던 바를 얻게 되었으니 뜻대로 다 하는 신도 부럽지 않습니다.

이렇게 즐거운 대화를 나누며 하루가 지나갔다. 다음날이 되자 두 나라의 원로들을 소집해 왕과 여왕의 혼인 약정*을 체결했다. 여왕은 왕과 함께 사랑의 왕국에서 살기로 했다. 자식이 태어나면, 장남이 사랑의 왕국 통치권을, 차남이 우정의 왕국 통치권을 승계하기로 합의했다. 아들이 없을 경우 딸들에게 왕위를 물려주기로 했다.

자손이 태어나기 전까지 우정의 왕국 통치권은 당분간 왕자와 왕자비가 갖기로, 아니 사실상 트라벨리아가 갖기로 했다. 그녀는 더이상 이방인이 아니었고 왕족만큼이나 극진히 사랑받고 있었기 때문이다. 그러나 우정의 왕국 사람들이 그토록 사랑하는 트라벨리아 장군이 하루아침에 사라지고 그가 여자라는 얘기가 돌 경우, 아무도 그 사실을 믿지 않을 게 분명했다. 그를 제거한 악당들의 거짓말이라 여긴 우정의 왕국 사람들이 반란을 일으키기라도 하면 두 왕국 모두 파멸에 이를 수 있는 위험한 상황이었다. 그래서 트라벨리아에게 군대를 찾아가 자신의 정체를 직접 밝히도록 했다.

이 모든 조항에 서명한 두 군주는 결혼식 준비에 착수했다.

트라벨리아가 군사들을 찾아갔을 때 왕자가 그 뒤를 따랐다. 왕과 여왕 역시 트라벨리아가 하는 말을 보증해주기 위해 증인으로 동행했다. 단상에 오른 트라벨리아를 중심으로 사람들이 모여들었다.

고귀한 벗들이여, 용맹한 군사들이여,

제가 오늘 여러분을 찾아온 이유는 제가 여자라는 사실을 고백하기 위해서입니다. 남장을 한 제가 실은 여자라고 말하고 있으니, 뻔뻔하다고 생각하실지 모르겠습니다. 그러나 정의로운 판사라면 죄가 밝혀지기 전까지는 피고인을 벌하지 않듯, 너그러운 여러분도 저를 비난하기 전에 여자가 왜 남장을 하게 되었는지 알고 싶어하실 겁니다. 저는 제 순결을 지키고자 어쩔 수 없이 성별을 숨기게 되었습니다. 사랑하는 자가 애인의 몸과 영혼을 똑같이 사랑하듯, 여성을 사랑하는 사람이라면 그 여성의 순결 또한 똑같이 사랑해야 할 것입니다. 사랑하는 이가 위험에 처했는데 도와주려 나서지 않을 사람이 있습니까? 순결을 지키기 위해서라면 어떠한 위험도, 심지어 목숨을 잃을 위험도 불사해야 합니다. 적의 공격으로부터 순결을 안전하게 지키기 위해서라면 어떤 복장도 할 수 있습니다. 몸을 덮는 복장이 바뀐다고 순결한 마음이 타락하지는 않습니다. 벌거벗은 몸이라 할지라도 정숙함으로 영혼을 덮을 수 있고, 순결을 더럽히려는 자들에게 맞서 여성도 마땅히 칼을 들어야 합니다.* 힘에 부치는 한이 있더라도 여성도 자기 의지를 드러내야 합니다. 순결을 지키다 전사하는 것이 곧 명성을 누리며 사는 방법입니다. 그러니 우리 여성들에게서 순결을 사랑하는 마음을 앗아갈 수 있는 것은 전쟁터도 궁정도 도시도 시골도, 어떤 위험도 복장도 세속적 행복도 아닐 겁니다. 사랑은 어떤 정념보다 더 달콤하고 강렬하며, 진정한 사랑은 악덕이 아니라 미덕에서 솟아나는 것입니다. 그러니 순결에 대한 사랑을 위해서라면 목숨을 걸고, 죽음을 불사할 수 있어야 합니다. 여왕 폐하에 대한 제 충성심을 인정한다면 저를 비난하지 않으시리라 생각합니다.

트라벨리아는 고개를 깊이 숙여 왕에게, 그다음에 여왕에게, 마지막으로 군사들에게 인사했다.

군사들이 외쳤다. 당신이 여자든 남자든,* 하늘의 축복을 받으십시오!

트라벨리아는 연설을 마치고 자신의 천막에 들어가 여성 의복으로 갈아입고 나왔다. 그러고는 다시 단상에 올라 군사들 앞에서 다음과 같이 말했다.

고귀한 벗들이여,

이제 남자의 옷을 벗고 남자의 기백 또한 내려놓았습니다. 그러나 제 생명의 은인인 여왕 폐하를 모시기 위해서라면, 이 나라를 지키기 위해서라면 언제든지 다시 남자가 되겠습니다. 폐하께 진 빚이 너무나 많습니다.

우선, 폐하께서는 노예 신분인 저를 친구처럼 대해주고 마치 자연이 저희를 한 줄로 엮어준 것처럼 사랑해주셨습니다. 하늘의 영광과 영예가 늘 폐하와 함께하길 빕니다. 폐하는 당신께서 자리를 비운 동안 저에게 이 나라를 수호하라고 명하셨습니다. 이보다 더 큰 영예는 있을 수 없습니다. 제가 어리고 경험이 부족한데도 국가에 대한 충성심으로 제 지시를 모두 따라주신 모든 분께 역시 큰 빚을 졌습니다. 여러분이 저에게 보여주신 사랑은 여왕 폐하의 명령을 뛰어넘는, 마음에서 우러나오는 것이었습니다. 제가 아플 때 같이 아파하고, 제 건강을 챙기고, 제가 곁에 있을 때 기뻐하고, 없을 때 슬퍼하며, 제 성공에 찬사를 보내주신 여러분, 가진 것을 모두 저에게 내어주고자 한 여러분께 어떻게 감사를 표해야 할까요? 제가 입은 은혜는 목숨을 바쳐도 다 갚지 못할 것입니다. 신들의 궁전을 제가 소유할 수 있다면 여러분께 바쳐서 행복하게 해드리고 싶습니다. 감사하는 마음을 이렇게 행동이 아닌 말로만 표현하는 게 부끄럽기 짝이 없습니다만, 신들과 자연이 저에게 준 생명과 건강과 아름다움, 평화, 행복, 풍족함, 이 모든 것을 제 마음의 제단 위에 쌓아서 여러분께 바칩니다. 여러분을 위해서라면 이 모든 것을 언제든지 희생할 수 있습니다.

군사들이 외쳤다. 신이 보낸 천사여, 천사여!
그후 평화협정 선포식이 거행되었다. 왕자가 우정의 왕국 총독이 될 거라는 소식에 군사들은 한목소리로 트라벨리아에게 같은 권한을 달라고 요구했다. 이들의 불만을 잠재우기 위해 이 요구는 곧바로 받아들여졌다. 이에 모두가 크게 환호했다.
그러나 왕자는 트라벨리아에게 나라도 지배하고 자신도 지배해달라고 청했다.
트라벨리아는 왕자가 자신을 지배해야 하고, 자신은 나라를 지배하겠다고 응답했다.*
귀족과 지휘관들이 지켜보는 가운데 왕과 여왕, 왕자와 트라벨리아의 결혼식이 거행되었다. 결혼식 당일 여왕은 다이아몬드 왕관을 썼고 비싼 보석으로 치장했는데, 그녀의 미모가 이러한 장신구보다 더 빛났다. 반면 트라벨리아는 몸을 꽉 조이지 않는 하얀 실크 드레스만 입었다.

그녀의 얼굴에서 어찌나 광채가 나는지,
신들과 여신들도 기뻐했네.
신세계와도 같은 그녀의 눈을 들여다보면
사랑이 마치 천사 같은 아기 큐피드들이
노니는 것과 같은 형상으로 나타났네.
입술은 비너스의 왕좌가 되어
망설이는 애인들의 입맞춤을 초대했네.
혀 위에는 날개 단 머큐리가 앉아
수사와 위트를 꽃처럼 뿌리고, 재치와 재담을 꽃비처럼 뿌리고
팔라스 아테나는 양쪽 관자놀이를
마치 월계수관을 씌우듯 지혜로 장식했네.
볼에 핀 백합과 장미는
운명의 여신들이 한 올 한 올 짠 사랑의 시였고,
사랑스러운 미소는
미의 세 여신의 보금자리 같았네.
정숙한 다이애나는 눈처럼 하얀 그녀의 가슴에
머리를 기대고 사색에 잠겼고
그녀의 아름다운 목을 보고 놀란 주피터는
천둥소리를 내는 것마저 잊고 말았네.

그녀의 손에서 노니는 신들은
손의 파란 핏줄에서 하늘을 보았네.
그녀의 둥글고 예쁜 팔을 본 마르스는
전쟁을 멈춰 세우고 평화를 부른 뒤
아틀라스가 들어올린 지구 위에
의기양양하게 앉았네.
향기로운 제피로스가 영광의 트럼펫을 불며
그녀의 명성을 널리 울려퍼뜨렸네.

결혼식이 끝나자 도시에서 각종 가면극, 연극, 무도회, 야외극, 행렬 등의 축하 공연이 이어졌다. 며칠 후 왕자와 왕자비는 도시 밖에 있는 군대를 방문해 며칠 동안 병사들과 함께 즐기다 오고 싶다고 말했고 여왕은 이를 흔쾌히 허락했다. 왕자와 왕자비는 병사들과 함께 체육대회를 열었는데, 그들은 창 시합, 펜싱, 레슬링, 높이뛰기, 멀리뛰기, 달리기, 경마, 곰 사냥, 그리고 그 외의 여러 경기를 치르며 즐거운 시간을 보냈다. 이어지는 성대한 만찬에서 모든 이가 맘껏 먹고 마시며 기쁨을 나눴다. 모두가 기분좋게 시간을 보낸 뒤 왕자와 왕자비는 사랑의 왕국 궁정으로 되돌아가 한동안 머물렀다. 그후 왕과 여왕은 왕자와 왕자비를 우정의 왕국으로 돌아가게 했다. 군사들은 전쟁에서 획득한 많은 전리품을, 지휘관들은 왕이 선사한 많은 선물을 안고 돌아갔다. 왕과 여왕이 살아 있는 동안 사랑의 왕국과 우정의 왕국은 평화롭고 평온하게 공존했다. 지금까지 내가 들은 바에 의하면, 두 왕국 사이의 평온이 여전히 유지되고 있다고 한다.

애프라 벤
Aphra Behn

수녀 이야기, 혹은 서약을 어긴 미녀
The History of the Nun; or, The Fair Vow-Breaker(1689)

불행한 신부, 혹은 앞 못 보는 미녀
The Unfortunate Bride; or, The Blind Lady a Beauty(1700)

애프라 벤(1640?~1689)

영국 켄트 지방 출생. 왕정복고기를 대표하는 시인이자 극작가. 출신과 삶에 대해 정확히 알려진 바는 없으나, 버지니아 울프가 "모든 여성이 애프라 벤의 무덤에 꽃을 헌정해야 한다. 그녀 덕분에 여성들은 자기 생각을 표현할 권리를 얻게 되었기 때문이다"라며 극찬한, 글쓰기로 상업적 성공을 거둔 최초의 여성 작가로 일컬어진다. 소설 『오루노코Oroonoko』(1688)에서 암시하듯, 이십대에는 영국의 식민지인 수리남에서 살았던 것으로 추정되며, 1666년 발발한 영국과 네덜란드 전쟁중에는 국왕 찰스 2세를 위해 안트베르펜에서 첩보원으로 일했고, 1668년 영국으로 돌아와서는 런던에 있는 채무자의 감옥에서 수감생활을 했다. 1670년 생계를 위해 첫 희곡을 발표한 이래 작품 활동을 왕성히 펼쳤다. 대표작으로 『강제결혼The Forced Marriage』(1670) 『사랑에 빠진 왕자The Amorous Prince』(1671) 『방랑자The Rover』(1677) 등의 희곡이 있다. 말년에는 픽션을 다수 집필했는데, 가장 유명한 작품인 『오루노코』는 왕족 출신이지만 수리남에서 노예 생활을 하게 된 오루노코 왕자의 비극적 이야기를 다뤘다. 사회적 관습을 초월하는 사랑의 힘을 작품 전반에 걸친 주제로 삼아, 사랑에 빠진 여성을 수동적 대상이 아닌 능동적 주체로 그려냈다는 점에서 획기적인 작가로 평가받는다.

수녀 이야기, 혹은 서약을 어긴 미녀

더없이 고귀한 마자랭 공작부인*께

공작부인, 지금껏 많은 시인이 자기 작품을 훌륭한 덕성을 갖춘 분께 바치면서, 작품 속에 등장하는 고난을 겪는 영웅이나 역경에 처한 여성 인물을 후원해달라고 청해왔습니다.* 이러한 요청은 오직 더없이 존귀한 분들께 드리기 마련이기에, 항상 호의적으로 받아들여지지요. 저희가 드릴 수 있는 가장 큰 존경과 경의의 표시니까요.

공작부인, 저는 궁정에서 귀부인들의 행렬을 본 적이 있습니다. 그중에서도 유독 당신이 자아내는 우아함과 위엄, 거기에 저항할 수 없는 감미롭고 매력적인 분위기, 재치와 아량까지 더해져서 저는 당신께 매료되고 말았습니다. 그후 저는 당신과 같은 성별을 지닌 사람 중 하나가 당신을 얼마나 사모하는지 말씀드릴 기회를 잡고 싶어 안달이 나 있었습니다. 당신은 그동안 많은 남성의 마음을 사로잡았지만, 그들 중에도 저처럼 당신께 송두리째 사로잡힌 포로는 없을 것입니다. 부인, 이 초라한 고백에는 어떠한 억지 칭찬이나 관습적인 시구도 담지 않고, 오직 진심만 담았습니다. 지금 이렇게 당신께 제 마음을 고백하면서도 저는 제 가혹한 운명 때문에 마음이 무척 불편합니다. 왜냐하면 저는 당신 곁에 머물면서 그 아름다운 외모를 오래도록 감상하고, 번뜩이는 재담을 직접 들을 수 있을 정도로 충분히 높은 신분이 아니기 때문입니다. 당신 곁에서 보고 듣는 일만큼 감동적인 일이, 그토록 훌륭하고 즐거운 일이 또 어디에 있겠습니까? 당신의 말씀을 직접 듣고, 당신의 아름다움을 직접 보는 일만큼 완벽한 즐거움을 자아내는 일이 또 어디에 있을까요? 당신은 별 신경을 쓰지 않고 옷을 입었을 때 아름다움이 배가되는 분입니다. 왜냐하면 당신은 너무 아름다워서 여자들이 흔히 받는 화장이나 옷의 도움도 필요가 없으니까요. 보통 여자들은 그런 도움을 받아야 더 매력적으로 보이는 반면 공작부인 당신은 고귀한 태생이라는 이점을 차치하더라도 주변 사람들에게 존경심과 경외심을 불러일으키는 아름다움을 지녔으니까요. 사람들은 기꺼이 각자의 능력과 재능을 살려 당신께 자기만의 방식으로 경의를 표하죠. 공작부인, 제 재능은 이 펜촉에 있으니, 당신의 드높은 이름을 영원히 칭송하고 제 마음이 이토록 끌리는 당신을 영원히 받들기 위해 글을 쓰는 것을 허락해주신다면 저에게는 더없이 큰 영광이 될 것입니다.

공작부인, 제가 쓴 이 졸작을 감히 당신의 발밑에 바칩니다. 이는 실제 있었던 이야기입니다. 이 일이 일어난 마을의 기록도 이를 뒷받침합니다. 이 이야기의 주인공인 미녀는 서약을 어기면서 불행을 겪게 되는데 그녀가 당신의 보호를 받는 영광을 누리지 못하더라도, 적어도 당신의 동정을 받길 기대합니다. 당신이 동정해주기만 한다면 그녀에게도, 그리고 저에게도 충분한 영광일 테니까요.

당신의 가장 비천하고 가장 충직한 종,
애프라 벤

인간이 저지르는 죄 중에 서약을 어기는 행위만큼 하늘의 각별하고 분명하며 빈번한 관심을 받는 일은 없으며, 그만큼 하늘을 노하게 하는 일 또한 없으니, 그런 일을 저지르면 절대로 징벌을 면할 수 없다. 큐피드는 사랑을 장려하기 위해, 연인들의 경우에는 약속과 맹세를 어겨도 신들이 딱히 신경쓰지 않으며, 서약을 깬 자들 중에서 오로지 연인들만 신의 분노를 비껴갈 수 있다고 나불댈지도 모르겠다. 하지만 생각해보면 이토록 빈번한 거짓 맹세가 비록 세상에서는 흔해 빠진 사랑의 빈말로 받아들여진다 할지라도, 결국 불행한 결혼으로 흔히 이어지며, 결혼한 부부에게 닥치는 수많은 불행의 원인을 제공한다는 걸 알 수 있다. 여성이든 남성이든, 천에 한 명은 분명 거짓 사랑 맹세를 받았거나 바보같이 속아넘어가는 연인에게 거짓 서약을 하고서 신세를 망쳐놓고 도망가버린다. 자신이 정복한 여성이 몇 명이나 되는지 자랑하면서 그 부끄러운 승리감에 도취되지 않는 남자가 과연 존재할까? 또한 남자를 속이고 쾌락을 느끼지 않는 여자가 있을까? 만약 있다면, 그녀는 어쩌면 어릴 적 애인에게 배신당한 일을 계기로 남자를 속이는 기술을 터득한 것이리라. 그리하여 남자들 앞에서는 다가가기 어려운 것처럼 굴면서, 남자들이 쓰는 무기를 활용해 그들에게 복수하는 것이리라. 논란의 여지 없이 여성은 타고나기를 남성보다 더 지조

있고 정의롭다. 만약 첫번째 애인이 변덕의 기술을 가르쳐주지 않았더라면 여자들은 연인의 곁을 떠나지 않는 비둘기와 같았을 것이고, 인도의 아내들처럼* 죽은 연인의 무덤에 산 채로 뛰어들어 순장되었을 것이다. 그러나 관습이란 본성까지도 바꾸는 법이라, 여성들의 성정 또한 변해서, 오래된 습관이 제2의 천성이 되어버렸다. 여자들은 남자들의 삶을 본보기로 삼아 온갖 악덕을 저지르게 되었고, 거의 남자들만큼이나 지조 없는 변덕스러운 존재가 되어버렸다. 오직 정숙함이라는 덕목이 남녀 사이의 차이를 만들어낼 뿐, 이제 성향에는 차이가 없다. 여성들의 좋던 성품도 시간이 지나자 나쁜 본보기들로 인해 타락해버린 것이다.

서약에도 여러 종류가 있듯이, 서약을 어긴 데 대한 징벌에도 여러 종류가 있다. 가장 중요한 예로, 계약을 통해 결혼을 유효하게 만드는 엄숙한 결혼 서약이 있고, 그 외에도 사람 사이에 수많은 종류의 교우 관계와 서약이 존재한다. 가장 으뜸가는 서약으로, 오직 신에게 바치는 신성한 서약이 있는데, 이 서약을 맺으면 우리는 영원히 정절을 지키면서 신을 위해 헌신적으로 봉사할 의무를 지게 된다. 성직자가 되기로 한 사람만이 이런 서약을 맺으며, 이를 어기면 신에게 가장 엄중하고 악명 높은 복수의 벌을 받게 된다. 확신하건대 지금까지 이런 종류의 거짓 서약을 한 사람이 벌받지 않은 적은 단 한 번도 없다. 게다가 그냥 벌이 아니라 가장 강력하고 엄한 벌을 받지 않은 경우는 결코 없다. 나만 해도 신성한 서약을 어긴 탓에 치명적인 결말을 맞이한 수많은 사례를 알고 있으므로, 호기심 때문에 이런 불운을 직접 경험해보려는 자가 있다면, 장담하건대 이런 일을 저질러놓고 무사한 경우는 없다.

그러므로 젊고 아름다운 여인이 신을 위해 스스로를 헌신하고 평생 봉사하고자 한다면, 우선 자신이 희생하게 될 젊음에 대해 신중히 생각해보아야 할 것이다. 젊음이란 변덕스럽고 신의가 없고 기만적인 법이다. 젊은이는 하루는 이렇게 생각했다가 다음날 또다른 생각을 하기 마련이다. 오늘 망울지고, 감지하지 못할 정도로 서서히 피어났다가 또 그렇게 지는, 한순간도 멈춰 있지 않는 꽃과 같은 존재다. 우리는 약속을 맺고 이를 지키리라 굳게 결심해도, 결심을 지키기란 우리 능력 밖의 일이다. 인간의 마음처럼 속기 쉬운 것은 없기 때문이다.

나 자신도 한때* 수녀원에 들어갈 뻔했다. 그러나 세상의 온갖 유혹과 허상으로부터 나 자신을 지킬 줏대가 없다고 판단해 (어떤 사람들처럼) 고통 속에서 허덕이느니 차라리 수녀원이 주는 평안을 포기하기로 선택했다. 그런 평안이 내 것이 되기를 소망했지만 그 소망을 이룰 수 있으리라는 확신이 없었다. 순수하고 고요한 수녀원 대신에 (무의미, 소음, 거짓 관념, 모순으로 가득찬) 거짓되고 배은망덕한 속세를 옹호하고 선호해버린 나의 그릇되고 성급한 생각을 그동안 충분히 뉘우쳤다. 그럼에도 나는 운명의 장난과 불행이 넘쳐나는 것을 막기 위해, 숙녀들이 스스로 결정을 내릴 수 있는 성숙한 나이가 될 때까지는 수녀원에 들어가거나 결혼하지 않길 바란다. 아무리 그 권위가 적법하다 하더라도 부모들은 자신의 권위를 이용해 자식들에게 결혼하라거나 수녀가 되라고 강요하지 말아야 한다. 그러나 나에게 관습을 바꾸거나 오래된 법을 고치거나 새로운 법을 만들 힘은 없으므로, 어린 수녀들이 어쩔 수 없는 상황에서도 자기에게 유리하게 처신하고, 어린 신부들이 불리한 결혼시장에서도 최선의 선택을 하도록 지켜볼 뿐이다.

얼마 전까지 스페인령이었다가 최근에 프랑스령이 된 이페르*라는 도시에 상당한 부를 소유한 귀족인 앙리크 드 발라리 백작이 살고 있었다. 그에게는 아름다운 아내와 이자벨라라는 딸이 있었는데, 이자벨라가 두 살이 되던 해에 아내가 죽음을 맞이했다. 백작은 아내의 죽음에 크게 상심한 나머지 한시적인 쾌락만을 선사하는 속세에서 벗어나 자신의 젊음과 앞날을 신에게 바치기로 결심했다. 그리하여 그는 성직자가 되려고 했으며, 이자벨라도 수녀로 만들려고 계획했는데, 이는 이자벨라가 성년이 되었을 때 그가 지금 품은 신심과는 반대되는 감정을 가질 수도 있음을 고려하지 않은 결정이었다. 그러나 이런 결정을 하면서도 미래에 대한 이자벨라 본인의 결정권을 송두리째 빼앗아버린 것은 아니고, 재산을 분할해 자기 재산은 자신이 속하게 될 예수회 수도원에 기부했고, 나머지 반은 이자벨라가 속하게 될 수녀원에 위탁했다. 수녀원의 원장은 성 아우구스티누스 수녀회* 소속으로 백작의 유일한 누이였다. 백작은 이자벨라가 열세 살이 되었을 때 성직자가 되려는 마음이 없다면, 혹은 수녀원장이 볼 때 이자벨라가 수녀로서의 삶에 맞지 않는다고 판단하면, 위탁금 일부를 귀족 남성과의 결혼 자금으로 쓸 수 있도록 했다. 백작은 이 사안을 자신의 누이에게 맡겼는데, 누이는 신앙심이 깊고 규율을 잘 지키기로 이름난 여성인데다 이자벨라의 가까운 친척이었기에 그녀의 도덕성과 정의감을 조금도 의심하지 않았다.

어머니가 돌아가시자마자 어린 이자벨라는 상복을 입은 채 수녀원에 들어가게 되었다. 이자벨라는 한창 부모를 기쁘게 해줄 나이였기에 여러 숙녀, 그중에서도 특히 고모에게 큰 기쁨을 주는 존재가 되었다.

수천 가지 매력을 지닌데다, 천사 같은 얼굴에는 아름다움이 막 피어났고, 세상에서 가장 예쁘고 건방진 수다쟁이였기에 수녀원에서 가장 사랑받는 존재가 되었다. 이렇듯 이자벨라가 큰 기쁨을 주는 존재였기에 수녀들은 어떻게 하면 그녀를 더 즐겁게 해줄 수 있을까 궁리했다. 그녀의 미모와 재기가 나날이 발전할수록, 수녀들은 여성에게 맞는 방식으로 이자벨라를 교육하는 데 더욱 신경쓰게 되었고, 저마다 가진 재주를 이자벨라에게 전수하려고 노력했다. 춤을 잘 추거나 노래를 잘 부르거나 악기를 잘 다루거나, 언어에 통달하거나 재치가 있거나 귀족사회의 관습과 예법에 조예 깊은 수녀들이 모두 모여 이자벨라의 육체와 정신을 고양시키려고 힘을 합하니, 그녀는 세상의 헛되고 덧없는 일들에 한눈팔지 않고 여러 미덕을 두루 갖춘 여인으로 성장하게 되었다. 어리고 똑똑해서 모든 걸 쉽게 습득하는 나이다보니 이자벨라는 곧 자신의 교육을 맡은 여인들보다 더 뛰어난 경지에 이르러서 여덟아홉 살쯤 되었을 때 이미 신분 높은 귀족 신사와 숙녀, 심지어 외국에서 찾아온 방문객까지도 접견할 수 있는 존재가 되었다. 얼마나 감탄할 정도로 우아한지, 얼마나 영리하고 재치가 뛰어난지, 말솜씨는 또 얼마나 듣기 좋고 달콤한지 이자벨라는 이페르에서 유명해졌고, 그녀의 명성은 여러 기독교 국가에 널리 퍼져나갈 정도였다. 낯선 사람들도 이자벨라가 말하고 노래하고 노는 모습을 직접 보고 그녀의 미모를 확인하고자 수녀원에 매일 찾아왔으며, 여인들은 자식들을 데려와 어리고 사랑스러운 이자벨라의 훌륭한 태도와 예절을 직접 관찰하게 하여 본보기로 삼도록 했다.

사정이 이렇다보니 수녀원장은 예쁜 이자벨라의 뛰어난 자질과 미덕을 적잖이 자랑스러워하며, 조카의 교육을 위해 물심양면으로 노력했다. 고모는 다른 수녀들과 함께 이자벨라를 수녀로 만들기 위해 모든 기술과 계략을 동원했는데, 이자벨라가 수녀원에 영원히 머물 경우 뛰어난 능력과 유명세가 수녀원의 명성을 쌓는 데 큰 도움이 되리라 판단했을 뿐만 아니라, 그녀가 속세로 돌아갈 경우 돌려줘야 할 막대한 재산을 포기하고 싶지 않았기 때문이다. 그러나 이자벨라의 천성, 독실함, 새벽부터 기도하는 습관, 한결같고 차분한 마음, 속세의 유혹에 대한 무지를 고려했을 때 이는 쓸데없는 걱정이었다. 이자벨라는 세상의 헛된 영화나 속세의 여성들이 즐거움 또는 기분전환이라고 여기는 일들에 대해 아무것도 알지 못했다. 그러니 당연히 수녀원 밖에는 기쁨이 없다고, 수녀원 창살문* 너머에 만족감이란 없다고 생각했다.

이자벨라가 예상보다 빨리 수녀가 될 것 같다고 판단한 수녀원장은 사랑하는 딸을 자주 보러 오는 오빠에게 양심의 가책을 느꼈다. 그리하여 그 부담을 털어버리고자 이자벨라에게 속세의 즐거움에 대해 자주 들려주었다. 젊고 매력적인 귀족 남성의 아내가 되면 얼마나 더 행복할지, 시종이 딸린 근사한 사륜마차를 타고, 더 넓은 세상을 경험하고, 지금껏 본 적 없는 진귀한 것들을 직접 구경하고, 부귀영화를 누리며, 귀한 음식을 먹고, 화려한 옷을 입고, 만나는 사람들이 모두 고개 숙여 인사하고, 수천 명의 숭배자를 거느리고, 때가 되면 사랑의 결실로 이자벨라를 쏙 빼닮은, 부모에게 큰 기쁨을 주는 예쁜 자식을 낳는다면 얼마나 행복할지 말했다. 그러나 아버지와 고모가 속세의 즐거움에 대해 말하면, 수많은 이유와 논거를 내세우면서 이자벨라가 어찌나 신실하고 독실한 반론을 펴는지, 고모는 조카가 자신의 (의도적으로 빈약하게 만든) 의견을 그토록 잘 반박해줘서 무척 기뻤다. 고모는 이자벨라가 평소에 하는 이야기들을 이자벨라의 아버지에게 전달했고, 아버지 또한 매우 기뻐했다. 이자벨라는 이미 자신의 신분에 걸맞은 고급스러운 옷을 입고 있었지만, 아버지는 딸이 허영으로 물든 세상에 어떻게 반응하는지 시험하기 위해 딸에게 가장 화려한 옷을 사주고는 수녀원장에게 귀족인 친척 여성과 돌아가신 어머니의 친구들과 함께 이자벨라가 외출할 수 있도록 허락해달라고 부탁했다. 그리하여 이자벨라를 이페르의 유명한 공원(런던의 하이드파크*와 비견되는 공원이다)에 가게 해 재미있는 구경거리를 두루 둘러보게 했다. 속세를 떠나 고립된 삶을 선택하는 이유가 오직 허영심을 불러일으킬 만한 유혹을 느껴보지 못해서인지 시험하고자 한 것이다.

백작이 지시한 대로 모든 일이 진행되어, 이자벨라는 드디어 열세 살이 되었다. 키가 꽤 크고, 상상 속에나 있을 법한 아름다운 외모를 지닌 완벽한 갈색머리 미녀였다. 눈은 검고 아름다웠으며, 피부는 하얬고, 이목구비는 너무나 조화로웠으며, 입술은 빨갛고, 치아는 하얗게 빛났으니 기적 같은 미모였다. 게다가 자세와 태도가 우아하기 그지없었다. 이자벨라가 수녀원 밖으로 나갈 때면 뭇 남성이 그녀의 사랑을 얻으려고 서로 경쟁했다. 그녀의 뛰어난 지성에 대한 소문을 접하고 보지도 않은 상태에서 이미 그녀를 숭배해온 많은 남성은, 실물을 보자 완전히 정복당해 무너져버렸다. 그토록 오랫동안 소문으로만 접했던 이자벨라가 세상에 나오자 모든 사람이 기뻐했다. 이페르의 젊은이들이 이자벨라 드 발라리만을 위해 옷을 차려입을 정도였다. 그녀가 등장하기만 하면 다른 모든 별을 가려버렸으니, 새롭게 떠오른 이 별을 보려고 모든 이가 구경 나왔다. 어떤 이는 희망을 품기도 하고, 어떤 이는 절망하기도 했지만, 모두가 이자벨라를 사랑했다. 그러나 이자벨라는 그들이 보내는 시선에도, 멀리서 던지는 사랑 가득한 표정과 숭배의 몸짓에도 아무런 관심이 없었다. 그녀는 모두에게 예의바르고 상냥했지만, 그 절제된 태도에 누구도 감히 자신의 열정을 고백하거나 사랑이라는 낯설고 끔찍한 주제를 입에 담지 못했다. 이자벨라가 매일 외출한 이유는, 매일 찾아와 그녀를 기어이 수녀원 밖으로 데리고 나가려 하는 친척들에게 예의를 다하고 싶어서였지, 외출에서 얻은 만족감 때문은 아니었다. 수녀원 밖에서 이자벨라는 모든 것을 동경심 없이 바라보았고, 아주 이상하고 새로운 것을 봐도 놀라움을 느끼지 못했다. 그녀는 모든 것을 무관심하게 바라보았는데, 그 태도가 퉁명스럽지는 않았어도 흥분과는 거리가 멀었기에, 그 평정심에 사람들은 존경과 찬사를 보냈다. 그리하여 비록 어리지만 이자벨라의 행동과 분별력은 그녀의 지혜와 아름다움만큼이나 뛰어나 보였고, 그녀의 명성은 날로 높아만 갔다. 젊은 아들을 둔 수많은 귀족 부부들은 세상이 찬양해 마지않는 미덕을 갖춘, 이토록 훌륭한 귀족 아가씨 이자벨라에게 아들을 장가보내기 위해 노력했다. 이자벨라의 아버지, 수녀원장, 이자벨라와 함께 외출했던 사람들은 그녀와의 결혼을 성사시켜달라는 부탁을 받기도 했다. 이런 부탁을 받으면 아버지는 확답을 하지 않은 채 이자벨라의 선택에 맡긴다고 말할 뿐이었다. 하지만 이자벨라는 결혼과 관련된 이야기를 듣고 싶지 않아했고, 이 주제를 꺼내는 사람과 함께 있기를 꺼렸다. 이자벨라의 말에 따르면, 그녀는 세상에 대한 관심이 일절 없으며, 천국을 잃어버리는 위험을 감수할 정도로 가치 있는 것이 세속에는 없기 때문에 신에게 자신을 예속시키고자 했다. 또한 세상은 볼수록 싫어질 뿐이고, 세속의 삶에 얽매인 자들이 불쌍할 뿐이며, 아무리 생각해봐도 수녀의 삶에 바로 귀의하지 못할 어떠한 미련도 없다고 말했다. 이러한 말에 아버지는 딸이 종교인의 삶을 충분히 신중한 태도로 선택하도록 하기 위해 여러 논리를 펼쳤는데, 예컨대 수녀들의 가혹한 생활이 동반하는 갖가지 불편함에 대해 생각해보게 했다. 철야, 비가 오나 눈이 오나 사시사철 한밤중에 깨어 기도하기, 불편한 숙소, 초라한 식단, 검소한 복식, 수녀들이 행하는 수천 가지 노동과 작업 등을 거론했다. 아버지는 이렇게 여러 번 설득했는데도 이자벨라가 일관되게 수녀가 되기를 원하자 마침내 딸의 의견에 동의하며 키스를 해주었다. 그는 이자벨라가 한 말이 바로 자신이 마음속으로 원하던 바라면서, 그녀가 종교인이 되겠다는 확신을 준 지금 이 순간에야 진정한 행복감을 느끼게 되었다고 말해주었다.

이 소식은 온 마을에 널리 퍼졌고, 이자벨라의 수많은 추종자를 슬픔에 빠뜨렸다. 그녀가 세상의 수많은 남자의 마음을 훔쳐놓고선 기어이 수녀가 된다는 말에 원성이 자자했다. 재기 넘치는 작가들은 이 잔인한 소식을 알리려 글을 썼고, 흔히 그렇듯이 하나의 글이 또다른 글로 이어졌다. 이자벨라를 사모하는 남자 중에 빌누아라는 젊은 신사가 있었다. 빌누아는 귀족 집안 출신으로, 감탄이 나올 정도로 아주 잘생긴 젊은이였다. 빌누아는 두루 여행 다니며 신사 교육을 마친 덕에 젊은 나이에도 귀족으로서 지녀야 할 소양을 두루 갖추고 있었다. 이 열여덟 살 청년은 멋있게 무장하고 칸디아 원정*을 위해 길을 나선 참이었는데, 영광스러운 명예를 구하러 가는 이 길에 운명적으로 이페르에 잠시 머물게 되었고, 이 유명한 여인을 열렬히 사랑하게 된 것이었다.

이자벨라가 수녀가 되기로 했다는 소식에 빌누아는 희망을 잃고 이 아름다운 여성에게 가장 부드러운 방식으로 항의했는데, 격한 열정에 사로잡힌 나머지 그는 그녀를 연모하는 이들 중 유일하게 사랑을 직접 고백하기에 이르렀다. 그의 사랑 편지가 너무나 부드럽고 애틋했기에 이자벨라는 자신의 추종자 중 빌누아를 가장 동정하게 되었고 몇 번은 직접 답장을 쓰기도 했는데, 그 내용은 자신을 절대로 사랑하면 안 되고, 군인이 되어 명예를 구해야 한다는 것이었다. 이자벨라는 명예야말로 그를 가장 영예롭게 해줄 진정한 연인이라고 설득했다. 그가 전투에서 승리해 행운의 주인공이 되기를 기도할 것이며, 자신은 신에게 헌신하기로 결심했기에 어떤 세속적 유혹도 이 결심을 꺾을 수 없다고 했다. 그렇지만 그를 늘 오빠처럼 존경할 것이며, 자신이 올린 기도가 효험이 있는지, 그리고 자신이 늘 기도하는 대로 행운이 그와 함께하는지 꼭 알려달라고 부탁했다.

이자벨라의 굳은 결심을 확인한 빌누아는 여정을 계속 이어가려 했다. 그러나 이자벨라가 수녀가 되는 그 치명적인 예식을 보지 않고서 이페르를 떠날 수는 없었다. 곧 다가올 그날 전까지 빌누아는 매일 이자벨라에게 편지를 썼지만 더이상 답장을 받지는 못했다. 이자벨라는 이미 너무 많은 편지를 써서 자신에게 허락된 도리를 넘어섰다고 생각하며 자책하던 참이었다. 동시에 그녀는 자신이 본 사람 중에서 빌누아가 가장 마음에 든다는 사실을 인정했다. 자신이 사랑에 빠지게 된다면 상대는 빌누아일 것이었다. 여성이 좋아할 만한 모든 좋은 자질과 성품을 갖춘데다, 부유하고 신분 높은 귀족의 외아들이었기에 이자벨라처럼 아름답고 부유한 여인을 짝으로 선택할 자격이 충분했기 때문이다.

이자벨라가 수녀가 되어 빌누아의 모든 희망이 영원히 사라져버릴 시점이 가까워오자 그는 절망감을 더욱 참을 수 없었다. 그녀를 잃는다는 생각에 시름시름 앓기 시작했고 친구들은 빌누아의 밝은 표정과 아름다운 자태가 절망감에 점점 빛바래가는 것을 눈치챘다. 마침내 빌누아는 열병에 시달리게 되었고, 이페르 사람들은 그가 아름다운 이자벨라 때문에 죽어간다고 수군댔다. 빌누아의 귀족 친척들은 그의 불행한 모습을 보고 몹시 염려하며 이자벨라에게 꽃다운 귀족 청년이 죽어가도록 놔두고 수녀가 되는 잔인한 행동을 하지 말아달라고 사정했다. 한 사람의 생명 또는 영혼을 구원하는 편이 하느님이 보시기에도 합당한 일이 아니겠냐고, 이렇게 한 영혼이 떠나가게 놔뒀다가는 이자벨라의 영혼 역시 수천 가지 고문을 당할 위험에 처할 수 있지 않겠냐고 물었다. 친척들은 빌누아가 죽어가고 있다고, 오직 그녀를 흠모하며 죽어가고 있다고, 그녀의 상냥한 눈길만이 죽어가는 그를 살릴 수 있다고 말했다. 그의 입에서 한숨과 함께 흘러나오는 것은 오직 그녀의 이름뿐이며, 그가 하는 일이라고는 나는 이자벨라를 위해 죽겠어요, 라고 외치며 눈물 흘리는 것뿐이라고 전했다. 이런 이야기를 들은 이자벨라의 아름다운 눈에서 하염없이 눈물이 흘러내렸지만, 그녀는 빌누아의 친척들에게 이 눈물에 수녀가 되지 않음으로써 빌누아를 살려내겠다는 뜻이 담겨 있지는 않으니 희망을 갖지 말아달라고 했다. 눈물을 흘리는 유일한 이유는 자신이 한 남성을, 특히 그녀의 불길한 얼굴을 보는 불행만 없었다면 행복과 영광으로 가득찬 긴 삶을 살 수 있었을 탁월한 청년을 죽음에 이르게 하는 불운을 불러왔기 때문이라고 말했다. 이자벨라는 빌누아의 젊은 백작에게 닥친 불운은 수녀원 담장 밖으로 나가서 세상의 온갖 어리석고 헛된 것들을 구경한 자신의 호기심 탓이라고 믿으며, 그를 수렁에 빠뜨린 자신의 눈을 벌하기 위해 더욱 철저하게 고행하겠다고 선언했다. 그녀의 시선에 담긴 무엇인가가 그의 마음을 유혹했을지도 모른다고 걱정하면서, 빌누아의 아름다운 외모에 한 번 감탄하고, 그의 아름다운 정신에 또 한번 감탄했다고 토로했다. 게다가 그의 편지에 답장을 해줌으로써 희망을 줬고, 그를 생각할 때 마음이 평소보다 더 애틋해지자, 이런 죄스러운 감정을 극복하기 위해서는 자신이 서약한, 무덤까지 가져가길 희망하는 미덕이 더욱더 필요하다고 믿게 되었다고 했다. 이자벨라는 빌누아의 친척들에게 부디 그가 자신의 마음에 깊이 남아 있을 첫번째이자 마지막 사람임을, 그에게 품었던 마음을 죽는 날까지 간직할 것임을 알려주어 안심시켜달라고 부탁했다. 또한 그녀는 빌누아에게 부디 살아남으라고 부탁하면서, 그리하여 그에게 표한 존경을 자신에게 되돌려달라고 부탁했다. 이렇게 하지 않으면 이자벨라는 마음의 빚을 진 상태에서 그의 죽음을 감내해야 할 테니, 그리되면 잠시도 마음이 편하지 못할 것이라고 했다.

친척들이 이자벨라에게서 얻어낼 수 있는 것은 이 정도뿐이었고, 돌아온 그들의 표정만 봐도 이미 대화의 내용을 짐작할 수 있었다. 그렇지만 그들은 이자벨라가 한 상냥한 말을 매우 감동적으로 전달해 빌누아에게 기쁨을 선사했다. 그가 이렇게 앓는 동안 이자벨라는 수녀가 되는 종교의식을 치렀고, 이 사실을 모르는 이는 빌누아밖에 없었다. 친

184

척들이 이 소식이 귀에 들어가지 않도록 보호해준 덕분에 빌누아는 이 슬픈 소식을 감당할 정도로 병이 나았을 때에야 이자벨라가 수녀가 되었다는 사실을 알게 되었고, 그 즉시 무장하고 칸디아로 떠났다. 보포르 공작의 지휘하에 빌누아는 용맹하게 싸웠으나, 칸디아를 오스만튀르크제국에게 빼앗기자 프랑스로 돌아가게 되었다.

그동안 빌누아는 마음의 안정을 보다 빨리 되찾고자 아름답지만 잔인한 수녀 이자벨라에게 편지를 보내지 않았고, 그녀도 이 년 이상 그의 소식을 전혀 듣지 못했다. 대신에 이자벨라는 신에게 자신을 온전히 바치는 신앙생활을 했으니, 그녀만큼 신실하고 정숙한 생활을 한 사람은 찾아볼 수 없었다. 그녀는 예배당에서는 성인과 다름없었고, 수녀원 창살문에서 외부인들을 접견할 때는 천사와 같았다. 이자벨라는 외부인들을 만날 때 엄숙한 표정을 짓거나 금욕에 대한 이야기를 늘어놓지 않았고, 마음이 완벽하게 평화롭고 평안했으므로 외견도 아주 즐겁고 생기 있고 유쾌해 보였다. 그 어떤 광경도 그 어떤 자유도 그녀를 세속적 욕망으로 유혹할 수 없다고 굳게 믿었다. 그녀가 보여주는 모습은 모든 면에서 정숙했고, 미덕과 명예에 부합했으며, 그녀의 화술은 더없이 매력적이라는 찬사를 낳았다. 이페르 지역을 지나는 높은 신분의 귀족들은 아름다운 이자벨라를 만나고 오라는 추천을 받고 수녀원으로 찾아오곤 했다. 이자벨라는 자신을 접견하러 온 외부인들을 즐겁게 해주는 데만 그치지 않고, 수녀원에서 가장 신실하고 모범적으로 수행을 했다. 그녀는 요구되는 것보다 더 많은 고행을 감내하고 더 엄격한 규율을 자신에게 부과했다. 이자벨라는 신실함이 부족한 수녀들에게 여러모로 보기 드문 귀감이 되었기에 그녀의 이름 자체가 하나의 격언이자 전례로 남게 되어, 사람들이 아주 신앙심이 깊은 여성을 표현할 때, 꼭 이자벨라 같다, 라고 표현할 정도였다.

수녀원에는 카테리나라는 이름의 어린 수녀가 살고 있었는데, 이페르에서 6마일 정도 떨어진 곳에 거주하는 반 에노 백작의 딸이었다. 카테리나는 아주 아름다울 뿐만 아니라 재치가 넘쳤고, 사랑받을 만한 여러 자질을 갖추고 있었기에 이자벨라의 마음에 정말 쏙 들었다. 둘은 함께 방을 썼을 뿐만 아니라 기도할 때나 놀 때도 늘 함께였다. 한 사람이 있는 곳에는 다른 사람도 반드시 있었다. 둘은 창살문, 정원, 어느 장소든 늘 함께 다녔다. 카테리나에게는 오빠가 한 명 있었는데, 그 오빠는 여동생을 너무나도 사랑해서 매일 수녀원을 방문했다. 그는 스무 살 정도에 키가 컸고 머리와 눈동자는 갈색이었으며 얼굴이 참으로 아름다웠고 그 외에도 여러 우아한 매력을 지니고 있었다. 그는 가히 자연이 만들어낸 가장 고귀하고 완벽한 피조물이라 할 수 있었다. 외모가 아주 곱고 매력적인데다 태도가 자아내는 분위기와 옷매마저 귀티가 나며 호감을 살 만했으니, 그를 보는 사람마다 그가 행복하기를 바라지 않을 수 없었다. 장담하건대 그는 행복할 자격이 있었다. 말할 때나 남을 대할 때 배려심이 넘치고, 품성이 선하고 관대하여 그가 설령 못생겼다 하더라도 다 용서받을 수 있을 정도였다. 그는 위세를 떨치는 백작의 장남이었기 때문에 전쟁에 나가서 싸우는 다른 형제들과 달리 집에서 머물고 있었다. 집에 갇혀 있다보니 마음이 울적하고 약한 자극에도 쉽게 동요하는 성격이 되었다. 그는 책 읽기를 좋아했으며, 최고의 선생님들로부터 학문, 언어 등 귀족 남성에게 필요한 각종 교양교육을 받았다. 그러나 그는 행동하기를 싫어하고 편안히 쉬는 걸 좋아하는 게으른 성격이었다. 아버지가 운동을 하거나 말을 타보라고 시켰지만 그는 공부할 시간을 뺏긴다며 따르지 않기 일쑤였다. 그는 다른 남자들과 어울리는 데도 관심이 없었는데, 남자들이 흔히 즐기는 퇴폐적인 유흥을 좋아하지 않았기 때문이다. 운동을 즐기지는 않지만 그는 다른 목적보다는 몸을 움직이기 위해 이페르에 있는 수녀원에 매일 말을 타고 오곤 했다. 수녀원 창살문 옆에 앉아 오후 시간 대부분을 여동생과 보내고, 저녁에 집으로 돌아오는 일과를 보냈다. 그 과정에서 종종 아름다운 이자벨라를 만나 대화를 나누기도 했는데, 그녀를 처음 보자마자 그는 다른 여성들보다 이자벨라에게 더 큰 호감을 갖게 되었다. 하지만 사랑이란 희망 없이는 생겨나지 않는 법이라 그는 이자벨라를 보고 만날 때 느끼는 즐거운 감정이 사랑이라고는 전혀 생각하지 않았다. 이자벨라는 신에게 바쳐진 존재로, 그가 구애하기에 적합한 여성이란 생각을 추호도 하지 못했기 때문이다. 그러나 이상하게도 이자벨라 생각을 점점 더 자주 하게 되었고, 자꾸 생각나자 수녀원을 더 자주 방문하게 되었으며, 공부보다 이페르에 가는 일을 더 즐거워하게 되었다. 수녀원에 방문할 때마다 그는 가슴에 새로운 기쁨이 솟는 행복을 누렸고, 이윽고 자신이 수녀원을 떠날 때 늘 고통을 느끼고, 매력적인 그녀를 두고 올 때 늘 한숨을 쉰다는 사실을 알아차렸다. 그리고 이자벨라가 만나줄 수밖에 없는 신분 높은 귀족이 수녀원에 나타나면, 특히 그 사람이 잘생기고 좋은 인상을 남길 만한 남성이면, 그는 얼굴이 붉게 상기되고 불안감에 거친 숨을 몰아쉬곤 했다. 그럴 때면 왜 마음이 불편한지, 왜 심장이 이렇게 뛰는지 자문하면서 평정심을 유지하려 했지만 마음대로 되지 않아 언짢고 기분이 상한 채로 수녀원을 떠나곤 했다.

한편 이자벨라 역시 예전만큼 즐겁지 못했는데, 갑작스럽게 창살문에서 떠나는 경우가 많아졌고, 외부인을 매일 맞이하는 일도 거부했으며, 안색이 점점 창백해지고 기운이 없어졌다. 예전만큼 잘 자고 먹지 못한다는 걸 다른 수녀들이 눈치챌 정도였다. 수녀들이 가끔 재미 삼아 하는 연극놀이에도 동참하지 않았다. 이자벨라가 한숨 쉬는 소리가 자주 들리자, 수녀원에서는 그녀가 많이 변했다는 이야기가 떠돌았다. 조카를 애틋하게 사랑하는 수녀원장은 이러한 변화가 너무 걱정이 돼 그 이유를 알아내고자 했다. 수녀들은 이자벨라의 신앙심이 지나치지 않나 우려했다. 최근 들어 이자벨라가 더욱 엄격하게 수행에 임했기 때문이다. 서리가 내리고 눈이 오는 겨울밤에도 자지 않고 제단 앞차가운 돌에 엎드려 기도할 정도였다. 수녀원장은 이자벨라에게 자기 자신을 너무 괴롭히지 말고 영혼뿐 아니라 육신도 잘 돌봐야 한다고 일렀다. 그러나 이자벨라는 이러한 충고에 전혀 개의치 않았고, 그녀가 매일매일 점점 더 사랑하게 된 카테리나의 설득에도 아랑곳하지 않았다.

어느 밤 카테리나와 이자벨라는 방에서 지루한 저녁 시간을 때우기 위해 온갖 화제로 이야기꽃을 피우고 있었다. 그러다 초상화가 사람을 얼마나 똑같이 묘사해내느냐는 이야기가 나왔는데, 카테리나는 수녀가 되기 전 행복했던 어린 시절에 자신과 오빠 베르나르도 에노(수녀원을 매일 찾아오는 그 오빠)의 외모가 똑같았다며, 자기가 남자옷을 입으면 누가 에노고 카테리나인지 이자벨라가 전혀 알아볼 수 없을 거라고 장담했다. 그러면서 서랍에서 오빠의 미니어처 초상화*를 꺼내

188

보여주자마자 이자벨라의 얼굴은 잿빛이 되었다. 이자벨라는 꼭 기절할 것만 같아 카테리나에게 어서 초상화를 치워달라고 말했다. 초상화를 보고 순간적으로 느낀 당혹감을 도저히 숨길 수 없었기 때문이다. 카테리나는 이 갑작스러운 변화가 무엇을 의미하는지 모를 수 없을 정도로 똑똑했고 (여자들이 흔히 그렇듯이) 호기심에 더 추궁해보려 했다. 이럴 때 꼬치꼬치 캐물으면 아픈 상처를 덧나게 할 수 있으니 분별력 있게 침묵을 지켜줬더라면 좋았겠지만 말이다. 카테리나가 물었다. 자매님, 제가 오빠를 빼닮았다는 얘기가 왜 자매님을 불편하게 하는 거죠? 이 질문을 듣자 이자벨라는 이미 거의 다 들켜버렸다는 생각이 들었고, 그 생각을 하다보니 자신이 보인 반응을 설명하기가 더욱 곤란했다. 그녀는 수치심에 몹시 당황해했고, 수치심을 숨기려 할수록 더욱 안절부절못하게 되었다. 그녀는 (얼굴이 몹시 붉어진 채) 고개를 푹 숙이며 한숨을 쉬었는데, 이 모습에 모든 진실이 다 들어 있었다. 침묵이 한참 흐른 후 마침내 이자벨라가 입을 열었다.

　자매님, 고백하건대 에노 씨 초상화를 보고 몹시 놀랐어요. 자매님도 느꼈겠지만 에노 씨를 실제로 봤을 때보다 훨씬 많이 놀랐어요. 요즘 거의 매일같이 에노 씨를 만나고 있지만, 사전에 미리 알고 만날 때는 마음의 준비를 할 수 있어서 창살문에 도착하기 전에 제 관심, 아니 혼란을 진정시키고 나서 그를 만날 수 있었어요. 감정이 밀려오고 있다는 경고만 있으면 저는 감정을 정말 잘 다스리거든요. 마찬가지로 제가 예측할 수만 있다면 아무리 가혹한 운명이라도 저는 잘 견뎌낼 자신이 있어요. 그렇지만 감정이 이번처럼 갑자기 밀려들면 저는 가장 강단 없는 여자와 똑같이 연약해져요. 자매님은 초상화를 갖고 있다는 사실을 미리 말해주지 않았고, 초상화를 보여준다는 말도 미리 하지 않았어요. 그러고는 제가 그 얼굴을 보리라 전혀 상상도 못한 순간에 저한테 들이민 거죠. 그것도 제 침실에서요.

아, 자매님. 자매님 얼굴이 이토록 창백해지고 붉어진 게 방에서 남자의 초상화를 봤다는 이 미묘한 상황 때문만은 아닌 것 같은데요. 카테리나가 말했다.

이자벨라가 대답했다. 자매님은 제 바보 같은 핑계에 속아넘어가기에는 너무 똑똑하지요. 자매님, 맞아요. 저는 자매님을 속이려고 했어요. 제가 느끼는 이 고통과 괴로움만 잘 숨겼더라면 자매님은 모르고 넘어갔을 텐데. 하지만 자매님을 속일 수도 없고, 속임수를 쓰기에는 제가 너무 정직하다는 걸 알게 되었으니, 제 안색이 왜 변했는지 그 이유를 자매님에게 말해주는 편이 옳겠네요. 말하기에 두렵지만, 사랑 때문인 것 같아요. 그러니, 친절하고 동정심 많은 자매님, 얘기해주세요. 자매님도 사랑을 해본 적이 있나요? 알려주세요. 사랑이란 잔인한 병이 대체 어떤 병인지, 그리고 그 병을 어떻게 고쳤는지 부디 알려주세요!

이자벨라는 이렇게 말하면서 아름다운 카테리나의 목을 끌어안더니 그녀의 가슴에 얼굴을 파묻고 눈물로 적셨다. 그러자 카테리나는 이자벨라를 연인처럼 다정하게 끌어안고 한숨을 내쉬며 이자벨라에게 그 무엇도 거부할 수 없다고 말했다. 그러고는 예전에 사랑하던 사람이 있었는데 아버지에게 들키는 바람에 수녀가 되었다고 고백했다. 아버지에게 경탄할 만큼 아름다운 시종이 한 명 있었고, 카테리나는 공교롭게도 이 시종과 사랑에 빠지게 된 것이었다.

카테리나가 말했다. 저는 그때 나이가 어렸어요. 열세 살 정도밖에 안 됐죠. 그래서 어린 아르날도를 볼 때마다 느낀 낯설지만 기쁜 감정이 무엇인지도 잘 몰랐어요. 아르날도를 볼 때면 늘 가슴이 뛰었어요. 아르날도가 시야에 들어오기만 하면 숨이 차오르고 두 배로 가빠지는 거예요. 온몸이 떨리고 얼굴은 핏기를 잃었고요. 사고는 정지되고, 감각도 그 순간 마비되었죠. 아르날도가 제 몸을 만졌을 때, 아! 그때 얼마나 헐떡거렸던지. 사냥당하는 사슴이 도망가다 지쳐 그늘에 몸을 숨기고 헐떡거릴 때보다 더 심하게 헐떡거리는 거예요. 처음에는 아르날도가 무슨 마법사인 줄 알았어요. 사람 몸에 손만 대면 떨게 만들고 기절도 시킬 법한 마법을 부린다고 생각했어요. 제가 잔인하다고 나무라자 아르날도는 자신은 숭고한 열정을 품고 있을 뿐 다른 재주를 부린 적은 없다고 말했어요. 제가 아르날도의 몸을 만졌을 때 그도 저와 똑같이 느꼈다고 확신하며 말했지요. 똑같이 떨고 놀라고 매혹되고 기뻤다고 말이에요. 그와 같이 있을 때는 너무나도 기뻤지만, 그가 제 곁에 없을 때는 잔잔하고 고요한 슬픔이 몰려왔지요. 그를 다시 만나는 순간에 느낄 기쁨을 꿈꾸며 한숨을 쉬면 그 슬픔이 누그러지곤 했어요. 그가 없으면 아무리 노력해도 기쁘지 않았어요. 그 어떤 웃음도 기쁨도 제 마음이나 눈에 들어오지 않았어요. 사랑을 숨길 수가 없었어요. 아르날도를 어찌나 좋아했는지, 그가 곁에 없으면 견디기 어려웠고, 그와 헤어져 지내는 시간을 자꾸 헤아렸죠. 불청객이 어서 떠나길 빌며 시간을 재듯. 그런 시간에는 살아 있다고 느껴지지 않잖아요. 사랑에 빠진 사람이라면요. 하지만, 아! 제가 아르날도의 눈을 바라보고 아르날도가 제 눈을 바라보던 순간은 얼마나 행복했던지요. 그럴 땐 한 시간도 일분처럼 느껴지더라고요. 우리 대화의 반은 한숨이었어요—연인들의 부드럽고 감동적인 그 언어, 한숨 말이에요.

그만, 그만해주세요. 이자벨라는 흥분한 카테리나의 목을 두 팔로 감싸안으며 말했다. 제 가슴에 타오르는 불길을 그런 부드러운 말로 부채질하다니, 제 약점과 부끄러움을 깨닫게 하네요. 저도 사랑하고 있어요! 사랑하고 있어요! 저도 그 감정을 느끼고 있다고요. 잠시 쉬고는 이자벨라가 말을 이었다. 자매님도 사랑을 했지만 자매님은 사랑을 극복했어요. 이제 제가 고통스러워하는 이유를 알게 됐으니, 아, 제게도 알려주세요! 어떻게 하면 이 병을 치료할 수 있는지.

카테리나가 대답했다. 안타깝네요! 병은 하나지만 치료법은 여러 가지지요. 상대방을 소유하게 되면 그 병이 고쳐진다고 하는데, 이 방법은 제게 수수께끼로 남아 있어요. 떨어져 있으면 낫는다는 말도 있는데, 이게 제가 택한 방법이었죠. 아르날도가 제가 준 편지를 잃어버리는 바람에 우리의 사랑이 발각되어버렸어요. 그는 여행길에 올라야 했고, 저는 강제로 이 수녀원에 들어오게 되었어요. 시간이 지나면서 저는 제 신분에 걸맞지 않은 아랫사람을 사랑했다는 사실을 인정하게 되었고, 그 수치심에 수녀가 되기로 했지요.

이 말을 듣자 이자벨라가 물었다. 사랑이 병이라면 나을 수도 있는 병인가요?

그런 경우가 아주 많죠. 이 병 때문에 간혹 죽기도 하지만 아주 드문 경우예요. 카테리나가 대답했다.

앗, 그렇다면 제가 그런 순교자라는 걸 자매님이 알게 될까봐 두려워요. 지금까지 저는 이 세상에서 가장 엄격한 신앙심으로 이 사랑의 열정에 저항해보려고 노력해왔어요. 그러나 제 모든 기도도 소용없었어요. 자매님의 사랑스러운 오빠는 제가 가장 고독한 순간에도 절 쫓아오고, 자정에 기도드릴 때도 절 찾아와 제 기도를 방해하고, 신께 바쳐진 사람이 해서는 안 되는 수많은 생각을 하게 만들어요. 저는 여성으로서 이루기 힘든 신앙심과 미덕을 쌓아왔는데, 이 모든 영광을 자매님의 오빠가 망치고 있어요. 오, 카테리나, 자매님 오빠의 눈빛에는 온 세상 사람들을 능가하는 힘이 있어요. 친척들과 친구들이 몇 년에 걸쳐 아무리 설득해도, 영광과 명예, 쾌락 같은 그 모든 것이 아무리 유혹해도 넘어가지 않은 저였는데, 자매님의 오빠는 마치 인간의 본성이 얼마나 나약한지 우리의 자신만만한 모습이 얼마나 덧없는지 증명해 보여주려는 듯, 단 한 시간 만에 저를 완전히 무너뜨렸어요. 다른 모든 것에 저항할 수 있어도 에노 씨의 눈빛에는 도저히 저항할 수 없어요. 그의 눈빛은 저를 참으로 비참하게 만드는 임무를 맡은 것 같아요. 하지만 자매님이 저를 도와준다면, 그리고 그를 더는 보지 않겠다고 제가 굳게 결심한다면, 그리고 신께 계속 의지한다면, 저는 제 영혼을 사로잡은 이 사랑이란 폭군과 어쩌면 싸워 이길 수 있을지도 몰라요. 저는 사랑이 성스러운 하느님의 집에 들어올 수 없다고 믿었고 사랑을 위한 기도와 숭배가 진정한 신앙과 어울릴 수 없다고 생각했지만, 아! 그 어떤 수도실도, 수녀원도, 은거지도 사랑의 영향으로부터 무사하지 않네요.

이자벨라는 눈물을 쏟으며 이야기를 끝마쳤다. 그녀가 종교적 삶에 영원히 귀의한 이상, 수녀원에서 가능한 한 편안히 지내는 게 가장 중요하다는 데 두 사람은 합의했고, 이 어리석고 쓸모 없는 욕망을 제거하기 위해 이자벨라는 반드시 에노를 더이상 보지 말아야 했다. 처음에는 걱정이 앞섰다. 이자벨라는 자신이 에노를 더이상 보지 않는다면 어쩌면 그가 그녀의 감정을 눈치채지 않을까 싶어 두려운 마음이 들었다. 하지만 경외심과 분별심이 충만한 카테리나는 이 고약한 병이 이자벨라를 분명히 죽음 또는 파멸로 이끌 거라고 확언하며, 친구의 병을 고쳐주려고 진심으로 노력했다. 카테리나는 자신에게 문제를 맡겨달라고 이야기하면서, 이자벨라의 명성에 손상이 갈 일은 절대 없으리라고 장담했다. 일이 이렇게 결정되고 나서 카테리나가 자리를 떠나자 이자벨라는 엄청난 혼돈 속으로 빠져들었다. 이자벨라는 지금까지의 모습과는 사뭇 다른 존재가 되었다. 그녀의 감정, 생각, 개념에 큰 변화가 생겼다. 다시는 에노를 보지 않겠다고 한 약속을 후회했고, 다시는 그를 보지 못한다는 생각에 온몸이 떨리고 심지어 정신을 잃기도 했으며, 그 견딜 수 없는 생각만 하면 귀신 들린 사람처럼 속에서 분노가 일었고, 그녀가 지닌 모든 미덕도 그 흥분을 가라앉히지 못했다. 하지만 그녀는 이미 약속을 해버린 상태였고, 만일 약속을 깨면 큰 소란이 일어날 터였기에, 카테리나에게 한 약속을 지키지 않는다면 수천 번도 더 죽으리라는 생각으로 각오를 다잡았다. 그러나 얼마나 힘든 고통을 감내했는지—얼마나 자주 정신을 잃고, 발작과 고통에 시달렸는지, 그리고 괴로워하는 이자벨라에게 카테리나가 다시 다가왔을 때, 그녀가 자신의 고통을 숨기기 위해 얼마나 노력했는지—차마 말로 표현할 수 없다. 다음날 에노가 평소 방문하는 시간인 오후 두세 시가 되었을 때 이자벨라는 이루 말할 수 없이 불안해했다. 그녀는 수천 번이나, 아니, 오빠가 아직도 안 왔어요?라고 물었다. 카테리나가 왜 그걸 물어보시죠?라고 응수하면, 이자벨라는 자매님 오빠를 절대로 보지 않으려고요, 라고 대답했다. 그러면 카테리나는 두려워할 필요 없어요, 자매님은 어차피 방에 있을 거니까요, 라고 응답했다. 카테리나가 군이 그렇게 말할 필요도 없었던 것이, 이자벨라는 스스로 깨닫지는 못했으나 매우 아프고 열이 났다.

마침내 수녀 한 명이 올라오더니 카테리나에게 오빠가 창살문에 와 있다고 전해주었다. 카테리나는 오빠를 계단 위에 있는 개인 창살문으로 오게 해달라고 부탁한 뒤 만나러 나갔다. 침대에 누운 상태에서 에노의 이름을 들은 이자벨라는 송장이 된 기분이었다. 그러나 불처럼 타오르는 감정은 숨기려 할수록 더 강하게 타올랐다. 그 불을 끄려고 아무리 기도하고 혼자 감내해보려 해도 아무런 소용이 없었다. 이 모든 노력은 고통을 증가시킬 뿐이었고, 불길에 기름을 붓는 격이었다. 그녀는 이제 죽음만이 이 슬픔과 불명예를 끝낼 수 있다고 믿었다. 그녀는 끊임없이 에노만 생각했다. 에노의 얼굴이 얼마나 잘생겼는지, 이목구비가 얼마나 섬세한지, 풍기는 분위기가 얼마나 매력적인지, 자태가 얼마나 우아한지, 품성이 얼마나 부드럽고 선한지, 말솜씨가 얼마나 재치있고 상대를 즐겁게 해주는지. 창살문에서 늘 하던 대로 에노와 대화를 나누는 자신의 모습을 상상하면서 과거의 그 행복했던 순간들을 축복하고 더이상 그때처럼 행복할 수 없는 지금의 운명을 비관했다. 그러면서 맘껏 슬퍼했는데, 그 슬픔은 오직 절망에 빠진 연인들만이 상상할 수 있는, 오직 그들만이 그 강도를 이해할 수 있는 것이었다. 그런 슬픔이 닥칠 때면 스스로 생을 마감하기로 마음먹는 순간이 가장 편안한 순간이 되고, 그런 죄악을 저질러 저주받게 되는 것조차 행복하다고 생각하게 되는 법이다. 무서움에 벌벌 떨면서 이자벨라는 그런 상상에서 도망쳐보려 했다. 아! 하지만 어디로 도망쳐야 하는가? 그녀가 갈 수 있는 유일한 곳은 죽음보다 더 끔찍한 삶이 아닐까? 그녀는 골똘히 생각해보았다. 그녀는 사랑으로 인한 절망을 견뎌낼 수 없었지만 그렇다고 절망에서 벗어날 방법을 알지도 못했다. 그녀는 매력적인 에노 생가을 도무지 멈출 수가 없었고, 그 생각을 잠재울 수도 없었다. 이런 상황에서 이자벨라는 삶을 더이상 지탱할 수 없다고 느꼈다. 그녀는 미쳐버려서 세상 사람들이 경멸하는 존재가 되거나, 아니면 제 손으로 목숨을 끊는 죄를 저지를 것만 같았다. 아무리 생각해봐도, 아무리 고민해봐도 결과는 같았다. 아무리 쉬지 않고 열렬히 기도해도, 밤마다 철야기도를 올려도, 긴 겨울 차가운 대리석 위에서 고행을 견뎌도, 이 모든 신앙 활동도 그녀를 안으로부터 파괴하는 수치스러운 사랑의 불길을 조금도 사그라뜨리지 못했다.

이토록 다스릴 길 없는 열정의 불길과 지치고 숨이 찰 때까지 격렬히 싸운 후 그녀는 그 모든 노력이 헛되다는 것을 깨달았다. 그러자 이제는 사랑스러운 에노의 수천 가지 모습을 그려보기 시작했다. 이 달콤한 경련의 순간, 이자벨라는 자신의 헐떡이는 마음을 달래고 또 한번의 기쁨을 누리고자, 욕망의 근원이자 고통의 원인인 그 사람을 다시 봐야겠다고 생각했다. 이렇게 결심하며 몸을 떠는 동시에 기뻐하면서, 그녀는 누워 있던 침대에서 일어나 계단으로 조심스럽게 다가갔다. 접견실 문이 열려 있어서 카테리나가 창살문 너머로 오빠와 대화하는 모습이 보였다. 오누이가 진심을 토로하며 큰 소리로 이야기를 주고받고 있었기 때문에 이자벨라는 애쓰지 않고도 다 들을 수 있었다. 카테리나는 화가 나서 이렇게 말했다. 나를 더이상 설득하려고 하지 마요. 오빠를 파멸로 이끌 열정을 옹호하기엔 나는 너무 도덕적이에요. 오빠가 이자벨라에게 안달이 나 있다고 내가 전한다 한들 그게 무슨 소용이 있겠어요? 사랑과 담을 쌓은 처녀의 마음을 움직일 수 있다는 희망을 대체 누가 가질 수 있겠어요? 미덕과 정절을 엄격히 지키는 이자벨라는 사랑이란 말만 들어도 가

공할 마술이나 끔찍한 죄를 본 양 바로 도망갈 테고, 그런 음탕한 메시지를 전한 나를 혐오하겠죠. 증오와 경멸의 대상이 된 오빠에게는 다시는 나타나지 말라고 하고요. 이자벨라가 아직 수녀가 되기 전에도 플랑드르 지방의 빼어난 귀족 신사들이 얼마나 많이 구애에 실패했는지 몰라요? 빌누아 백작이 그녀 때문에 얼마나 죽을 만큼 속절없이 애달아했는지 모른단 말이에요? 빌누아 백작이라면 웬만한 여자들의 마음을 뒤흔들 만큼 재치 있고 생기 넘치는 남자인데, 그의 어떠한 말도, 매력도, 부귀영화도, 애원도 이자벨라에게는 아무 소용이 없었던 것을 알잖아요? 이자벨라처럼 엄격하고 냉혹하지 않은 여자라면 다 넘어갔을 거예요. 젊고 사랑 넘치는 젊은이들이 정당하게 구애할 수 있을 때조차 이자벨라는 무감각했고 전혀 흔들리지 않았다고요. 하물며 앞으로 오롯이 헌신하며 살아가겠다고 신께 약속하고 하늘에 자신을 온전히 바친 이자벨라가, 수녀원에서 여성이기보다는 성인처럼, 인간이기보다는 천사처럼 살고 있는 그녀가 흔들릴 거라고 생각해요? 오빠가 아무리 말을 잘한다 한들 오빠의 세속적 열정이 이 성스러운 처녀의 마음이나 심성을 바꿀 수 있을 것 같아요? 너무 바보 같은 생각이에요, 이런 생각을 하는 것 자체가 이자벨라의 미덕에 대한 모독이나 다름없어요. 오빠 제발 그만두세요. 그만두라고요. 마음의 평화를 그르치기 전에어서요.

그러자 에노가 대답했다. 아, 누이야! 네 조언은 너무 늦었구나. 그리고 네 주장은 매력적인 이자벨라가 내 심장과 영혼에 쏜 화살을 뽑기에는 너무 약해. 이자벨라가 내 고통을 알아주지 않으면 나는 파멸에 이르겠지만 나 스스로 그 고통을 고백하기엔 너무 부끄러워. 그렇지만 너희 젊은 숙녀들끼리는 농담도 하고 놀기도 하면서 친하게 지내잖니. 농담인지 진심인지 모를 수많은 말을 하면서 말이야. 그러니 본격적으로 말을 꺼내기 전에 하고 싶은 말을 살짝 내비쳐서 호기심을 자극해 무슨 말을 하려는지 더 궁금해하게 만들 수도 있잖아. 누이야, 숙녀들은 본래 호기심이 많고 허영심이 있기 마련인데, 아름다운 이자벨라가 아무리 신앙심이 깊다 한들 천사가 아니라 인간인 이상 다른 일반 여성들과 비슷한 점이 있지 않겠니.

카테리나가 대답했다. 그게 사실이라 해도 이자벨라가 인간이라는 사실이 오빠한테 어떻게 도움이 되죠? 오빠의 마음을 전달해서 얻을 게 뭐예요? 만약 그녀가 오빠 마음을 알게 되어 오빠를 동정하게 된다 해도 결국 오빠처럼 비참해지고 말 거예요. 그 이상 뭘 바랄 수 있겠어요?

에노가 대답했다. 아, 그렇게 큰 행복을 이야기하지 마. 나는 이자벨라가 나를 동정하거나 마음이 흔들릴 정도로 사랑해주는 그런 축복은 바라지도 않는단다. 그녀가 내 고통을, 내가 그녀로 인해 괴로워한다는 사실을 알아주기만 해도 나는 만족할 거야. 내 눈으로 그녀를 바라볼 수 있게, 내 가슴이 때때로 한숨 쉴 수 있게 해준다면, 그리고 언젠가 그녀에게 내 열정을 고백할 용기가 생길 때 말할 수 있도록 허락해준다면, 누이야, 이것이, 이것이 내가 바라는 전부란다.

에노의 뺨에 눈물이 주르르 흘러내렸다. 에노가 눈을 내리깔고 아주 매력적이면서도 슬픈 표정을 짓자, 그 모습을 뚫어져라 보던 이자벨라는 그 방에 뛰어들어가 자신이 모든 것을 보고 엿들었노라고 고백하고 싶은 마음이 수천 번도 더 들었다. 그러나 가까스로 자제력을 발휘했고 그녀가 사랑하는 에노가 마찬가지로 자신을 사랑한다는 사실을 알게 된 데 만족해했다. 타고난 분별력을 발휘해 한발 물러섰고, 오누이의 이야기가 어떤 결과를 낳을지 인내심을 가지고 지켜보았다. 이자벨라는 카테리나가 오빠의 비밀을 잘 지켜낼 수 있을지 몹시 궁금했고, 동시에 오빠에게 자신이 그를 사랑하고 있다는 사실을 발설하지 않은 친구의 우정과 분별력에 감동했다. 자신이 사랑받고 있다는 사실에 그녀는 상상 이상으로 만족해하고 기뻐했다. 자신의 감정을 잘 숨겨서 에노가 먼저 사랑을 시작한 것처럼 보이게 할 자신이 있었다. 그가 먼저 사랑해야 옳았고, 적어도 그렇게 보여야 했다. 이렇게 생각하자 이자벨라는 평정심을 되찾았으며, 에노를 직접 봐야겠다고 결심했다. 이를 위해 카테리나를 잘 속여서 부끄럽기 그지없는 자신의 감정을 잘 다스린 것처럼 보여야겠다고 생각했다. 이제 이자벨라는 여성적 기량을 발휘해 예전에는 잘 알지 못했던 남을 속이는 기술을 연마하기 시작했다. 교활하게도, 예전처럼 평온히 지내는 모습을 다시 보이기로 마음먹었다. 카테리나가 다가오는 소리가 들리자 이자벨라는 아까처럼 침대에 다시 누워서 마음먹은 대로 좀더 생기 있는 표정을 지어 보였다. 그 모습에 속아넘어간 카테리나는 안색이 아주 좋아 보인다며 굉장히 기뻐했다.

이자벨라가 말했다. 네, 저는 아까와는 다른 여자예요. 하늘이 제 오랜 기도를 들으시고 제 부끄러운 간청에 응답하신 것 같아요. 제 정숙한 생각을 그토록 흐트러뜨린 고통스러운 사랑의 신은 이제 사라져버렸어요.

카테리나가 물었다. 진정 자매님의 고귀한 결심이 그 음탕한 사랑의 신을 물리쳤단 말인가요? 다시 돌아오지는 않을까요?

절대로 다시는 제게 돌아오지 못할 거예요. 이자벨라가 대답했다.

그렇군요. 그렇지만 자매님의 평정심을 앗아가는 그 사랑스러운 얼굴을 다시 본다면, 자매님의 상처는 또다시 피를 흘리겠지요. 카테리나가 말했다.

이자벨라는 그럴 리 없다는 표정을 지으며 피식 웃었다. 자매님은 한때 제가 에노의 매력에 빠져서 사랑에 무방비한 상태였던 모습을 봤기에 제가 강단이 없다고 생각하는 것 같아요. 제가 그렇게 사랑에 약하고 미덕이 모자라다고 생각하세요? 제 마음의 평화를 위해 꼭 필요한 제 굳은 결의를 지키지 못할 정도로요? 그럴 거면 차라리 저를 경멸하고 무시해주세요. 여성으로서 얻을 수 있는 영광과 제가 지금까지 지켜온 정숙함을 모두 저버렸다고 말이에요.

이자벨라는 거짓말이나 허언과는 거리가 먼 삶을 살아왔기에, 누구라도 그런 품성과 명성을 지닌 여성의 말을 믿을 수밖에 없었다. 카테리나는 이자벨라의 말을 믿는다고 확언했고, 그녀가 평안을 파괴하던 그 열정을 정복해서 한없이 기쁘다고 말했다. 이자벨라는 자신이 열정을 완전히 정복한 것은 아니고, 자신의 약한 본성을 완벽히 통제할 수 있다고 자부할 수는 없지만, 담대한 결심을 한 이상 시간이 약이 되리라고 말했다. 오빠에게 자신이 예전처럼 명랑하고 즐거운 모습으로 창살문에 모습을 드러내지 못하는 이유를 잘 둘러대달라고 부탁하면서, 에노와 거리를 잠시 둠으로써 다시 자유로운 몸이 되고자 한다고 말했다. 오빠가 자신이 나타나지 않는 이유를 짐작하지 못하도록 유의해달라고 덧붙였다. 이자벨라는 에노의 이름을 언급할 때 특별한 관심이 없는 척하느라 매우 애써야 했다. 그러자 카테리나는 이자벨라가 창살문에 나가지 말아야 할 아주 좋은 이유가 있다고 응수했다.

자매님이 굳게 결심했으니 이제 말씀드릴 수 있을 것 같아요. 사실 오빠는 자매님을 미치도록 사랑하고 있고 자매님 때문에 죽을 지경이에요. 당장 오늘 저한테 약속을 받아냈는데, 자기가 어떤 마음인지, 지금 얼마나 힘든지 자매님한테 꼭 전하라고 하더라고요. 그래도 전 이야기하지 않으려고 했는데, 굳은 결의와 미덕으로 무장한 자매님을 보니 말씀드려도 될 것 같아요. 오빠의 마음을 알고 있으면 예전보다 더 잘 대비하실 수 있을 거예요.

카테리나는 이렇게 말하면서 이자벨라의 마음이나 표정에 어떤 변화가 있는지 뚫어져라 쳐다보았다. 그러나 바로 이때 이자벨라의 기술이 진가를 드러냈다. 어찌나 자신을 잘 통제하는지, 마음속으로는 기뻐서 춤을 추고 있었지만 표정에는 아무것도 드러나지 않았고 방금 들은 이야기에 전혀 동요하지 않은 것 같았다. 이자벨라가 이 모든 상황을 예견했다고 말해야 그녀의 강인함을 부정하지 않는 셈이리라. 이자벨라가 어찌나 침착한지 카테리나는 감쪽같이 속아넘어갔다. 이자벨라는 이렇게 대답했다.

자매님의 오빠가 저에 대한 열정을 고백했다니 어쩌면 다행이라고 생각해요. 자매님은 오빠에게 저한테 얘기를 다 했다고 전해주세요. 그리고 절 사랑하고 그 사랑을 감히 고백까지 하는 남자를 보지 않기 위해 저는 당분간 창살문에 가지 않기로 했다고 전해주세요. 이자벨라는 자신의 감정을 숨기면서 말을 이었다. 자매님, 오빠의 대범함에 대해 알려준 덕분에 제 병을 제대로 고칠 수 있게 되었어요.

이 말에 카테리나는 기뻐하며 에노와 나눴던 이야기의 전말을 다 들려줬다. 동생에게 사랑의 징검다리가 되어달라고 했던 그의 간청까지 모두 말해주었다. 카테리나의 말이 끝나자 이자벨라는 태평하게 웃으며 그가 참 가여워요, 라고 말했다. 그러고 나서 둘은 함께 기도를 하러 갔으며, 에노 이야기는 더이상 하지 않았다.

한편, 에노는 누이가 아름다운 이자벨라에게 자신의 사랑을 전달해 주리라는 생각에 기분이 조금 나아진 상태였다. 이자벨라가 어떤 반응을 보일지 두렵기는 했지만, 그녀를 열렬히 사랑하는 사람이 있다는 사실을, 비록 이루지 못할 사랑이더라도 그녀에게 알렸다는 사실이 기뻤다. 이자벨라와의 사랑이 이루어진다면 정말 더없이 황홀하겠지만, 신성모독을 저지르지 않고는 이뤄질 수 없는 일이라는 생각이 들어 사실 두려웠다. 에노는 매우 신실하고 종교를 열렬히 신봉하는 젊은이였기 때문이다. 이 아름다운 여성이 자신을 사랑해주는 일이 도대체 가능한 일인지 자문해보았다. 만약 그녀가 사랑에 빠진 젊은이가 요구하는 모든 것을 들어준다고 해도, 자신이 그런 축복을 받아들여도 되는지 의문이 들었다. 이자벨라를 여성으로서 사랑하지만 자신의 품에 안긴 사람이 수녀라는 사실에 혐오감이 들 수도 있을 터였다. 이런 생각을 하면 사랑의 불길이 사그라지기도 했지만, 이내 사랑의 열정으로 그 불길은 더욱 뜨겁게 활활 타올랐다.

다음날 에노는 카테리나가 이자벨라에게 이야기를 잘 전달했는지 알고 싶어 초조한 마음에 일찍 이페르로 향했다. 그는 개인 창살문으로 가서 누이를 다시 찾았다. 카테리나가 나와보니 오빠가 슬프고 침울한 표정을 지으며 그녀가 들려줄 이야기를 기다리고 있었다. 카테리나는 오빠의 표정과 어울릴 이야기를 들고 왔노라고 말했다. 오빠를 슬프게 하고 참회하게 할 이야기라고 했다. 그의 부탁을 들어주는 바람에 굉장히 기분이 상한 이자벨라가 친구를 더이상 신뢰하지 않기로 결심했다는 이야기를 전하며 카테리나가 덧붙였다.

오빠도 다시는 보지 않겠다고 결심했대요. 오빠 때문에 내 양심, 종교, 우정, 평판에 모두 해가 가면서 죄를 짓게 되었어요. 그러니 오빠가 이제 뭔가 보여줘야 해요. 이 모든 걸 만회할 수 있는 숭고한 각오를 보여줘요. 오빠가 얼마나 용감한 사람인지 보여줘요. 나는 오빠를 편안하게 해주려고 오빠가 이자벨라를 사랑한다는 사실을 전달하겠다고 약속했어요. 이 죄를 사하기 위해 오빠는 나한테 말해줘야 해요. 생명과 명성을 지키기 위한 마지막 방편으로 사랑을 극복했다고 이자벨라한테 전해도 된다고 말이에요.

이 말을 듣자 에노의 눈에서 눈물이 터져나왔고, 그는 한동안 계속 한숨만 쉬었다. 마침내 에노가 외쳤다. 뭐라고! 이자벨라를 더이상 볼 수 없다고! 아름다운 이자벨라를 더이상! 그가 자신의 슬픔을 어찌나 열정적으로 표출하는지 카테리나는 동정하지 않을 수 없었지만 동시에 오빠의 정열을 더 부채질하는 것은 큰 죄이자 분별없는 행동이라는 생각이 들었다. 누이의 조언을 듣고 한동안 침묵을 이어가던 에노는 누이야, 이게 오빠를 살리기 위해 할 수 있는 전부니? 하고 물었다.

그러자 카테리나가 대답했다. 오빠의 생명을 구하기 위해 수녀가 자신이 한 서약을 위반하도록 만들지는 않을 거예요. 아니, 심지어 내 생명을 구하기 위해서도 그리는 못하지요. 지금 내 말을 명심하고, 이게 내 최종 결정임을 알아주세요. 만약 오빠가 이자벨라와 친구 관계로 지내는 데 만족하고 처신을 잘해서 친구의 모습 뒤에 애인이 숨어 있지 않다는 걸 증명해줄 수 있다면 우리는 과거처럼 오빠와 만나며 지낼 수 있겠지만, 그러지 않는다면, 오빠가 창살문에 나타날 때마다 이자벨라는 사라질 거고, 시간이 지나면 결국 오빠도 이자벨라도 추문에 시달리겠죠.

카테리나는 오빠를 설득하기 위해 이런 식으로 계속 노력하며 수녀원을 떠나달라고 부탁했다. 죄를 저지르지 않고 수녀원을 방문할 수 있겠다는 자신이 생기면 그때 다시 돌아와달라고 말했다. 그녀는 그가 어리석은 욕망을 극복하지 못한다면 아버지에게 오빠의 행실에 대해 알리겠다고 엄포를 놓았다. 아들이 신과 서약을 맺은 수녀에게 사랑의 감정을 품고 있다는 사실을 깐깐한 아버지가 알게 된다면, 아들에게 물려줄 유산을 모두 빼앗아 수모와 가난을 평생 맛보게 할 수도 있었다. 그러므로 카테리나는 에노가 이 점을 가슴에 새기고 이 모든 것을 분별없는 정열과 맞바꿀지 저울질해보아야 한다고 말했다. 동생이 똑 부러지게 말하는 동안 에노도 여러 생각을 했다. 하지만 올바른 방향이 아니라 엉뚱한 곳으로 생각이 흘러갔다. 에노의 고민은 어떻게 하면 아버지를 기쁘게 하고 재산을 지킬지가 아니라, 어떻게 하면 이자벨라와의 관계를 예전처럼 복원할지에 초점이 맞춰져 있었다. 그는 이자벨라가 이미 그의 감정을 알고 있으니 자기와 만나주기만 하면 자기를 변호할 수 있는 행운이 생길지도 모른다고 상상했다. 적어도 이자벨라를 다시 보고 대화할 수 있으리라는 생각을 하자 침울한 마음에 한줄기 빛이 비추는 듯했다. 마치 이자벨라가 그사이 어떤 생각을 했는지 알기라도 한 듯, 신기하게도 그녀와 공감이라도 한 듯, 에노 역시 카테리나를 속여야겠다고 결심했다. 누이는 좋은 의도를 가지고 있었고 순진해서 속이기 쉬울 듯했다. 그는 본래 참을성 있는 성격이어서 감정을 참을 수 있는 척해볼 작정이었다. 그는 누이 말이 다 맞고 마땅히 따라야 한다고, 누이 말을 듣고 나서 이미 마음이 많이 편해졌고 마음의 평화를 온전히 되찾도록 노력하겠다고 말했다. 젊어서 저지르는 수많은 실수는 용서받아 마땅하다고, 비록 지금은 어려울지라도 세월이 지나면 지금의 어리석은 행동을 떠올리고 웃을 수도 있으리라고 덧붙였다. 그리고 에노는 자신이 마음먹은 대로 변화할 수 있도록 기도해달라고 누이에게 부탁했다. 덧붙여서 이자벨라도 자신을 위해 기도할 수 있게 해달라고 말했다. 그런 뒤 수녀원을 떠나 열흘 동안 방문하지 않았다. 그동안 이자벨라가 얼마나 고통을 겪었는지는 사랑으로 애를 태워본 사람만이 알 수 있으리라. 이자벨라는 그동안 그가 왜 방문하지 않는지 알지도 못했고, 그 이유를 물어볼 용기조차 내지 못했다. 그러나 그 시간을 훌륭하게 견뎌낸 덕분에 카테리나는 예전에 이자벨라를 혼란에 빠뜨렸던 감정을 그녀가 여전히 품고 있으리라고는 조금도 의심하지 못했으며, 그녀가 이제 모든 불안한 감정을 극복했다고 믿었다. 어느 날 카테리나는 이 아름다운 위선자에게 에노의 행실과 결심이 대단하다고 생각하지 않느냐고 물었다. 이자벨라는 안 좋은 소식을 들을까 두려워 가슴이 철렁했지만, 왜지요?라고 무심하게 물었다. 그러자 카테리나는 에노와 나눈 마지막 대화 내용을 전해주면서 결국 이자벨라를 위해 오빠가 사랑을 포기하도록 설득하는 데 성공했노라고 말했다. 그러면서 오빠가 자신의 열정을 극복하기 위해 노력하겠다고 약속했다고, 그런 연유로 수녀원에 오지 않는 거라고, 감정을 완전히 극복할 때까지는 오지 않을 거라고 덧붙였다. 이 소식이 카테리나가 생각했던 것만큼 이자벨라에게 달갑지 않았음을 당신도 쉽게 짐작할 수 있으리라. 하지만 이자벨라는 이 소식을 아무렇지도 않게 받아들이는 듯했다. 이제 자신을 숨기는 능력이 세상에서 가장 교활한 사람과 맞먹을 정도라 다른 사람들 앞에서는 마음속에 아무 걱정이 없는 양 행세할 수 있었다. 그러나 기도하느라 혼자 있을 때면 사랑에 고통받는 여느 아가씨처럼 가장 애처로운 방식으로 슬픔을 토해냈다. 아무리 심한 고행을 자신에게 부과

해도 그 슬픔은 줄어들지 않았다.

마침내 에노가 수녀원을 다시 방문했다. 그는 한껏 밝은 표정으로 누이를 만났고, 이제 감정을 완전히 극복했노라고 말했다. 그러면서 자신을 유혹했던 그 아름다운 이자벨라를 더이상 사랑하지 않는다는 사실을 확인시켜주기 위해 그녀를 다시 보고 싶다고 말했다. 그는 이 가망 없는 사랑을 위해 연 수입이 5000파운드나 되는 재산을 걸었는데, 사랑과 돈을 저울질해보니 돈이 훨씬 더 가치 있다는 사실을 알게 되었다고도 말했다. 그는 누이와 하루종일 이런 식으로 사랑과 관련 없는 이야기를 하며 웃었고, 이자벨라를 더이상 찾지 않았다. 이자벨라 또한 마음속으로만 애태울 뿐 겉으로는 에노를 보려고 하거나 찾지 않았다. 이렇게 무심하게 두 달이 지나자 에노가 올 때 이자벨라가 창살문에 예전처럼 나가지 않는다는 소문이 돌기 시작했다. 카테리나는 이 소문을 듣고 이자벨라에게 전하며, 계속 창살문에 나가지 않는다면 수녀들이 무슨 사연이 있다고 의심할지도 모르겠다고 말했다. 카테리나는 에노가 이자벨라에게 더이상 마음이 없는 게 분명해서 오빠를 믿는다고, 이제 이자벨라가 자신의 마음을 믿는지가 문제라고 했다. 이 말은 이자벨라를 기쁘게 하기는커녕 마음에 비수를 꽂았다. 도망가는 연인을 잡을 시점이라는 생각에 카테리나에게 그럼 예전처럼 창살문에 나가겠다고 말했다. 다음날 귀족들이 창살문에 찾아왔을 때 이자벨라가 나타났고, 도착한 지 이 분이 채 지나지 않았을 때 사랑스러운 에노를 보게 되었다. 다행히 방안에 다른 사람들이 있었기에 망정이지, 그렇지 않았더라면 서로를 향한 그들의 충동이, 그 숨길 수 없는 열정이 여지없이 탄로났을 것이다. 창살문에 있던 신사들이 떠나면서 다 같이 나누던 대화도 끊기고 카테리나도 마침 볼일이 있어 자리를 비우자 드디어 이자벨라는 에노와 단둘이 있게 되었다. 서로의 생각을 알고 싶으면서도 알기 두려워하는 이 두 남녀의 혼란스러운 마음을 누가 짐작이나 할 수 있을까? 이자벨라는 에노가 자신을 더이상 사랑하지 않을지도 모른다는 침울한 생각에 떨었고, 에노는 그녀가 자신의 주제넘은 사랑을 원망하고 꾸짖을까 두려워 숨이 넘어갈 지경이었다. 두 사람은 사랑, 두려움, 수치심에 똑같이 사로잡혀 우두커니 서 있었다. 둘 다 의기소침한 표정을 하고 탄식을 어렵사리 참으며 답답한 숨을 내쉬었다. 마침내 이자벨라가 울음을 터뜨렸다. 둘 중 누가 더 많이 사랑했는지는 모르지만, 이자벨라가 본래 순수한데다 마음이 더 약하고 가녀린 탓에 더이상 자신의 마음을 숨기거나 통제하지 못한 것이다. 가슴속 답답한 생각에 짓눌려 그녀는 옆에 놓여 있던 의자에 맥없이 쓰러졌고, 에노는 너무 놀라서 이자벨라를 돕지도 못하고 쳐다보기만 했다. 그러나 그를 바라보는 이자벨라의 눈에서 분노도 경멸도 아닌 사랑의 표식을 확인한 에노는 창살문 앞에 무릎을 꿇더니 애원하기 시작했다. 이자벨라를 위해 매 순간 죽어가는 자신을 제발 봐달라고, 이야기를 들어달라고, 용서해달라고 호소했다. 그녀를 격렬하게 사랑하고 있다고, 그렇지만 (비록 죽는 한이 있더라도) 그녀의 명령에 복종할 준비가 되어 있다고 말하며 눈물을 쏟아내는데, 거의 죽어가는 듯한 눈동자였지만 연인이 보일 수 있는 가장 애틋한 눈빛으로 이자벨라를 바라보는 것이었다. 그녀가 기운을 조금 회복하고 더할 나위 없이 아름다운 얼굴을 돌려 에노를 바라보았을 때 그의 가슴은 환희의 불길에 휩싸였다. 이자벨라의 눈동자는 그녀도 그로 인해서 타오르고 죽을 지경이라고 말해주었다. 이자벨라의 눈빛을 보고 그녀의 마음을 확인한 에노는 영원히 그녀만을 사랑하겠노라 맹세하고 또 맹세했다. 그러고는 그녀가 그를 싫어하지 않는다는 사실과, 그가 그녀를 사랑한다는 것을 알고서도 그를 미워하지 않는다는 사실을 그녀의 눈빛과 표정에서 확인할 수 있어서 얼마나 황홀하고 기쁜지 고백했다. 에노가 온갖 부드럽고 감동적인 말로 자신이 그녀를 얼마나 사랑하는지 알려주자 마침내 이자벨라는 도저히 거부할 수 없는 강력한 힘에 이끌려 입을 열었다.

에노 씨, 저처럼 오로지 미덕으로 소박하게 길러진 처녀가 당신의 사랑 고백을 듣는 것으로도 모자라 저 또한 더없이 지독한 사랑의 고통을 느끼고 있다고 고백할 용기를 내는 것이 의아하실지도 모르겠어요. 죽어서라도 침묵 속에 묻어야 할 이 이야기를 제가 감히 어떻게 당신한테 할 용기를 냈는지, 저조차도 이 대담함이 너무나 놀랍고 신기해요. 하지만 이 모든 게 제 운명인가봐요. 어떤 알 수 없는 힘에 떠밀려 당신을 사랑한다고 말할 수밖에 없네요. 저항하려 노력해봤지만 소용없었어요. 당신을 처음 본 그 순간부터 지금까지 사랑하고 있어요. 당신은 저를 죽게도 살게도 할 수 있는 유일한 남자예요. 저에게 행복과 축복을 가져다줄 단 한 명의 남자. 제가 이렇게 수녀원에 갇혀 있지만 않았다면, 제가 한 서약과 정절의 의무가 당신에게 이런 말을 하는 걸 완벽하게 금지하지 않았다면, 이런 부끄러운 고백을 드리는 일을 이토록 비참하게 느끼지는 않았을 거예요. 하지만 우리는 서로 대화할 기회도 너무 적고, 몰래 편지를 주고받기도 어려우니, 지금이 당신과 이렇게 단둘이 이야기할 수 있는 마지막 순간일지도 몰라요.

이자벨라가 하염없이 눈물을 쏟으며 말을 그치자, 에노에게 말할 기회가 왔다. 아, 저를 세상에서 가장 행복한 사람으로 만들자마자 마지막이라는 말로 저를 나락으로 떨어뜨리지 말아주십시오. 당신의 아름다운 입에서 흘러나오는 축복 같은 소리를 다시, 두 번 다시 듣지 못하느니 차라리 제가 사랑받고 있다는 사실을 아는 채로 죽는 게 더 낫습니다. 아, 그대여, 이번이 정말 마지막이라면 차라리 지금 이 운좋은 기회를 살려서 앞으로 우리가 어떻게 계속 만나고 대화할 수 있을지 궁리해봅시다. 우리의 행복을 금하는 이 엄한 곳에서 탈출할 방법이 무수히 많다고 생각하는 걸로 서로를 위로합시다. 세상에서 가장 아름다운 여성으로 태어나서 그 혜택을 누리지 못하시다니요. 이렇게 천사 같은 미모를 갖고 태어나신 이유가 있을 겁니다. 이자벨라가 뭔가 말하려 하자, 에노는 그녀가 이 위험하고 사악한 제안에 동의하지 않을까봐 지금이 하늘이 준 마지막 기회일지도 모른다고 덧붙이고는, 수녀원에서 나와 자기와 함께 도망치겠냐고, 대답해달라고 애원했다. 이 말에 이자벨라는 안색이 창백해지면서 끔찍한 말을 듣기라도 했다는 듯이 외쳤다.

뭐라고요? 어떻게 그런 못된 생각을 하실 수 있죠? 사랑을 고백할 만큼 미덕과 서약을 저버렸으니 제가 그렇게 악명 높고 비난받을 일을 저지를 정도로 타락했다고 착각하신 건가요? 절대 아니에요. 저를 계속 보고 싶다면, 당신이 말했듯 제 사랑이 당신에게 큰 기쁨이라면, 그런 얘기는 앞으로 꺼내지도 마세요. 그런 짓을 하느니 차라리 죽겠어요. 아무리 그러고 싶어도…… 이자벨라는 꺼져가는 목소리로 말을 끝냈고 아름답고 부드러운 눈에서 다시 눈물이 쏟아졌다.

그러시다면, 에노가 기어들어가는 목소리로 답했다. 그러시다면 당신은 제가 희망 없이도 영원히 사랑할 수 있는지, 창살문을 통해 당신을 바라보고 사모하는 것 말고는 아무런 즐거움 없이도 사랑할 수 있는지를 시험하시는 거겠지요. 저는 지금도 그런 사랑에 만족하고, 앞으로도 그럴 거고, 그래야만 할 겁니다. 저는 온 세상을 다 준다고 해도 우리를 갈라놓는 이 차가운 쇠창살 앞에서 당신을 위해 한숨을 쉬겠어요. 제가 세상의 모든 미녀를 다 차지할 수 있다고 해도 제 여생을 여기서 보내겠어요. 당신이 아무리 잔인하게 저와 거리를 둬도 말입니다. 여기서 당신을 이렇게 갈망하며 스러져가도 기쁠 거예요. 그렇지만 제가 이렇게 늙어갈 때(분명히 늙어가겠죠) 제 표정이 시들해졌다고, 얼굴이 창백하고 야위었다고 비웃지는 말아주세요. 그러는 대신에 저를 불쌍히 여기며 말해주세요. 저 얼굴, 저 눈에 담겼던, 이제는 모두 사라져버린 그 모든 젊음과 활력을 내가 그때 얼마나 쉽게 살릴 수 있었던가. 이제는 폐허밖에 안 남았구나. 이렇게 말하며 죽어가는, 매일매일 죽어가는 기색이 역력해지는, 당신의 노예를 사랑해주세요. 아름다운 당신을 바라볼 수 있는 한, 그리고 당신이 매력적이고 재치 있는 말솜씨로 대화를 나눠주는 한, 간신히 살아 있을 당신의 노예를 말이에요. 사랑이 그런 공기 같은 양식만 먹고 살 수 있다면(공기만 먹고 삶을 지탱하기는 어렵지만요), 제 사랑은 영원히 이자벨라 당신에게 바쳐질 겁니다. 하지만, 오, 그런 시간은 길지 않을 거예요. 왜냐하면 간절히 원하는 아름다운 연인을 창살문에서만 즐기기에는 이 노예의 사랑은 너무 강하고, 운명의 여신은 이 노예에게 그리 많은 나날을 허락하지 않을 테니까요.

한숨과 눈물에 목이 메어 목소리가 나오지 않자 에노는 말을 멈췄다. 앉아도 될지 허락을 구하는 그의 표정이 예전과 사뭇 달라진 걸 본 이자벨라는 걱정에 가슴 가장 깊숙한 곳까지 아파왔다. 그 어떤 사랑에 빠진 처녀도 느끼지 못한 애틋함이었다. 한마디 부드러운 말로 그를 살려낼 수 있는데도 그를 계속 고통받게 할 수는 없었다. 그러나 그를 기쁘게 할 수많은 말을 막 하려던 참에 수녀들이 저만치서 다가오는 게 보였다. 시간이 없었다. 이자벨라는 당신이 저를 사랑한다면, 죽지 말고 살아서 희망을 가지세요, 라고 간신히 말했다. 수녀들이 다가오더니 에노에게 이페르 소식을 물었다. 그가 늘 이페르에서 새로 일어난 일들을 전해주곤 했기 때문이다. 사실 수녀들은 다른 누구보다 젊은 에노의 방문을 가장 반겼다. 바깥세상에서 일어나는 온갖 사랑과 모험 이야기를 늘 들려주었기 때문이다. 에노는 수녀들이 자리를 비켜주길 바랐지만, 이자벨라의 마지막 말에 힘이 났고, 둘 사이에 일어난 일을 감추려고 무척 명랑한 척하며 수녀들을 즐겁게 해주기 위해 기억나는 대로, 혹은 떠오르는 대로 이야기를 지어 들려주었다.

이렇게 하루가 흘러갔다. 수녀들이 창살문의 커튼을 닫을 시간이 되자 에노도 물러날 때가 되었다. 그날 밤 내내 이자벨라는 사랑에 대해 고민했다. 앞으로 어떻게 행동해야 할지, 이 일생일대의 사건을 어떻게 풀어가야 할지, 잠자리에 들어 숙고하기로 결심했다. 이자벨라는 혼잣말을 했다. 정절과 명예에 해가 되는 이 열정을 쫓아내보려고 사람이 할 수 있는 모든 일을 다 해보았지만 성공하지 못했구나. 그녀는 다스릴 길 없는 불길을 꺼보려고 오랫동안 단식해보기도 하고, 열렬히 기도해보기도 하고, 극심한 고통에 시달리며 참회해보기도 하고, 엄격한 규율을 따라보기도 하고, 자칫 목숨을 잃을 수도 있었을 정도로 온갖 고행을 다 해본 터였다. 그러나 그 불길은 더욱 활활 타오를 뿐이었다. 그러니 자신이 정복하지 못하는 그 사랑이 자신을 정복하도록 허락할 수밖에 없다는 것을 인정해야 했다. 하늘이 정해주신 운명이라 믿고 그저 복종해야 할 뿐. 이토록 저항을 해보았는데도 소용이 없으니, 마음속 감정과 더이상 씨름하는 것은 신의 섭리에도 어긋난다는 생각이 들었다. 정말로 그렇게 믿었기에 이자벨라는 점점 마음 편한 대로 생각하게 되었다.

이자벨라는 평소와 다르게 카테리나에게 말을 걸지 않고 침대에 들었다. 카테리나를 등지고 누워 자는 척했으나 사실은 깊은 생각에 빠져 있었다. 그날 밤 사랑과 수녀 서약 사이에 어떤 선택을 해야 할지 결정하기로 마음먹었다. 다음에 에노를 만나면 어떤 말로 이 일을 매듭지어야 할지, 같이 도망가서 결혼하자고 해야 할지 아니면 수녀의 정절 서약을 영원히 지키겠다고 말해야 할지, 이것이 문제였다. 이자벨라는 어느 쪽을 선택하면 좋을지 그 근거를 생각해보았다. 둘 다 반박 가능했다. 전자를 선택하면 수녀 서약을 위반한 수치심을 안고 평생 살아가야 하는데, 과연 얼굴을 들고 다닐 수 있을지 자신이 없었다. 후자를 선택해도 어차피 자신도 인간으로서 죄 속에서 태어나 죄를 짓지 않고는 살 수 없고, 천사가 아니라 한낱 인간일 뿐이니, 서약을 어기는 죄를 저질러도 다른 죄를 용서받듯이 곧 용서받을 수 있을지도 모른다는 생각이 들었다. 신앙심을 바탕으로 모든 노력을 다 해봤는데도 죄의 원인에서 벗어날 수 없었다면 하늘도 그 죄의 결과를 용서해줄 수밖에 없지 않을까 싶었다. 부끄러워 세상에 얼굴을 내비치기 어려울 수는 있겠지만, (그토록 매력적인) 에노의 얼굴이 늘 자신을 사랑으로 바라봐줄 텐데 세상의 시선이나 타인을 생각할 필요가 뭐가 있단 말인가?

이따금 이자벨라는 수녀 서약을 어기느니 차라리 죽는 것이 더 용감하고 신성한 선택이라는 생각이 들기도 했지만, 이 생각이 떠오를 때면 논리적으로 잘못된 주장이라고 스스로를 설득했다. 왜냐하면 자살은 저지를 수 있는 죄 중에 최악의, 저주받을 죄이기 때문이었다. 수녀 서약을 어긴다 하더라도 그녀는 추후에 회개할 수 있고, 두 가지 악 중에 차악이 더 나은 선택이었다. 수녀원 안팎에서 미덕과 신앙심이 뛰어나다는 평판을 받는 그녀로서는 그 평판에 위배되는 행동을 했을 때 사람들이 뭐라고 말할지 솔직히 두려웠다. 하지만 밤새 고민한 끝에 그 무엇보다 강한 사랑의 힘이 승리를 거뒀다. 어떻게 도망칠지는 굳이 깊이 생각해보지 않았다. 수녀원 열쇠를 보관하는 일을 종종 맡고 있었기에 도망 자체는 쉬우리라 예상했다. 미덕과 분별력이 탁월한 수녀들이 돌아가면서 열쇠를 맡아 보관하는 관행이 있었기 때문이다. 게다가 고모가 수녀원장이라 이자벨라는 다른 수녀들보다 더 많은 특권을 누리고 있었다. 기회가 닿는 대로 에노에게 자신의 계획을 알리는 것 외에 달리 할 일은 없다고 생각했다. 기회는 그리 빨리 오지 않았고, 그 와중에 이자벨라의 아버지가 돌아가셨는데, 이 일로 인해 잠시 슬픔이 찾아오고 그녀의 행복은 한동안 중단되었다. 하지만 갓 태어난 어린 사랑은 기적을 만들어내는 법이라, 사랑은 곧 그녀의 가슴에서 슬픔을 몰아냈다. 이자벨라는 날이 갈수록 결심이 굳건해졌고 자신이 세운 새로운 계획을 서둘러 실행하고 싶었다. 아버지가 돌아가셔서 그의 비난을 듣지 않아도 되었기에 방해물 하나가 제거된 셈이었다. 이자벨라는 이제 에노에게 계획을 알리고 도망갈 기회만 엿보고 있었다.

이자벨라는 오래 기다리지 않았다. 모든 것이 그녀가 원하는 대로 되어가고 있었다. 카테리나가 병에 걸리자 에노와 창살문에서 단둘이 있을 수 있는 행운이 찾아왔다. 그와 독대하게 된 첫번째 기회에 그녀는 좋은 소식을 알려주었다. 그녀는 고민 끝에 마침내 그를 선택했다고, 명예, 서약, 평판보다 그가 더 소중하고, 그에게 자신을 온전히 바칠 것이며, 자신을 사랑에 완전히 내어주고 그를 섬기겠다고, 그것 말고는 이 세상 무엇도 중요하지 않다고 말했다.

그러나 기뻐하고 환희에 차서 대답할 줄 알았던 에노는 눈을 내리깔고 슬픈 표정으로 한숨 쉬며 말했다. 아, 이 축복을 제대로 받아들이지 못하는 비참하고 암담한 이 남자를 가엾게 여기소서. 이자벨라는 이 대답에 안색이 창백해진 채로 떨면서 에노의 다음 말을 기다렸다.

에노가 말을 이었다. 결코 사랑, 그 애틋한 열정이 부족해서 이렇게 말하는 게 아닙니다. 젊음과 사랑이 불러일으키는 그 모든 욕망이 부족한 탓도 아닙니다. 비록 제가 당신에 대한 사랑으로 미쳐 있지만 생각은 있는지라 냉정히 따져보았습니다. 제가 고귀하게 태어나고 교육받은 당신을 이곳의 평화로움에서 멀어지게 한다면? 당신과 도망쳤다고 엄격한 아버지께서 당신을 부양할 모든 수단을 박탈해버린다면? 당신의 태생, 아름다움, 능력에 걸맞은 삶을 선사해줄 수 없다면, 그렇다면 당신은 저를 얼마나 원망하겠습니까? 에노는 한숨을 쉬며 이자벨라의 대답을 기다렸다.

이자벨라는 얼굴을 붉히며 거만하고 화난 어조로 대답했다. 에노, 저는 당신을 위해 모든 것을 버렸는데, 당신은 지금 절 버리는 건가요? 제 명예, 서약, 미덕을 희생한 대가가 이것인가요? 저는 당신 때문에 모든 것을 잃을 각오를 했는데 당신은 지금 고작 재산을 잃을까봐 겁내는 건가요? 사랑이 가져온 불행에 이자벨라는 울음을 터뜨렸다.

그러자 에노가 말했다. 오, 아름다운 당신은 잔인하게도 사랑의 시련으로 가득이나 짓눌린 제 가슴에 새로운 고통을 안겨주느라 분주하시군요!

제 사랑의 가장 약한 부분을 그렇게 오해하실 수 있나요? 하늘이 선사한 가장 큰 축복인 당신을 지극하게 대접해 당신에게 어울리는 배필이 되려는 게 지금 사랑이 부족한 탓이라고 생각하십니까? 당신을 보살피는 게 죄인가요? 제가 제 목숨을 부지하고 사랑의 열정을 충족시키고자 더없이 행복해야 할 당신을 지독한 가난과 불행으로 몰아넣는다면 당신은 곧 저를 미워하지 않으시겠어요? 제가 지금까지 말한 내용 중에 당신을 향한 무한한 존경과 애틋함이 담기지 않은 것이 있다고 말씀하실 수 있습니까?

이자벨라는 한숨을 쉬며 대답했다. 아, 저는 아직 어리고 사랑을 할 줄도 몰라서 제가 느끼는 대로 판단할 수밖에 없지만, 사리 분별은 사랑과 맞지 않다고 생각해요. 재고 따지는 일은 고귀한 감정과 맞지 않아요. 사랑은 그 본성에 따라 지속되고 다른 감정과 섞일 수 없다고 생각해요. 그렇지 않다면 그건 순수한 사랑이라 할 수 없겠죠. 제가 이것저것 따지면서 사랑했다면 당신을 덜 사랑했을 거예요. 저는 사랑을 고민했지 생계를 고민한 적은 없어요. 제가 신중히 계산해본 게 있다면 부귀영화나 화려함은 연인들에게는 사소하고 아무런 소용이 없다는 것이었고, 가진 게 많으면 오히려 쓸모도 없고 문제만 일으킨다고 생각해요. 저는 한적한 시골에 있는 집에서 살 생각이었어요. 사람으로 붐비고 바쁜 도시의 소음에서 멀리 떨어져, 당신과 살면서 나무 밑에서 함께 산책하고 고요한 그늘에서 오직 당신의 목소리에만 귀기울일 생각이었죠. 지칠 때면 물이 졸졸 흐르는 시원한 시냇가에 앉아 서로에게 세상 전부가 되어줄 수 있겠죠. 당신은 제 군주, 저는 당신의 여왕이 되는 상상을 했어요. 꽃들을 엮어 만든 관은 행복한 우리 머리 위에서 빛나는 왕관이 되어주고, 향기로운 강둑은 우리의 왕좌가 되어주고, 하늘은 우리의 지붕이 되어주리라 생각했어요. 그리하여 우리는 부자들과 오만한 자들을 비웃고, 남들 앞에서 옷이나 차림새 따위를 과시하는 것을 즐기는 지루한 세상 사람들을 경멸할 계획이었죠. 아, 저는 본래 그런 것을 견딜 수 없어요. 저는 속세의 허영에 익숙하지 않으니, 자랑할 것이라고는 저의 에노밖에 없을 거예요. 그의 사랑만이 저의 유일한 재산이고 그의 존재만이 저의 부귀랍니다.

이자벨라가 눈물을 흘리며 말을 마치자 에노가 대답했다. 이제, 이제야 저는 이자벨라의 진정한 사랑을 알게 되었군요. 저를 위해 기꺼이 세상을 포기하다니요. 오, 당신이 꿈꾸는 바로 그 삶이 바로 조용한 제 성격에 유일하게 맞는 행복한 삶입니다. 시골에서 조용히 사는 게 늘 제 소망이었죠! 그런 삶을 당신과 누린다면! 오, 당신의 매혹적인 제안에 이제 모든 근심 걱정을 내려놓고 어떻게 당신의 베풂을 받아들일지만 고민할게요. 제가 아버지의 뜻대로 행동하지 않을 때 화가 난 아버지가 어떻게 행동하실지 더이상 염려하지 않겠습니다. 모든 걸 사랑과 숙명에 맡기렵니다. 내 생각들아! 이자벨라에 대한 생각만 남고 다른 생각은 모두 물러가거라!

자신의 기쁨을 표현하자마자 에노는 이자벨라가 언제 어떻게 수녀원에서 도망칠 수 있을지 함께 의논했다. 이자벨라는 수녀원 열쇠를 먼저 달라고 할 수도 없고 언제 받을지도 불확실하니, 열쇠를 받을 날이 정해지면 알려주겠다고 말했다. 기회가 오면 즉시 다른 사람을 통해 말을 전하거나 종이쪽지에 적어 에노에게 직접 창살문 사이로 전해주겠다고 했다. 두 사람은 힘이 닿는 데까지 생활비를 마련해보기로 하고 헤어졌다. 시간이 흐르면 일도 자연스럽게 해결되고 친지들의 마음이 풀릴 날도 올 테니, 언젠가 행복한 나날이 오리라 믿었다.

이자벨라의 어머니는 돌아가시면서 딸에게 2000파운드의 가치가 있는 보석을 물려주었다. 현재 그 보석은 수녀원장의 수중에 있었고 나중에 팔아서 수녀원 재산에 보탤 예정이었다. 이자벨라는 더할 나위 없이 신중했기에(적어도 그때까지는 그렇게 알려져 있었다) 수녀원장의 재산에 접근할 권한이 있었다. 따라서 수녀원에 무슨 일이 생길 경우를 대비해서 수녀원장의 금고에 모아둔 금화 300 내지 400파운드와 이자벨라의 보석을 빼오는 일은 어렵지 않았다. 이자벨라는 보석과 돈을 챙겨온 뒤 도망갈 날짜와 시간을 정해 에노에게 알려주었다. 에노도 챙길 수 있는 것은 다 챙겨서 정해진 날, 이자벨라를 제외한 모두가 잠든 밤에 마차를 타고 와 그녀가 나타나기만 기다렸다. 이자벨라는 평소처럼 기도하기 위해 밤에 기상하는 듯이 조용히 일어나 아무도 모르게 수녀원을 빠져나왔다. 수녀원 열쇠를 다 맡고 있었던 이자벨라는 탈출하면서 주도면밀하게 모든 문을 잠그고 열쇠까지 챙겨서 떠났다. 나와 보니 에노가 약속한 대로 마차에서 기다리고 있었다. 마차에는 에노를 따르는 마부 외에 다른 사람은 아무도 없었다. 에노는 황홀한 나머지 어찌할 바를 모르며 이자벨라를 맞이했고 그녀는 에노의 포옹과 키스가 주는 새로운 즐거움에 더없이 매료되었다.

그들은 즉시 마을을 빠져나갔다. 이자벨라가 수녀복을 입고 있는 게 발각되면 안 되는 상황이라(발각되었다간 그 즉시 둘 다 죽은 목숨이었다) 그들은 마을에서 3마일 정도 떨어진 숲으로 갔다. 거기서 이자벨라는 에노가 가져온 여동생의 옷으로 갈아입었고, 원래 입었던 옷은 갈기갈기 찢어서 땅에 묻고는 나뭇가지로 덮었다. 그날 밤 그들은 이페르에서 40마일을 달려 라인강 근처에 있는 작은 마을에 도달했다. 그들은 이름을 베룬으로 바꾸고 혼인한 다음 시골 마을의 집에 살림을 차렸다. 이곳에 은둔해 농사를 지으며 살 작정이었다. 그러나 그들은 우선 법을 어긴 범죄자로서, 그리고 부모의 의지와 바람에 반하는 행동을 한 자식으로서 친지에게 호소하고 여러 수단을 동원해 용서를 구해야 한다는 사실을 잊지 않았다. 이자벨라는 고모에게 세상에서 가장 감동적인 편지를 써서 보냈고, 에노도 아버지에게 편지를 썼다. 그러나 이자벨라가 답장을 받는 데까지는 엄청나게 오랜 시간이 걸렸고, 에노는 불행히도 아버지에게 끝내 답장을 받지 못했다. 도시에나 시골에나 에노와 이자벨라에 대한 소문이 파다했다. 아들이 착실하고 독실하기로 유명한 이자벨라라는 수녀와 함께 달아났다는 소식을 소문으로 듣자마자 아버지는 재산을 막내아들에게 물려주기로 하고 에노와 연을 끊었다. 맏아들로서 에노가 받을 수 있었던, 연 수입이 5000파운드에 달하는 재산을 깨끗이 박탈해버린 셈이다. 독자도 짐작하겠지만 이 소식이 에노에게 달가울 리 없었다. 비록 세상에서 가장 사랑스러운 처녀를 갖게 된데다 그녀를 아내로 삼는 축복을 누리게 되었지만, 앞으로 아이들이 태어날 마당에 아내와 아이들이 여유롭지 못한 생활에 시달릴 거라 생각하면(에노는 굉장히 유복한 환경에서 교육받았고, 돈이 없는 것을 힘들어했다) 마음이 무거워졌다. 엄청난 기쁨 속에서도 오만 가지 걱정이 에노의 마음속에 생겨났다. 이자벨라에게 자신의 감정을 숨기려 할수록, 마음은 더 괴로워졌다. 이자벨라에게 터놓고 얘기할 수도 없었다. 그가 걱정한다는 걸 알게 되면 그녀는 견딜 수 없을 만큼 슬퍼할 게 분명했다. 신성하고 엄격한 수녀원의 삶에 길들여진 이자벨라는 소박하게 살 수 있었지만 에노는 그렇지 않았다. 소박한 농부로 위장하고 있었지만 에노가 귀족 태생이라는 사실은 숨기려야 숨길 수 없었다. 게다가 그가 부지런히 일군 사업들은 전혀 성공하지 못했다. 다른 사람들의 가축은 힘이 아주 좋고 건강했지만 에노가 키운 가축은 죽어갔다. 가장 유능하고 똑똑한 일손들이 관리해주었음에도 에노가 농사지은 밀, 보리 같은 곡물은 흰가룻병에 걸리거나 강풍에 시들어버리거나 잘못되기 일쑤였다. 마차를 끄는 말들은 서로 싸우고 죽이기까지 했으며, 곳간이 불에 타기도 했다. 그 마을에 불행이 찾아오면, 베룬 씨의 운이 닥쳤구나, 라는 말을 할 정도였다. 상황이 이러하다보니 에노는 점점 더 우울해졌다. 사정이 어려워지자 결국 이자벨라가 나섰다. 자주 편지를 보내 읍소한 덕에 마침내 (그녀를 진정으로 아끼는) 고모의 용서와 축복을 받은 터였다. 이자벨라는 고모에게 돈을 달라고 간청했다. 결혼하고 두 해 만에 가진 돈을 거의 다 써버렸다고 고백하며, 자기가 수녀원에 엄청난 재산을 가져다주었으니, 거기서 수입을 좀 얻어도 되지 않겠냐고 설득했다. 이미 엎질러진 물이라는 생각에 고모는 때때로 조카의 간청을 들어주어 그들이 비교적 넉넉하게 살 수 있을 정도의 돈을 부쳐주었다. 그러나 이 정도의 생활은 에노를 만족시키지 못했다. 이때 에노는 스물세 살, 이자벨라는 열여덟 살이었는데, 이런 불행을 겪기에는 아직 너무 어리고 사랑스럽기만 한 커플이었다. 세상에서 가장 정의롭고 신실한 사람들이었다. 선함의 표본이었고, 독실하고 금슬 좋기로 유명한 부부였지만, 그들이 하는 일은 단 하나도 번창하는 법이 없었다. 그들은 아이도 없었기 때문에 서로에게서 위안을 찾았다. 마침내 한 가지 행운이 그들에게 찾아왔는데, 수녀원장과 그녀의 가까운 친척인 주교의 노력 끝에 이자벨라가 수녀원을 탈출하고 결혼한 일에 대한 용서를 공식적으로 얻어낸 것이었다. 따라서 이자벨라는 고국으로 돌아올 수 있게 되었다. 에노도 자신의 행위에 대한 용서를 얻게 되었고, 그들은 이 년 동안 머물렀던 거주지를 즉시 떠나서 플랑드르로 돌아왔다. 사는 곳을 바꾸면 더 좋은 운이 따를 것이라 믿었다.

에노는 냉정한 아버지를 다시 설득했지만 별 소용이 없었다. 아버지는 그를 만나거나 편지를 받는 것도 거부했다. 그러나 에노의 노력 끝에 아버지가 마침내 친척을 보내서 아들에게 전하기를, 아내를 떠나서 프랑스 군대에 입대하면 그의 신분에 걸맞은 지원을 하겠다고 했다. 좋은 행실을 보이면 다시 아버지의 호의를 얻을 수 있다고도 했다. 하지만 만약 집에서 한가히 지내면서 게으르게 사랑놀음이나 하고 젊음과 명예를 탕진할 작정이면 아버지는 더이상 이래라 저래라 할 생각도 없고 마음에서도, 기억에서도 맏아들을 지울 거라고 했다.

에노는 이제 예쁜 집에 살게 되었다. 고귀한 신분의 사람을 접대할수 있을 정도로 잘 꾸며놓은 이 집에서 에노와 이자벨라는 세상의 존경을 받고 살았고, 사람들은 그들을 무척 아끼고 떠받들었다. 이자벨라는 이제 고모의 마음을 완전히 사로잡아서 자신이 원하는 것을 다 받아냈다. 심지어 받을 수 있으리라 기대한 것보다 훨씬 더 많이 받아냈다. 고모가 가능한 한 많이 절약하고 아껴서 이자벨라가 잘살 수 있도록 도와주려 노력한 덕택이었다. 고모는 마침내 에노를 용서하고 그를 자기 자식처럼 사랑했으니, 에노와 이자벨라의 삶은 이전보다 훨씬 나아졌으며, 이렇게 소중하고 사랑스러운 부부를 보기란 힘들었다. 마침내 이자벨라는 아이를 임신했다. 부부가 젊은 만큼 앞으로 더 많은 아이들을 가지리라고 고모가 생각한 것은 무리가 아니었다. 에노가 아버지의 마음을 풀어주지 못하는 한 경제적 지원을 기대하기가 어렵고, 자신이 죽으면 그들에게는 기댈 곳이 하나도 없게 될 터라, 고모는 매일매일 에노에게 아버지의 말대로 군에 입대하라고 촉구했다. 고모는 군에서 명성을 얻으면 다시 아버지의 총애를 받게 될 것이고 아내에게도 큰 위안이 될 것이라고 말했다. 그러나 고모의 노력은 수포로 돌아갔다. 아무리 상황이 어려워도 에노는 이자벨라를 떠난다는 생각을 견딜 수 없었다. 그러자 이자벨라의 친척인 주교까지 나서서 에노를 설득했다. 세상 모든 사람이 열심히 일하고 있을 때 아까운 젊음과 고귀한 혈통을 낭비하지 말고 에노도 행동을 보일 필요가 있다면서, 에노가 튀르크에 대항하는 베네치아군이나 프랑스군에서 복무하기를 부친이 그토록 원하고 있으니, 부친의 뜻을 진지하게 고려해봐야 한다고 말했다. 사랑을 성취했으니 이제 의무를 다해야 한다고, 그가 저지른 신성모독의 죄를 씻어내고 하늘의 은총을 다시 받으려면 반드시 의무를 완수해야 한다고, 그러지 않았기 때문에 그가 시도한 모든 일을 하늘이 돕지 않은 거라고 했다. 에노의 친구들과 그를 사랑하는 모든 사람이 합세해 주교의 의견에 찬성하고 옹호했다. 에노 역시 입대하면 얻게 될 이득을 모르지 않았고 비슷한 나이의 용감한 젊은이들이 모두 베네치아군이나 프랑스군에 입대하는 것을 보았지만 날이 갈수록 더 깊어지는 사랑 때문에 그들의 의견을 따르지 않았다.

그러다 결국 에노는 아버지와 친척들이 자신에게 한 제안을 이자벨라에게 털어놓았다. 이자벨라는 에노가 말을 꺼내기가 무섭게 그의 품에 거의 실신하듯 쓰러졌고, 슬픔의 충격을 이겨내지 못하고 유산하고 말았다. 다정한 남편이자 연인인 에노는 극심한 고통에 빠져, 이자벨라의 안정을 위해 군에 입대하지 않겠다고 약속할 수밖에 없었다. 그러나 모든 상황을 고려해보고 남편이 얻을 명예와 부를 가늠한 이자벨라의 생각도 점차 바뀌었다. 한 달쯤 지난 후, 친구들의 설득과 주장을 이기지 못하고 이자벨라는 군대에 가겠다는 에노의 결심을 받아들였다. 그가 돌아올 때까지 자신은 수녀원에 머물겠다고 말했다. 그러나 이자벨라가 수녀원이라는 단어를 입에 올리자 에노는 창백해진 얼굴에 흥분한 어조로, 한번 들어가면 다시 못 나오게 할 것이 분명하다고 말했다. 다시는 수녀원에 가지 않겠다고 약속해달라고, 그들에게 너무나도 치명적인 공간이었던 수녀원에 절대로 발을 들여놓지 않겠다는 약속을 받지 않고는 떠날 수 없다고 목소리를 높였다. 이자벨라는 약속했고, 그는 그 약속을 굳게 믿었다.

마침내 에노는 집에 머무르고 싶은 마음을 억누르고 아버지의 뜻에 복종할 준비가 되었다고, 기독교의 공적인 튀르크에 대항하는 군에 입대해 첫 전투를 해보겠다는 말을 전했다. 아버지는 매우 흡족해하면서 에노에게 돈 2000크라운뿐 아니라 그의 신분에 어울리는 말 여러 필과 온갖 물품, 그리고 시종을 보내주었고, 에노는 떠날 채비를 금세 마친 다음 슬픈 작별을 하고 떠났다.

에노는 서둘러 프랑스 군대에 입대했고, 칸디아 지방에서 보포르 공작의 지휘하에 복무하게 되었다. 그 주둔지에는 독자 여러분이 이미 알고 있는 인물, 이자벨라를 열렬히 사랑했던 빌누아도 있었다. 빌누아는 군부대에 새로 온 에노가 이자벨라의 남편이라는 소문을 듣자마자, 아직 수녀 서약을 맺기도 전 자유로운 몸이었던 시절의 이자벨라에게 아무리 절절히 구애해도 고배를 마셨던 자신과 달리, 에노가 어떤 놀라운 모험을 거쳐 이자벨라를 얻게 되었는지 알고 싶어했다.

빌누아는 에노에게 자기 이름을 알려주며 연락하자마자 에노의 초대를 받았다. 에노도 빌누아가 한때 이자벨라를 사랑한 이야기를 들어서 알고 있었기 때문이다. 방금 설명한 이유로 두 사람은 서로를 최대한 정중하고 상냥하게 맞이했다. 둘 다 이자벨라를 사랑한데다, 같은 플랑드르 사람이었기 때문이다. 비록 빌누아가 군에 입대할 때 에노는 예수회 대학을 갓 졸업한 상태라 서로 알지는 못하는 사이였지만 말이다. 서로 호의를 표하는 말이 오갔고 둘은 이때부터 마치 의형제처럼 지냈다. 빌누아는 에노에게 직접 그의 사랑 이야기를 들었다.

에노가 군대에 도착한 때는 막 봄이 온 무렵이었는데, 도착하자마자 거의 곧바로 칸디아 포위전이 재개되었다. 어느 날 사백 명의 군사가 적과 싸우기 위해 나서기로 했다. 여건이 되는 대로 나서는 법이었다. 전쟁 용어도 잘 모르는 내가 전쟁의 역사에 대해 길게 이야기하는 것은 적절하지 않으니, 빌누아가 군을 이끌었고 에노도 이 공격에 가담해 이 포위전의 역사에 길이 남을 만큼 고귀하고 훌륭하게 싸웠다는 사실만 말해두겠다. 그러나 어느 날 그들은 매복한 적에게 포위되고 말았다. 그날 용맹함을 증명하며 영광스러운 전투를 치렀지만 적을 쫓느라 너무 멀리 진출하는 바람에 포위된 것이었다. 빌누아는 불행히도 이날 용감한 친구 에노가 적과 싸우다가 말에서 떨어지는 모습을 목격했다. 끝까지 적군에게 상처를 입히며 용맹하게 싸우던 에노는 말에서 떨어지는 순간에도 튀르크 군사를 무찌르는 데 성공했다. 그러나 빌누아는 그를 도울 수도, 말 밑에 깔린 그의 시체를 꺼낼 수도 없었다. 갖은 노력 끝에 목숨을 겨우 부지한 그는 추격해오는 적을 가까스로 따돌리고 요새로 돌아왔다. 빌누아는 용감한 젊은 친구의 죽음에 격정적으로 슬퍼하며 시체가 가득한 들판에서 에노의 시신을 찾아오는 자에게 포상하겠다고 했다. 그러나 이미 죽은 사람을 위한 불필요한 예식을 치르기 위해 살아 있는 사람의 목숨을 위태롭게 할 수는 없었다. 에노를 땅에 잘 묻어주고 싶은 마음이 간절했지만, 제대로 장례를 치러줄 수 없는 상황이라 마음속으로 친구를 추모하는 것으로 그쳐야 했다. 이제 그가 할 수 있는 일은 이자벨라에게 편지를 쓰는 일뿐이었다. 삼 년 전 이자벨라가 편지를 써달라고 부탁했지만 그녀가 수녀가 된 후로는 한 번도 편지를 보낸 적이 없던 터였다. 빌누아는 남편이 어떻게 전사했는지 그 정황을 편지에 썼다. 사백 명의 군대가 천오백 명의 적을 물리친 날, 그 위대하지만 불행한 날에 에노가 십자가를 위해 얼마나 영광스럽게 죽음을 맞이했는지, 생존했더라면 얼마나 큰 명예를 누릴 수 있었을지 썼다. 보포르 장군 역시 이 젊은이를 각별히 존중하고 높이 사는 마음에, 또한 젊은 에노가 귀족이라는 사실을 알고 있었기에 그의 명예를 기리고 죽음을 애도하는 편지를 직접 써서 이자벨라에게 보냈다. 그가 얼마나 그녀의 존경을 받을 만한 모습으로 전사했는지 전하며, 마지막 숨이 넘어가는 순간까지 그가 보인 모습은 영원토록 기억되리라 믿는다고 썼다.

남편의 사망 소식을 들은 아름다운 이자벨라의 심정이 어떠했을지, 그 마음의 상처가 얼마나 깊었을지 쉽게 상상할 수 있으리라. 편지를 전해준 사람은 에노가 전사한 것을 직접 목격하고 나서 빌누아와 함께 피신한 에노의 시종이었다. 그는 에노가 지니고 있던 돈과 보석, 그리고 이자벨라의 초상화를 들고 돌아왔다. 전쟁중에 망가뜨릴까봐 칸디아 요새의 방에 에노가 보관했던 초상화였다. 이자벨라의 슬픔은 극에 달했다. 에노의 부재로 이미 참을 수 있는 최대치의 고통을 겪고 있다고 생각했지만 그보다 더한 슬픔이 있음을 깨달았다. 그녀는 방을 검은색 커튼으로 뒤덮고 햇빛을 보지 않은 채로 살았다. 오직 촛불만 켜 놓고 에노의 초상화 앞에서 눈물바다를 만들었다. 남편 없이 지낸 열 달을 오직 희망으로 버티며 이제야 겨우 그가 없는 삶에 익숙해졌는데, 더이상 살아갈 아무런 목적이 없었다. 남편의 부고를 들은 지 두 달이 되도록 이자벨라는 자신의 하녀를 제외하고는 아무도 보지 않았다. 그러나 친구들의 간청 끝에 그녀는 방문을 허락했고, 친구들은 이자벨라가 우울에서 벗어나 평정심을 되찾도록 해주려고 부단히 노력했다. 에노가 떠나고 없을 때만 하더라도 이자벨라는 낙담하면서도 어느 정도 생기 있는 모습으로 버텼다. 하지만 이제 에노가 더이상 없다고 생각하니 강인함도 미덕도 무용지물이었다. 이렇게 남편을 애도하면서 일 년이 흘렀다. 그녀가 가까운 친지를 제외하고는 어떤 남성의 방문도 허락하지 않자 젊고 아름다운 여성 누구도 누려보지 못한 명성을 얻게 되었다. 이자벨라는 이제 고작 열아홉이었고 얼굴과 몸매는 예전보다 더욱 아름다웠다. 날이 갈수록 빛을 발하는 미모에, 모범적인 신앙심, 자비심, 그 밖에 훌륭한 자질까지 더해지니 이자벨라는 실로 놀라운 유명세를 얻었고 그녀의 이름을 들은 모든 사람에게 존경심과 외경심을 불러일으켰다. 높은 신분의 남성 중 그녀를 숭배하지 않는 이가 없을 정도였다. 일 년이 지나자 그녀는 오직 교회에만 나가고 여전히 다른 곳에는 일절 모습을 드러내지 않았다. 그래도 수천 명의 숭배자를 끌어모으기에 충분했다. 몇몇은 그녀에게 편지를 보내는 대담함을 보였으나 그녀는 답장을 하지 않았다. 편지를 읽기는커녕 뜯지도 않은 채 되돌려주는 경우가 많았다. 누구에게도 희망을 주지 않았으며, 그녀가 감히 바랄 수 없을 정도로 신분이 높은 남성에게도 마찬가지였다. 이자벨라는 아무리 돈이 없어도 다시는 결혼하지 않겠다고 결심했다.

이때쯤 안타깝게도 튀르크군이 칸디아를 점령했고, 목숨을 부지한 용감한 남성들은 고향으로 돌아왔다. 그중 한 명이 빌누아였는데, 그는 고향에 도착하자마자 이자벨라에게 편지를 보내 자신이 돌아왔다는 사실을 알리며 직접 만날 수 있는 영광스러운 기회를 달라고 청했다. 남편에게 어떤 일이 있었는지 알고 싶었던 이자벨라는 그의 방문을 허락했다. 직접 만났을 때 빌누아의 눈에는 상중인 이자벨라가 예전보다 수천 배 더 아름다워 보였다. 예전에는 그녀를 사랑했다면, 이제는 숭배했다. 예전에 그가 타올랐다면, 지금은 펄펄 끓었다. 그러나 한없이 슬프고 힘없는 이자벨라의 눈 앞에서 그가 느끼는 열정을 주제넘게 고백할 수는 없었다. 고백하더라도 그것이 처음은 아니었겠지만 말이다. 처음 방문했을 때 빌누아는 에노의 죽음과 관련된 여러 정황을 자세히 이야기해주었다. 그는 이야기를 마치고 떠나면서 가끔 방문하게 해달라고 부탁했고 이자벨라는 이를 허락했다. 빌누아는 그 기회를 십분 활용해 이자벨라와 절친한 사이인 자신의 여동생이 방문할 때도 같이 왔다. 혼자 찾아오든, 여동생과 함께 방문하든, 결과적으로 그는 이자벨라를 매일 볼 수 있었다. 칸디아 포위전 외에도 튀르크인의 관습과 문화에 대한 이야기에 그녀가 흥미를 보인다는 걸 확인하는 행운도 누릴 수 있었다. 그가 어찌나 말을 우아하게 하던지, 그녀는 그가 하는 모든 이야기에 귀가 즐거웠다. 게다가 그는 굉장히 아름다운 외모를 지녔고 체격도 좋은데다 귀족 신분에 재산 또한 많았으니, 사랑의 감정을 불러일으킬 만했다.

이자벨라를 무척이나 자주, 오랫동안 방문하다보니 빌누아는 마침내 자신의 마음을 고백할 용기를 얻었다. 처음에 이자벨라는 그의 고백을 들으려고도 하지 않았지만, 시간이 지나면서 조금씩 조금씩 그의 애정어린 말에 귀를 기울였다. 이런 식으로 이 년이 흐르자 빌누아는 이자벨라에게 사랑하는 마음을 전하는 데 그치지 않고 드디어 그녀의 마음을 사로잡는 데 성공했다. 사실 그녀의 마음이 누그러진 결정적 이유는 그때쯤 그녀의 희망이자 돈줄이었던 고모가 돌아가셨기 때문이다. 고모가 돌아가시고 나자 세상을 헤쳐나가기 위해 이자벨라에게 남은 것은 아름다운 얼굴, 자태, 미덕, 분별력밖에 없었다. 다시 수녀원으로 돌아가지는 않겠다고 다짐했다. 이미 한번 자신을 속인 가슴이 아니던가. 그 가슴이 또 무언가를 기약한다 해도 다시는 믿을 수 없었다.

고모의 죽음으로 인해 이자벨라는 빌누아의 고백을 더 호의적으로 바라볼 수밖에 없었지만, 또한 그의 사랑을 극한으로 밀어붙여 시험해보고 싶었기에 가능한 한 오랫동안 거리를 둬보기로 했다. 비록 빌누아의 외모가 무척 마음에 들긴 했지만, 이자벨라가 결국 다시 결혼한 진짜 이유는 금전적 이득을 얻기 위해서였다. 자신이 또다시 누군가의 아내가 될 운명에 복종해야 한다면 다른 남자들보다는 빌누아가 남편감으로 가장 적합하다고 판단했다. 빌누아는 이자벨라가 예전부터 항상 존경한 사람이었기 때문이다. 하늘의 손이 가리킨 이 운명을 죄를 짓지 않고서는 피해 갈 도리가 없었다.

이리하여 빌누아가 결혼하자고 다시 재촉하자 이자벨라는 최고의 남성이자 남편이었던, 또한 그녀의 첫사랑이었던 에노가 죽은 지 최소한 삼 년은 지나야 재혼하겠다고 맹세했노라고 말했다. 빌누아가 아무리 간곡하게 애원해봤자 소용없는 일이었다. 이자벨라는 삼 년 동안 과부로 지낸 후에 결혼할 수 있다는 입장을 고수했다.

그는 이자벨라에게 그렇다면 삼 년 뒤에는 꼭 결혼하겠다고 약속해 달라며 졸라댔고 결국 약속을 얻어냈다. 그가 그녀의 말에 순종한 데는 자신의 사랑이 얼마나 큰지 보여주려는 이유도 있었다. 그녀가 제시한 기간 동안 기다렸다고는 하지만, 이 기간 동안 그는 매일 이자벨라를 방문했고, 결혼식을 핑계로 그의 친지와 친구들까지 그녀를 찾아와, 머지않은 결혼식에 대해서만 대화를 나눴다. 삼 년이 지나자 결혼식은 굉장히 화려하고 성대하게 거행되었다. 빌누아의 부모님은 살아 있지 않았기에 결혼을 가로막을 장애물은 없었으며, 설령 있었다고 해도 이자벨라의 미덕과 명성이 그러한 반대의 목소리를 쉽게 제압했을 것이다.

결혼식은 이자벨라의 집에서 올렸다. 이자벨라가 용서를 받은 뒤 독일에서 고향으로 돌아와 쭉 살던 집이었다. 원래 빌누아는 도시에서 10마일 정도 떨어진 곳에 있는 자신의 저택을 성대하게 꾸미며 새 살림을 꾸릴 준비를 했지만 이자벨라는 매우 슬퍼하며 자신은 시끌벅적하고 화려한 사교 생활이 주는 피곤함 없이 속세와 떨어져서 사는 데 익숙하며, 빌누아의 높은 지위에 걸맞은 화려한 생활방식을 자신이 견뎌낼 수 있을까 두렵다고 말했다. 빌누아의 저택은 플랑드르 지방에서 가장 경치 좋은 지역에 위치하고 있지만 그녀는 수많은 시종을 두고 살고 싶지 않아, 그와 대부분의 시간을 도시에 있는 자신의 예쁜 집에서 보냈다. 빌누아는 그녀의 허락하에 그 작은 집을 최대한 넓히고 아름답게 치장해, 높은 신분의 귀족들을 대접하기에 손색없게 꾸몄다. 하인 한 명과 하녀 한 명을 제외한 모든 시종과 하인이 별채에 거주했고, 여러 남자와 생활하는 데 익숙하지 않은 이자벨라는 하인들에게 자신과 최대한 마주치지 말아달라고 당부했다. 하녀들의 경우도 별반 다르지 않았다. 이자벨라는 특별한 경우를 제외하고는 마리아라는 하녀 한 명만 곁에 뒀다. 그러다보니 귀족 여성답지 않은, 마치 수녀와 같은 생활을 했다.

세상에 빌누아만큼 애틋하고 강렬하게 자기 아내를 사랑하는 사람도 없었기에 그는 어쨌든 간에 이자벨라를 행복하게 해주고 최대한 그녀가 원하는 방식으로 살게 해주려고 노력했다. 빌누아는 그녀의 절제된 품행이 특히 마음에 들었다. 그녀의 더없이 완벽한 매력은 오직 그의 품안에서, 그와 홀로 있을 때 드러났기 때문이다. 그 결과 그녀는 세상의 어떤 부인보다 더 아름답고 훌륭하다고, 그는 세상의 어떤 남자보다 복되다는 식으로 칭송받았다. 그녀가 하는 일 중에 빌누아를 매혹시키지 않는 일이 없었으니, 그녀는 가히 부인들 중 가장 아름다우며 최고라 칭송받았고, 빌누아는 남자들 중 가장 행복한 자라고 불렸다. 이자벨라가 외출할 때 타는 마차는 비싸고 화려했으며, 그녀의 시종들이 입는 제복 또한 더없이 근사했다. 빌누아는 아내를 기쁘게 해주려고 늘 비싼 보석, 목걸이, 진귀한 물건을 선물하곤 했다. 그리하여 이자벨라는 자신에게 더이상 부족한 것이 없다고 느낄 정도였다. 그녀의 유일한 소망은 영원한 행복을 보장받는 것이었다. 그녀는 그러기 위해 끊임없이 노력하고 있었다. 슬하에 자식이 없었지만, 이에 대해 불만은 없었다. 그저 하늘의 뜻에 복종하며 살았고 가난한 자들을 자기 자식과 같이 여기며 선행과 자선을 베풀었다. 이처럼 이자벨라는 선행을 통해 아이를 낳지 못하는 여인이 아이를 많이 낳은 여인보다 많은 자식을 둔다는 성경의 구절을 몸소 구현했다. 결혼하고 오 년 동안 이자벨라는 여러 사람의 사랑을 한몸에 받으면서 고요하게 살아갔다. 시간이 흐른 덕에(그리고 세상에서 가장 너그럽고 아낌없이 사랑을 주는 남편 빌누아가 쉬지 않고 사랑의 도리를 다한 덕에) 그녀의 가슴에서 에노에 대한 기억은 거의 잊힌 상태였다. 기억을 하더라도 기도하면서 잠시, 혹은 가끔 짧게 한숨 쉬면서 떠올릴 뿐이었다. 이 정도로 마음의 평화를 얻게 되기까지 꽤 긴 시간이 걸렸지만, 현명한 이자벨라는 살아 있는 지금의 남편을 행복하게 해주기 위해, 그에게 도리를 다하고 사랑해주기 위해 많은 노력을 기울였고, 불행히 죽은 전남편에 대한 생각은 잊으려고 노력했다. 그를 자꾸 생각하면 마음의 평화를 해치는 결과밖에 얻을 게 없었다. 전남편을 향해 품었던 애틋한 사랑은 이제는 고스란히 지금의 남편 몫이 되었다.

빌누아는 여러 취미 중에서도 특히 사냥을 즐겼고 시골 저택에 굉장히 유명한 사냥개를 몇 마리 기르고 있었다. 동네 이웃이자 친구인 젊은 귀족 남성에게 가끔 이 개들을 빌려주곤 했다. 친구는 사냥감이 있다는 소식이 들리면 이 사냥개들을 빌려 이틀에서 사흘 정도 사냥을 나가곤 했는데, 때로는 빌누아도 같이 일주일 동안 사냥을 나갔다. 사냥감이 있는 곳이 저택에서 떨어져 있었기 때문이다. 어느 날 이 젊은 귀족은 그의 집에서 15마일 떨어진 곳에서 사냥을 하자며 시골 저택에서 만나자는 편지를 보냈다. 빌누아는 일주일 동안 먹을 양식을 챙겨 사냥을 좋아하는 시종을 데리고 이 젊은 사냥꾼을 만나러 떠났다. 이자벨라는 일주일간 홀로 남아 신께 기도하고 솜씨가 빼어나기로 정평이 난 수공예에 몰두하며 시간을 보냈다.

남편에게 헌신하는 뜻에서 이자벨라는 빌누아가 외출하고 없을 때는 자기 방에 머물면서 어느 누구의 방문도, 심지어 여성의 방문도 받지 않았다. 빌누아가 떠난 첫번째 날도 이런 식으로 시간을 보내다가 저녁 시간이 다가오자 하녀에게 저녁식사를 방으로 가져와달라고 부탁했다. 다음날이 빨래하는 날이라 모든 하녀에게 제때 일어나야 하니 일찍 잠자리에 들라고 명령했고, 마리아만 남아서 시중을 들게 했다. 마리아는 굉장히 신중하고 누구보다 주인마님을 사랑하는 젊은 처녀로, 이자벨라가 수녀원에서 나온 후로 쭉 함께해온 하녀였다.

모두가 잠자리에 들고 이자벨라가 가벼운 저녁식사상을 받았을 때였다. 앞서 얘기했듯이 마리아 혼자 시중들고 있을 때 갑자기 대문을 두드리는 소리가 들렸다. 밤 아홉시쯤이었다. 마리아는 재빨리 촛불을 들고 누가 왔는지 확인하러 대문으로 다가갔다. 그녀가 문을 열자 괴상한 옷을 입은, 몰골이 흉한 남자가 홀로 서 있었다. 누구를 만나러 왔냐고 묻자, 그는 주인마님을 보러 왔다고 대답했다. 마님은 이 시간에 방문객을 받지 않으세요. 무슨 일이시죠? 마리아가 물었다. 그가 대답했다. 마님께 직접 드려야 하는 물건이지만, 이 집에 들어갈 수 있도록 허락을 받아야 하니, 부디 마님께 전달해주시오. 그는 손가락에서 작은 반지를 빼더니 마리아에게 건넸다. 이자벨라의 이름이 새겨진, 그녀의 머리카락이 들어 있는 작은 반지*였다. 마리아는 대문을 닫고 반지를 들고 집안으로 들어갔다. 이자벨라는 반지를 보자마자 앉은자리에서 까무러칠 뻔했다. 어디서 난 반지냐? 마리아가 대답했다. 대문 앞에서 어떤 늙고 허름한 남자가 저한테 줬습니다. 이 반지를 마님께 보여드리면 마님을 뵙는 걸 허락해주실 거라고 했어요. 그의 이름을 물었지만 그는 마님이 모르실 거라고 하면서 마님께 전할 놀라운 소식이 있다고 했어요. 이자벨라는 기절초풍하다시피 말했다. 마리아, 나는 완전히 망했어. 하지만 마리아는 이 말이 무슨 뜻에서 한 말인지 전혀 몰랐고, 그 반지가 이자벨라가 에노에게 준 것이라는 사실도 당연히 몰랐다. 그저 그 늙은이에게 무슨 말을 전할지 물을 따름이었다. 이자벨라는 그를 데려오라고 명령했고(이런 말을 할 힘도 거의 남아 있지 않았다), 정신을 차리기도 전에 마리아가 남자와 함께 방에 들어왔다. 이자벨라는 하녀에게 나가보라는 손짓을 했다. 이제 그와 단둘이 남았다.

에노(정말 에노였다)가 몸을 떨면서 말없이 이자벨라 앞에 서 있는 동안 그녀는 그를 자세히 들여다볼 시간을 얻었다. 처음에는 그의 모습에서 에노와 비슷한 구석을 발견할 수 없었다. 두려움이 사그라지면서 그녀는 처음에 우려했던 것과 달리 그가 에노가 아니라는 희망을 가지게 되었다. 그러나 남자는 (눈에 기쁨의 눈물이 가득 고였지만 이자벨라의 창백한 얼굴에 드러난 혼란스러운 감정을 더 자극하지 않기 위해 감히 가까이 다가가지는 않으려 하며) 그녀에게 다음과 같이 말을 걸면서 탄식했다.

아름다운 여인이여, 털로 뒤덮인 내 얼굴에서 에노의 흔적을 찾을 수 없으십니까? 당신과 팔 년간 떨어져 있으면서 슬픔에 잠식된 이 눈에서도 에노가 보이지 않습니까? 고난과 슬픔으로 굽어버린 이 몸뚱어리에서 아무것도 알아볼 수 없으십니까? 나는 한때 당신의 사랑을 받아서 행복했던 그 남자입니다!

이 말을 하면서 에노는 쏟아지는 눈물에 말을 잇지 못했다. 이자벨라 역시 말을 잇지 못하고 그와 함께 눈물을 흘렸다. 영혼 속으로 수치심과 혼란이 밀려들었다. 그녀가 너무나도 잘 아는 그 목소리의 주인을 차마 똑바로 눈을 들고 쳐다볼 수가 없었다. 찰나에 오만 생각이 그녀의 머릿속에 오갔다. 그의 귀환*은 그녀에게 엄청난 수치를 안겨줄 것이 분명했다. 그녀가 다른 사람과 결혼한 사실을 알게 된 에노의 비난을 감내해야 할 뿐만 아니라 빌누아의 분노와 그녀를 간통을 범한 여자로 여길 마을 사람들의 경멸어린 시선도 감내해야 할 것이었다. 그녀가 보기에 에노는 가난했고, 그의 귀환은 그와 살 때와 달리 지난 오년 동안 슬픔이나 근심 없이 누려온 풍족함과 평안함을 포기해야 함을 뜻했다. 그렇다고 해서 에노로 하여금 그에 대한 자신의 사랑이 재혼할 정도로 가벼웠다고 생각하게 하기는 죽을 만큼 싫었다. 동시에, 다시 에노의 품으로 돌아간 자신을 빌누아가 보게 하는 것도 죽을 만큼 싫었다. 게다가 사랑은 마치 명성과도 같아서 한번 떠나가버리면 다시 돌아오지 않는 법이다. 그녀는 자신의 지난 사랑을 다시 불러일으킬 수 없었다. 사랑했다가 사랑하기를 그만뒀다가 (그리고 다른 이를 사랑했다가) 다시 처음의 사랑으로 돌아가는 것은 불가능하다. 사랑하는 대상이 아무리 매력적이더라도, 아니 처음 사랑했을 때보다 천배 더 매력적이더라도 말이다. 사람들은 이 사랑의 수수께끼에 대해 잘 모르지만 이보다 더 명백한 사실도 없다. 사랑의 불길이 사그라지더라도 재 속에 불씨가 남아 다시 활활 타오를 가능성이 있는 경우도 있긴 하다. 그러나 그 불씨가 완전히 꺼져버렸을 때 다시 예전으로 돌아가 불을 지피는 것은 불가능하다.

이자벨라의 마음이 이와 같았다. 에노가 살아 있다고 믿었더라면 삶의 마지막 순간까지 그를 사랑했을지도 모른다. 하지만 아뿔싸! 죽은 자는 빨리 잊히는 법이고, 그녀는 이제 빌누아만을 사랑했다.

두 사람은 매우 다른 감정을 느끼며 조용히 눈물을 흘렸다. 이윽고 이자벨라가 입을 열었다. 최대한 에노를 속여야 했다. 이자벨라는 그를 품에 안고 쓰다듬으면서 그가 돌아와서 말로 표현하기 힘들 정도로 너무나도 놀랍고 기쁘다고 이야기했다. 에노는 그녀가 예전처럼 그를 열정적으로 포옹하거나 사랑이 넘치는 말을 하지 않는 이유를 이해해주려 했다. 그녀는 너무 혼란스러울 것이었고, 그녀의 포옹을 기대하기에는 자신의 몰골이 말이 아니었다. 그래서 얼굴과 몸을 말끔히 단장하기 전까지는 이자벨라의 품을 최대한 피했다. 그가 문을 두드렸을 때는 마침 저녁식사를 하려던 참이라, 이자벨라는 에노에게 씻기 전에 앉아서 식사부터 하라고 권했다. 에노는 마리아에게 자신의 정체를 알리지 말라고 말했다. 마리아가 에노를 기억하거나 알아보는 데 얼마나 걸리는지 시험해보고 싶어서였다. 이자벨라는 마리아에게 침실을 준비하라 명령하고 식사 시중은 들지 않아도 된다고 했다. 마리아는 이 남자가 얼마나 놀랍고 기쁜, 좋은 소식을 가지고 왔기에 안주인이 그를 그런 방식으로 대접하고 독대하는지 놀라울 뿐이었다. 그런 대접을 받은 남성은 일찍이 없었다. 마리아는 꿈에도 그가 누구인지 상상하지 못했고 안주인의 신중한 성격을 잘 알기에 그녀의 행동을 의심하지 않았다. 식사 중에 이자벨라는 에노에게 물었다. 자신은 빌누아와 보포르 공작이 보낸 편지와 그의 죽음을 직접 본 시종을 통해 그가 죽었다고 알고 있었는데, 어째서 전사했다고 보고됐는지 그 경위를 이야기해달라고 했다. 에노는 우선 자신이 치른 전투에 대해 이야기해주면서, 자신이 죽은 자들 사이에 남겨졌고, 나중에 적군이 약탈하려고 왔을 때 아직 살아 있는 자신을 발견했다고 말해주었다.

에노가 말했다. 그들은 내 신분이 높아 보이자 나를 약탈하고 시체들 사이에 두고 가느니 산 채로 데려가 몸값을 받는 게 낫겠다고 판단했어요. 우선 나를 막사로 데려가서 정신이 들게 만들었죠. 그다음 내 상처가 아물자 나를 튀르크 기병 상사한테 노예로 팔아넘겼어요.* 내 몸값이 너무 비싸서 내 힘으로는 도저히 그 비용을 마련할 수 없었어요. 나는 당신과 아버지에게 내 상황을 알리고자 편지를 여러 번 써서 보냈지만 아무런 답장도 받지 못했고 칠 년 동안 끔찍한 노예 생활을 했죠. 겨우 기회가 생겨 탈출하게 되었을 때 나는 당신을 다시 보거나 당신 소식을 한 자락이라도 듣기 전까지는 수염을 자르지 않겠다고 결심했어요. 나는 당신이 이미 세상을 떴을까 봐, 오로지 그것만이 두려웠어요.

이 말을 하면서 에노는 깊은 한숨을 내쉬었다. 이자벨라는 그가 떠났을 때보다 훨씬 화려하게 꾸며놓은 집에서 살고 있었고, 그 비용을 어떻게 마련했는지 알 수 없었다. 이자벨라는 예전보다 더 아름다웠고 예전보다 더 비싼 옷을 입고 있었다. 그는 엄청난 질투심을 느꼈지만 내비칠 용기가 나지 않아, 조금 기다리면서 그녀가 정절을 잃어버렸는지 확인할 속셈이었다. 그는 그날 밤 누리게 될 행복에 걸맞은 외모를 하고 싶다면서 이발사를 불러 수염을 다듬고 싶어했다. 그러나 이자벨라는 그 어떠한 옷이나 치장도 그를 더 귀하고 소중하게 만들 수는 없다고 말했다. 치장할 시간은 이제 많다고, 다음날에 해도 되고, 지금은 긴 여행으로 인한 피로를 풀고 쉬는 게 더 중요하다고 말했다.

이리하여 그들은 짧은 시간 안에 서로 할 수 있는 이야기를 다 해버렸다. 에노는 애정이 담긴 말을 하고, 이자벨라는 최대한 걱정하는 모습을 보였다. 그러고선 이자벨라는 에노를 침실로 데려갔는데, 화려하게 꾸며진 그 방은 그의 시샘을 더욱 부추겼다. 그렇지만 에노는 이자벨라가 자신이 잠자리에 드는 걸 도와주게 놔뒀고, 그녀는 진정 다정하게 그를 돕는 듯했다. 그가 침대에 눕자 그녀는 이제 기도하러 갔다가 마치는 대로 그를 보러 오겠다고 말했다. 에노는 그녀가 예전에도 기도하러 갔다가 한참 후에 돌아왔기 때문에 빨리 돌아오지 않는 것을 이상하게 생각하지 않았고, 여독이 풀리지 않아 매우 피곤한 상태라 곧 잠이 들었다.

이자벨라는 실제로 기도하려고 노력했으나, 아! 아무 소용이 없었다. 앞으로 어찌해야 할지 갈피를 잡을 수 없었고 무수한 생각이 밀려들어 혼란스러웠다. 생각할수록 혼란이 심해졌다. 자신의 삶을 끝내버릴까 수없이 생각해보았다. 그럼 단번에 자신이 짊어져야 할 모든 불명예를 없앨 수 있을 터였다. 그러나 인간의 본성은 연약하고 유혹은 강렬했다. 죽음보다 더 고통스러운 마음의 격동을 수없이 거친 후에 그녀는 결국 에노를 죽이기로 결심했다. 미래에 누릴 행복에 방해가 될 존재를 일거에 제거할 유일한 방법이었다. 결심은 했지만, 이렇게 결심하고 나니 너무 끔찍해서 소름이 돋았다. 에노를 죽이고 나서 분명 미쳐버릴 것 같았다. 하지만 그러지 않는다 해도 온갖 수치와 불행 때문에 미쳐버리리란 생각이 들었다. 에노와 다시 결합할 수 없으니, 살인이 차악이라고 믿고 그렇게 마음을 굳혔다. 이자벨라는 자기 침실로 가서 침대에 바로 누운 뒤, 마리아도 자기 침소로 보냈다. 모든 것이 고요한 순간 이자벨라는 조용히 침대에서 일어나 촛불 하나만 들고, 잠옷과 슬리퍼 차림으로, 주머니칼 하나를 손에 들고 불행한 에노의 침실로 갔다. 그러나 칼로 목을 그으면 핏자국을 지우기 어려우리라는 생각에 이자벨라는 에노의 목을 조르거나 베개로 질식시켜버리기로 결심하고 바로 실행에 옮겼다. 에노는 워낙 깊게 잠들어 있었던 터라, 이자벨라는 아무런 저항과 소음 없이 그를 질식시키는 데 성공했다. 그러나 이자벨라는 이렇게 끔찍한 일을 벌이고 나서 한때 사랑했던 이가 시체가 되어 마치 웃으며 자신을 바라보는 듯한 모습을 보고 자신이 얼마나 소름 끼치는 짓을 저질렀는지 깨닫고 기절해버렸다. 이자벨라가 거기서 그대로 죽었더라면 차라리 더 나았을지도 모르겠다. 그러나 다시 깨어나 자신이 저지른 행동을 직면하자 더욱더 전율이 일었고, 온통 겁에 질린 채로 침실에서 도망치는데, 죽은 남편의 영혼이 꼭 뒤쫓아오는 것만 같았다. 이 방에서 저 방으로 내달리는데, 그가 계속 눈앞에 나타나는 것 같아 소스라치며 놀랐다. 이제 에노의 모든 사랑스럽고 부드러운 면이 떠오르면서, 이자벨라는 에노가 살아서는 자신의 동정심을 얻지 못했지만 죽어서는 다시 자신을 정복했다는 것을 알게 되었다.

이렇듯 헛되이 죄책감에서 벗어나려고 도망치고 있을 때 누군가 당당하게 문을 두드리는 소리가 들렸다. 그녀는 이미 겁을 먹을 대로 먹었지만 더욱 겁이 났고, 어디로 도망쳐야 할지 몰랐다. 벌써 심문관들이 찾아와 문을 두드리고 있다고, 살인죄를 실토하게 하려고 고문 장치를 자기 몸에 채우러 왔다고 상상했다. 문을 두드리는 소리가 점점 커지자 빨래를 담당하는 하녀들이 일을 도와주는 여인이 찾아왔다고 생각하고 문을 열어주었다. 문밖에 있는 사람은 빌누아였다. 그가 시골 저택에 도착해보니 친구의 하인만 와 있었고, 이 하인이 주인은 천연두에 걸려 사냥을 갈 수 없게 되었다고 알려주자 다시 말을 타고 사랑스러운 이자벨라에게 돌아온 것이었다. 평소처럼 이자벨라의 침실로 뛰어올라갔으나 아무도 없자 불이 켜진 다른 방으로 들어갔는데, 이자벨라가 그 방의 다른 문으로 빠져나가 빌누아로부터 황급히 도망치는 것이 아닌가. 하녀에게 마님이 한참 전에 잠자리에 들었다는 얘기를 들은 터라 이상하다는 생각이 들었다. 그는 약간 의심이 나서 쫓아갔지만 그녀는 여전히 도망쳤다. 마침내 그가 그녀를 품에 안는 순간 그녀는 기절했다. 그러나 곧 의식을 되찾았고 빌누아는 그녀를 의자에 앉히고 그 앞에 무릎을 꿇었다. 그러고는 무슨 일인지, 왜 사랑하는 사람한테서 도망치는지 이유를 물었다. 이자벨라는 섬뜩한 표정을 지으며 몸이 안 좋다고 대답했다.

빌누아가 말했다. 오, 그런 하찮은 변명으로 나를 속일 수 있다고 생각하지 마시오. 이자벨라는 아플 때 결코 나를 피해 도망치지 않고 낫기 위해 내 품속으로 안겨들었소. 그러니 무엇이 문제인지 말해주겠소? 이 말에 이자벨라는 거세게 울기 시작했고, 신세를 완전히 망쳤다고 탄식했다. 빌누아는 사랑과 동정심을 느끼며 무슨 문제인지 말해달라고 간청했다.

아, 당신과 나, 우리 모두가 망한 거예요. 이자벨라가 대답했다. 그러자 빌누아는 인내심을 잃고 화를 내며 소리쳤다. 말해보시오, 어서 말해보시오. 무슨 일이오?

빌누아의 창백한 얼굴과 매서운 눈빛을 보고 이자벨라는 무릎을 꿇고 말했다. 내가 진실을 말한다면 당신은 나를 용서하지 못할 거예요. 하지만, 아, 나는 죄지은 게 없어요, 정말, 맹세코. 그러나 그녀는 양심의 가책을 느끼고 말을 잇지 못했다.

당신에게 죄가 없다면, 빌누아는 이렇게 말하면서 그녀를 품에 안고 젖은 얼굴에 키스를 했다. 당신이 무슨 일을 저질렀든, 맹세코, 당신을 용서하겠소.

아, 당신이 정말로 맹세할 때까지 나는 사실을 말하지 않겠어요. 이자벨라가 말했다. 그러자 빌누아가 대답했다. 모든 신성함을 걸고 약속하리다. 당신이 나에게 바라는 어떤 맹세든 하겠소. 당신에 대한 변치 않을 사랑에 걸고, 아니 당신 자신을 걸고, 맹세하오. 당신이 한 일이 무엇이든 간에 당신을 용서하겠소. 내가 명예롭게 용서하지 못할 만한 죄를 저지르기에 당신은 너무나도 선하다는 것을 나는 잘 알고 있소.

빌누아가 맹세와 더불어 포옹을 해주자, 이자벨라는 에노가 돌아왔다고 고백했다. 그가 어떻게 탈출했는지 빌누아에게 들려준 다음 이자벨라는 고백을 이어갔다. 에노를 침실로 데려가 재웠다고, 그리고 에노가 침대에 와주기를 바라자, 침대 옆에서 무릎을 꿇고는 빌누아와 결혼했다고 고백했노라고.

이자벨라가 말했다. 결혼했다는 말을 들은 에노는 깊은 한숨을 내리 쉬고 조금 힘들어하는 모습을 보이더니 갑자기 죽어버렸어요. 저기 침대에 에노가 누워 있어요. 그러고 나서 어찌나 우는지 빌누아가 아무리 달래도 진정하지 못했다. 그러나 이 일을 어떻게 할지 상의해야 했다. 빌누아는 집에서 에노를 본 사람이 또 있는지 물었다. 마리아밖에 없어요. 하지만 마리아도 그가 누군지 몰라요. 이자벨라가 대답했다.

그렇다면 이자벨라의 명예만 지키면 될 일이었다. 에노의 시체를 강가의 다리로 짊어지고 가서 강에 빠뜨려버리자고 말한 사람은 빌누아였다. 물살에 시체는 바다로 흘러갈 것이고 곧 사라질 것이라고. 만일 시체가 발견된다 하더라도 사람들은 누구인지 알아보지 못할 터였다. 빌누아는 촛불을 들고 에노를 보러 갔고, 그의 모습이 너무 많이 변해서 누구인지 알아볼 수 없다는 사실을 확인했다. 빌누아는 에노에게 옷을 다시 입혔다. 시체가 아직 차갑게 굳기 전이라 그리 어렵지 않았다. 그러고 나서 이자벨라를 최선을 다해 위로한 후, 마구간으로 가서 귀리를 담을 때 쓰는 포대를 하나 가져왔다. 아직 사용하지 않은 새 포대라 대바늘과 노끈이 함께 묶여 있었다. 그는 이 포대를 가져와서 이자벨라에게 보여주며, 시체를 등에 더 쉽게 짊어지기 위해 포대에 넣겠다고 말했다. 그러는 동안 이자벨라는 말이 거의 없었지만 마음속은 어둡고 지옥 같은 생각으로 가득했다. 사랑 넘치는 빌누아가 그녀의 치부를 숨겨주고 완벽한 비밀로 만들어주려 애쓰는 동안 이자벨라는 소리 없이 고민에 빠져들었다. 빌누아가 이렇게 끔찍한 일을 저지른 자신을 영원히 비난하리라는 생각이 들었다. 설령 말을 하지 않더라도 적어도 마음속으로는 그러리라는 생각이 들었다. 한번 악행을 저지르고 나자 대담해진 이자벨라는 또다른 악행을 저지를 준비가 되어 있었고, 이 새로운 악행은 내가 생각하기에 첫번째 악행보다 정당화하기 더 힘들다. 그러나 운명은 잔인한 재봉사라 어두운 작업을 시작하면 일이 끝날 때까지 바늘을 놓는 법이 없다.

빌누아는 이자벨라의 명예를 지켜주기 위해 시신을 홀로 처리하고 자 했다. 젊고 힘이 넘치고 강인했으며 시신을 충분히 운반할 수 있었 기 때문에 다른 누구와도 비밀을 공유하지 않고 혼자서 일을 처리했다. 그는 시신을 옮겨서 포대에 넣고 밧줄로 묶은 후 의자 위에 올려놓고 는 짊어지기 쉽도록 등을 그쪽으로 대고 이자벨라에게 포대의 두 귀퉁 이를 자신의 양손에 쥐여달라고 부탁했다. 그러면서 망자를 위해 이 마 지막 일을 해야 한다고 이자벨라를 타일렀다. 게다가 자신들의 명예와 평안을 위한다면 어쩔 수 없는 노릇이니, 자신이 돌아올 때까지 용기를 내라고 당부했다. 다리는 그리 멀지 않았고, 한밤중이라 들키지 않을 것이라 말했다. 빌누아가 포대를 등에 짊어지고 밖으로 나가려 할 때 이자벨라가 외쳤다. 잠시 멈춰봐요. 옷자락이 포대 밖으로 삐져나와 있어 요. 안으로 집어넣어야겠어요. 그러고는 대바늘과 실을 들고 오더니, 빌 누아 몰래 바늘땀을 몇 번 떠서 포대를 그의 외투 옷깃에 꿰맨 다음 그 에게 이제 가도 좋다고 했다.

이자벨라가 말했다. 다리에 가면 가슴 높이보다 약간 낮은 난간이 있으 니 시체를 던질 때 세게 던져야 해요. 안 그러면 포대가 다리에 걸쳐져서 강 물에 안 빠질 수가 있어요.

걱정 마오. 어떻게 물에 빠뜨리는지 잘 알고 있소. 빌누아가 대답했다. 그러고 나서 빌누아는 포대를 짊어지고 갔다. 사랑이 그에게 힘을 불어 넣었다. 곧 다리에 도착하자 난간을 등지고 시체를 들어올린 후 자신의 몸을 최대한 뒤로 빼서 온 힘을 다해 시체를 강에 던졌다. 옷깃에 연결 된 시체의 무게가 빌누아까지 끌어당겨, 산 자와 죽은 자가 함께 강물 에 빠지게 되었다. 강물의 속도가 빠른데다 빌누아의 목을 내리누르는 시체의 엄청난 무게로 인해 그는 금세 익사했다. 자신의 운명이 왜 이렇게 되었는지 생각할 새도 없었다.

이자벨라는 자신이 세운 저주받을 계획이 어떻게 되었는지 궁금해서 잠자리에 들지 않은 채 침실에서 밤을 거의 지새웠다. 아침이 다가와도 아무런 소식이 없자 침대에 누워봤지만 휴식은 전혀 취할 수 없었다. 그토록 끔찍한 만행을 저질러놓고 휴식을 취하기란 불가능하다는 생각이 들었다. 두 명의 죄 없는 생명을 죽인 이 끔찍한 날 밤에 잠이 오지 않는 건 당연해. 오, 이게 대체 무슨 운명이람? 어떤 저주받은 행성의 기운 아래 태어났길래 하늘도 내 파멸을 막지 못한단 말인가? 얼마 전만 해도 나는 내가 세상에서 가장 행복하고 축복받은 여자라 느꼈는데, 이제 나는 지옥에 사는 최악의 악마들이나 겪는 불행의 나락으로 떨어졌구나.

아침햇살이 새로운 슬픔을 가져다주기 전까지 이자벨라는 이렇게 생각하고 탄식하며 밤을 지새웠다. 열시가 되자 강가에서 남자 시체 두 구가 발견되었다는 소식이 퍼졌다. 그들이 누군지 밝히기 위해 시체는 시청으로 옮겨졌다. 한 시간이 지나자 시체 중 한 구는 빌누아라는 소식이 들려왔다. 빌누아의 시종은 지금까지 주인이 부인과 함께 잠자리에 들었다고 생각하고 있었기 때문에 사람들에게 진실을 알려주려고 시청으로 달려갔다. 게다가 빌누아가 외출했다면 옷을 차려입혀달라고 자기를 불렀을 텐데, 부름을 받은 적이 없었다. 그러나 소문이 사실임을 확인하고 시종은 울음을 터뜨렸고 두 손을 비틀면서 괴로워했다. 시종은 곧장 소식을 알리러 집으로 돌아왔다. 이자벨라의 침실 문을 두드렸지만 문은 굳게 닫혀 있었다. 시종은 자신이 속았고, 주인이 방안에 있다고 잠시 희망해보았다. 그러나 이자벨라가 일어나 문을 열자 마리아가 먼저 울면서 들어왔고 곧 시종을 데려와 충격적인 사실을 전했다. 예상했던 이야기를 들었을 뿐이지만 이자벨라는 의자에서 까무러칠 뻔했다. 연기가 아니라 죽을 것 같은 슬픔을 실제로 느꼈다. 밤새 못자고 슬퍼한 탓에 얼굴이 평소와 너무나 달랐던지라 그녀가 표현하는 슬픔은 굉장히 자연스러워 보였다. 정신을 차린 이자벨라는 남편에 대해 질문을 퍼부으며 그런 일이 어떻게 일어날 수 있느냐고 물었다. 아침에 일찍 나갔을 때 그이는 어떤 슬픔이나 불만도 없어 보였어. 시종이 대답했다. 아, 마님, 주인님은 자살하신 게 아니라 누군가에게 보복을 당하신 거예요. 시종은 빌누아가 낯선 남자의 시체를 담은 포대에 함께 묶인 채로 발견되었다고 전하면서, 그들이 살해된 뒤에 강물에 버려졌으리라고 다들 생각한다고 말했다. 낯선 남자 이야기가 나오자 이자벨라는 더욱 놀란 듯했다. 시종에게 시청으로 가서 검시관의 허락을 받아 시신을 집으로 운구해 오라고 말했다.

그녀는 마리아를 불러 문을 닫게 하고는 말했다. 아, 마리아, 내가 무슨 상상을 하는지 말해줄게. 하지만 그러기 전에 먼저 어제 찾아온 이방인에게 내준 방으로 가서 그가 아직도 침대에 누워 있는지 확인해줘. 거기 없을까봐 걱정돼. 마리아는 시키는 대로 했고 그가 사라졌다고 보고했다.

그럼 내가 우려했던 것이 사실이었네. 어젯밤 빌누아와 함께 방에 있을 때(이렇게 말하면서 심장이 찢어지는 듯이 한숨을 쉬었다) 우리집에 이방인 한 명이 묵게 되었는데, 첫 남편이 전사할 때 곁에 있던 사람이라고 이야기했어. 전투가 끝나고 아직 숨이 붙어 있던 에노를 그 사람이 발견했고, 에노는 네가 어젯밤 가져다준 그 반지를 건네주며 그 사람에게 플랑드르 지방에 갈 일이 생기면 나를 꼭 만나서 반지와 함께 사랑한다는 말을 전해달라고 부탁한 뒤 그의 품에서 죽었던 거야. (이렇게 말하며 이자벨라는 눈물을 흘렸고 말을 제대로 잇지 못했다.) 사랑하는 에노를 위해 나는, 너도 알다시피 그 이방인을 귀하게 대접했잖아. 너를 어제 일찍 들여보낸 건 에노를 추억하면서 슬픔에 젖은 모습을 보이기가 부끄러워서였어. 나는 이 모든 얘기를 빌누아에게 해주었고, 그이는 아주 혼란스러워했어. 내 생각에, 밤새 잠을 못 이룬 그이가 일어나서 그 불쌍한 이방인을 데려가 죽인 것 같아. 이렇게 말하면서 이자벨라는 또다시 눈물바람을 했고, 안주인의 말을 복음처럼 믿는 마리아는 근거를 따지지도 않고 완전히 믿었다. 이자벨라는 집안 식솔 중 어느 누구도 그 늙은 이방인이 찾아온 사실을 알지 못하니(그는 늙어 보이긴 했다) 마리아에게 이 일을 영원히 비밀로 해달라 부탁했고, 마리아는 그러겠다고 맹세했다. 그리하여 사흘 동안 에노의 시체가 대중에게 공개되었지만 아무도 그를 알아보지 못했다. 시체를 조사한 검시관은 두 사람이 어떤 방식으로든 살해되었고, 그후에 같이 묶인 채로 강물에 던져졌다고 결론 내렸다.

사람들은 빌누아의 시신을 집으로 운구해 탁자 위에 올려놓았는데, 집안의 모든 사람이 그 광경을 보고 몹시 슬퍼했다. 이자벨라는 기절했다가 정신을 차리기를 반복했다. 결국 그녀는 마치 자신에게 닥친 비극의 끝을 맞이하려는 사람처럼 탁자 근처로 와서 시신을, 자신의 잔인함에 희생된 남편의 시신을 보려 했다. 탁자에 접근하자 굳게 감겨 있던 빌누아의 눈이 갑자기 활짝 뜨이면서 이자벨라를 응시했다. 이자벨라가 비명을 지르며 기절하자 빌누아의 눈이 다시 감겼다. 이자벨라를 다시 깨우기가 쉽지 않았지만 마침내 의식이 돌아오자 침대로 옮겨졌고,

거기서 한참 머물렀다. 죽은 자의 눈이 활짝 뜨여 이자벨라를 바라본 일을 두고 많은 이야기가 오갔다. 그러나 그토록 존경받을 만한 삶을 살아온, 의심의 여지 없이 신실하고 성스러운 삶을 살아온 여인이 살인에 연루되었으리라고는 아무도 상상하지 못했다. 그랬을 개연성도 없었다. 그럼에도 사람들은 그 모든 일이 충분히 곱씹어볼 만한 수수께끼라고 생각했다. 며칠 후 빌누아의 장례가 장엄하게 치러졌고, 일찍이 그가 남긴 유언에 따라 모든 재산은 이자벨라의 소유가 되었다. 세상 사람들은 그녀를 의심하기보다 그녀를 더 사랑하게 되었고 신분 높은 남자들은 모두 그다음 남편이 되기를 바랐다. 비록 아름다운 과부는 자기 침실에 처박혀서 시름시름 앓고 있었지만 말이다.

이 일이 있고 얼마 지나지 않아 프랑스 신사 한 명이 이 마을을 방문했다. 그는 칸디아 포위전 때 적군에게 붙잡힌 후 튀르크에서 칠 년 동안 에노와 함께 노예 생활을 하다 도망쳐 리에주 지방까지 같이 온 사람이었다. 그 지역에 있는 상인과 볼일이 있었던 그는 그곳에 잠시 머물렀다. 에노와 헤어질 때 그는 플랑드르 지방 어디로 가야 만날 수 있을지 물어보았고, 에노는 그에게 자기 이름과 주소를 적은 쪽지를 주면서 아내가 살아 있다면 그곳에 살고 있을 거라고 알려주었다. 만약 거기서 찾지 못하면 자기 누이나 아버지를 찾아가라고 했다. 이 프랑스인이 마침내 이자벨라의 집으로 찾아와 에노를 찾았는데, 사람들이 그를 보고 웃으며 엉뚱한 대답을 하는 것이 아닌가. 그러나 에노의 집이 확실했고 에노의 아내가 확실했다. 그는 마을에서 수소문하고 다니면서 에노의 귀환에 대해 이야기했다. 그가 에노의 외양을 묘사하자 사람들은 포대 안에 있던 그 시체가 에노임을 단박에 알아차렸다. 그는 친구의 시신을 다시 파내서(이미 땅속에 묻은 상황이었기 때문에) 같은 사람임을 확인했다. 그러고는 이발사를 불러 에노의 얼굴을 다듬게 했는데, 풍성했던 수염을 잘라내자 많은 사람이 에노를 알아보았다. 에노가 자기 집으로 돌아갔다고 프랑스인이 주장하자 재판관은 이자벨라와 그녀의 가족을 불렀다. 그녀는 혐의가 제기되자마자 모든 사실을 고백했다. 아무런 소란도 피우지 않고, (사랑하는) 두 남편을 하룻밤에 죽인 살인범임을 순순히 인정하며 정의의 손에 자신을 맡겼다. 이 사태에 세상 사람들이 모두 아연실색했다. 이자벨라가 얼마나 성스럽고 자비롭게 살았는지, 두 남편과 얼마나 사랑하며 잘살았는지 잘 알기에 그들은 그녀의 불행을 함께 한탄했다. 오직 이자벨라만이 자신의 불행에 대해 고통을 느끼지 않았다. 그녀는 재판에 넘겨졌고 참수형을 언도받았다. 그녀는 기쁜 마음으로 형을 받아들였다. 자신이 저지른 죄를 보면 훨씬 큰 벌을 받아야 마땅한데, 하늘과 재판관들이 너무 큰 자비를 베풀었다고 말했다.

감옥에 있는 동안 이자벨라는 늘 기도하며 밝고 편안한 모습을 보였다. 자신이 가진 것을 마을의 가난한 사람들에게 나눠주었고, 특히 가난한 과부들에게 신경을 썼다. 그녀를 방문하러 온 젊은이들과 아름다운 여성들에게는 절대로 서약을 어기지 말라고 매일 신신당부했다. 왜냐하면 서약을 어긴 것이 불행의 시발점이었고 그후로 아무리 선한 행동을 해도 잘된 일이 하나도 없었기 때문이다. 사형 집행일이 되자 모든 사람이 슬퍼하는 가운데 이자벨라가 처형대에 올랐다. 상복을 입은 그녀의 자태에 품위와 매력이 넘쳤다. 놀라울 정도로 아름다웠고, 괴로움이나 두려움의 기색도 전혀 없었고, 신부新婦처럼 생기가 넘쳤으니,

죽음을 준비하는 그 엄숙한 시간에도 그녀를 바라보는 모든 이의 가슴이 불타올랐다. 그녀는 삼십 분 동안 처형대에서 연설*을 했다. 서약을 어기는 사람들에게 경고하는 내용의 그 연설이 어쩌나 설득력 있고 멋있던지, 그녀를 바라보는 일만큼이나 그녀의 연설을 듣는 일은 놀라운 경험이었다.

연설을 마치자 이자벨라는 마리아의 도움을 받아 얼굴을 가리는 베일을 벗고 아무것도 쓰지 않은 채로 무릎을 꿇었고, 사형 집행관은 그녀의 아름다운 머리를 연약한 몸에서 단칼에 베어버렸다.* 당시 그녀는 스물하고도 일곱 살의 나이였다. 많은 이가 그녀의 죽음을 애통해했고, 그녀는 명예롭게 묻혔다.

불행한 신부, 혹은 앞 못 보는 미녀

젊고 부유한 두 신사 프랭크윗과 와일드빌*은 둘도 없는 친구였다. 스태퍼드셔에서 태어나 유년 시절 함께 공부하며 자란 덕에 둘은 자연스럽게 친해졌고 나이들면서 더욱 가까워졌으니, 누가 봐도 이 둘 사이에는 특별한 우정이 있었다. 그러나 정작 둘은 이 우정을 의식하지 않았다. 말이 필요 없는, 그저 행동으로 보여주면 되는 우정이었기 때문이다. 이 우정은 꺼지지 않는 불길과 같아서, 굳이 바람을 불어넣어 불씨를 살릴 필요조차 없었다.

가문으로 보자면 와일드빌 가문이 더 부유했고, 프랭크윗 가문은 더 높은 신분을 자랑했다. 두 젊은이에게는 상반된 매력이 있었다. 와일드빌이 강인하고 남자다운 외모로 사람들의 눈길을 끌었다면, 프랭크윗은 훨씬 부드러운 매력의 소유자로, 내면이 돋보이는 청년이었다. 그의 화술은 상대방을 기분좋게 해줬고, 몸짓은 자연스러웠으며, 태도에는 겸손함이 배어 있었다. 그가 우월감을 살짝 내비쳤다면, 그것은 겸손한 척하는 게 아니라는 걸 보여주는 정도였다. 몸도 마음도 자연스럽게 숙이다보니 겸손함을 애써 증명할 필요를 느끼지 못했고, 그저 조용히 행했다. 프랭크윗을 직접 본 처녀라면 하나같이 속수무책으로 그에게 곧 마음을 빼앗기리란 사실을 깨달았다. 그러니 프랭크윗의 큐피드를 눈먼 사랑의 신이라 말할 수는 없으리라, 활을 쏘기만 하면 백발백중이었으니. 모든 님프가 그를 흠모했고 심지어 뮤즈 여신들,* 그 아름다운 선율을 가호하는 자매들도 모두 그를 총애했다. 프랭크윗은 찬란한 빛을 발하는 아폴로 신만큼이나 뮤즈 여신들을 불타오르게 했다. 뮤즈 여신들은 샘물보다 프랭크윗을 먼저 눈에 담았고, 그를 헬리콘산이나 파르나소스산처럼 아꼈다. 그러다보니 프랭크윗은 마음만 먹으면 어떤 여성도 향유할 수 있었다.

이렇게 모든 여성의 마음을 훔친 프랭크윗이었지만, 수많은 여성 포로가 그 때문에 한숨짓는 모습을 두 눈으로 확인했음에도 그를 뒤흔드는 매력을 지닌 여성은 벨비라*밖에 없었다. 벨비라의 부모님과 프랭크윗의 부모님의 집이 가까웠고, 프랭크윗과 벨비라는 유년 시절부터 서로에게 애정을 느꼈다. 서로를 처음 봤을 때 주고받은 눈빛이 사랑의 불씨를 피워냈다고 할까. 이제 막 열네 살이 된 벨비라는(열네 살이면 싱그러운 봄 같은 어린 처자들의 뺨에는 생기가 더욱 화사하게 피어나고 눈에는 감미로운 욕망이 싹튼다) 어머니를 여의고 나서 아버지의 뜻에 따라 런던에 있는 부모님 친구의 집에 머물고 있었다. 그때 운명의 장난처럼 프랭크윗의 아버지도 세상을 떴다. 마치 아들에게 세상의 모든 행복과 즐거움을 한껏 누리게 해주려는 것 같았다. 프랭크윗은 아버지의 장례를 서둘러 치렀다. 아버지를 위해 그가 흘린 눈물은 벨비라를 향한 사랑의 불길을 조금도 꺼트리지 못했다. 마치 사랑의 날개를 단 듯, 그는 아버지가 물려준 유산 1700파운드를 들고 런던으로 부리나케 달려가 온 열정을 다해 벨비라에게 사랑을 바치고자 했다. 장례식을 밝힌 횃불을 결혼식 횃불로 쓸 태세였다. 이제 그는 런던에 도착하자마자 아리땁기 그지없는 자기 영혼의 주인을 만나러 갔다. 그러고는 벨비라에게 말하기를, 런던으로 오는 길 내내 아름다운 벨비라의 형상이 그의 눈앞에 계속 어른거렸기에, 서로 떨어져 있는 동안에도 사실상 두 사람은 늘 함께였다고. 마치 신의 계시를 받았던 예언자*처럼 그 역시 모든 덤불에서 여신의 형상을 보았다는 식의 열변을 쏟아냈다. 어찌나 쉴새없이 벨비라를 만나러 가는지, 프랭크윗은 해가 뜰 때나 질 때나 늘 그녀 옆에 있었고, 그가 내뱉은 사랑의 탄식이 시간의 흐름을 알렸다. 어찌나 쉬지 않고 사랑을 고백하는지, 결국 벨비라도 더이상 저항할 수 없었다. 벨비라는 달콤한 항복을, 프랭크윗은 그 항복이 안겨주는 정복의 기쁨을 맛보았다. 사랑의 불길이 합해지자 더욱 뜨거워져, 두 사람의 뺨은 달아올랐고, 눈은 환하게 빛났으며, 그 열렬한 기운이 차올라 눈에서 심장박동이 느껴질 정도였다. 마침내 벨비라는 프랭크윗이 살아 있는 한 자신은 다른 남자의 여자가 되지 않겠노라고 맹세했다. 이렇게 두 사람은 화창하고 행복한 나날을 보냈다. 하늘은 평화로웠고 태양도 그들의 모습에 미소 짓는 듯했다. 프랭크윗은 진실한 마음을 담아 매혹적인 연인을 연신 순결하게 포옹했고, 그녀의 눈빛이 내뿜는 광채 아래, 그녀의 부드러운 숨결에 기대며 남모를 기쁨과 자부심을 느꼈다.

프랭크윗은 자신이 혼자 누리는 환희, 매력, 황홀한 감동을 연적들은 얻지 못하고 애태우는 모습을 오랫동안 즐겼다. 그러나 시간이 지나면서 그 행복도 점차 시들해져, 기쁨으로 가득찬 일 년 반이 지나자(사랑에 빠진 이의 달력에서 이 기간은 수 세기와 같으리라), 좀더 성숙한 기쁨을 알 만한 나이가 된 아름다운 벨비라는 사랑의 서약을 매듭짓기 위해서는 마음만 합하는 데 그치지 않고 손도 합해야 하지 않겠느냐는 애인의 요구를 거절하기 힘든 처지에 놓였다. 시간이 흐르는 동안 프랭크윗은 소유한 금화를 다 써버린 터였다. 프랭크윗이 원한 천국은 금빛 동전과는 무관했기에, 동전들이 황금 옷 입은 아기 천사라도 된 듯 훨훨 날아가는 동안 벨비라의 눈동자에만 빠져 있었다. 진정으로 사랑에 빠진 남자라면 씀씀이가 후하기 마련이니, 후한 씀씀이에는 그의 사랑만큼이나 한계가 없었다. 자신의 사랑과 마찬가지로 재산 역시 바다처럼 넓고 깊다고만 생각한 프랭크윗은 이제 바다에도 밑바닥이 있으며, 바닷물이 빠져나갈 수 있다는 사실을 알게 되었다. 그는 벨비라에게 사랑의 성취를 더욱 강력히 요구하기 시작했다. 순교자처럼 불길 속으로 뛰어들어가면 하늘로 곧바로 승천할 수 있다는 그의 말에 드디어 두 사람은 하나가 되기로 합의했다. 다만 벨비라 입장에서 주저함이 전혀 없었다고 말할 수는 없었으니, 우리네 여성들이란 우리 자신이 간절히 소망하는 바로 그것을 애인에게는 단호히 거절하기 마련이다. 신이 우리를 만들면서도 주저하는 마음이 있었는지, 여성은 스스로에게도 모순된 존재가 되어, 얼굴이 조화로울수록 마음은 불화로 가득하다. 여성들은 마치 하늘의 구름과 같아서, 이쪽에서 번개가 치면 저쪽에서 천둥이 치는 식이다. 말과 생각이 늘 영 딴판이다.

벨비라는 합의를 하면서도 사랑이 갈망 속에서 유지될 수 있다고 믿었다. 구두쇠가 황금을 눈으로만 즐기듯이 말이다. 그리하여 프랭크윗이 원하는 일에 동의해주기 전에 의미심장한 눈길을 우선 던져 마음을 준비시키고는 탄식하며 말했다. 프랭크윗, 나는 결혼의 구속이 두려워요. 오직 한 사람과 사랑을 나눌 자유를 누리게 되면 당신은 지나친 제약이라고 생각하게 될 것만 같아요.

그러자 프랭크윗이 대답했다. 아! 사랑하는 벨비라, 결혼이란 신이 내린 음식 만나와 같아서 세상 모든 맛을 담고 있어요. 천국에 갇혀 있다고 내가 불평할 수 있을까요? 낙원에서 추방당한 우리 조상들*을 생각해봐요. 조상들은 전 세계를 누빌 자유를 얻었지만 그것은 저주와 다름없었죠. 내 사랑이여, 당신은 지구상 모든 곳의 매력을 다 품었고, 당신의 몸 곳곳에 세상 전체가 다 담겨 있어요.

아! 그렇지만 우리는 모두 향수와 같은 존재죠. 너무 오랫동안 같은 향을 맡으면 우리는 곧 달콤한 것이 무엇인지 잊고 말아요. 내 사촌 셸리시아*에게 한번 물어보기로 해요. 궁극적인 쾌락을 남겨둔 채 서로 사랑하는 것이 낫지 않을지 말이에요. 이렇게 벨비라가 대답했다.

(작가로서 독자에게 진작 말했어야 했는데 깜빡하고 누락한 사실이 있다. 셸리시아는 튀르크와 무역하는 부유한 상인의 외동딸로, 아버지가 사망하자 현금 5만 파운드와 대지를 물려받았다. 그러나 매력 넘치는 셸리시아는 안타깝게도 그 재산에 눈길조차 주지 못하는 시각장애인이었다.) 앞은 보지 못해도 상황 파악이 매우 빠른 셸리시아는 다음과 같이 말했다. 이 일에 대해 내가 어떻게 판단하는지 묻다니 놀랍네요.

나는 연애 경험이 전혀 없는걸요. 그런데 내 생각에는, 육체를 탐하지 않고서는 욕망을 채우지 못하는 영혼은 병든 게 틀림없어요.

진심으로 하는 말인데요. 프랭크윗이 대답했다. 당신이 앞을 보지 못해서 너무나 안타까워요. 당신이 아름다운 사촌을 볼 수 있도록 내 눈을 선물하고 싶은 마음이 들 정도예요. 눈만 있다면 당신은 쳐다보기 힘들 정도로 눈부신 사촌의 미모를 볼 수 있을 텐데요. 하지만 사촌을 지나치게 열정적으로 바라봤다간, 그 눈부신 외모에 눈이 다시 멀지도 모릅니다. 시력을 다시 잃는 불행은 애초에 앞을 못 보는 불행보다 더 가혹할 테니, 그렇게 된다면 눈을 뜬 후 오히려 눈이 더 멀어버렸다고 말하게 될 것 같군요.

그러자 벨비라는 이렇게 응수했다. 아, 내 사랑스럽고 가여운 사촌이만약 눈을 뜨게 된다면, 프랭크윗을 마음에 들어하니까 나보다는 프랭크윗을 보고 싶어할 거예요.

네, 진짜 그래요. 셀리시아가 대답했다. 프랭크윗이 너무나도 보고 싶어요. 프랭크윗이 벨비라를 눈부시게 묘사한 만큼이나 프랭크윗 역시 눈부신사람일 것 같거든요. 그런데 사실 프랭크윗을 상상 속에서 보나 실제로 보나 큰 차이가 있을까요? 바라본다는 것도 결국 일종의 상상이죠. 안 그런가요? 아니라면 프랭크윗, 당신은 눈을 통해 내 사촌을 느끼나요?

그러자 프랭크윗이 놀라며 말했다. 눈먼 아가씨, 매혹적이시군요. 눈에대한 당신의 상상력이 훨씬 더 탁월해요. 아름다운 아가씨, 당신은 눈이 없어도 얼마든지 다른 사람을 유혹할 수 있겠군요. 당신에게 눈이 없어도 당신의 기사는 별을 좇듯 당신을 좇을 거예요. 만약 당신이 눈을 뜬다면 당신눈동자가 얼마나 태양처럼 눈부시게 빛날지 궁금하군요!

벨비라가 말했다. 별 얘기까지 하는 걸 보니 당신, 그 별의 영향권 안에 들었군요. 당신이 모는 배의 나침반이 셀리시아를 향해 있다고요. 내 사촌이 어찌나 매력적인지, 꼭 눈부시게 아름다운 비너스 여신의 또다른 자식 같아요. 오빠인 큐피드처럼 눈이 멀기도 했으니까요.

그 큐피드가 말이에요. 셀리시아가 대답했다. 나한테 화살을 쏜 것 같아요. 사촌이 프랭크윗과 결혼하지 않았으면 좋겠어요. 사랑의 즐거움을 누리지 않고 지금 이대로 살았으면 해요. 왜냐하면 프랭크윗이 결혼하면 내 시야에서 더 멀어질 테니까요.

그러자 프랭크윗이 끼어들었다. 아, 아가씨, 사랑은 카멜레온처럼 공기만 먹고 살 수는 없어요.*

셀리시아가 응수했다. 맞아요. 하지만 사랑의 신 큐피드와 다르게 눈이 멀지 않은 당신들은 사랑이 가득 담긴 표정을 먹고 살아갈 수 있잖아요.

벨비라가 말했다. 아! 프랭크윗. 너무 많이 알아버린 죄로 천국을 놓치면 안 돼요. 결혼해서 얻는 쾌락은 당신의 황금빛 꿈을 앗아갈 뿐이에요. 사랑하는 프랭크윗. 쾌락은 그저 꿈과 같고, 언젠가는 그 꿈에서 깨어나게 될 거예요.

프랭크윗이 대답했다. 아, 나의 사랑스러운, 그러나 잔인한 벨비라여! 당신의 포근한 가슴에 녹아들 수만 있다면 쾌락에서 깨어나는 일은 없을 겁니다.

아니에요. 벨비라가 말했다. 그렇게 녹아들면 오히려 깨어나고 말 거예요. 한번 재미를 본 여성은 마치 다 읽은 로맨스 소설과 같죠. 아니면 훔쳐보는 핍 쇼*라고나 할까요. 보기 전에는 너무 궁금하지만, 쇼를 보고 나면 어떤 속임수가 쓰였는지 다 알아차리게 돼서, 그딴 쇼를 대체 왜 그토록 보고 싶어했는지 스스로 의아해하기 마련이잖아요. 행복감을 고조시키는 것은 바로 기대감이죠. 우리가 천국이 실제로 무엇인지 안다면 천국은 천국이 아닐 거예요. 작품의 줄거리를 알고 나면 그 연극에 싫증이 나는 법. 연극의 마지막 장면이 끝나고 막이 내려와도 아무런 감흥도 없죠.

오, 벨비라! 충족되지 못하는 기대감은 진짜 괴물이죠. 이제 와서 손에 닿지 않는 태양을 좇는 아이처럼 이 산 저 산을 뛰어다니며 즐거워할 수는 없어요.

이와 같은 프랭크윗의 불평에 동요한 벨비라가 그의 품안으로 파고들며 말했다. 아, 그렇다면 가지세요, 사랑의 태양을. 결점 하나 없는 영롱한 태양의 신도 황금빛 구름 속으로 달려가네요.

그러자 프랭크윗이 말했다. 벨비라, 맹세코 나는 영원히 오직 당신 것, 당신은 내 것이에요. 두려워하지 말아요. 당신이 나에게 사랑의 빚을 독촉할 일은 없을 겁니다. 왜냐면 나는 항상 지불할 준비가 되어 있거든요. 그런데 돈 얘기가 나왔으니 하는 말인데, 잠깐 케임브리지셔에 다녀와야겠어요. 저당을 잡아야 하는 재산이 있는데, 일주일 내로 1000파운드를 가지고 돌아오리다. 그 돈으로 우리의 사랑에 걸맞은 결혼식을 올립시다. 내 생명이자 내 영혼, 그럼 우리는 드디어 하나가 되어, 다시는 떨어지지 않을 겁니다.

프랭크윗의 다정다감한 말에 벨비라는 눈물을 몇 방울 흘렸다. 셀리시아는 함께 울 수 있는 눈이 없다는 사실이 몹시 안타까웠다. 하지만 눈이 있었더라도 눈물을 너무 많이 흘려 앞이 안 보였을 것이다. 프랭크윗과 벨비라는 감미로운 사랑의 언약을 주고받고 나서 무슨 일이 있어도 서로에 대한 신의를 저버리지 않겠다고 약속했다. 그뒤 감미로운 슬픔에 녹아들어 서로에게 작별을 고했다. 마치 비가 왔다가 해가 비쳤다가 하는 날씨처럼 그들의 감정은 기쁨과 슬픔이 뒤섞여 있는 상태였다. 마침내 마지막 작별인사가 끝났고(연인들의 작별인사는 늘 끝나지 않기 마련이다) 프랭크윗은 그날 밤 케임브리지에 도착했다(때는 여름이었다). 저녁 아홉시경(그가 그렇게도 사랑하는 벨비라와 떨어지는데도 그렇게 빨리 달려갔다는 게 신기한 일이다) 그는 여독을 풀 겸 벨비라에게 바칠 시 몇 구절을 써보기로 했다. 그가 하인과 함께 움직인 시간은 지루한 산문과도 같았으니, 시 쓰기는 훌륭한 기분전환이었다(그의 시 구절은 그의 숨결이나 사랑처럼 자연스레 흘러나왔다). 말을 타고서 험하고 거친, 울퉁불퉁한 길을 속보로 달린 다음 시원하게 구보로 내달리는 기분이랄까. 여행 뒤에도 프랭크윗의 페가수스, 그 날개 달린 말은 전혀 피곤해하는 기색이 없었기에 그는 하늘을 산책하듯 다음과 같은 시를 한 수 썼다.

아끼고 아끼는 벨비라여,
당신은 오래전에 알아버렸죠, 내 영혼이 당신 것이라는 걸,
내가 고백하기도 전에, 그리고 지금처럼 고백할 게 더이상 없기 전에.
당신의 존재는 늘 신선한 매력으로 나를 감동시키지만,
나는 지금 당신이 지닌 더욱 신기하고 낯선 힘을 발견했어요.
왜냐하면 지금 당신이 없는 이 순간을 사랑하고 있으니까요.
나의 떠도는 시선을 사로잡는 무엇인가가 여기에 있어요.
내 눈앞에 당신이 보이는 듯해요.
당신은 매력이 넘쳐요. 너무나 매력적이고 천국처럼 아름답지요.
내 사랑, 마치 여신처럼 빛나는군요.
벨비라여, 당신의 형상은 당신의 존재와 조금도 다르지 않아요.

당신은 하늘이 낳은 천사,

당신의 두 눈에는 천상의 영광이

신성하고 찬란한 빛으로 반짝이고 있지요.

천사와 신이시여! 오 하늘이시여, 저렇게 밝게 반짝이는 빛이라니!

당신이 바로 벨비라인가요? 당신이 내 것이라고 믿어도 되나요!

생각을 능가하는 당신의 아름다움을 바라보는 내가

천국 중에서도 천국과 같은 당신에게서 어찌 떨어질 수 있나요?

오, 믿어주세요, 나는 맹세코 영원히 당신에게 충실하리다.

그래야만 합니다.

원한다 해도 난 당신을 배반할 수 없을 거예요.

아! 여기서 머물고 싶지 않아요!

나는 조금도 지체하고 싶지 않지만

지루하더라도 일주일만 참으면 당신에게 날아갈 수 있어요.

사랑은 앞을 못 본다고 하지만, 이 사랑이 나를 인도할 거예요.

사랑은 무적의 날개를 달아주고, 나는 당신이 있는 그곳으로

날아갈 거예요, 불멸의 신처럼 말이죠.

짧은 여행이지만, 나는 조급해집니다.

짧지만, 아, 내겐 너무 긴 여행이군요!

곧 당신에게 가리다, 나의 생명이여, 새로운 행복을 좇아서,

그럼 사랑은 이제껏 날아보지 못한 비행을 할 거예요.

사랑의 부드러운 날개를 펼치게 할 거예요.

나는 오직 당신의 것일지니—안녕.

프랭크윗

벨비라는 이 편지를 받고 형용할 수 없는 기쁨을 느꼈다. 프랑크윗이 기대던 자신의 가슴 위에 편지를 소중하게 올려놓았다. 프랑크윗이 편지를 시로 썼다는 사실이 특히 좋았고, 그에게 뒤질세라 다음과 같은 답장을 썼다.

나를 매혹시키는 당신에게.
당신의 사랑이 얼마나 큰 힘을 갖고 있는지
당신은 이미 알고 있었지요.
그러나 지금 이 순간 내게 신의를 지키는
당신의 한결같은 마음이 더없이 큰 확신을 주는군요.
부재한 와중에 와닿는 당신의 진심이 큰 위안을 줍니다.
사랑도 좋지만, 믿음이야말로 나를 가장 강하게 유혹하네요.
당신의 일관된 사랑이 나를 당신의 것으로 묶어놓아요.
이렇게 시를 쓰는 것도 기쁨이군요!
당신에게 시를 쓰는 나를 뮤즈 여신이 저버리지 않았어요.
아! 어서 돌아와요, 매혹적인 나의 애인이여,
당신이 없는 동안 우리가 얼마나 슬퍼했는지 하늘은 잘 알고 계시죠.
나의 가여운 사촌 셀리시아가
이제 당신의 영혼을 매혹시킬 수 있어요.
앞 못 보던 그녀가 기적처럼 눈을 떴거든요.
어느 나이든 여인이 알지 못할 마술을 부려
당신처럼 완벽한 시력을 갖게 되었어요.

그렇지만 그녀는 눈보다 당신을 더 소중히 여기죠.

눈이 보여 기뻐하는 이유는 오직 당신 때문이에요.

나한테 부탁하더군요, 안부를 전해달라고.

지금 그 부탁을 기꺼이 들어줍니다.

기꺼이 그리할 수 있는 이유는

내가 아끼는 사촌이자 벗이라 더욱 소중한 그녀가

절대로 내 사랑을─아, 여기서 이 편지를 멈춰야 하네요.

　　　　　　　　　영원히 당신에게 충실한 벨비라

　편지 쓰기를 마치자마자 벨비라는 프랭크윗과 관련된 것이라면 무엇이든 기뻐하며 바라보는 셀리시아에게 보여줬다. 편지를 열심히 읽고 난 셀리시아의 눈에 눈물이 차올랐다. (눈앞에 글씨가 춤추고 있다고 상상한) 셀리시아가 소리쳤다. 아, 사촌! 사촌! 당신이 쓴 편지가 내 눈앞에서 달아나는 것만 같아요. 설마 프랭크윗에게 달려가는 걸까요? 이 말 외에도 셀리시아는 순진무구함이 넘치는 말을 많이 했고, 그녀의 눈에서 더욱 환한 빛줄기가 뻗어나왔다. 오랫동안 어둠 속에 갇혀 있었던 빛이 더욱 광채를 발휘하는 듯했다. 마치 눈앞을 가리는 먹구름이 갈라지고 번개가 영원히 번뜩이는 것처럼. 이렇게 벨비라와 셀리시아가 대화를 나누며 시간을 보내는 동안 프랭크윗은 벨비라의 매혹적인 편지를 읽고 환희에 젖어 있었다. 아름다운 셀리시아가 눈을 떴다는 기쁜 소식을 읽고 나서 자신의 눈을 축복했다. 그는 이따금 편지를 읽고 또 읽었다. 그러나 가혹한 운명이 그를 기다리고 있었으니, 그는 그토록 아끼던 편지 때문에 파국을 맞게 되었다.

프랭크윗은 사촌의 집에 묵고 있었는데, 그 집에 한 흑인 과부 역시 묵고 있었다. 어느 엉뚱한 기사 한 명이 이 흑인 여인과 즐거운 시간을 좀 가져보려고 했었다. 즐거운 시간이라고 내가 지금 말했나? 인간의 형상을 한 악마와 즐거운 시간을 보낸다는 게 말이 되나? 어찌된 일인지 모르겠지만, 하여간 이 기사는 그녀와 잠자리를 가지려고 했다. 그러나 그녀가 합법적이지 못한 관계에 동의하지 않자(사실 그녀와의 관계가 합법적일 리 없지만) 기사는 얼마 후 그녀와 결혼식을 올렸다. 마치 결혼이 충분히 지옥 같지 않아서 악마와 결혼하기로 작심한 사람 같았다. 얼마 지나지 않아 기사는 죽음을 맞이했고, 아내에게(이제부터 무리아*라는 이름으로 부르겠다) 연 수입이 6000파운드에 달하는 재산을 남겨두고 떠났다. 무리아는 행복해하는 프랭크윗을 눈여겨보았다. 그녀의 눈은 마치 한밤중에 빛나는 일등성처럼 반짝였다. 그녀는 프랭크윗에게 그토록 행복해하는 이유를 재차 캐물었지만, 그가 알려주지 않자 그 이유를 점점 더 캐내고 싶어졌다(우리네 여성의 성향이 이와 같다). 프랭크윗이 행복해하는 이유가 애인과 관련 있다고 추측한 무리아는 질투가 나서 하녀에게 편지가 있는지 찾아보고 보이면 훔쳐오라고 일렀다. 이 계략이 성공한 방법은 다음과 같다. 어느 날 프랭크윗은 그 마을에 사는 신사들과 함께 술을 너무 많이 마셨고 몸을 가누지 못할 지경이 되어 잠자리에 들었다. 그때 그의 주머니에 벨비라의 편지가 들어 있었다. 무리아의 하녀는 프랭크윗의 침대를 데워주겠다는 명목하에 하인들을 모두 자리에서 물린 뒤 그의 방으로 들어갔다. 일을 이렇게 꾸미지 않았더라면 프랭크윗이 더 정상적인 방식으로 침대를 데워달라고 요청하지 않았을까. 하녀는 안쪽 방에 누워 있는 프랭크윗에게 다가가 그의 주머니에서 빼낸 편지를 곧장 무리아에게 전달했고, 무리아가 편지를 다 읽은 후에 다시 돌려놓았다. 다음날 아침 불쌍한 프랭크윗은 사랑보다 더한 열로 펄펄 끓었다. 한동안 몸져누운 그를 무리아가 계속 찾아오는데, (불쌍한 신사) 프랭크윗 입장에서는 목사만큼이나 그녀의 방문이 부담스러웠다. 목사야 설득을 통해 회개하게 하지만, 무리아란 존재는 그 자체로 너무 무서워서 강제로 회개하게 될 것만 같았다.

한편, 프랭크윗이 앓는 동안 벨비라는 편지를 여러 통 보냈고 (그사이 글을 배운) 셀리시아도 편지에 한두 줄 덧붙여서 보냈다. 그러나 질투심에 휩싸인 흑인 무리아는 편지를 모두 가로챘다. 육체뿐만 아니라 마음까지도 검고 어두운 여인이었다. 프랭크윗도 몸 상태가 허락하는 대로 벨비라의 무심함을 탓하는 편지를 써서 보냈지만 이 또한 이 검은 악마가 모두 가로챘다.

그러다 어느 날 와일드빌(내가 앞서 프랭크윗의 친구라고 말했던)이 런던에 왔다. 얼마 전 아버지가 돌아가셔서 막대한 유산을 물려받은 터라 와일드빌은 결혼하기로 마음먹은 상태였다. 벨비라를 찾아가 친구의 안부를 묻자 슬픔에 젖은 그녀가 말하길, 친구가 죽었다는 것이 아닌가. 아! 와일드빌, 프랭크윗은 죽었어요. 그리고 죽을 때 그이는 더이상 내 것이 아니었어요. 어느 흑인 여자가 그이에게 마법을 걸어 내게서 빼앗아갔어요. 이런 내용이 다 담긴 편지를 최근에 받았거든요. 그 편지에 발신인 이름은 없었지만 짐작건대 프랭크윗이 죽기 전에 누군가에게 요청해서 이 편지를 쓰게 한 것 같아요.

와일드빌이 대답했다. 아뿔싸! 정말 애통하군요. 내게 가장 소중한, 가장 좋은 친구였는데. 마법이 아니었다면 그가 당신을 저버렸을 리 없어요. 아니 그가 당신을 두고 그 흑인 여성과 대체 무슨 즐거움을 누릴 수 있었단 말인가요? 그녀가 아무리 온 마음으로 두 팔 벌려 그를 환영했다 한들, 속치마와 함께 정숙함을 벗어던지고 그를 받아들였다 한들, 오, 신이시여! 어찌하여 프랭크윗이 은광을 검은 모래밭과 바꿨단 말입니까!

그러자 셀리시아가 말했다. 그 여자 때문에 여성의 명예가 적잖이 더럽혀졌다고 생각합니다.

이와 같은 서글픈 대화를 얼마간 이어간 후 와일드빌은 슬픔의 구름에 둘러싸여 더욱 아름다워 보이는 벨비라의 고운 모습에 매혹된 채 자리를 떴다. 이후 그녀를 자주 찾으면서 와일드빌은 벨비라가 애인을 잃어 슬퍼하기보다 애인의 이상한 변심에 몹시 의아해하고 있다는 사실을 알게 됐다. 그도 그럴 것이 프랭크윗은 벨비라의 애도를 받을 자격 없이 죽었기 때문이다.

와일드빌은 벨비라에게 애정 공세를 퍼부었고, 프랭크윗이 죽었다고 믿은 벨비라는 새로 생긴 애인이 조급하고 열정적으로 사랑 공격을 해오자 얼마 지나지 않아 굴복하고 말았다. 이제 그들의 결혼식 날이 왔고, 두 사람은 손을 맞잡았다.

이런 일이 벌어지는 동안 (여전히 살아 있는) 프랭크윗은 비열하기 짝이 없는 무리아가 한 짓에 대해 아무것도 모른 채, 그러니까 앞서 말한 대로 무리아가 편지를 벨비라에게 보내 프랭크윗이 바람을 피우고 결국 죽었다고 거짓말한 사실을 새까맣게 모른 채 지내고 있었다. 아직 기운이 없었지만 벨비라가 너무나 보고 싶었던 프랭크윗은 드디어 말을 타고 런던으로 달려갔다. 프랭크윗이 도착한 날은 불행하게도 벨비라와 와일드빌이 결혼식을 올린 바로 그날이었다.

사실 프랭크윗이 떠났을 즈음에 나는 케임브리지에 머물고 있었고* 이 흑인 여성과도 약간 안면이 있는 사이였다. 프랭크윗이 떠난 저녁, 나는 그녀의 거처를 방문했다가 무리아가 잠시 자리를 비운 사이에 우연히 편지 꾸러미를 하나 발견했는데, 프랭크윗이 떠나자 무리아가 그를 포기하고 편지를 태우려고 모아놓은 듯했다. 종이에 적힌 글씨체가 익숙해 보여서 호기심에 누가 보낸 편지인가 싶어 읽어보았더니 벨비라라는 이름이 쓰여 있었다. 벨비라는 나의 아주 친한 친구인지라, 나는 뭔가 고약한 계략이 있음을 직감했다. 편지를 한 통 읽어보고 나서 너무나 놀라, 편지들을 몰래 집 밖으로 빼 왔다. 정의를 위해 마땅히 그리해야 할 것만 같았다. 나는 어떻게 그 편지들을 발견하고 확보했는지 간단히 적어 그날 밤 당장 편지 꾸러미를 벨비라에게 보냈고, 그녀는 결혼식이 끝나자마자 편지들을 받게 되었다.

편지를 읽고 벨비라가 얼마나 놀랐을지 충분히 짐작할 수 있으리라. 그러나 그녀를 더욱 놀라게 한 것은 다름 아닌 프랭크윗의 출현이었다. 가여운, 이제 너무나 불행해진 프랭크윗이 나타난 것이다. 아래층에 모르는 사람이 찾아와 그녀와 급히 할 얘기가 있다고 주장한다는 말에 계단 밑에 있는 뒷방에 내려간 벨비라가 그를 본 순간, 두 사람은 말을 잃고 어안이 벙벙해서 졸도할 지경이었다. 그 슬픈 장면을 그 어떤 세치 혀나 잉크 펜으로 표현할 수 있을까! 오래 앓다 겨우 일어난 프랭크윗의 얼굴이 어찌나 창백한지 벨비라는 처음에 그가 프랭크윗의 유령이라고 생각했다. 아닌 게 아니라(집에 들어설 때 자신의 벨비라가 와일드빌과 결혼했다는 소식을 막 들은) 프랭크윗은 너무 놀란 나머지 움직이지 못하고 유령처럼 서 있었고, 누가 말을 건네기 전에는 입도 벙긋하지 못하는 상태였다. 마침내 그는 벨비라가 보는 앞에서 자결할 생각으로 칼을 뽑았다. 그러자 벨비라는 프랭크윗의 유령이 자신을 죽이러 왔다고 생각해서 비명을 지르며 기절해버렸다. 프랭크윗은 즉시 달려가서 그녀를 두 팔로 안았다. 그는 벨비라가 깨어나도록, 정신을 되찾도록 노력하면서도, 그녀가 이제는 다른 남자와 결혼했으니 제정신이 돌아와도 헛수고라 생각했다. 한편, 모습을 갑자기 감춘 신부의 비명소리에 와일드빌이 급히 계단을 내려와 방으로 들어왔는데, 새신부가 프랭크윗의 품에 안긴 모습을 보자 화가 치밀어 하! 배신자! 하고 소리치며 칼을 빼들었다.

이 저주받을 프랭크윗, 지금까지 창녀와 놀아나더니 이제 와서 그 흑인 여자를 나한테 떠넘길 셈이냐? 내 결혼식 날마저 이렇게 지저분하게 군단 말이냐? 이 역겨운 녀석!

와일드빌은 이렇게 외치며 프랭크윗을 향해 칼을 휘둘렀고, 칼은 프랭크윗의 왼팔을 뚫고 그의 품에 안겨 있던 가여운 벨비라의 몸을 관통해버렸다. 프랭크윗이 그토록 노력할 때는 깨어나지 못하더니, 칼에 찔린 순간 그녀는 정신이 번쩍 들었다. 이상도 하지, 죽을 때가 되고서야 되살아나다니! 그 순간 벨비라는 자신이 죽기 위해 잠시 살아났음을 느꼈다. 공포에 질려 경악하면서 이 끔찍한 장면에서 벗어나려고 노력하다 벨비라는 결국 쓰러졌고, 이 모습을 본 프랭크윗은 (둘의 우정은 이 상처투성이 사건들로 인해 완전히 종결되었으니) 칼을 집어들고 와일드빌과 싸워 한때 그토록 사랑했던 친구의 몸을 찔렀다. 아! 오해가 사람들을 이토록 끔찍한 죽음으로 몰고 가다니, 이 공포스러운 장면을 말로 표현할 수 있는 사람이 과연 있을까! 모두가 대혼란에 빠졌다. 자신을 배반한 친구와 거짓된 애인을 따라가겠다는 생각에 프랭크윗이 자결하려는 순간 셀리시아가 방안으로 뛰어들어왔다. 이 모든 광경을 본 불쌍한 셀리시아는 자신이 눈을 뜬 일을 한탄하면서* 앞을 보지 못하는 상태로 다시 돌아가고 싶다며 비통해했다. 와일드빌은 즉시 사망했고, 벨비라는 숨이 꺼질 때까지 어떤 비극적인 일이 벌어졌는지 사람들에게 모두 설명해줬다. 벨비라가 죽기 전에 마지막 부탁을 남겼다. 프랭크윗이 자신을 진정으로 사랑한다면(벨비라는 자신이 그를 배신하지 않았다는 사실을 충분히 설명했기 때문에 그의 사랑을 받을 자격이 있다고 말했다) 착하고 가여운 셀리시아와 결혼해달라고, 자신을 위해 셀리시아를 애틋하게 사랑해달라고 말했다. 벨비라가 죽으면 그녀의 재산은 가장 가까운 친척인 셀리시아의 몫이 될 터였고, 그 모든 재산보다 소중했던 프랭크윗이 셀리시아와 결혼하면 자신이 남긴 재산이 그의 재산과 합쳐질 터였다. 셀리시아와 프랭크윗의 손을 포개준 후 벨비라는 마지막 숨결을 그의 입술 위에 불어넣었다. 사랑하는 프랭크윗, 프랭크윗, 나는 죽는 순간까지도 당신 것이에요. 프랭크윗은 눈물을 쏟고 슬피 울면서 그녀의 유언을 받겠다고 약속했고 벨비라를 묻은 지 몇 달이 지나 그 약속을 지켰다.

일라이자 헤이우드

Eliza Haywood

판토미나, 혹은 미로 속의 사랑

Fantomina; or, Love in a Maze(1725)

일라이자 헤이우드(1693?~1756)

출신과 유년 시절에 대해서 알려진 바가 적다. 배우, 극작가, 소설가, 시인, 번역가, 출판업자로 다방면에서 활동한 여성 상업 작가. 1714년 더블린에서 배우로 활동을 시작했고, 1719년 첫 소설 『과도한 사랑 *Love in Excess*』(1719)으로 인기를 얻으며 성공적으로 데뷔해 작품을 80편 넘게 남겼다. 1720년대에는 남녀의 사랑과 욕망을 주제로 한 연애소설을 다수 출간해 "욕망의 중재자the arbitress of passion"로 불리며 큰 인기를 끌었다. 『과도한 사랑』은 18세기 전반의 베스트셀러 대니얼 디포의 『로빈슨 크루소 *Robinson Crusoe*』와 조너선 스위프트의 『걸리버 여행기 *Gulliver's Travels*』에 버금가는 상업적 성공을 거뒀다고 한다. 헤이우드의 성공은 알렉산더 포프와 같은 동료 작가들의 풍자를 불러일으키기도 했지만, 작가들의 이런 반응은 헤이우드가 18세기 초 소설 장르의 형성에 핵심적인 역할을 했음을 오히려 반증해준다. 1730년대에는 무대 공연을 위한 희곡과 정치풍자소설을 썼는데, 대표작 『에오바이의 모험 *The Adventures of Eovaai*』(1736)에서는 영국 초대 수상인 로버트 월폴을 비판하기도 했다. 1740년대부터는 교훈적인 소설의 유행에 발맞춰 도덕적인 메시지를 전달하는 문학작품을 선보였다. 1744~1746년에는 여성 독자를 위한 정기간행물 〈여성 스펙테이터Female Spectator〉를 발간해 정치, 문학, 과학, 철학 등을 다루며 여성들을 계몽하고자 노력했다. 다양한 장르를 아우르는 헤이우드의 작품 세계에는 여성의 삶에 대한 깊은 고민과 관심이 담겨 있다.

판토미나, 혹은 미로 속의 사랑

사랑을 쟁취한 자는 정복한 자를 두고 떠나가버린다.

상처를 준 자는 떠나가버리고,

치명적 상처를 입은 자는 그 뒤를 쫓는다.

월러*

아름답고 재치 넘치며 생기발랄한, 고귀한 태생의 젊은 여인이 어느 밤 극장 박스석에 앉아 있었다. 극장에 아름답기로 소문난 여인이 많은데도 몇몇 신사는 유독 객석 일층* 뒤쪽 구석에 앉은 여성을 환대하며 몹시 즐거운 시간을 보내고 있었다. 이 광경이 젊은 여인의 눈에 들어왔다. 여성이 보이는 태도나 남성들과 어울리는 방식으로 미루어보건대 그녀는 극장에 연극을 보려고 온 게 아니라 남성 고객을 확보하려고 온 게 분명했다. 젊은 여인은 연극이나 사교 활동에는 전혀 관심 없이 극장에서 저런 방식으로 시간을 때우는 신사들이 참 경멸스럽다고 옆에 앉은 숙녀들에게 말했지만, 이 말을 들은 숙녀들은 그 광경에 큰 관심을 두지 않았다. 이는 아마도 주로 시골에서 자란 젊은 여인과 달리 그들이 도시 생활에 더 익숙한 탓이거나, 아니면 생각이 깊은 성격이 아닌 탓이 클 터였다. 그러나 젊은 여인은 자신이 본 광경을 자꾸 곱씹었다. 생각할수록 놀라움은 커져만 갔다. 세련되기로 소문난 신사들이 이토록 저속한 취향을 지니고 있다는 것이 놀라웠다.―그녀는 신사들이 그런 여인들을 어떤 식으로 대하는지 궁금했다.―그녀는 어렸을 뿐만 아니라 세상 물정에도 어두웠고, 따라서 세상살이의 위험에도 무지했다. 때마침 런던에 일거수일투족을 감시하는 사람이 없었던 터라, 그녀는 끌리는 대로 기분 내키는 대로 행동할 수 있었다. 그래서 머릿속에 번뜩 떠오른 생각을 실행에 옮겼다가 과오를 저지를 수 있다는 생각을 미처 하지 못했다. 다른 꿍꿍이속은 없고 그저 순수한 호기심을 채우기 위해, 그녀는 몸을 파는 저 여인들처럼 단장해 남성들이 좀더 자유로이 자신에게 다가오게 하고 싶었다.―이런 장난기어린 발상을 떠올리자마자 곧 실행에 옮겼다. 다음날 밤 그녀는 망토를 푹 눌러써 얼굴을 가린 채 이번에는 갤러리 박스석*에 가서 자신이 본 여인들의 행동을 그대로 따라 했다. 그녀의 변장은 즉각적인 효력을 발휘했다.―각기 다른 지위와 능력을 지닌 여러 남성 구매자가 그녀의 주위를 가득 메웠다. 그 남자들은 서로 더 높은 가격을 부르면서 그녀를 품에 안기 위해 필사적으로 노력했다.―그녀는 그 남자들이 외치는 말을 들으면서 자기를 분명 차지할 수 있으리라 장담한 남자들을 실망시킬 생각에 내심 무척 즐거웠다.—그들은 입을 모아서 그녀가 세상에서 가장 사랑스러운 여인이라고 말했다. 몇몇 남자는 젠장, 이 여자는 예쁜 ○○○ 아가씨를 쏙 빼닮았구나 하고 외치며, 그녀의 진짜 이름을 부르기도 했다. 그녀는 본래 허영심이 많았기 때문에 원래 신분이 아니라 매춘부로 오인받아 얻은 칭찬에도 적잖이 즐거워했다. 그러나 그 기쁨도 잠시, 군중을 가르며 그녀가 앉아 있는 좌석으로 다가오는 멋진 남성, 보플레지르*를 보자마자 그녀는 주변의 남성 무리를 재빨리 물리쳤다. 그녀는 종종 연회장에서 보플레지르를 만나 대화한 적이 있었다. 그러나 그녀의 높은 신분과 평판이 늘 장애물이 되어 보플레지르가 지금과 같은 자유로운 방식으로 접근하는 게 불가능했다.—그녀는 왠지 모르게 그에게 끌려 그가 좀더 편하게 접근해 오면 얼마나 좋을까 종종 상상하곤 했다.—바로 지금이 소망을 이룰 기회였다.—다른 이들과 마찬가지로 보플레지르는 여인의 얼굴이 자신이 아는 특정 여성과 몹시 닮았다고 생각했다. 그러나 두 사람의 신분이 워낙 달랐기에* 둘이 동일인이리라고는 전혀 상상하지 못했다.—따라서 그는 그녀가 속한 직업군의 사람들에게 흔히 하는 인사로 대화를 시작했다.—아가씨, 지금 많이 바빠요?—연극이 끝나면 집에 데려다줄까요?—정말이지 아주 예쁘게 생겼군요. 이 극장에 드나든 지는 얼마나 되었죠? 같은 질문이었다. 여인이 재치 있고 예의바르게 농담을 이어가자 보플레지르는 숙녀 교육을 받지 못했으면서 필요에 따라 숙녀인 척하는 그런 여성들과는 차원이 다름을 인지했고, 자신이 배우지 못해서 교양 없이 행동한 것이 아님을 보여주기 위해 대화 방식을 점잖게 바꿨다.—곧 이 두 사람은 서로의 매력에 푹 빠져버렸다. 보플레지르는 이토록 엄청난 미모와 재치를 겸비한 여인과 은밀하게 즐길 수 있음에 흥분했고, 여인은 이토록 자유롭고 속박 없는 방식으로 그와 교제할 수 있음에 엄청난 쾌감을 느꼈다. 연극이 지속되는 내내 그들은 서로 동등한 만족감을 느끼며 즐겼다. 그러나 극이 끝나자 여인은 자신이 미처 예상하지 못한, 매우 곤란한 상황에 처했음을 인지했고, 이 위기에서 어떻게 빠져나갈 수 있을지 몰라서 난감했다.—보플레지르가 보여준 열정은 저멀리서 여인을 동경하는 것으로 충족되는 그런 겸허한 성질의 것이 아니었다.—보플레지르는 이 여인으로 인해 생긴 욕망을 충족시키기 전까지는 작별하지 않으리라 결심했고, 매춘부니까 편하게 대해도 되겠다고 생각하며 자신이 선택한 집에 같이 가거나, 아니면 그녀의 집까지 바래다주겠다고 말했다.—그녀는 지금껏 이런 딜레마에 처한 적이 없었다. 서너 번 정도는 자신의 진짜 정체를 밝히려고 입을 떼어보려 했다. 그러나 무심하신 하늘은 그런 좋은 기회를 가로막아버렸으니, 그녀의 머리에 좋은 핑계가 떠오른 것이다. 보플레지르를 이번에는 피하면서, 그를 다시 만났을 때 이번처럼 자유분방하게 교제할 명분이 되어줄 것 같았다.—그녀는 그날 밤 자신을 후원하는 남성과 근처의 저택에서 만나기로 약속이 되어 있으며, 이를 어길 수는 없다고 말했다.—이 이야기는 매춘부들이 흔히 하는 소리라서 보플레지르는 전혀 의심하지 않았다. 그는 그녀에게 곤란하게 할 생각은 전혀 없으니 안심하라고 말하며, 그 대신 다음날 밤에 만났을 때는 자신이 오늘밤 겪은 고통을 보상해줘야 할 것이라고 말했다. 여인이 다음날 저녁에 극장의 같은 좌석에 있겠다고 엄중히 약속하고 나서야 두 사람은 헤어졌다. 그는 술집에 가서 실망감을 술로 달래보려 했고, 그녀는 가마*를 타고 집으로 서둘러 돌아가 자신이 꾸민 장난에 대해 곰곰이 생각해봤다. 처음에는 약속을 지킬 생각이 전혀 없었고, 신원이 탄로나지 않았다는 것을 그저 다행으로 여기며 기뻐했다.

하지만 이 결심은 잠시뿐이었다. 기분에 휩쓸린 그녀는 조금 후 매우 다른, 위험한 생각을 하기에 이르렀다.―보플레지르의 매력을 떠올리면 다시 보고 싶어 죽을 지경이었다. 그녀의 분별심이 아무리 경고해도 다음날 누릴 수 있는 즐거움을 거부하게 만들지는 못했다.―그녀가 생각하는 것보다 훨씬 위험한 시험이 앞에 놓여 있었으니, 자신의 정숙함에 의지해야 하는 상황이었다. 보플레지르가 숙녀 신분인 그녀에게는 자유로이 접근하지 못할 테니, 런던의 정부情婦가 되어 그의 접근을 받아주기로 결심했다. 그녀는 이런 인물로 행세하며 보플레지르와 함께 보내는 시간이 얼마나 황홀할지 떠올려보았고, 또한 그녀가 당연히 몸을 허락하리라고 여기는 그의 생각과 달리 그녀가 거절하면 얼마나 난감해할지 즐겁게 상상해보기도 했다.―그녀의 상상은 참으로 이상하고 이해하기 힘들었으며,―그녀의 욕망은 거칠고 종잡을 수 없었으며,―그 어떤 결정도 내리지 못할 만큼 마음이 갈팡질팡했다. 보플레지르와 방금 만난 방식으로 다시 만나고 싶은 마음을 제외하면 딱히 무엇을 원하는지도 몰랐다. 보플레지르와 어떻게 시간을 보낼지, 자신의 진짜 정체를 밝히지 않고도 두번째 만남에서 빠져나올 수 있을지, 최후의 방법으로는 자신의 진짜 정체를 밝혀야 할지 등에 대해 그녀는 무엇도 확신할 수가 없었다.―그러나 어떤 결말이 나든 보플레지르와 꼭 만나야겠다고 마음먹은 그녀는 연극이 시작하기 몇 시간 전에 집을 나서서 극장 근처의 숙소를 미리 빌렸다. 만약 보플레지르가 함께 밤을 보내자고 제안한다면, 미리 빌려둔 숙소로 데려올 작정이었다. 그가 정한 장소로 가기보다는 그녀가 주인인 집에서 시간을 보내는 게 순결을 지키는 데 더 유리하리라 판단했기 때문이다.

이윽고 약속한 시간이 되었고, 그녀는 보플레지르의 열정이 식지 않았음을 확인할 수 있었다. 그는 그녀보다 더 일찍 도착해 있었고 그녀를 대하는 태도는 참으로 부드럽기 그지없었다. 그러나 극이 시작되고 끝날 때까지 보플레지르는 전날 밤처럼 그녀와 쉽게 헤어지지는 않을 것임을 계속 주지시켰다. 그녀는 미리 숙소를 빌려놓은 자신의 주도면밀함에 안도했고 자신의 정절이나 평판에 아무 해가 가지 않으리라 생각해 기뻐했다.—그녀가 자기 집에 같이 가도 된다고 말하자 보플레지르는 굉장히 만족해했다. 스무 채 정도 집을 지나는 거리에 있는 숙소에 가자 보플레지르는 자신이 함께 먹을 음식을 주문하겠다고 말했다. 그러나 그녀는 자기 숙소로 손님을 초대해놓고 자신이 대접받는 건 말이 안 된다면서 그의 제안을 거절했다. 그녀는 숙소에 도착하자마자 하인을 시켜 최상급의 저녁과 와인을 준비하도록 했고, 푸짐하게 차려진 식탁은 그녀가 돈도 꽤 있는데다 식탁 예절도 잘 알고 있음을 보여줬다.

일이 이렇게 진행되자 보플레지르는 그녀가 예상했던 대로 매춘부라고 확신하면서도 어쩌면 훨씬 높은 신분의 여성이라 생각보다 훨씬 큰 비용이 들지 모르겠다고 판단했다. 그러나 그는 눈앞의 쾌락을 위해서라면 아까울 것이 없었다. 그저 그녀가 요구하는 비용을 못 치르면 어쩌나 조금 걱정될 뿐이었다.

두 사람은 서로에게 유혹적인 말을 건네며 저녁식사를 했다. 식사가 끝나자 보플레지르는 분명한 말과 태도로 자신의 의도를 내비쳤다. 그녀가 허락한 자유로운 교제가 그로 하여금 행복을 얻으리라는 희망을 품게 했으니, 이제 와서 물러설 수 없다고 단호하게 말했다.─지난 일을 되돌리고 싶었지만 소용없었다. 그녀는 다음에 만나면 그의 욕구를 충족시켜주겠다고 말했지만 소용없었다.─뒤로 물러나기에 그녀는 너무 멀리 온 것이다.─그는 과감했다.─그는 단호했다. 그녀는 눈물이 났고,─혼란스러웠으며, 이런 방식의 만남에서 남자에게 어떻게 저항해야 할지 몰랐고, 게다가 보플레지르에 대한 엄청난 호감 때문에 저항하기가 더욱더 힘들었다.─그러나 진짜로 순결을 잃을 수도 있겠다는 생각에 힘껏 저항했고, 마침내 자신의 이름과 신분을 밝히려는 순간, 보플레지르가 자신을 얼마나 자유분방하게 대했고 지금 어떻게 대하고 있는지 생각하고는 이내 포기했다. 여기서 들켰다간 사람들의 놀림거리가 될 게 분명했다.─그래서 그녀는 이것만 말했다. 자신이 사실처녀이며 그에게 다가가기 위해 이런 방식으로 행동했을 뿐이라고. 그러나 그는 전혀 개의치 않았다. 신경을 썼다 하더라도 이제 와서 그만둘 리 만무했다.─그는 욕망에 몸이 이글이글 달아올랐고, 설사 그가 그녀의 진짜 정체를 알았다 하더라도 그녀를 존중하는 마음이 그 폭발적인 욕망을 꺾기에는 역부족이었을 것이며,─그 급한 순간에 그가 갑자기 그녀를 다른 방식으로 대하는 것은 불가능했으리라. 마침내 그녀는 순결을 빼앗겼고, 그는 승리를 쟁취했다. 그 승리가 어찌나 황홀한지, 자신이 정복한 여자의 정체를 알았다 하더라도 그의 승리감이 더 커지는 않았을 것이다. 그러나 그 파멸적인 황홀경이 지나가자 어찌할 바를 모르고 우는 그녀를 보고 보플레지르는 무척 놀랐고 그만큼 쾌감도 줄어들었다.─그는 매춘부도 아닌 여성이 도대체 무슨 이유로 매춘부 행세를 하면서 그를 유혹했는지 어림짐작조차 할 수 없었다. 마지막 선을 넘을 때까지 다 허락한 듯이 굴어놓고는 본인도 뻔히 알고 있었을 결말에 왜 이리 한탄하는지, 그는 그녀의 태도가 왜 돌변했는지 이해할 수 없어 놀랍고 걱정스러웠다.─그는 그녀를 안심시킬 만한 온갖 말을 주워섬기며 달랬다. 보플레지르는 그녀를 이렇게 행동하게 만든 동기가 돈이라고 생각했다. 그에게 모든 걸 다 내어준 그녀의 입장에서는, 잘 알지 못하는 그가 몸을 허락한 데 대한 보상을 해주지 않을까봐 걱정할 수도 있겠다는 생각이 들었다. 보플레지르는 그녀의 고통을 덜어주기 위해 호주머니에서 금화가 든 지갑을 꺼내 건네며, 그녀를 위한 진심이 담긴 징표로 받아달라고 했다. 또한 그녀의 평안과 행복에 필요한 것이라면 전 재산을 털어서라도 뭐든지 아낌없이 해주겠다고 말했다. 이런 대접을 받자 여인은 자신이 매춘부 역할을 연기하고 있다는 사실도 잊은 채 경멸에 가득차 금화 지갑을 던져버렸다. (그녀가 말했다.) 이것이 내가 내드린 승리에 대한 대가란 말인가요?─당신이 아무리 재산이 많다 해도, 그 재산이 내가 잃어버린 순결을 보상할 수 있나요?─오, 전혀 아니에요. 난 이제 하늘이 도우실 수도 없을 만큼 신세를 망쳐버렸어요.─그녀는 이런 식으로 수많은 탄식을 쏟아냈다. 보플레지르는 너무 놀라 대답조차 할 수 없었다. 그녀는 화가 좀 식자 그에게 다시 부드러운 눈길을 던졌다. 그러고는 당황한 보플레지르에게 말했다. 오, 나의 보플레지르, 오직 당신의 사랑만이 내가 겪은 이 수치를 보상해줄 거예요. 제발 내게 진실하고 일관되게 행동하세요. 그렇게만 해준다면 나는 내 운명에 만족하고 내 과오를 스스로 용서할 수 있을 거예요.

그녀가 말을 마치자 보플레지르는 지금이 그녀에게 정체를 물어볼 좋은 기회라고 여겼다. 지금은 그녀가 매춘부라고 생각하지 않았지만, 매춘부가 정말 아니라면 도대체 무슨 연유로 매춘부 행세를 한단 말인가. 보플레지르는 그녀를 만족시킬 만한 열정에 가득찬 사랑의 맹세를 하고 절대 어기지 않겠노라 약속하면서, 도대체 어찌된 사정으로 자신이 이런 행운을 누리게 되었는지, 그리고 자기에게 이런 은혜를 베푼 여인의 정체가 무엇인지 물었다.—이 질문에 여인은 아직 남아 있는 수줍음과 수치심에 얼굴이 화끈 달아올랐다. 그녀는 곧 정신을 차리고서 할 수 있는 만큼만 고백했다. 흔히 정부로 불리는 여자들을 남자들이 어떻게 대하는지 궁금해서 호기심에 이런 장난을 치게 되었다고 말이다. 하지만 그녀는 자신의 이름과 신분을 밝히지 않았다. 처음에 이름과 신분을 숨긴 이유와 같은 이유에서였다. 만에 하나 보플레지르가 그녀와 있었던 일을 소문내고 다닌다 할지라도 그녀의 평판에 해가 가면 안 됐다. 그래서 그녀는 옷을 구매하러 런던에 잠시 들른 시골 신사의 딸이며, 이름은 판토미나라고 말했다.* 보플레지르의 입장에서는 이야기의 진위를 의심할 이유가 없었다. 그러나 이 여인이 지금껏 보인 행실을 고려해보면 그녀가 아무리 부인한다 해도 결국은 그녀가 그토록 능숙하게 연기한 대로 매춘부임이 들통날 거라 생각했다. 보플레지르는 그녀가 겪을 불행에 대해 동정심을 느낄 만큼의 양심은 있는 사람이었다. 그렇지만 동정을 표현한다거나 충고하는 것은 자기가 할 일은 아니라고 여겼다. 적어도 아직은 그럴 때가 아니라고 생각했다.

새벽이 밝아오자 헤어질 순간이 다가왔다. 그녀는 보플레지르에게 다음날 오후 세시에 이 집을 다시 방문해달라고 말했고 그는 기꺼이 그렇게 하겠다고 약속했다. 그녀는 자기 집으로 돌아가기에는 너무 늦은 시간이라 빌린 숙소에서 그냥 자기로 했다. 아침이 되자 그녀는 숙소의 주인을 불렀다. 집주인이 뇌물에 약한 여자임을 간파한 그녀는 여윳돈을 쥐어주며 지난밤에 왔던 신사가 집에 찾아와 자신에 대해 묻거든, 최근에 시골에서 올라온 여성이고 두 주 정도 이 집에 머물렀으며, 이름은 판토미나라고 말해달라고 부탁했다. 그녀는 가끔 그 남자를 만날 때만 이 집에 올 것이며, 그 남자는 자기가 이 집에 계속 거주하는 것으로 알아야 한다고 덧붙였다. 그러니 만일 자기가 집에 없을 때 그 남자가 방문하면 자기가 막 외출한 것처럼 말해달라고 부탁했다. 집주인은 호언장담하길, 자신은 비밀을 지킬 줄 모르는 사람이 아니라면서 그녀가 부탁한 대로 모두 행하겠다고 했다.

평판에 해가 될 만한 요소를 모두 안전하게 정리한 그녀는 자기가 묵는 집으로 돌아가 다행히도 별 의심 없는 고모에게 밤을 새우고 왜 이제 나타났는지에 대한 변명을 술술 늘어놓았다. 그녀가 꾸며낸 이야기는 다음과 같았다. 그녀는 부부 한 쌍과 함께 강가에서 배를 타고 그들이 소유한 시골 별장에 갔다. 저녁에 돌아오려 했지만 뱃사공이 갑자기 아팠고 다른 일꾼이 없어서 하는 수 없이 아침까지 그 별장에 머물러야만 했다는 이야기였다.—그녀는 이런 방식으로 번뜩이는 기지를 오롯이 발휘해 위험한 순간을 잘 모면했다. 하지만 정작 가장 중요한 영역에서는 지혜롭게 처신하지 못했다. 명성과 평판이 무너질 경우 발생할 위험을 미리 예상하고 피해 갈 줄 아는 판단력은 다행히 갖췄지만, 순결을 잃을 경우 감내해야 할 위험은 등한시했다. 그리하여 일을 슬기롭게 처리한 덕분에 평판은 유지됐지만, 순결을 잃어버렸다는 사실을 점점 아무렇지도 않게 떠올렸다.—보플레지르의 장점에 대해 곱씹을수록 자신이 저지른 일에 대해서는 가볍게 여기게 되었고, 앞으로 그와 함께 누릴 환상적인 날들에 대한 기대가 모든 후회를 잠식했다. 큰 즐거움만 안겨줄 만남이라고, 이로 인해 불행해질 위험은 전혀 없다고 생각했다.—(그녀는 혼잣말했다.) 그가 약속한 대로 진짜로 충직하고 변함없는 연인이 되어준다면, 우리의 사랑은 얼마나 빛이 날까?— 남자들이 흔히 그렇듯이 그가 이 관계에 금방 싫증이 나서 거짓된 연인이 된다 해도, 일어날 수 있는 최악의 일이라고 해봤자 그를 잃어버렸다는 괴로움으로 혼자 끙끙 앓는 것이겠지.—우리의 관계가 비밀이니까 내 쪽 팔림도 비밀로 끝날 거야.—지나가는 사람들이 수군거리는 소리를 듣지 않아도 돼.—그녀는 버림받았어.—그 끔찍한 버림받았어라는 소리가 절대로 내 귀를 더럽히지 못할 거야. 내 잘못이 세상 사람들에게 즐거움을 주거나 동정심을 유발할 수도 없겠지.—나를 파멸로 이끈 남자 또한 의기양양해할 수는 없어. 왜냐면 그가 이미 정복해버린 그녀를 비웃거나 경멸할 수는 있어도, 귀족 신분인 진짜 나를 앞에 두면 내 미덕과 정숙함을 존경하고 떠받들겠지.—이런 식으로 그녀는 자신의 행실을 찬양했고, 모든 여성 중에서 자신만큼 주도면밀한 사람은 없으리라고 생각한 나머지 의기양양했다. 사실 자랑스러워할 만도 했다. 그 어떤 여성도 그녀만큼 성공적으로 이 은밀한 만남을 이어나가지 못했으리라. 우선 그녀는 자신의 비밀을 누구와도 공유하지 않았고, 이에 더해 보플레지르에게 자신의 진짜 정체성을 철저히 숨겼다. 보플레지르는 그녀를 만나기 위해 일주일에 삼사일 꼴로 그녀가 만남을 위해 빌린 숙소를 방문했다. 보플레지르를 위해 이렇게 시간과 정신을 쏟으면서도 그 외의 시간에는 자신이 참여해야 하는 여러 사교 모임에 빠지지 않고 나갔다.―연애 작업은 저녁 여섯시까지 이어졌고, 그녀는 일곱시 전에 옷을 갈아입고 다른 약속 장소로 이동했다.―보플레지르가 욕망에 허덕이는 그녀를 두고 떠날 때 그녀는 슬리퍼를 신고 헐렁하게 풀린 잠옷 가운을 걸치고 있었다.―한 시간도 채 안 지나서 보플레지르는 왕립 예배당, 궁전의 정원, 연회장, 오페라 또는 연극 극장 등에서 코르셋을 바짝 조인 드레스를 입고 보석으로 휘황찬란하게 꾸민, 경외심을 유발하는 도도한 귀족 여인의 모습을 보았다.―보플레지르는 자신의 소박한 정부와 이 궁정 사교계의 미녀가 너무나도 닮았음에 수천 번도 더 놀랐다. 그러나 극장에서 그녀를 처음 만났을 때 그랬듯이 지금도 여전히 두 사람이 같은 사람이리라고는 상상도 못했다. 물론 그녀가 이 유명한 미녀를 닮은 덕택에 그의 관심을 더 오래 끈 것인지 모른다. 자신이 재미 보려고 함부로 손댈 수 없는(그렇게 그는 생각했겠지) 이 미녀에 대한 보상심리로 보플레지르는 그녀에게 더 강한 사랑의 손길을 뻗쳤을 수 있으리라.

그러나 보플레지르는 여성을 자신의 것으로 만든 후 욕망을 지속시키지 못하는 보통 남성과 크게 다르지 않았다. 그녀의 치명적인 매력은 곧 그 힘을 잃었고, 점점 무미하고 시시해져버렸다. 배스*에 휴양하러 가는 철이 되자 그녀는 보플레지르에게 함께 배스에 가지 않겠느냐고 물었지만, 그는 혼자 갈 구실을 둘러댔다. 그녀는 그의 애정이 식었음을 쉽게 간파했고, 왜 함께 가기를 주저하는지 이유도 금방 짐작했다. 이런 종류의 일이 벌어질 때 여성들이 흔히 감내해야 하는 감정을 그녀 역시 견뎌야 했다. 하지만 보플레지르 앞에서는 감정을 감췄다. 그가 곁에 없어서 느끼는 정도의 섭섭함만 내비치며 그의 곁을 떠났다. 그러나 이는 그녀가 그를 미행할 계획을 꾸미고 있다는 의심을 방지하기 위한 행동이었다.─그가 자기를 두고 떠날 계획을 세우고 있다는 사실을 안 순간 그녀는 이미 깨달았다. 보플레지르가 그녀와 함께 있는 것을 이제 지겨워하며, 새로운 정복 대상을 찾아내고 싶어 근질근질하다는 것을. 이런 경우일수록 여자가 울고 불고 떼쓰고 해봤자 이미 떠나간 마음을 붙잡을 수 없다는 것도 알고 있었다. 마음이 떠난 애인을 붙잡을 무기라고는 미모뿐인데 그런 식으로 흉한 꼴을 보이며 붙잡아봤자 여성의 매력은 줄어들 뿐이고 더 미운 대상으로 변할 뿐이다. 따라서 그녀는 다른 방책을 쓰기로 했다. 그가 그녀 앞에 무릎을 꿇고 사랑을 애걸복걸할 때 느꼈던 환희를 기억하면서, 그 환희를 다시 느낄 수 있길 갈망했다. 그녀는 빼어난 미모와 교양을 겸비한 여성으로서 남자 수천 명쯤은 보플레지르가 빠졌던 상태에 쉽게 빠뜨릴 수 있었을 테지만, 문제가 한 가지 있었다. 보플레지르를 얻기 위해 정숙함은 버렸지만, 정숙함만큼 귀하나 종종 불행으로 이어지는 또다른 여성적 미덕, 즉 한 사람만 바라보는 지조는 내팽개치지 못한 터였다. 그녀는 보플레지르를 진심으로 사랑했다. 오직 그의 구애만이 그녀를 기쁘게 했다. 다른 모든 남성이 그녀를 죽을 듯이 갈망했다면 허영심을 채우기에는 좋았을지도 모르지만 그녀의 애틋한 마음에 호소하지는 못했을 것이다.─보플레지르의 관심을 집중시킨 다음, 그가 숨을 거칠게 몰아쉬는 소리를 듣고, 온몸에서 기운이 빠져나가는 모습을 두 눈으로 보고 싶었다. 그의 다급한 포옹이 주는 격렬한 압력을 느끼고, 굴복당하고 싶었다. 그녀 역시 열정적으로 욕망하는 것을 그가 달콤하게 강제해주길 바랐다. 그것을 얻기 위한 전략을 짜면서 그녀는 성공을 예견했다.

보플레지르가 런던을 떠났다는 소식을 듣자마자, 그녀는 고모에게 시골에 있는 친척을 방문할 일이 있는 것처럼 꾸며댔다. 그러고 나서 곧장 하인 둘과 함께 배스로 갔는데, 도중에 일부러 시빗거리를 찾아내 하인들을 해고했다. 그후 그녀는 복장을 바꿔 입고, 타고 있던 마차도 버리고 (좀더 저렴한 교통 수단인) 왜건*으로 바꿔 탔다. 프릴 달린 면 모자를 쓰고 붉은색 짧은 페티코트, 회색 재킷*을 입었으며 나머지 장신구도 비슷한 톤으로 맞추어 걸쳤다. 투박한 시골 방언을 구사하며 촌스럽고 우아하지 못한 모습을 흉내냈는데, 어린 시절을 시골에서 보낸 그녀로서는 어렵지 않은 일이었다. 머리와 눈썹을 검은색으로 물들이니 정체가 탄로날 일은 절대 있을 수 없었다. 이렇게 차려입고 보플레지르가 머물고 있는 숙소를 알아낸 다음 그곳에 찾아가 일하고 싶다고 말했다. 이렇게 외모에 많은 변화가 있었음에도 그녀는 굉장히 아름다웠다. 숙박업소의 여주인은 때마침 하녀가 필요했고, 그녀를 하녀로 고용할 수 있어서 기뻤다. 주인 가족은 그녀를 곧장 받아들여주었고, 그녀는 그 집에서 여행 온 신사들의 이불을 갈고, 아침을 제공하고, 방에서 시중을 드는 임무(그러니까 고르라고 했다면 선택했을 바로 그 임무)를 맡게 되었다. 행운의 여신은 확실히 그녀 편이었다. 그 숙소에는 다행히도 보플레지르 외에 딱 한 명의 남성만 묵고 있었는데 류머티즘으로 거동이 불편한, 배스의 온천으로 요양하러 온 신사였다. 그래서 사랑하는 보플레지르가 아닌 다른 남자에게 범해질 위험은 없었다. 그녀의 계획은 실패하지 않았다. 보플레지르는 그녀를 보자마자 달아올랐지만 처음에는 그녀에게 두세 번 키스하는 것 이상으로는 반응하지 않았다. 그러나 사랑의 언어를 이미 너무 잘 이해하는 그녀는 이런 키스가 곧장 더 많은 즐거움으로 이어지리라는 것을 쉽게 알아챘다. ─다음날 아침 보플레지르가 주문한 초콜릿 음료를 전달하려고 방문했을 때 그는 그녀의 짧은 치마 밑에 드러난 예쁜 다리를 잡아채며 자기 쪽으로 끌었다. ─여기서 일한 지 얼마나 됐어? 애인은 얼마나 많이 사귀었어? 사랑해본 적은 있나? 하녀에게 할 법한 질문을 했다. 그녀가 그 질문에 어찌나 순진하게 답하는지, 그의 욕망은 더욱 달아올랐다. 그는 그녀를 무릎에 앉히고 빨개지는 그녀의 얼굴을 응시했다. 그녀의 평범하고 촌스러운 드레스가 그 매력을 배가시켰다. ─그는 곧 자제력을 잃어버렸고, 그의 말과 행동에서 거친 욕망이 뿜어져나왔다. 그녀를 작은 천사 케루빔이라고 부르며, 자신에게 죽음이 벌로 주어진다 해도 그녀와 재미를 보고야 말겠다고 선언했다. 그는 욕정 가득한 키스를 그녀의 입술과 가슴에 마치 집어삼킬 듯이 퍼부었다. 불타는 가슴으로 그녀를 껴안았을 때 그녀는 반쯤 항복하고 반쯤 저항하는 모양새였다. 그는 자신의 탐욕스러운 감각이 어여쁜 실리아(그녀가 두번째 모험을 하면서 지어낸 이름이다)의 달콤한 아름다움으로 온통 채워지고 황폐화될 때까지 그녀를 품에서 절대 놓아주지 않았다. ─보플레지르는 자신에게 이런 종류의 쾌락을 선사해준 모든 이에게 으레 넉넉히 사례하듯, 그녀에게 금화 한 움큼을 건네주었다. 그녀는 오해를 사거나 다시 가까스로 얻은 애정을 식게 할까봐 이번에는 거절하지 않고 돈을 받았다. 그녀는 예의바르게 인사하고는 놀라며 기뻐하는 척 연기했다. 어머나 세상에, 돈을 이렇게나 많이 주시다니 제가 뭘 해야만 하죠? 그는 그녀의 순진함에 웃으며 다시 키스했다. 하지만 그 키스는 바로 직전에 한 키스보다는 덜 열정적이었다. 그는 그날 밤 자신이 숙소에 다시 올 때 멀리 있지 말라고 그녀에게 당부했다. 그녀는 말한 대로 하겠다고 약속하고, 그 약속을 아주 충실히 지켰다.

보플레지르가 배스에 머문 기간은 한 달이 채 안 됐지만 그동안 시골 아가씨(그는 그렇게 믿었다)가 어찌나 애정을 퍼부으며 그를 괴롭히는지, 그녀와 처음 즐겼을 때는 그토록 그녀를 갈망했으면서도 점차 흥미를 잃어 결국 판토미나보다 실리아가 더 지겹게 느껴지는 지경에 이르고 말았다. 그녀도 그 사실을 알아채고 그를 귀찮게 하지 않고 하녀 일을 그만두었다. 그가 다시 런던으로 돌아간다는 소식이 들릴 때까지 그녀는 조용히 배스에 머물렀다. 그동안 보플레지르의 두 번이나 식어버린 열정을 다시 불 지피기 위해 머리를 굴려가며 세번째 계획을 세웠고, 또다른 변장을 시도할 준비를 했다. 그녀가 주문한 의상은 막 초상을 치른 과부가 입을 법한 상복이었다. 상복을 입고 더없이 괴롭고 통한에 사무친 표정을 지으니 늘 명랑했던 실리아와는 사뭇 다른 모습이 연출됐다.—게다가 머리를 길게 늘어뜨린 판토미나와 실리아와 달리, 머리를 꽉 묶고 머리카락이 보이지 않게 피너스 캡모자*를 그 위에 고정하니 차림새와 분위기가 아주 크게 바뀌어서, 슬픔에 찬 과부로 행세해도 순진한 시골 처녀 행세를 할 때만큼이나 진짜 정체를 알아차리기 어려웠다. 그녀는 보플레지르가 배스에 올 때 홀로 마차를 타고 온 것을 알고 있었다. 하녀로 일하는 동안 보플레지르에게 런던으로 돌아가는 길에 누군가와 동행할 거라는 얘기를 듣지는 못했기에 그가 혼자서 런던으로 갈 거라고 추측했다. 그녀는 말과 하인을 고용해 배스에서 런던 방향으로 10마일 떨어진 숙소까지 자신을 수행하게 한 다음, 말과 하인을 돌려보내고 혼자서 보플레지르의 마차가 올 때까지 기다렸다. 마차가 가까이 오자 그녀는 보플레지르가 마차에 혼자 탄 것을 확인한 후 마부에게 잠깐 멈춰달라고 부탁했다. 그러고는 마차 문으로 다가가 안에 탄 사람에게 이렇게 말했다.

너그러운 마음을 지닌 이라면 고통에 빠진 비참한 이들을 동정하는 법입니다(그녀가 말했다). 저는 당신이 그런 사람임을 믿어 의심치 않습니다.—신사처럼 보이시는데, 제 이야기를 들으면 당신이 줄 수 있는 도움을 이 불쌍한 여인에게 베풀지 않으실 수 없을 거예요. 만약 도와주지 않으신다면 저는 이 세상에서 가장 처량한 사람이 될 것입니다.

여인이 이렇게 기이한 방식으로 접근하자 보플레지르는 적잖이 놀랐다.—그녀는 자선을 원하는 사람 같아 보이지 않았다. 자선 말고 어떤 호의를 원하는지 그로선 도통 알 수 없었다. 그러나 그가 힘닿는 데까지 돕겠다고 말하자 그녀는 고무되었다. (그녀는 이어서 이렇게 말했다.) 제가 입은 옷을 보면 아시겠지만 저는 여자에게 가장 중요한 모든 것을 잃었습니다. 하지만 당신이 완벽함 그 자체였던 제 남편을 알지 못하시는 이상, 제가 느끼는 불행을 어찌 짐작조차 하실 수 있겠습니까. 모든 면에서 완벽했던 남편은 아내의 사랑을 받을 자격이 넘치는 사람이었습니다.—그러나 그토록 완벽했던 남편이 죽었으니 저는 그저 세상에서 제일 슬픈 여자가 되었습니다. 이제 제 소임이라고는 남편이 남긴 적은 재산을 잘 간수하는 일뿐입니다. 런던에 사는 남편의 형제가 그 재산을 가지고 있는데, 곧 네덜란드에 정착하러 떠난답니다. 떠나기 전에 그를 만나지 못하면 저는 그야말로 영원히 망한 신세가 될 거예요.─그래서 저는 지금 제가 살던 브리스틀을 떠나 여기 배스로 와서 마차를 타려고 했습니다. 그런데 마차가 이미 만석이라고 합니다. 게다가 제가 넘어져 다치면서 생긴 상처 때문에 말을 타고 런던에 가는 것도 불가능한 상황입니다. 당신이 이 마차에 태워주는 호의를 베풀어주지 않으신다면 저는 세상에서 제가 가진 모든 것을 잃게 될 게 틀림없어요.

과부인 척하는 이 여인은 종종 한숨과 신음 소리를 적절히 넣어가면서 이 비극적인 이야기를 끝마쳤다. 보플레지르는 그녀에게 원하시는 것 이상의 일도 기꺼이 해드릴 수 있다며 공손하고 상냥한 태도로 말하고는, 자신의 마음 한 자리를 이미 내어준 여인에게 마차 자리 하나를 못 내주겠느냐고 허풍을 떨었다. 이 찬사에 그녀는 그저 눈물을 흘렸다. 어찌나 눈물을 하염없이 흘리는지 손수건을 얼굴에서 잠시도 뗄 수가 없을 정도였다. 그녀가 마차에 올라타자 보플레지르는 그토록 격한 슬픔에 잠겨 있으면 미모뿐 아니라 건강도 해친다는 등의 듣기 좋은 말을 수없이 늘어놓았다. 그러나 그녀를 위로해주려는 노력은 모두 수포로 돌아갔다. 고집스럽게 오직 죽은 남편에 대해서만 말하고 다른 주제에 대해서는 입도 뻥긋할 줄 모르는 이 여인과 함께 런던으로 가는 여정은 지루하기 짝이 없을 것만 같았다.─그러나 곧 에페소스의 부인*에 관한 유명한 일화를 떠올리고는 슬픔에 약한 여인은 사랑에도 약한 법이니 한번 색다른 시험을 해보기로 했다. 온갖 종류의 주제에 대해 이야기를 해도 그녀가 대답할 기미조차 보이지 않자 보플레지르는 사랑 이야기가 그녀의 잠든 심신을 확 깨우지 않을까 생각하면서 한번 시도해보기로 했다.—보플레지르는 최대한의 겸손함과 존경심을 갖춘 채 밝은 분위기를 연출하면서, 마치 숨은 의도가 전혀 없는 듯이 사랑이 주는 큰 기쁨에 대한 이야기로 화제 전환을 시도했고, 곧 이 주제야말로 여인이 가장 좋아하는 주제임을 확인했다.—그가 사랑을 언급하자마자 그녀는 사랑이 어떻게 한 사람의 의도, 신념, 기질과 상반된 행동을 하게 이끄는지에 대해, 그 경이로운 힘에 대해 청산유수로 말했다. 그녀가 곧 서로 사랑을 주고받을 때의 행복에 대해 언급하고, 비슷하게 강렬한 애정을 지닌 사람끼리의 만남이 주는 이루 말할 수 없는 황홀함에 대해 굉장히 생생하게 표현했으며, 동반되는 몸짓과 목소리의 톤이 그녀의 감정을 진실되게 전달했기에, 우둔하기는커녕 명민하기 그지없는 보플레지르는 한숨 섞인 부드러운 숨결만 불어넣으면 활활 타오를 아직 꺼지지 않은 불씨가 과부에게 남아 있음을 알아챘다.—조금 전까지만 해도 운이 정말 없다고 생각했던 만큼이나 이제는 큰 행운이 찾아왔다고 생각한 보플레지르는 헤어지기 전에 이 사랑스러운 과부의 눈물을 닦아주어 두 사람 다 행복에 이를 방법을 찾으리라 믿어 의심치 않았다. 판토미나나 실리아에게 했던 것처럼 단도직입적으로 그의 열정을 보여주지는 않았다. 그러는 대신 그의 특기인 사람을 살살 녹이는 온갖 술수를 동원해 자신이 그녀에게 빠져 있다는 사실을 알게 했다. 그들이 묵을 숙소에 도착했을 때 보플레지르는 좀더 자유롭게 자기표현을 했고, 과부가 용서할 수 없다는 듯 거부하지는 않자, 좀더 대담하게 굴었다.—그는 이제 그녀의 눈물을 키스로 닦아주고 그녀의 입에서 나오는 한숨도 입술로 받아주는 대담함까지 보였으며, 슬픔은 쉽게 전이되는 법이니 그녀의 슬픔을 나누어 갖겠다고 말했다. 그는 자신이 느끼는 사랑의 무게를 그녀가 나눠 갖는다면, 자신도 기꺼이 사랑을 슬픔과 맞바꾸고 그녀가 느끼는 슬픔의 몫을 짊어지겠다고 언명했다.—보플레지르가 마침내 그녀를 꽉 껴안으려고 시도했을 때도 별말 없던 그녀는, 너무 빨리 유혹에 굴복하면 자신이 꾸며낸 인물상과 부합하지 않으리라 판단하면서도 그와 그녀 두 사람이 함께 사로잡혀 있는 그 충동을 거부할 수 없어 결국 기절한 척하며 그의 가슴 위로 쓰러져버렸다.—보플레지르는 그녀가 진짜 기절했다고 생각하지는 않았다. 마침 그들이 저녁을 먹던 방에 침대가 있어서 그녀를 안아 침대 위에 뉘었다. 무슨 문제이건 간에 그 상황에서 그녀를 데려갈 장소로 침대만큼 좋은 곳이 없었다.—그는 그녀 옆에 누워 그녀가 정신을 차리게 노력했다. 정신을 차린 그녀는 자신의 친절한 주치의가 된 보플레지르가 너무나 고마워서 그가 침대에 뉘어준 자세를 그의 허락 없이 바꾸지도 않았다.

보플레지르가 이렇게 과부와 친해지면서도 여전히 속고 있다는 점이 이상하게 보일 수도 있다. 아무리 변장했다 하더라도 한 번이라도 함께 즐거운 시간을 보낸 여성을 못 알아보는 건 말도 안 된다고 단언하는 남성들이 있다는 것을 안다. 이런 비난에 대해 나는 이렇게 말할 수밖에 없다. 그녀는 자신을 꾸며내는 데 굉장한 재주가 있어서 단지 복장만 바꾼 게 아니라 표정도 자신이 원하는 대로 지어낼 수 있었고, 자신이 선택한 인물상에 맞게 행동하는 법도 잘 알고 있어서, 런던의 두 극장에서 공연하는 희극배우들*보다 그녀의 연기가 월등히 나았다. 그녀는 눈빛을 다양하게 연출할 수 있었고, 자신의 원래 말투와 전혀 다른 말투로 말할 수 있었다. —이렇듯 그녀는 타고난 연기 재능에 교활한 기술까지 갖춘데다, 판토미나와 실리아가 보플레지르와 만난 장소도 매우 동떨어져 있으니, 그가 두 사람을 동일 인물로 생각할 리도 없었고, 아름다운 과부가 그들과 같은 사람이라 생각할 리도 없었다. 그런 생각은 추호도 떠올린 적 없었다. 보플레지르가 과부의 얼굴이 완전히 낯설지 않다고 느낀 건 사실이지만, 그렇다고 언제 어디서 본 얼굴인지 기억해내지도 못했다. —과부는 태어난 뒤로 쭉 브리스틀에서 살았다고 말했고, 그는 거기에 간 적이 한 번도 없었기 때문에 그녀를 어디선가 봤다는 생각은 이내 버렸고, 아마도 과부를 닮은 사람을 본 적이 있어서 헷갈렸다고 믿었다.

거친 욕망을 맘껏 충족하면서 얻을 수 있는 행복을 최대한 누리며 그들은 여정을 함께했다. 여행의 끝이 다가오자 그들은 서로 자주 보자고 약속하고 헤어졌다. —그는 편지를 보낼 주소를 알려줬고, 그녀는 거주지가 확정되면 자신을 찾아올 장소를 알려주겠다고 약속했다.

그녀는 곧장 약속을 지켰다. 보플레지르의 열렬한 애정을 지속시키기 위해 그녀는 집으로 돌아가지 않고 곧장 숙박시설로 갔다. 거기서 그에게 편지를 썼는데, 기회가 허락하는 대로 가능한 한 빨리 자신의 집을 방문해 과부 블루머를 찾아달라는 내용이었다. —편지를 보내자마자 자신이 판토미나로 가장해서 살던 집으로 가서 하인들에게 보플레지르가 자신을 찾으면 그사이 런던을 떠난 사실을 알리지 말라고 명령했다. 그러고는 방금 쓴 편지와 다른 글씨체로 보플레지르에게 긴 편지를 썼다. 원망 가득한 그 편지의 내용인즉슨, 그가 런던을 떠난 사이에 자기에게 편지 한 통 보내지 않은 건 너무나 잔인한 일이며, 어서 빨리 보고 싶다는 것이었다. 서명란에는 늘 당신을 사랑하는 판토미나라고 적었다. 두 편지에 대한 답장은 하루 만에 도착했다. 첫번째 편지의 내용은 다음과 같다.

매력이 넘치는 블루머 부인에게,

나의 천사여, 당신의 편지가 내게 얼마나 큰 기쁨을 주었는지 이루 말하기 어려울 지경입니다. 내가 느낀 감정의 천분의 일도 표현할 수 없어요.—당신처럼 매력적인 여성은 존재한 적이 없습니다.—당신과 같은 외모의 여성도,—당신처럼 글을 쓰는 여성도,—당신처럼 상대방에게 축복을 주는 여성도 지금까지 없었습니다.—나처럼 강렬하게 사랑을 느끼는 남성 또한 존재한 적이 없었을 것입니다.—어제 우리가 헤어진 후로 나는 영혼 없이 육체만 남아 있는 것 같아요. 내게 새 삶을 선사해준 당신의 이 편지가 없었더라면, 나는 내일까지 또 어떻게 버틸 수 있었을지 모르겠어요.—오늘 저녁 다섯시에 당신과 함께할게요.—그사이의 시간이 마치 한 세기와 같이 느껴질 거예요!—그 시간 전까지는 몹쓸 체면치레 때문에 어떤 높은 분과 함께 식사를 해야 하는군요.—그 시간 전에는 식사를 마칠 줄 모르는 분입니다.—곧 만날 때까지 잘 있어요. 당신은 나의 영혼과 모든 육체적 기능을 지배하는 주인입니다.

더없이 충실한, 당신의

보플레지르

또다른 편지의 내용은 다음과 같았다.

나의 사랑스러운 판토미나에게,

당신의 매력이 얼마나 강한 힘을 발휘하는지 그 진실의 반이라도 알고 있다면, 내가 감히 당신에게 충실하지 않게 혹은 친절하지 않게 대하는 게 얼마나 원칙적으로 불가능한지 알 겁니다.—당신에게 내 변치 않는 사랑을 매번 편지로 전하지 못한 것은 내 잘못이 아니라 내 불행 탓입니다. 당신이 묵고 있는 집의 주인 이름을 불행히도 잊어버렸고, 따라서 당신에게 편지를 무사히 전달하려면 어떻게 해야 하는지 몰랐습니다.—그러잖아도 당신이 혹여나 내가 침묵하는 이유를 오해할까봐 예정보다 몇 주 서둘러 런던으로 돌아왔습니다.—당신과 함께하는 기쁨을 다시 누리지 못해 내가 그동안 얼마나 힘들었는지 안다면, 당신은 나를 비난하기보다는 분명 가여워할 겁니다.

늘 충실한, 당신의

보플레지르

추신: 미안하지만 내일까지는 당신을 보기가 힘들게 되었습니다. 불행히도 그때까지 해야 할 일이 생겨버렸어요.—나의 사랑이여, 다시 한번 더 안녕히.

배신자! (편지를 읽자마자 그녀는 소리쳤다.) 어리석고, 툭하면 사랑에 빠지고, 남자를 쉽게 믿는 여자들이여! 남자를 신뢰한 대가로 받는 대접이란 결국 이런 것이구나! 내가 다른 여자들처럼 남자를 무한히 신뢰하며, 곁에 없는 동안 슬퍼만 하고, 애틋한 재회를 헛되이 기다렸더라면 이렇게 속고 배신당하는 데서 끝이 났겠지.—(그녀는 혼잣말을 이어갔다.) 어찌하여 여자들은 기약 없이 남자를 기다리면서 애달파하고 희망과 불안을 오가면서 몽상하다가 마침내 절망의 순간을 맞이하게 된단 말인가?—하지만 나는 이 기만적인 남자들 중에서도 가장 교활한 보플레지르를 한 수 앞서서 속이는 데 성공했지. 보플레지르는 나를 속이고 있다고 생각하겠지만, 진짜 속은 사람은 오직 그일 뿐이야.

그녀는 자신이 짠 계략의 성과를 곱씹으며 분명히 대단한 행복감을 만끽했다. 보플레지르의 배신과 경박함 때문에 이제 진정한 의미에서 그를 사랑하기는 힘들었으나, 그의 아름다운 육체에 대한 갈망을 자신이 원하는 방식으로 충족시킬 방법을 찾아낸 터였다. 사랑의 갖가지 달콤함은 다 맛보되 사랑의 쓴맛은 전혀 맛볼 필요가 없었으니, 그녀가 한 행동에 대해 멈칫하는 사람일지라도 부러워할 만한 행복에 푹 젖어 있었다.

약속 시간이 다가왔고, 그녀는 과부에 대한 보플레지르의 애정이 헤어질 때에 비해 전혀 줄어들지 않았음을 발견했다. 그러나 다음날 판토미나로 변신해 보플레지르를 맞이했을 때는 큰 차이가 있음을 발견했다. 오직 마지막으로 즐겼다는 이유로 가장 최근에 정복한 여인을 선호하는 남자들의 취향이란 참으로 설명이 불가능하다고 그녀는 생각했다.—여기 너무나 분명한 증거가 있었다. 블루머와 판토미나는 사실상 한 여인이므로 누가 더 낫다고 할 수 없었다. 그러나 더 최근에 만난 여인이란 이유만으로 과부 블루머가 판토미나보다 가치 있게 여겨지는 상황이었다. 그나마 보플레지르는 보통의 남자들보다는 심성이 착하다고 말할 수 있는데, 왜냐하면 남자들은 대개 만남이 지겨워지면 관계를 완전히 끝내버리고 버려진 여인이 무슨 절망을 겪든 전혀 신경쓰지 않기 때문이다. 보플레지르는 판토미나에게 동정심과 호감 이상의 감정을 느끼지는 않았지만 그녀가 도를 넘을 정도로 자신을 사랑한다고 믿었기에 차마 버리지는 못했다. 비록 판토미나를 만날수록 그 만남은 쾌락보다는 고행이 되어가고 있었지만 말이다.

과부 블루머는 한동안 보플레지르의 변덕스러운 마음을 점령했지만, 결국 그 매력도 곧 끝나버렸다. 판토미나와 실리아가 그랬듯이 블루머라는 인물 또한 무미건조하게 느껴지는 지경이 됐다.─그녀는 이를 바로 눈치채고는 지금까지 해왔던 대로 그 사실을 받아들였다. 예견했던 바이기에 이미 준비가 되어 있었다. 미리 생각해놓은 계획을 실행에 옮기기만 하면 되었다. 다만 이번 계획은 예전에 했던 것처럼 빠르게 진행할 수 없었는데, 왜냐하면 여러 사람의 도움이 필요했기 때문이다. 그녀는 자신이 하는 일을 다른 사람에게 알리는 것을 극도로 싫어했고, 또 자신의 계획을 실행해나가는 데 항상 주의를 기울여왔으며 앞으로도 그럴 생각이었기에, 자신이 원하는 바를 이루기 위한 방법을 찾아내는 게 매우 어려웠다.─그러나 그녀는 이전보다 더욱 파격적인 방식으로 일을 진행하기로 함으로써 그 어려움을 결국 타개했다.─어느 날 그녀는 망토를 푹 눌러써 얼굴을 가린 채 공원으로 향했다. 그 시각에는 생계가 어렵지만 돈벌이 따위의 천한 일을 하기에는 자신들이 너무 고귀하다고 생각하는 부류의 사람들이 세인트 제임스 파크의 더 몰* 산책로에서 바람을 쐬고 산보하면서 카멜레온처럼 음식 대신 공기로 배를 채우고 있었다. 그녀는 관상을 봤을 때 자신의 요청을 잘 들어

줄 듯한 사람 둘을 골라 자신에게 오라고 손짓했다. 그들을 사람이 없는 쪽으로 불러내 같이 걸으면서 그녀는 자신의 계획이 무엇인지 말했다. 신사분들(그녀가 말했다), 나는 잘 알고 있습니다. 운이 따르지 않아서 혹은 세상이 공정하지 않아서, 능력이 아무리 뛰어나도 인정받지 못하고 원대한 포부를 지니고 있어도 조금도 지지받지 못하는 분들이 있기 마련이죠. 그들의 얼굴에 놀란 기색이 어리는 것을 알아채고 그녀가 말을 이었다.—내가 만약 사람을 잘못 본 것이라면 양해 부탁드립니다. 그러나 당신들이 운명의 부당함에 억울해해야 하는 입장이 맞는다면, 나는 당신들에게 아주 좋은 제안을 하나 하려고 합니다. 그들은 즉시 답을 하지는 않았지만 고려해보는 듯했다. (마침내 그들 중 한 명이 대답했다.) 우리의 신체나 명성에 해를 끼치지 않는 일이라면 당신의 요청을 기꺼이 들어주고 싶습니다. (그녀가 대답하길,) 내가 당신들에게 의뢰하려는 일에 불법적인 요소는 전혀 없습니다. 그저 당신들에게 맡긴 일을 철저히 비밀에 부쳐주고, 특히 당신들이 포섭할 사람에게 당신들의 정체가 드러나지 않도록 변장해주기만 하면 돼요.—왜 이런 요구를 하느냐면, 이 일은 단순한 장난일 뿐인데 세간에 알려진다면 남들이 내가 선을 넘었다고 생각할 수도 있을 테니까요.—나를 도울 생각이 있다면 여기 은화 다섯 닢을 줄 테니 한잔하며 나를 위해 건배해주세요. 내가 하지도 않을 일을 꾸미며 당신들과 대화를 나누는 사람이 아니라는 걸 보증하는 겁니다. 일이 잘 끝나면 은화 오십 닢을 당신들 손에 쥐여줄 수 있을 거예요. 그녀의 말에, 그리고 한동안 본 적이 없는 큰 액수의 돈에 남자들은 그녀가 원하는 대로 하기로 즉시 동의하고 바로 일을 시작하겠다고 나섰다. 하지만 일을 시작하기에는 시기

상조였기 때문에 그녀는 다음날 자신이 정한 시각에 같은 장소에서 만나 비밀을 공유하기로 했다. 이들 중에 누가 더 만족하면서 자리를 떴는지는 말하기 어렵다. 남자들은 뜻밖의 횡재를 누리게 되었고, 여인은 자신의 명령에 충실히 복종할 사람들을 만났기 때문이다.

그녀는 한번 마음먹은 일은 지치지 않고 끝까지 수행하는 성격이었기에, 새로 고용한 하인들과 헤어지자마자 자신의 계획을 완수하기 위해 적당한 숙소를 물색하기 시작했다.―아주 크고 웅장하게 꾸며진 저택 하나를 골라 일주일씩 묵기로 했으며 잡음이 나지 않도록 돈을 미리 지불했다. 다음날 그녀는 공원으로 가서 약속 시간에 맞춰 온 낮은 신분의 신사들을 만나 자신이 고른 숙소로 데려갔다. 아주 비싼 제복을 건네주면서 그들이 하인처럼 보여야 한다고 말했다. 그러고는 판토미나나 미녀 과부 블루머가 쓰는 글씨체와는 사뭇 다른 필체로 보플레지르에게 편지를 썼다. 그녀는 하인 한 명에게 이 편지를 보플레지르에게 직접 전해주고 답장도 받아오라고 명령하며 비밀 유지에 신경쓰라고 당부했다.―(그녀는 다음과 같이 말했다.) 당신이 내 정체를 그 사람에게 밝힐까봐 두렵지는 않아요. 당신도 내가 누구인지 모르니까요. 하지만 그와 말을 나눌 때 오직 주인이 맡긴 일을 충실히 수행하기 위해 내 정체를 밝히지 않는다는 인상을 줘야 합니다.―당신은 내 정체를 알고 있지만, 내 이익과 명예를 지키기 위해 이를 비밀에 부칠 수밖에 없다는 듯이 행세하도록 해요. 한쪽은 완전한 복종을 다른 한쪽은 보상을 약속하고 나자, 하인은 보플레지르의 집으로 서둘러 가서 그가 어디에 있는지 물은 다음 주어진 명령을 충실히 수행했다. 보플레지르가 편지를 읽고 얼마나 놀랐는지는 차마 말로 표현할 수 없을 정도였다. 내용은 다음과 같았다.

정복자 보플레지르에게,

보플레지르, 당신이 여성들에게 가장 매력적인 남성이라고 말해도 그다지 새로운 얘기는 아니겠지요. 따라서 나는 이 편지에 당신의 지성이나 외모에 대한 칭찬을 쓸데없이 늘어놓지는 않겠어요. 거두절미하고 나는 당신을 무한히 사랑하고 있어요. 만약 당신이 다른 사람에게 너무 깊이 빠져 있지 않아서 내 사랑 고백이 당신에게 애틋하게 다가갈 수 있다면 나는 이 세상에서 가장 행복한 여성이 될 거예요. ─당신에게 줄 수 없는 것이 단 하나 있다면 바로 내 이름입니다. 내 얼굴을 보여주는 순간 내 이름의 비밀을 지킬 수 없을 테니, 얼굴 역시 보여드리지 못한다고 해서 너무 기분 나빠하지 마세요. ─이 메시지를 전하는 하인은 신뢰할 만한 인물이니 그에게 당신의 답장을 건네주세요. 이 수수께끼를 풀기 위해 노력하지 마세요. 어차피 당신이 풀 수도 없고 풀려고 한다면 내 심기가 불편해지고 말 거예요. ─다만 당신이 만날 가치도 없는 여성이 부리는 속임수는 아니니 너무 걱정하지는 말라고 말씀드리고 싶어요. 당신은 내 마음을 정복했다는 걸 모르고 계시겠지만, 영국에서 가장 신분 높은 남성도 당신이 내 마음을 정복했다는 걸 알면 꽤나 부러워할 거예요. ─그렇지만 내 외모에 대한 이야기를 하면서 괜히 당신의 호기심만 더 부추길 필요는 없겠죠. 궁금하다면 내일 오후 세시에 나를 방문하러 오세요. 내가 얼굴을 가리고 있긴 할 테지만 당신과 이렇게 특이한 방식으로 사교하고 싶어하는 여성이 늙은이도 아니고 못생긴 이도 아니라는 사실을 충분히 증명해드릴게요. 그럼 그때까지 안녕히.

당신의,

인코그니타*

편지를 다 읽자마자 보플레지르는 편지를 들고 온 하인에게 어디에서 왔는지,—모시는 여인의 이름은 무엇인지,—그 여인이 유부녀인지 과부인지 등을 꼬치꼬치 캐물었다. 편지에서 그녀가 당부한 바에 정확히 반하는 행동이었다. 그러나 아무리 이런 식으로 호기심을 표해봤자 아예 가만히 있는 것만도 못했다. 이탈리아 깡패라고 하더라도 이 하인보다 일을 더 능숙하게 처리할 수는 없었다. 성마르게 질문하던 보플레지르는 자신에게 과격한 열정을 고백한 이 여인이 원하는 대로 해줘야만 그녀라는 인물에 대해 조금이라도 알아낼 수 있으리란 생각이 들었다. 그런 만남이 가져올 후폭풍을 우려하기는커녕 만남을 감행해 여인의 입에서 직접 정보를 듣기로 마음먹었다. 보플레지르는 여러 여성과의 관계에서 승승장구했기에 이 무명의 여인이 뭇 여성과 그리 다르지 않으리라 여겼다. 자기 입으로 고백했듯 그토록 초월적인 사랑을 느끼는 남성에게 그녀가 그 어떠한 정보도 주지 않겠다고 거절할 것 같지 않았다. 이런 결론에 이르자 그는 펜과 종이를 가져와 비록 한 번도 본 적 없는 사람에게 보내는 편지이긴 하지만 최대한 다정스러운 문체로 쓰기 시작했다. 내용은 다음과 같다.

배려심과 재치가 넘치는 인코그니타에게,

당신과 같은 여인이 저를 마음에 들어하신다니, 이 영광에 몸 둘 바를 모르겠습니다. 게다가 당신이 쓰신 편지를 보니 보통 지체 높은 분이 아닌 듯합니다. 그러나 당신의 놀라운 재치에 경탄만 할 수는 없겠습니다. 단언컨대, 당신이 소유한 그 영혼은 당신의 빛나는 눈을 통해 당신이 바라보는 모든 이를 밝게 비추고 축복할 것입니다.―하지만 저는 당신이 자상하게도 정해준 그 제한선 안에서 행동할 것이며, 머지않아 제가 변치 않는 마음으로 지조를 지킨다는 사실을 알게 되신다면, 당신은 제가 지금은 상상하는 데서 만족하는 그 천국을 직접 바라보도록 허락해주시겠지요.―저는 당신의 부름에 기꺼이 응답하기를 주저하지 않습니다. 편지에 담긴 당신의 문장에 매력이 넘쳐서 편지를 쓴 아름다운 이에 대한 감미로운 생각을 하지 않을 수가 없습니다.―당신의 발밑에 엎드려 복종할 수 있는 축복의 순간이 곧 오기를 애타게 고대합니다. 저는

당신의 영원한 노예,

보플레지르

편지를 받은 여인의 기쁨은 그보다 더 클 수 없었다. 보플레지르가 얼마나 그녀의 정체와 배경을 궁금해했는지 전해듣자, 여인은 지금까지 수행해온 모든 계략을 떠올리며 웃음을 참지 못했고, 다른 여성들이 가장 저주하는 바로 그 변덕스러운 기질을 남들은 생각지도 못한 방식으로 창의적으로 극복해 축복으로 만든 자신의 천재성과 실행력을 칭찬했다.―(그녀는 혼잣말을 했다.) 보플레지르가 판토미나, 실리아, 과부 블루머에게 충실했다 치더라도 그 강렬한 열정은 대상이 바뀌지 않으면 곧 시들기 마련이었겠지. 한 사람을 소유하는 순간 그 욕망의 강도는 자연스레 희미해지기 마련이니, 결국 나는 기껏해야 차갑고 지루하고 남편 같은 연인을 품에 안는 운명을 맞이했겠지. 오직 정열만이

사랑을 축복으로 만들어주는바, 정열이 사그라지기 시작할 때면 나는 새로운 여인으로 변신하는 계략을 써서 고루한 남편 대신 정열적이고 거칠고 애달파하고 간절히 욕망하며 사랑에 시름시름 앓는 애인을 즐길 수 있었던 거야.─오, 무시받는 모든 아내, 그리고 사랑에 빠진 후 버림받은 모든 여인도 나처럼 이 방법을 채택하길!─그러면 남자들은 자기들이 친 덫에 보기 좋게 걸려들고 말 텐데! 너무 쉽게 정복당하고 잘 울고 징징거린다는 이유로 여자들을 비난할 수 없을걸! 이렇듯 그녀는 자만심에 빠져들었다. 현재 만끽하는 즐거운 기분을 나중에 후회할 이유는 없으리라고 자신하는 듯했다. 보플레지르가 올 시간이 다가오자 그녀는 그날 밤 궁정 무도회에 가는 것처럼 화려하게 옷을 입었고, 가면에 가려 얼굴의 아름다움이 드러나지 않을 것을 감안해 다른 부위의 아름다움을 세심하게 신경써서 부각하고자 했다. 그녀의 모습과 몸매, 특히 목 부위가 도드라지게 아름다워 보였다. 드러난 부위만 봐도 나머지 부위 역시 완벽히 아름다우리라는 게 충분히 짐작이 되었다. 보플레지르는 그녀의 외모에 완전히 반해버렸고 그녀가 그를 맞이하는 태도에 탄복했다. 그토록 환상적인 그녀의 몸을 보고 나니 얼굴이 너무나도 보고 싶었지만 당장 보여달라고 재촉하지는 않았다. 그 집을 떠나기 전에는 얼굴을 쉽게 볼 수 있으리란 믿음 때문이었다.─고상한 만찬을 마치자 그는 얼굴과 이름을 공개하는 것 외에 모든 것을 다 허락하겠다는 그녀의 약속을 상기시키면서 지켜달라고 종용했다. 자기가 먼저 욕망한다고 말해놓고는 이제 와서 수줍은 척한다면 우스꽝스러운 가식으로 비칠 것이 분명했다. 그녀는 조금도 주저하는 기색 없이 그의 요구에 응했다. 이런 종류의 정열에 진정한 행복이 존재한다면, 이 두 사람은 그 행복을 지극한 수준으로 만끽했다. 그렇지만 두 사람이 동등하게 즐긴 황홀경이 극에 달했을 때도 보플레지르는 그녀의 얼굴이 어떻게 생겼는지 알고 싶은 호기심을 충족시키는 데 실패했다. 그녀는 이제 그가 그녀를 충분히 알게 되었으니 그녀가 그에게 애틋한 마음을 받을 만한 자격이 있는 사람임을 믿어줬으면 좋겠다고 말했다. 그러고는 이어서 말하기를, 그녀가 드러내고 싶은 것만으로 그가 만족할 수 없다면 만남의 조건을 받아들이지 않는 것인데, 그가 아무리 그녀에게 소중하다 해도 그들의 사랑과는 아무 관계도 없는 그의 호기심을 충족시켜주기보다는 차라리 그와 결별하겠다고 했다. 보플레지르가 아무리 그녀에게 못된 생각이라고, 그런 제약은 그들의 행복에 크나큰 걸림돌이 될 거라고 열심히 설득해도 소용이 없었다. 그녀는 설득당하지 않았고, 보플레지르는 마음속으로는 그 집을 떠나기 전에 자신이 그토록 원하는 것을 반드시 쟁취하겠노라 다짐했지만 겉으로는 대놓고 조르는 일을 그만둬야 했다. 보플레지르는 대화 주제를 바꿔서, 그녀를 향한 열정이 얼마나 강한지, 그녀와 헤어지게 될까봐 얼마나 절망스러울 만큼 두려운지,─그녀의 품속에 영원히 안겨 있겠다고 맹세까지 하면서, 밤새도록 함께 있게 해달라고 아주 간곡히 부탁했다. 여인이 설령 다시 불타오르는 그의 욕정에 덜 매료되었다 한들 그의 부탁을 거절하기란 힘들었을 것이다. 그렇지만 그녀는 그의 부탁을 들어주면서도 거기엔 참을 수 없는 욕망 말고 다른 이유가 숨어 있다는 사실을 잘 간파하고 있었기에, 보플레지르를 실망시킬 방법을 바로 생각해냈다.

잠잘 시간이 다가오자 보플레지르는 침실로 가자고 그녀에게 졸랐다. 그녀는 동의하면서도 그가 먼저 침대로 가도록 만들었다. 그는 그녀가 침대에서까지 가면을 쓰고 있지는 않을 것이며, 아침해가 밝아오면 자신이 바라는 대로 그녀의 얼굴이 드러나리라고 생각했기에 이의를 제기하지 않았다.─두 가짜 하인이 들어와 보플레지르를 다른 방으로 데려가자, 그는 침대에 잠시 혼자 누워 이 이상한 상황을 도대체 어떻게 받아들여야 할지 몹시 난감해했다. 그렇지만 그녀가 깜깜한 어둠 속에 등장하자 이런 생각을 곧 멈췄다. 지금까지 그녀의 행실을 볼 때 충분히 예측할 만한 상황이었기에 보플레지르는 별말을 하지 않았다. 그녀의 품속에서 보플레지르는 큰 만족감을 얻었지만 동시에 날이 밝기를 그 누구보다 간절히 고대하고 있었다. 드디어 아침이 밝았다. 창문 밖 거리에서 마차가 굴러가고 상인들이 목청껏 물건을 파는 소리가 들려왔다. 자신이 누워 있는 곳만 유일하게 밤의 권역에 남아 있음을 깨달았을 때 보플레지르의 실망감은 얼마나 컸을까? 그는 변함없이 깜깜한 어둠 속에 있었다. 왜냐하면 그녀가 빛이 조금도 들어올 틈이 없도록 세심하게 창문을 가려놓았기 때문이다.─보플레지르가 그녀의 이런 처신에 대해 어찌나 불평했던지, 그의 요구를 들어주는 것이 그녀 자신의 계획을 망치는 길이라는 확신이 없었더라면 그녀는 그 요구에 넘어갔을 것이다.─따라서 그녀는 예전에 했던 대답만 반복하고 침대에서 빠져나와 그가 시도했더라도 따라잡을 수 없었을 속도로 재빨리 방에서 뛰쳐나갔다. 그러자마자 곧 두 명의 하인이 방에 들어와 그가 너무나도 알고 싶던 정보를 가리고 있던 장막을 걷어냈고, 방은 드디어 밝아졌다.─하인들은 그가 옷을 입는 것을 도와주고, 마실 차도 가져다주었다. 하인들의 굽실거리는 태도는 그녀가 단 한 가지만 제외하고는 모두 그에게 기쁜 마음으로 내어주고자 한다는 사실을 보여주는 셈이었지만, 호기심을 충족하지 못한 보플레지르는 기분이 상해 다시는 오지 않겠다고 결심했다.―바깥방에 있는 그녀를 발견한 보플레지르는 그토록 신뢰받지 못하는 상황에 대해 자신이 생각하는 바를 스스럼없이 내비쳤고, 하인들에게도 공유하는 비밀을 자기는 지키지 못할 것이라고 생각하는 여인에게 은혜를 입을 수는 없다고 마침내 분명하게 말했다.―그는 분개했다.―그는 다시 한번 간청했다.―비밀을 알아내려고 남자로서 할 수 있는 모든 말을 다 해봤다. 그래도 소용이 없자 보플레지르는 그녀가 얼굴과 사정을 공개하기 전까지 다시는 이곳에 오지 않으리라 결심하면서 집을 떠났다.―그녀는 그가 다시 오지 않으리라 결심하면서 떠나게 내버려뒀는데, 함께했던 행복한 시간을 기억한다면 그런 결심도 오래가지 못하리라 확신했다. 그렇지만 만약 그가 다시 오지 않는다면, 그녀는 그를 속일 새로운 네번째 계략을 또 세우면 된다고 자신을 위안했다.

그녀는 두 주 동안 집을 유지하고 하인들도 데리고 있었다. 그동안 판토미나와 과부 블루머의 이름으로 보플레지르에게 계속 편지를 썼고, 그가 두 여인을 가끔 방문할 때면 그를 직접 맞이했다. 하지만 두 여인에 대한 보플레지르의 열정이 너무도 식어버린 탓에 그녀는 이제 별 애정 없는 애무를 받는 것에도 그가 느끼는 만큼이나 싫증이 났다. 어떻게 이 두 인물을 포기할지 고민을 막 하던 참에 외국에 있던 그녀의 어머니가 갑자기 돌아왔다. 그 바람에 기이한 계략을 당장 중단해야만 했다.―어머니는 매우 정숙한 여인이라 딸의 행실에 대해 들은 여러 가지 이야기 때문에 심기가 불편한 상태였다. 딸이 저지른 일의 진실을 알려줄 사람은 아무도 없었음에도 어머니는 딸의 행동에 제약을 가해야겠다는 결심을 할 만큼의 이야기는 충분히 들은 터였다. 이런 제약은 물론 딸의 성향과도 맞지 않았고, 그녀가 익숙히 누렸던 자유와도 맞지 않았다.

그러나 이런 제약이 이제 곤란에 빠진 이 여인의 가장 큰 골칫거리는 아니었다. 그녀는 애정행각에 따르는 대가가 있고, 기적이 일어나지 않는 한 그 대가를 숨길 수 없음을 알게 되었다.─아이를 임신한 것이었다. 어머니가 나타나기 전에 그랬던 것처럼, 자유롭게 행동할 수만 있었더라면 이 사실이 세상에 알려지지 않게 감출 방법을 쉽게 찾을 수 있었을 것이다. 그러나 이제 아무리 꾀를 내어봐도 어머니의 날카로운 눈길을 피할 방도를 생각해내기 어려웠다.─다행히 적게 먹고 코르셋으로 배를 꽉 조이고 거대한 후프 페티코트*를 방패삼아 부푼 배를 한동안 용케 잘 감출 수 있었다. 출산일이 그녀가 예상한 것보다 일찍 닥치지만 않았더라면, 그녀는 아마도 어머니가 계획했던 대로 시골로 보내졌을 것이고 적절한 장소로 도망가 비밀리에 출산할 수 있었을지도 모른다.─어머니는 그녀에게 런던에 작별도 고할 겸 궁정에서 열리는 무도회에 참석해도 된다고 허락했다.─바로 거기에서 그녀는 아이를 가진 여성이라면 피할 수 없는 고통에 휩싸였다.─그녀는 갑작스럽게 엄습한 그 통증을 도저히 숨길 수 없었다.─입으로 아무런 소리를 내지 못했을지라도, 걷잡을 수 없이 마구 흔들리는 눈동자, 일그러진 표정, 그리고 전신을 뒤흔드는 경련은 그녀가 어떤 끔찍한 고통을 겪고 있음을 금세 드러내 보였다.─모든 이가 놀랐고 모든 이가 걱정해줬지만, 무슨 상황인지 아무도 짐작하지 못했다.─어머니는 딸이 곧 죽는다는 생각에 이루 말할 수 없이 슬퍼하며 가마를 불러 딸을 집으로 보냈고 자신도 다른 가마를 타고 뒤따라갔다.—의사가 곧 집에 도착했다. 그는 곧 딸의 병이 무엇인지 알아보고 어머니를 조용히 불러내 말했다. 딸에게는 자신과 같은 남자 의사가 아니라 여자 의사가 필요하다고 말이다.—이 말을 듣고 어머니가 느낀 경악과 공포는 이루 말할 수 없었다. 어머니는 한동안 자기 귀를 의심했다. 그러나 의사가 사실이라고 주장하며 서둘러 산파를 부르라고 종용하자 마침내 믿어야 했다.—이전까지 느꼈던 동정심과 애정은 모두 사라지고 부끄러움과 분노만 남았다.—어머니는 딸이 누워 있는 침대로 뛰어가 자신이 들은 바를 전하며, 의심의 여지가 없는 지금 이 상황에서, 이렇게 불명예스러운 일에 일조한 남성의 이름을 당장 대라고 호통쳤다.—그녀가 사실대로 고백하기까지 오랜 시간이 걸렸고, 그녀가 사랑했던 남자의 이름을 말하는 데까지는 더 오랜 시간이 걸렸다. 그러나 분만의 고통이 더 심해지자 화가 난 어머니는 그녀에게 고집을 부린다면 어떤 도움도 주지 않겠다고 협박했다. 마침내 그녀는 주저하면서 어렵게 보플레지르의 이름을 꺼냈다. 눈물 쏟으며 슬퍼하던 어머니는 정보를 알아내자마자 산파와 그 산파를 필요하게 만든 보플레지르를 데려오라고 한꺼번에 하인을 보냈다.—마침 보플레지르는 집에 있었고 자신과 잘 알지 못하는 사이인 부인이 어떤 연유로 자신을 찾는지 굉장히 의아해하면서 부름에 응했다.—그러나 그 의아함은 부인이 자신을 찾은 이유를 알았을 때 느낀 놀라움에 비할 바가 아니었다. 부인이 보플레지르를 클로짓*으로 데려가 자신의 딸이 처한 불행의 자초지종을 알려주며 여기에 그가 얼마나 깊숙이 연루되었는지 가르쳐주자 그는 우리가 상상할 수 있는 것보다 훨씬 더 경악할 수밖에 없었다.—그는 그녀의 딸을 멀리서 바라보며 동경했을 뿐 그 이상은 절대 아니라고 장담했다.—사람들과 함께 있는 공적인 자리에서 그녀에게 말을 건넨 적은 있지만, 그녀를 불명예스러운 일에 처하게 할 생각은 단 한 번도 한 적이 없다고 단언했다.—보플레지르가 계속 부인하자 그러잖아도 화가 몹시 난 어머니는 더욱 분노했다.—어머니는 인내심을 잃은 채로 보플레지르를 딸이 있는 방으로 데려갔는데, 딸은 막 예쁜 여자아이를 출산한 참이었다. 어머니는 소리를 질렀다. 나는 속지 않을 거야. 둘 중 한 사람은 진실을 말해야 해.—보플레지르는 침대에 누워 있는 여인에게 다가가서 어머니의 오해를 풀어달라고 부탁했다. 그러자 마음이 송두리째 뒤흔들린 그녀는 얼굴을 천으로 가리고 다시 죽을 듯이 괴로워하며 외쳤다. 나는 망했어요!—이런 수치심을 안고는 살 수 없어요!—그러나 어머니는 지금이 비밀을 풀 수 있는 적기라고 판단하여 딸에게 얼굴을 들어올리라고 강요한 뒤, 부모를 이렇게 모욕해놓고서는 질문을 회피할 수 있으리라 생각하면 안 된다고 말했다. 보플레지르를 가리키며 말하기를, 이 신사가 너를 망친 사람이니? 아니면 네가 나에게 없는 이야기를 지어낸 거니? 아니에요, 사실이에요. (그녀는 덜덜 떨면서 대답했다.) 그렇지만 내가 누군지 알고 한 일은 아니에요.—용서해주신다고 약속해주시면 (그녀가 말을 이어갔다.) 자세히 설명할게요. 어머니의 대답을 들으려고 말을 잠시 멈춘 사이에 보플레지르가 소리쳤다. 무슨 말씀이십니까? 내가 당신을 망쳤다니요? 나는 평생 그런 생각도 한 적이 없어요. 어머니가 딸에게 말했다. 네가 가족에게 저지른 이 죄는 도저히 용서할 수 없지만, 용서받기를 원한다면 나를 이렇게 궁금하게 만들기보다 솔직히 다 얘기하는 편이 훨씬 나을 게다. 네 죄도 죄지만 이런 일을 벌인 이유를 모르니 더 미칠 지경이다. 어머니의 말에 그녀는 용기 내어 모든 진실을 토로했다. 그 고백을 듣고 더 놀란 사람이 보플레지르인지 아니면 어머니인지 알 길이 없었다. 보플레지르는 그녀의 계략에 자신이 완전히 장님처럼 속아넘어갔다는 사실에 충격을 받았고, 어머니는 이토록 어린 아이가 그런 속임수를 쓸 수 있다는 사실에 경악했다. 두 사람은 넋이 나가 깊은 침묵 속에 빠져들었다. 마침내 어머니가 입을 열었다. 보플레지르, 이런 일에 연루되게 해서 참으로 죄송합니다. 사실 저 불쌍한 아이에게 준 상처에 대한 책임을 물으려고, 딸아이와 결혼하게 하려고 오늘 오시게 했는데, 이제 무슨 말씀을 드려야 할지 모르겠습니다.— 모든 책임은 제 딸에게 있고, 제 여식이 저지른 어리석은 짓을 다른 이들에게 누설하지 말아달라는 부탁밖에 드릴 수 없네요.—보플레지르는 알았다고 정중히 대답했다. 어머니는 비록 딸의 이야기를 듣고 내심 기대했던 바가 있었지만 그런 요구를 도저히 할 수 없었고 보플레지르는 끝내 그 제안을 하지는 않았다. 대신 보플레지르는 태어난 여자아이를 자신에게 맡긴다면 잘 보살피겠다고 말했다. 하지만 어머니도 딸도 동의하지 않았다. 보플레지르는 지금까지 살면서 겪어본 적 없는 더없이 혼란스럽고 수심에 가득찬 상태로 자리를 떠났다. 그는 매일 그녀의 건강을 확인하러 방문했다. 그러나 어머니가 보기에 예의를 차리려는 이런 행동이 좋은 결과로 이어질 리 만무했고 어쩌면 죄를 다시 지을 수도 있겠다 싶어 그만둬달라고 부탁했다. 어머니는 딸이 건강해지자마자 자신의 친한 친구가 원장으로 있는 프랑스 수녀원에 보냈다. 이로써 그녀의 장난은 끝이 났다. 이처럼 다채롭고 오래 유지된 장난을 그 어느 시대에 또 찾을 수 있을 것인가.

「계약」

9 아기를 다시 가질 가능성이 희박했기 때문이다 여기서 신사의 동생을 언급하는 이유
는 영지 및 재산의 세습 문제 때문이다. 영국의 상속법에 의하면 영지 및 재산의 세
습 순위는 1. 장자(장남 및 장손자), 2. 장남 이하 아들, 3. (1과 2가 없을 경우) 딸의
순서가 된다. 따라서 이 작품의 신사처럼 자신의 자손도 없고, 남동생의 자손도 없
는 상태에서 사망하면 재산을 물려줄 직계 후손이 없게 된다.

10 둘째 아들을 신사의 조카딸과 꼭 결혼시켜야겠다고 마음먹었다 공작의 큰아들은 이미
작위 계승권을 가지고 있으니, 빈손이 될 둘째 아들을 신사의 재산을 상속한 친구의
조카딸과 결혼시키려는 것이다.

11 신부는 마침내 공작의 아들과 신사의 조카딸을 가능한 한 단단하게 계약으로 맺어줬다
구조가 어색한 이 문장을 통해 캐번디시는 이 계약이 자연스럽지 않음을 드러낸다.
1653년 영국의 결혼법은 결혼할 수 있는 나이를 (부모가 승낙하는 조건하에) 남성
은 열여섯 살, 여성은 열네 살로 규정했다. 결혼에 동의할 수 있는 나이는 더 어렸다.
여성은 열두 살, 남성은 열네 살이면 결혼에 스스로 동의할 수 있다고 보았다. 여주
인공은 이 시점에 아직 일곱 살이 채 안 되었기 때문에 법적으로 동의할 수 없는 나
이다. 따라서 '결혼에 동의하는 척'하는 둘째 아들과 결혼할 수 있는 나이가 안 된 여
주인공 사이의 이 계약을 진정한 계약이라고 보기는 어렵다.

12 로맨스처럼 하찮은 책은 절대 주지 않고 캐번디시는 로맨스를 하찮고 반지성적인 독
서물로 깎아내리지만 사실 로맨스의 기본 문법과 틀을 상당 부분 차용한다. 로맨스
에 대한 이런 비판은 17세기에 이미 하나의 클리셰였다.

14 결국 그녀와 결혼했다 공작은 자신이 어린 소녀와 맺은 계약에 법적 구속력이 없다
는 사실을 잘 알고 있다. 주인공의 작은아버지가 낙담하면서도 속수무책인 이유도
여기에 있다.

17 이렇게 이 년이 흘렀다 앞서 여주인공이 집에서 독서를 통해 양질의 교육을 받았다
면, 작은아버지의 감독하에 도시에서 받는 교육은 최상위층 귀족 여성들조차 누리
기 힘든 높은 수준의 고등교육이다.

18 가면극이 무엇인가요? 여주인공은 도시에서 교육을 받으면서도 아직 "가면극이나

연극을 보러 다니지" 않은 상태. 이어지는 작은아버지의 설명은 17세기 궁중문화의 중요한 오락거리였던 가면극과 가면무도회에 대한 상세한 보고다. 가면극에 대해서는 해설 327쪽 참조.

25 **아내를 여읜 총독의 외동딸** 총독이 주인공의 아버지뻘임을 추정할 수 있는 단서다.

28 **불을 지피는 볼록렌즈처럼** 자연과학에 대한 캐번디시의 관심을 엿볼 수 있는 구절이다.

35 **남편을 따라야 해요** 여기서 여주인공은 영국의 '커버추어coverture' 제도를 설명하고 있다. 이 제도에 의하면, 결혼한 여성은 남편에게 법적으로 종속cover되어 보호받는다. 여주인공이 결혼하는 순간 작은아버지는 조카딸에 대한 모든 법적 권한을 내려놓아야 하고 통제할 권리도 잃게 된다.

37 **명령에 복종하겠습니다** 여주인공의 수사는 간곡하지만 강력한 항의의 뜻을 담고 있다. 작은아버지의 명령이 자신의 목숨과 마음의 평화를 앗아가고 있다는 뜻이다.

46 **왕관을 쓸 권리를 갖게 됩니다** 공작은 여주인공에 대한 소유권을 주장하면서 자신을 군주에, 그녀를 왕관에 빗대고 있다. 군주가 왕관을 물려받을 수는 있어도 그 왕관을 내려놓을 권리를 갖지 않는다는 말은 공작이 결혼을 통해 그녀에 대한 소유권을 부여받은 이상, 죽지 않는 한 그 결혼을 부인할 수 없다는 말이다. 이는 17세기 왕당파의 군주론에 충실한 주장이지만 이 상황에서는 궤변에 가까운데, 이미 다른 여성과 결혼해버린 상태이기 때문이다. 여주인공은 공작의 말을 영리하게 되받아, 자신은 군주, 공작은 왕관으로 해석하면서 자신이 죽어줘야 공작부인이 새로운 군주가 되어 왕관을(다시 말해 공작을) 제대로 차지할 거라고 말한다. '나더러 죽으라는 건가요?'라고 묻는 것이다.

48 **델리시아 아가씨** 주인공 이름이 1656년 판본에는 Delitia, 1671년 판본에는 Delicia로 표기되었다. Delitia는 '삭제되었다', Delicia는 '달콤하다'는 의미다.

49 **지금 바로 서명하지 않으면 당신을 죽일 겁니다** 죽임을 당할 수 있는 상황에서 강제적으로 맺은 계약이 과연 유효할까? 이 질문은 사회계약론에서 중요한 논쟁거리였다. 토머스 홉스는 『리바이어던Leviathan』에서 공포가 계약을 무효화하지 않는다고 주장했다. 두려움 때문에 맺은 계약이라고 해서 무효화할 경우 통치권과 지배권이 성립하기 어렵다고 본 것이다. 자신이 무엇에 서명하는 줄도 모르고 서명해버리는 총독은 자신이 서명한 '묻지 마' 계약을 지킬 생각이 없지만 결국 체면 때문에 위반하지 않는다.

51 **통지서를 받기도 전에 세금을 내는 꼴** 죽음은 자연에 대한 빚을 갚는 행위이니, 때 이른 죽음은 기한이 도래하기도 전에 내는 세금과 같다는 말. 사람은 태어나면서 자연에 빚을 지게 되고 그 빚을 죽음을 통해 의무적으로 갚는다는 생각에서 기인하는,

중세 후기부터 영국에서 흔히 나타나는 수사적 표현이다.

57 **수치스럽게 살아남느니 차라리 명예로운 죽음을 택할 것이오** 신사는 총독과 정확히 반대되는 선택을 한다. 비겁하고 겁 많은 총독과 달리 신사는 싸울 준비가 되어 있다.

58 **소송에 반대하는 척** 앞서 공작이 결혼에 '동의하는 척'했다면 여기서는 아이러니하게 소송에 '반대하는 척'한다.

60 **교회법이 아닌 보통법에 의거해** 당시에 결혼과 관련한 문제는 보통 교회법canon law이 심판했다. '커버추어'와 관련한 재산 소송은 보통법common law 영역이었지만 결혼은 종교적 의미가 강했기 때문에 교회에서 관장한 것이다. 교회법에서는 남녀 간의 상호 동의mutual consent를 표현하는 언약이 있으면 결혼이 성립한다고 보았고 남녀 간의 성적 결합을 통해 완전한 결혼관계가 만들어진다고 보았다. 여주인공은 어렸을 때 신부의 주재로 공작과 결혼식을 올리긴 했지만 결혼에 동의하기에는 너무 어린 나이였고, 현재 공작과 성관계를 하지 않은 상태다. 교회 입장에서는 어디를 보나 가짜 결혼인 것이다. 여주인공이 교회법이 아닌 보통법에 호소하는 이유가 여기에 있다. 델리시아는 이 소송에서 결혼계약을 강조하는 대신 계약 행위 자체에 초점을 맞추어, 자신은 계약 당사자가 되기 힘들었다 해도 당시 성인이었던 공작은 계약을 이행해야 한다고 주장한다.

「순결의 수난」

69 **순결의 수난** 원제는 Assaulted and Pursued Chastity. 성폭행당하고 스토킹당하는 여성의 몸을 매우 구체적으로 지시하는 이 제목을 통해 캐번디시는 여성의 몸에 가해지는 성폭력을 폭로하고 있다.

69 **야곱의 딸 디나** 「창세기」 34장에 등장하는 일화. 가나안에 사는 야곱과 레아의 막내딸 디나는 부모 몰래 세겜성 구경에 나섰다가 세겜 족장의 아들에게 성폭행당한다. 오빠 시므온과 레위가 이에 대한 복수로 세겜 남자들을 속인 다음 살해한다.

70 **잔혹한 만행** 캐번디시는 전쟁이 여성에게 강간을 의미함을 직시한다.

72 **자연법칙에 대해 일장연설** 캐번디시는 시와 로맨스 외에도 자연철학서를 다수 집필했고 근대 초기 여성 철학자로 최근에 재평가되고 있다. 포주가 장황하게 주장하는 자연관은 성적 타락을 유도하기 위한 수단일 뿐이지만, 유물론적 자연관에 대한 캐번디시의 지적 관심을 반영한다.

74 **미제리아**Miseria '고통받는 여성'을 뜻한다.

77 **안전을 지키기 위해서** 미제리아가 총을 쏘며 자신을 방어하는 이 장면은 폭군에 대한 자기방어권과 저항권을 주장한 영국 내전의 정치 담론을 암시하는 동시에, 그 담론이 어떻게 여성에게 적용될 수 있는지 탐구한다.

78 **과부와 결혼** 왕자는 차남으로 작위 계승권과 재산 상속권이 없기 때문에 돈 많은 과부와 사랑이 아니라 '이익을 위한' 결혼을 한다. 그러나 형이 사망함으로써 작위와 재산을 결국 물려받게 된다. 이 점에서 「계약」의 공작과 매우 흡사한 인물이다.

79 **로맨스를 읽겠냐고 물었다** 「계약」의 델리시아와 마찬가지로 미제리아는 로맨스를 읽지 않는다. 로맨스에 대한 캐번디시의 불만에 대해서는 해설 321쪽 참조.

90 **트라벨리아**Travelia '여행하는 여성'을 뜻한다.

91 **짙은 보라색이었다** 17세기 유럽의 신대륙 여행기에는 낯설고 신기한 세계에 대한 매우 구체적인 묘사가 관행처럼 등장하기 시작했다. 미제리아의 새로운 모험이 펼쳐지는 이곳은 아프리카와 남아메리카의 원시적 자연과 식인 문화, 고대 스파르타식 공산주의, 로맨스의 초현실주의를 복합적으로 체현한다.

98 **인육을 먹는 습성** 근대 초기 유럽인들은 남아메리카와 아프리카의 식인 문화에 대해 지대한 관심과 혐오를 동시에 표출했다. 이에 대한 날카로운 분석을 담은 저작으로 미셸 드 몽테뉴의 유명한 에세이 「식인종에 대하여Des cannibales」를 추천할 만하다. 대니얼 디포는 『로빈슨 크루소*Robinson Crusoe*』에서 식인종에 대한 유럽인의 공포를 자세히 묘사했다.

99 **온몸에 문신** 고대 영국에 살았던 브리턴족은 온몸에 파란 문신을 했다고 전해진다.

104 **제일 원인**first cause 서양철학 개념으로, 모든 존재는(제일 원인을 제외하고) 존재하게 된 원인을 가지며 그 첫번째 원인이 가장 근원적 원인이다. 기독교사상에서는 신이 제일 원인이라고 믿었다.

105 **감각의 정령**sensitive spirits 여기서 감각의 정령은 몸과 영혼을 매개하는 역할을 수행한다.

108 **아펙시오나타**Affectionata '애정어린 여성'이라는 뜻이다.

114 **파르티아인의 활** 고대 파르티아제국의 궁기병들은 달리는 말 위에서 화살을 정확하게 쏘기로 유명했다.

116 **젊은이의 머리를 쓰다듬으며** 원문에서 대명사 he와 she가 번갈아가며 나온다. 트라벨리아의 불안정한 젠더 정체성을 문법을 통해 드러낸 셈이다. 이 작품에서 꾸준히 나타나는 기법이다.

118 **아내가 되어 함께 살겠다고 약속하지 않는다면** 왕자는 여주인공의 동의를 구하는 듯하지만 사실은 동의하지 않을 경우 강간하겠다고 위협하는 것이다.

118 **동의하는 척** 「계약」에서와 마찬가지로 캐번디시는 여성의 동의를 둘러싼 복잡한 문

제를 다루고 있다. 여기서 여주인공은 동의하는 척할 수밖에 없지만 진정으로 동의하는 건 아니다.

123 **여자를 해적질해 오는 겁니다** 왕자의 폭력적 발상은 역설적으로 그 어떤 왕국도 여성의 기여 없이 존속할 수 없음을 입증한다.

135 **마부, 요리사, 여성 등도 군을 보조하기 위해 동참했다** 17세기 전쟁에는 군대를 지원하기 위해 여성을 포함한 여러 부류의 사람들이 동원되었다. 캐번디시는 내전을 경험했기에 전쟁의 실상을 자세히 묘사할 수 있었다.

137 **진공도 없이** 1653년에 처음 출간한 『시와 상상*Poems and Fancies*』에 진공에 대한 시 「진공Vacuum」을 발표할 정도로 캐번디시는 진공 상태에 관심이 많았다. 17세기 영국에서는 진공 펌프가 발명되고 왕립학회가 세워지는 등, 자연과학 분야가 크게 발전했다. 캐번디시는 왕립학회의 정식 멤버가 될 수 없었으나 왕립학회를 처음 방문한 여성으로 기록에 남았다.

149 **운명의 여신** 고대 그리스와 로마 신화에 등장하는 여신으로, 천으로 눈을 가리고 운명의 바퀴Rota Fortunae를 굴리는 모습으로 흔히 묘사된다. 한 치 앞도 내다볼 수 없는 운명의 덧없음을 상징한다.

157 **왕자의 아내가 죽었다** 과부와 결혼한 상태라 여주인공과 합법적으로 결혼할 수 없었던 왕자가 주인공에게 합법적으로 구혼할 수 있는 자격을 획득하는 순간이다.

161 **내 남편이 될 수 없다 하더라도** 왕비는 이성 애인을 잃지만 영원한 동성 친구를 얻는다. 남녀 간 사랑이 여성 간 우정으로 대체되는 중요한 순간이다.

162 **혼인 약정** 이 약정은 혼전 계약의 성격을 띤다. 장남에게 통치권을 약속한다는 점에서 세습군주제의 관행을 따른다. 그러나 자세히 보면 장남의 통치권은 사랑의 왕국에 한정된다. 우정의 여왕은 자신의 통치권을 남편에게 양도하지 않고 있으며, 아직 태어나지도 않은 미래의 차남에게 그 통치권을 약속할 뿐이다. 딸들이 통치권을 물려받을 가능성도 열려 있다. 이 상황에서 우정의 여왕의 실질적 후계자는 트라벨리아다.

163 **여성도 마땅히 칼을 들어야 합니다** 트라벨리아가 여성의 자기방어권을 거듭 주장하는 장면이다. 여기서는 여성의 자기방어권이 여성의 참전권으로 확대되고 있다.

164 **당신이 여자든 남자든** 성별의 차이를 넘어선 트라벨리아의 덕목이 인정되는 인상적인 장면이다.

165 **왕자가 자신을 지배해야 하고, 자신은 나라를 지배하겠다고 응답했다** 트라벨리아는 왕자의 아내로서 관습에 따라 남편의 지배를 받겠다고 말하면서도, 우정의 나라의 실제적 군주로서 떳떳하게 군림하겠다는 의지를 분명히 하고 있다.

「수녀 이야기, 혹은 서약을 어긴 미녀」

171 마자랭 공작부인 본명은 호르텐스 만치니(1646~1699). 이탈리아 출신 귀족으로 루이 13세 치하에서 섭정을 지낸 쥘 레몽 마자랭 추기경의 조카. 마자랭 추기경이 특별히 아껴준 덕분에 열다섯 살이라는 어린 나이에 당시 유럽에서 누구보다 부유한 남성 중 한 명이었던 아르망샤를 드 라 포르트 공작과 결혼했으나 불행한 결혼생활을 견디지 못하고 도망쳤다. 남편과 헤어지려 했지만 이는 법적으로 어려웠고, 이후 유럽을 떠돌며 여러 귀족 남성의 보호를 받으면서 남장을 하고 동성연애를 하는 등, 파격적인 행보로 스캔들을 몰고 다녔다. 1675년 런던으로 이주해 찰스 2세의 정부가 되었으며 세인트 제임스 궁 근처에 거처를 마련하고 다양한 문인, 과학자, 정치인을 초대해 모임을 열면서 살롱 문화를 번성시켰다. 아내를 집으로 데려오려고 공작이 소송을 제기해 승소했지만 만치니는 죽을 때까지 프랑스로 돌아가지 않았다. 애프라 벤의 헌정사는 공작부인과 각별한 관계를 맺었음을 암시한다.

171 후원해달라고 청해왔습니다 당시 영국 작가들은 자신의 작품을 귀족에게 헌정하면서 작품에 등장하는 인물을 후원해달라는 수사를 흔히 사용했다. 이러한 헌정사는 금전적인 보상을 받거나 인맥을 넓히려는 의도에서 작성되었다. 벤이 「수녀 이야기」를 헌정한 마자랭 공작부인은 결혼 서약을 어긴 적이 있다는 점에서 서약을 잘 어기는 주인공 이자벨라와 닮았다.

174 인도의 아내처럼 남편이 죽으면 시신을 화장할 때 아내가 불속에 뛰어들어 불타 죽는, 고대 인도의 풍습인 사티Sati를 언급한 것이다.

175 나 자신도 한때 애프라 벤의 작품에는 1인칭 서술자가 갑자기 등장하는 경향이 있다. 이 서술자는 서사의 세계 안에 등장하는 인물일 수도 있고 서사 밖에 존재하는 인물일 수도 있다. 작가 애프라 벤과는 구분할 필요가 있다.

176 이페르Iper 플랑드르에 위치한 고대 도시의 영국식 표기. 프랑스어로는 이프르Ypres, 네덜란드어로는 이퍼르Ieper라고 한다. 현재는 벨기에에 위치하며 중세부터 옷감 생산지로 유명했다. 플랑드르 지역은 스페인 계열의 합스부르크 왕가의 지배를 받다가 1678년 프랑스군이 정복하면서 루이 14세의 지배를 받게 되었다. 이페르의 역사를 언급함으로써 서술자는 이 이야기가 최근에 벌어진 실화임을 암시한다.

176 성 아우구스티누스 수녀회 가톨릭교회 소속의 수녀회로, 13세기에 공식 출범한 이래 지금도 명맥을 이어오고 있다. 유럽에서 가장 오래된 수도 규칙서인 성 아우구스티누스(354~430)의 「아우구스티누스 규칙서」를 따르며 성모 신심으로 알려져 있다.

178 수녀원 창살문 수녀원에 있는 여성들은 외부인을 맞이할 때 창살문으로 분리된 응

접실을 사용했다. 창살문은 수녀들이 속세와 단절되었음을 상징한다.

179 런던의 하이드파크 런던의 유명한 공원으로, 16세기에 처음 만들어져 왕가의 사냥 터로 사용되다가 1637년에 대중에게 개방되었다.

181 칸디아 원정 칸디아는 그리스 크레타섬의 도시 이라클리온의 옛 이름이다. 1200년 부터 베네치아령이었으나 1645년 튀르크 군대가 이 섬을 공격한 것을 시작으로 베 네치아 군대와의 전투가 길게 이어졌다. 1669년 베네치아공국과의 협약을 체결하 게 되면서 오스만제국이 크레타섬을 지배하게 되었다.

188 미니어처 초상화 16~17세기 유럽에서는 코끼리 상아 또는 에나멜 위에 그린 작은 초상화가 크게 유행했다. 화려한 보석으로 장식해 목걸이나 브로치, 반지처럼 휴대 했던 이 초상화는 가족이나 애인을 위한 선물로 각광받았다.

231 그녀의 머리카락이 들어 있는 작은 반지 당시에는 장신구에 머리카락 몇 올을 넣어 사랑의 징표로 삼기도 했다. 초상화 뒷면에 머리카락을 넣기도 했다.

233 그의 귀환 에노의 뒤늦은 귀환은 개연성이 전혀 없지 않다. 집 떠난 남편의 귀환과 관련된 유명한 사건으로 16세기 프랑스 소작농 마르탱 게르의 귀환 사건을 꼽을 수 있다. 마르탱은 도둑으로 몰리자 홀연히 집을 나가는데, 팔 년이 지나 자신이 마르 탱이라고 주장하는 남자가 나타난다. 아내는 이 남자를 받아들이지만 그를 의심하 는 삼촌과 법적 공방에 휩싸인다. 소송 도중 자신이 진짜 마르탱이라고 주장하는 남 자가 또 등장하고, 마르탱 행세를 한 아르노 뒤 틸은 결국 자백하고 처형당한다.

235 나를 튀르크 기병 상사한테 노예로 팔아넘겼어요 17~18세기 영국문학에서는 유럽인 들이 오스만제국에 노예로 포획되어 착취당하는 포로 서사captivity narrative가 유 행했다.

247 처형대에서 연설 사형수가 형 집행 직전에 관중에게 말을 전하는 것을 '처형대 연설 gallows speech'이라고 불렀으며 그 내용은 팸플릿 형태로 출간되기도 했다.

247 단칼에 베어버렸다 이자벨라의 참수 장면은 현대 독자에게 끔찍하게 느껴질 수 있으 나 당대의 여러 처형 방식 중에서 참수는 가장 깔끔하고 고통이 덜해 왕족과 귀족만 누릴 수 있는 특권이었다. 벤의 작품에 자주 등장하는 참수 장면은 영국 내전 중에 참수당한 찰스 1세의 죽음을 연상시키는데, 그 역시 한 번에 목이 잘렸다고 한다.

「불행한 신부, 혹은 앞 못 보는 미녀」

248 프랭크윗과 와일드빌 상반된 남성형을 상징하는 풍자적 이름으로, 앞으로 벌어질 일 을 암시한다. 프랭크윗Frankwit은 달콤한 말을 잘하는 부드러운 성격인 반면, 와일

드빌Wildvill은 힘이 세고 급한 성격의 소유자다. 애프라 벤은 희곡작가로 활동했는데, 왕정복고시대의 희곡에서는 이런 우스꽝스러운 이름을 통해 당시의 젠더 규범을 풍자하곤 했다. 여성 인물의 이름 역시 과장되고 부자연스러운 여성형을 나타내는 경우가 많았다.

249 뮤즈 여신들 그리스 로마 신화에 나오는 아홉 명의 여신으로, 문학과 예술을 관장한다. 샘이 풍부한 헬리콘산과 파르나소스산에 거주한다고 전해졌다.

249 벨비라Belvira '아름다운 여인'을 뜻하는 이름이다.

250 예언자 덤불에서 신을 본 예언자는 모세를 가리킨다. 성경 「출애굽기」 3장에 나오는 일화로 모세가 불타는 덤불에서 신의 형상을 발견하고 신의 부름을 받는 장면이다. 프랭크윗이 벨비라를 신격화하며 추앙하기 위해 가져온 비유다.

252 낙원에서 추방당한 우리 조상들 에덴에서 추방당한 아담과 이브.

252 셀리시아Celesia '천상의 여인'을 뜻하는 이름이다.

254 카멜레온처럼 공기만 먹고 살 수는 없어요 당시에는 카멜레온이 공기만 먹고 산다는 속설이 있었다. 음식을 섭취하는 모습을 보기 힘들기 때문이었다.

254 핍 쇼peep show 나무상자 안에 진열된 그림을 조그만 구멍을 통해 들여다보는 오락거리. 유럽에서는 15세기부터 유행해 길거리 또는 시장에서 볼 수 있었다. raree show라고도 한다.

260 무리아Moorea '무어인 여성'이란 뜻으로, 흑인 피부를 가진 것으로 묘사된다. 무어인이란 이베리아반도에 거주하던 북아프리카 출신 무슬림을 일컫는다. 따라서 영국에 거주하는 무리아는 인종적 종교적 타자라 할 수 있다. 이 작품에서 무리아에 대한 묘사는 다분히 인종차별적 요소가 많으나, 결말에 대한 책임을 모두 무리아에게 돌리기에는 프랭크윗의 행보 역시 여러모로 의심스럽고 수상하다. 프랭크윗은 결혼을 위한 돈을 구해오겠다며 옥스퍼드로 떠나는데, 서술자는 그가 벨비라를 '신기'하게도 빨리 떠났다고 말하며, 일주일 안에 돌아오겠다던 그가 옥스퍼드에서 오래 체류하는 이유를 명쾌하게 제시하지 않는다.

263 나는 케임브리지에 머물고 있었고 이 작품에서도 1인칭 서술자가 등장하는데, 이 경우 서사의 세계 안에 분명히 위치하며 역할이 매우 모호하다. 무리아와 안면이 있고 무리아처럼 벨비라에게 편지를 보낸다는 점에서 무리아와 상당 부분 겹치는 수상한 서술자라고 하겠다. 서술자가 보낸 편지는 별 효과를 거두지 못하고 결말의 비극을 막지도 못한다.

265 자신이 눈을 뜬 일을 한탄하면서 셀리시아의 시각장애가 역설적으로 그녀를 결혼이라는 남성중심적 교환체계로부터 해방시켜줬다면, 장애에서 벗어난 셀리시아는 그 결혼제도 안으로 빨려들어간다. 결혼에 대한 벤의 냉소적 태도가 읽히는 결말이다.

「판토미나, 혹은 미로 속의 사랑」

269 월러 영국 시인 에드먼드 월러(1606~1687). 이 시구는 사랑을 전쟁에 빗댄 시 「친구에게To a Friend」에서 따왔다.

269 박스석, 객석 일층 젊은 여인이 앉은 박스석은 가장 비싼 좌석으로 주로 귀족이 사용했다. 반면에 객석 일층pit은 여러 계층이 어울리는 장소였다. 젊은 학생, 전문직 종사자 등 중간 계층middling rank 사람들이 이곳에서 관람했다. 18세기 극장은 지금과 달리 인위적으로 어둡게 하지 않았고 연극이 진행되는 동안 사람들이 떠들썩하게 어울리는 공간이었다.

270 갤러리 박스석gallery-box 앞에 나오는 박스석이나 일층석과 구분되는 구역으로, 극장 꼭대기에 위치했으며 상인, 선원, 하인 등이 관람하는 공간이었다.

271 보플레지르 Beauplaisir 프랑스어로 beau는 아름답다는 뜻이며, plaisir는 즐거움 또는 쾌락을 뜻한다. 18세기 영국에서 beau는 젊고 잘생긴, 패셔너블한 젊은이 또는 남자친구를 일컫는 말이었다. 따라서 Beauplaisir라는 이름은 잘생기고 즐거움을 주는 남자, 성적 쾌락을 추구하는 잘생긴 남자, 혹은 멋진 쾌락 등 여러 의미를 담고 있다.

271 신분이 워낙 달랐기에 원문에서는 두 사람의 '캐릭터character'가 달랐다고 나와 있다. 17~18세기 영국에서 이 단어는 작품의 등장인물이란 뜻 외에도 종이에 찍힌 활자, 글씨체, 관상, 외모, 성격, 신분, 묘사, 추천서 등 매우 다양한 의미로 쓰였다. 캐릭터는 무엇보다 겉으로 드러나는 것이었다.

272 가마 원문은 해크니체어hackney-chair다. 당시 해크니코치hackney-coach는 말이 이끄는 마차로, 돈을 내면 누구나 탈 수 있는 교통수단이었다. 해크니체어 역시 이 시대의 주요 대중 교통수단으로, 남자 두 명이 들고 날라주는 의자 형태로 제작되었다. 1인용 가마라고 할 수 있다.

277 이름은 판토미나라고 말했다 판토미나Fantomina라는 이름은 판토마임pantomime, 즉 '말없이 몸으로 하는 연기'라는 의미와 '유령, 환상phantom'의 의미를 두루 담고 있다. 여주인공이 실체가 없는 여러 가짜 인물을 몸으로 연기할 것임을 암시한다.

280 배스 영국 남서부에 위치한 도시. 영국에서 유일하게 온천수가 나와서, 말 그대로 목욕bath을 할 수 있는 곳이었다. 고대 로마인들이 영국을 정복한 후 만든 온천탕이 지금도 남아 있다. 18세기에 휴양도시로 개발되어 부유층의 휴가지로 큰 인기를 누렸다.

282 왜건wagon 여주인공은 하녀로 위장하기 위해 마차를 버리고 왜건으로 갈아탄다. 왜건은 마차보다 소박한 형태로 제작되어 짐 운반용으로도 쓰였으며, 문이나 덮개

가 없는 경우도 많았다.

282 프릴 달린 면모자, 붉은색 짧은 페티코트, 회색 재킷 프릴 달린 면모자는 시골에 사는 여성 또는 일하는 여성을 상징한다. 이 면모자는 밖에 나갈 때 외출용 모자 밑에 착용하곤 했다. 페티코트는 단독으로 입거나 속치마로 입었다. 여주인공은 시골 처녀가 입을 만한 드레스 코드에 맞춰 입는데, 화려한 '붉은색 짧은 페티코트'는 다리 각선미를 노출해 보플레지르의 관심을 끌려는 전략을 담고 있다.

284 피너스 캡모자pinners 리넨과 레이스로 만든, 신분이 높은 여성들이 주로 착용한 장식용 실내 모자. 핀pin으로 단단히 고정할 수 있었다. 여기서는 과부의 정숙함을 상징하며, 실리아가 착용한 면모자와 대비된다.

286 에페소스의 부인 고대 로마 작가 페트로니우스의 『사티리콘Satyricon』에 나오는 일화로, 정숙하기로 유명한 여인이 세상을 떠난 지 얼마 안 된 남편의 무덤에서 슬퍼하던 중 우연히 만난 병사와 사랑에 빠진다는 내용이다. 여성의 변덕스러움과 지조 없음에 대한 풍자의 의미로 널리 인용되었다.

288 두 극장에서 공연하는 희극배우들 여기서 두 극장이란 드루리 레인에 위치한 왕립극장과 링컨즈인 필즈에 위치한 뉴 시어터를 가리킨다. 뉴 시어터가 1732년 코번트 가든 지역으로 이사하면서 코번트 가든 극장으로 이름이 바뀌었다.

293 세인트 제임스 파크의 더몰 찰스 2세는 왕정복고 후 런던에 큰 왕립공원 세인트 제임스 파크를 만들어 대중에게 개방했다. 이 공원은 말과 마차가 다니지 못하는 도보용 공원으로 18세기에 큰 인기를 누렸다. 특히 더몰the Mall이라 불린 중앙산책로에 사교계 인사들이 몰려들었다.

297 인코그니타 Incognita. '알려지지 않은' '정체를 알 수 없는' 무명의 여인을 뜻한다.

303 후프 페티코트 스커트를 부풀리기 위한 용도로 제작한 커다란 둥근 테hoop에 붙인 속치마를 뜻한다. 18세기에 크게 유행했으며 와이어, 나무, 고래 뼈 등으로 만든 후프를 사용했다. 워낙 크다보니 그 안에 뭔지든 숨길 수 있다는 이유로 논란의 대상이 되기도 했다.

304 클로짓closet 18세기 건축에서 클로짓은 침실bedroom보다 더 사적인 방으로 기도, 독서, 편지 쓰기 등 개인의 내밀한 활동이 이루어지던 곳이다. 보통 침실 옆에 딸린 작은 공간이었다.

저 가면 쓴 여성은 누구인가?

─17, 18세기 영국 여성 작가들이 그린 여성의 성과 사랑

2023년 여름 넷플릭스 오리지널 시리즈로 공개된 드라마 〈마스크걸〉을 보고 깜짝 놀랐다. 마스크걸이란 캐릭터가 18세기 연애소설의 주인공 판토미나와 매우 닮았기 때문이다. 2015년부터 2018년까지 네이버 웹툰에 연재된 동명의 원작(글 매미, 그림 희세)을 기반으로 한 이 작품의 주인공, "끝내주게 못생기고 끝내주게 몸매 좋은 여자, 김모미"는 낮에는 평범한 회사원으로 근무하다 밤에는 마스크를 쓰고 성인 방송 BJ로 파격적인 변신을 감행해, 자극적인 춤과 행보로 남자들을 유혹한다. 이 21세기 한국 여성 캐릭터가 대체 어떤 점에서 18세기 영국 여성 캐릭터와 비슷하냐고 물을 수 있겠다. 여성은 오직 변장을 통해서만 자신의 욕망을 드러낼 수 있다는 〈마스크걸〉의 설정이 「판토미나, 혹은 미로 속의 사랑」(이하 「판토미나」)와 근본적으로 같고, 숨겨야 드러낼 수 있는 그 욕망이 지향하는 바가 낭만적 사랑의 성취와는 거리가 멀다는 점도 비슷하다. 물론 서사의 측면에서 보자면 〈마스크걸〉은 「판토미나」와 판이하게 다른 장르다. 한국의 경직된 직장문화, 외모 지상주의와 이중적 성문화에 대한 블랙코미디에서 출발하는 〈마스크걸〉은 점점 호러물처럼 변해, 도대체 어디로 튈지 모르는 서사의 블랙홀로 빠진다. 평범한 여성의 다소 유별난 성적 판타지와 유희는 성폭력, 강간, 살인 등으로 걷잡을 수 없이 이어진다. 이에 비하면 「판토미나」는 귀여운 수준의 작품이다. 그럼에도 〈마스크걸〉과 「판토미나」는 여성의 욕망을 가면을 통해 적나라하게 풀어간다는 점에서 꽤나 유사하다.

17세기와 18세기 영국문학을 대학에서 가르치면서 나는 늘 이 시대 여성 작가들이 쓴 로맨스가 지닌 현대성에 놀라곤 했다. 무타티스 무탄디스*Mutatis mutandis*. 즉 '필요에 따라 부분적으로 바뀌지만, 본질은 바뀌지 않는다'는 뜻의 라틴어 표현이 있다. 18세기 런던과 21세기 서울에서 펼쳐지는 여성의 욕망에 대한 서사가 비슷할 수 있는 이유는, 현대 대중물이 서양의 오랜 서사 전통을 끊임없이 소환하고 있고, 그 서사가 이상화하는 이성애적 사랑의 실천이 강력한 사회 이데올로기로 여전히 작용하고 있어서다. 〈마스크걸〉은 분명 서양 로맨스가 아니지만 로맨스의 여러 요소를 인용하고 패러디한다. 로맨스 장르에 대한 경험과 이해의 폭이 넓어지면 현대 대중문화에 대한 이해 또한 깊어질 수 있다. 근대 초기 여성 작가들의 로맨스가 현대적으로 읽히는 이유는 이 역사, 그리고 이 장르 자체에 대한 비판과 풍자가 담겨 있기 때문이다. 남녀 간 사랑을 이상화하는 로맨스는 동시에 여성에 대한 성적 억압과 폭력의 역사를 드러내고 고발해왔다.

로맨스에서 연애소설로

유럽 문화를 대표하는 서사인 로맨스는 정의하기가 매우 어렵다. 고대 그리스로 거슬러올라갈 만큼 역사가 깊고, 다양한 형태로 진화해왔기 때문이다. 중세 기사도 로맨스로 논의를 한정해도 정의하기가 쉽지 않지만, 일단 다음 요소를 주요 특징으로 꼽을 수 있겠다. 궁정식 사랑과 기사의 무용담에 집중한 플롯, 봉건적 기사도 문화에 충실한 행동 규범, 마법과 같은 초현실적 현상, 해피 엔딩. 로맨스는 특히 남녀 간 욕망이란 주제를 깊이 탐구하면서 성차에 대한 많은 문학 규범을 낳았다. 이 책에서 선보이는 다섯 작품은 로맨스와의 긴장 관계 속에서 태어났다고 할 수 있다. 마거릿 캐번디시, 애프라 벤, 일라이자 헤이우드는 로맨스 서사에 불만을 품고 새로운 글쓰기를 시도했다. 가령 캐번디시의 여성들은 로맨스 읽기를 한사코 거부한다. 황당무계한 로맨스를 읽게 되면 여성들(특히 어린 여성들)은 "연애를 동경하는 마음과 음탕한 욕망만" 갖게 되니, 차라리 수학서를 읽는 게 낫다고 주장하는 「순결의 수난」의 여주인공이 전형적인 예다. 세 작가는 로맨스가 이상화된 여성을 중심으로 전개된다는 점에서 여성 중심적인 부분이 없지 않으나, 여성을 남성이 욕망하는 대상, 또는 남성 영웅의 성장을 도모하는 수단으로 제한함으로써 결과적으로 여성을 서사에서 주변화하고 대상화한다는 문제의식을 공유했다. 그러나 이들이 활동한 17세기 중반에서 18세기 초에는 로맨스가 여전히 가장 보편적인 픽션 장르였다. 18세기 초 소설novel이라는 새로운 장르가 로맨스의 대안으로 부상했지만 18세기 중후반이 되어서야 체계를 갖추게 되었고 소설 역시 수

세기 동안 유럽을 지배한 로맨스의 문법에서 자유롭지 못했다. 이런 환경에서 이들 여성 작가가 택한 전략은 기존 로맨스의 문법을 능수능란하게 구사하면서 이 장르를 안으로부터 갱신하고 개혁하는 것이었다. 여성 작가가 본격적으로 등장하기 이전 시대에 활동했던 이들은 여성 독자를 겨냥한 글을 쓰면서도 그 여성 독자층이 매우 제한적이라는 사실을 잘 알고 있었으며, 여성이라고 해서 더 현명한 독자라고 보지도 않았다. 귀족 태생의 캐번디시는 상업 작가가 아니었지만, 벤이나 헤이우드는 이 시대에 드물게 성공한 상업 작가로, '팔리는 글'을 써야 생존할 수 있었고 로맨스는 판매가 보장되는 장르였다. 따라서 이들은 로맨스를 재해석하는 아이러니한 장치들을 도처에 숨겨놓는 동시에, 여성 독자층을 적극 겨냥하는 판매 전략을 썼다.

이들이 쓴 새로운 로맨스를 '연애소설amatory fiction'이라고 부르는 이유는 기존 로맨스의 수동적이고 순결한 여주인공이 이들의 서사에서 적극적으로 욕망하고 연애하는 주체로 거듭나기 때문이다. 벤과 헤이우드의 작품에서 이런 경향이 특히 두드러지며, 가장 파격적이라 할수 있는 「판토미나」는 하드코어 로맨스에 근접한 예라고 하겠다. 물론 욕망의 대상이 아닌 욕망의 주체가 된다고 해서 연애가 술술 풀리는법은 아니다. 중세 로맨스에 좀더 가까운 캐번디시의 서사에서는 여주인공이 결국 행복한 결혼이라는 전형적 해피 엔딩을 쟁취하지만, 강렬하게 욕망하는 여성 주체가 등장하는 벤과 헤이우드의 서사는 로맨스 해피 엔딩의 가능성을 오히려 일축하는 듯하다. 여성의 욕망은 불온하고 파괴적이며, 자기기만으로 점철된 모순덩어리다. 사랑은 결국 신체적인 현상일 뿐이며, 욕망은 일방향으로 움직인다. 연애는 여성에게 폭력이고, 결혼은 환상이거나 타협이다. 그럼에도 이 세 작가가 로맨스를 완전히 포기하지 않은 이유는 이 장르에 연애 이상으로 많은 이야기를 담아낼 수 있었기 때문이다. 현대 독자는 이 작가들의 '로맨스가 아닌 로맨스'에서 특히 사랑의 정치학과 욕망의 정신분석학이란 두 가지 맥락을 읽어낼 수 있다.

사랑과 계약, 혹은 로맨스의 군주론

1642년부터 1651년 사이에 영국은 세 차례에 걸쳐 내전을 겪었다 (1642~1646년, 1648~1649년, 1649~1651년). 왕당파와 의회파 사이에 벌어진 전쟁이 지속되면서 찰스 2세가 처형당했고 사상자가 2만 명에 이르렀다. 캐번디시의 「순결의 수난」 도입부에 언급되는 '부당한' 전쟁은 이 내전을 암시한다. 17세기 영국 내전은 '정치적 의무political obligation'를 어떻게 정의하고 해석할지에 대한 정치적 갈등의 결과였다. 군주 또는 국가에 대한 정치적 의무란 오로지 개인의 동의consent에 기반한 계약contract을 통해 성립한다는 사회계약론이 부상하면서 전통적 왕권이 큰 위기를 맞게 된 것이다. 이때 아이러니하게도 전통적 왕권을 옹호하는 왕당파나 그것을 비판하는 의회파나, 결혼계약을 통해 정치적 계약을 설명하려고 했다. 정치적 의무의 대상자인 군주를 남편으로, 정치적 의무의 소지자를 아내로 해석한다는 점에서 왕당파나 의회파나 큰 차이가 없었다. 다만 왕당파의 경우, 결혼계약을 통해 아내가 남편에게 영원한 복종을 약속하듯 개인은 군주에게 영원히 복종해야 한다고 본 반면, 의회파는 결혼을 수정 가능한, 조건부 계약관계로 해석했다. 남편이 자신의 의무를 다하지 않을 경우 해약이 가능하다고 보고, 마찬가지로 군주 또한 해약의 대상으로 삼았다. 왕당파와 의회파가 정치적 의무를 결혼 관계에 빗대 설명하고자 했던 이유는 그 시대의 '정치적 의무'가 평등과는 먼 개념이었기 때문이다. 이 과정에서 정치적 의무의 소지자인 개인은 흥미롭게도 여성화되었다. 개인은 어쨌거나 군주나 국가에 '복종'할 의무를 갖는다는 점에서, 불평등한 계약의 대상자라는 점에서 여성화된 주체였다. 다만 그 계약을 얼마나 협상이 가능한 유동적인 관계로 해석하느냐에 따라 정치적 입장이 크게 갈렸다.

결혼을 중심에 둔다는 점에서 17세기의 정치 언어가 로맨스와 겹친다면, 같은 이유로 로맨스 또한 정치적 텍스트다. 이를 매우 잘 보여주는 작품이 캐번디시의 「계약」이다. 1623년생인 캐번디시는 내전을 직접 겪은 왕당파 작가로, 프랑스에서 망명생활을 하다 캐번디시 공작을 만나 결혼한다. 이런 전기적 요소를 고려해, 캐번디시의 작품에서 빈번히 등장하는 계약, 서약, 맹세와 같은 개념은 영국 내전이라는 시대적 맥락에서 이해할 필요가 있다. 가령 「계약」의 공작은 이미 다른 여성과 결혼을 했으면서도 델리시아가 어릴 적 자신과 맺은 결혼 서약이 여전히 유효하다고 주장한다. 이때 그는 자신을 "왕관을 쓴 왕"에 비유하고 자신이 "폭군처럼 행동하긴 했지만" 그 "왕관을 벗어던질 권리는 저에게조차 없"다고 주장한다. 작품의 맥락에서 읽으면 염치없기 그지없는 궤변이 틀림없지만, 공작의 주장은 왕당파가 활용했던 논리를 정확하게 인용한다. 왕당파의 입장에서 첫번째 계약의 유효성을 인정한다는 것은 기존 군주를 처형하거나 갈아치울 권리가 국민에게 없다는 의미이기 때문이다. 따라서 캐번디시의 로맨스는 그저 좋은 배필을 찾아가는 델리시아의 여정을 담고 있는 것이 아니라, '첫번째' 남편인 군주와 애초에 맺은 계약을 사랑을 통해 재확인한다는 의미를 갖게 된다.

1640년 즈음 탄생했다고 추정되는 벤 역시 왕당파 작가로, 마찬가지로 서약하고 맹세하는 행위에 비상한 관심을 보인다. 캐번디시의 「계약」과 흡사하게 벤의 「수녀 이야기, 혹은 서약을 어긴 미녀」(이하 「수녀 이야기」) 역시 첫번째 서약의 신성함을 강조한다. 그러나 벤의 경우 서약이나 계약에 과연 여성이 진정으로 '동의'할 수 있는지에 대해 매우 회의적이다. 어린 이자벨라는 아버지의 뜻에 따라 수녀원에 들어가 자발적으로 수녀가 되지만 그녀가 하느님과 맺은 신성한 서약은 사랑 앞에서 속절없이 무너진다. 「계약」의 경우, 첫번째 계약을 보존할 방법으로 법정이 제시되고 결혼의 합법성을 인정받는 방식으로 갈등이 봉합되지만, 「수녀 이야기」의 경우에는 결혼도 대안이 되지 못한다. 여성에게 유일하게 허락된 동의가 복종에 대한 동의라는 점도 문제이거니와 우리가 아무리 "약속을 맺고 이를 지키리라 굳게 결심해도" "인간의 마음처럼 속기 쉬운 것은 없기 때문"에, "결심을 지키기란 우리 능력 밖의 일"이라고 서술자는 말한다. 그렇다면 사랑의 계약도 사랑의 의무도 신기루가 아닐까?

「계약」이 결국 옹호하는 바가 사랑이라는 점에서 캐번디시는 로맨스로 회귀한다고 볼 수 있다. 델리시아는 법정에 가서 자신이 맺은 계약에 대한 법적 다툼을 시작하지만 사실 이 다툼은 사랑을 위한 가면이다. 델리시아와 공작이 서로 사랑하지 않는다면 첫번째 계약의 유효함을 법정에서 다툴 이유가 없기 때문이다. 그러나 「순결의 수난」을 보면 캐번디시가 남녀 간의 이성애를 그리 신뢰하지 않음을 알 수 있다. 이 작품에 나타나는 남녀 간의 이성애적 사랑은 너무나 폭력적이며, 여성 간 우정 또는 동성애적 사랑에 의해 교정되고 견제받음으로써 겨우 구제된다. 「순결의 수난」에서 진짜 군주는 결국 두 명의 여성이며, 사랑이 아닌 우정을 통해 권위를 인정받는다는 점을 감안하면 캐번디시가 로맨스의 플롯을 새로 짜면서 군주론 또한 새롭게 상상했음을 이해하게 된다.

반면, 벤은 로맨스의 관습에 대해 강한 회의를 보이며, 사랑도 서약도 결혼도 신뢰하지 않는다. 캐번디시의 세계에서는 계약을 어기는 남성 주체들이 적합한 벌을 받고 회개하고 교화되지만, 벤의 세계에서는 남성이나 여성이나 계약을 지키지 않고 변화무쌍하게 진화하면서 사회질서를 파괴한다. 여성의 동의란 픽션에 불과하고 욕망은 계약이나 서약의 대상이 될 수 없다. 같은 왕당파였음에도 벤이 이렇듯 '사랑의 계약'으로서 결혼을 신뢰하지 못한 이유는 그가 귀족 태생이 아니라는 사실과 무관하지 않으리라. 로맨스 서사의 귀족성에 벤은 태연하게 찬물을 끼얹는다. 「수녀 이야기」에서나 「불행한 신부, 혹은 앞 못 보는 미녀」(이하 「불행한 신부」)에서나 결혼은 '사랑의 계약'이라기보다는 결국 돈 관계이며, 사랑이나 결혼에서 '첫번째'란 큰 의미가 없다. 사랑은 대체 가능하며, 욕망에 있어서는 '첫번째'가 아니라 '마지막'이 중요하다.

욕망의 가면극

17세기, 18세기 여성 작가들의 작품에 빈번히 등장하는 가면과 가면극은 일차적으로 이 시대의 궁정문화와 사교문화를 반영하며 플롯에 흥미를 더하는 요소로 쓰인다. 16세기부터 영국의 왕가와 귀족은 궁정에서 가면극을 직접 공연하며 즐겼다. 「계약」에서 자세히 묘사하듯 가면극은 공연과 무도회로 이루어진 궁정 오락으로, 환상적으로 꾸민 무대에서 귀족 신사들과 숙녀들이 가면을 쓰고 분장한 모습으로 연극을 하고, 그 이후에 역시 가면 쓴 관객들이 같이 어울려 춤을 즐기는 화려한 궁중 놀이였다. 궁정가면극은 점차 대중화되어, 18세기에 이르면 공원 등의 공공장소에서 남녀가 신분의 제약 없이 어울릴 수 있는 매우 다른 형태의 유희로 발전했다. 그 과정에서 가면은 사회적 무질서와 성적 도덕적 문란함과 점차 결부되었다. 캐번디시, 벤, 헤이우드는 가면극과 가면을 작품의 무대, 소재, 상징으로 다양하게 활용하면서 욕망이 태동하고 작동하는 방식을 탐구했다.

로맨스가 빈번히 내세우는 가설 중 하나는 남성의 욕망은 변화무쌍하고 역동적이며 가변적인 반면, 여성의 욕망은 일관되고 정적靜的이며 지조가 있다는 것이다. 캐번디시, 벤과 헤이우드는 이 가설을 인용하기도 하고 뒤집기도 한다. 가령 캐번디시의 「순결의 수난」은 여성 편력이 심한 왕자와 순결한 여주인공을 대비시킨다. 벤의 「수녀 이야기」에 등장하는 서술자 역시 "논란의 여지 없이 여성은 타고나기를 남성보다 더 지조 있고 정의롭다"고 말한다. 그렇지만 이는 원래 그랬다는 것이지 지금도 그렇다는 건 아니다. 서술자는 이어서 말한다. 남성들의 나쁜 선례 때문에 이제는 여성들도 "거의 남자들만큼이나 지조 없는 변덕스러운 존재가 되어버렸다". 이 문장 하나로 벤은 로맨스의 상투적 문법을 간단히 뒤집어놓는다. 헤이우드가 남녀의 욕망에 접근하는 방식은 더욱 복잡하다. 「판토미나」의 여주인공은 보플레지르라는 남성에게 강하게 끌리지만, 좋은 집안에서 태어나 아직 결혼하지 않은 처녀가 자신의 욕망을 드러내놓고 충족시키기는 어렵다. 그녀는 기지를 발휘해 가면을 쓰고 그에게 접근한다. 그리고 그의 욕망이 쉽게 채워지고 물리는 성질이라는 사실을 알아차리고 나서 또다시 놀라운 기지를 발휘해 색다른 가면을 바꿔 써가면서 그를 지속적으로 유혹한다.

「판토미나」는 남녀의 차이에 대한 통념을 인용하고 있지만, 여성은 가면을 통해서만 욕망을 충족할 수 있음을 암시하면서 여성성을 판타지와 결부시킨다. 그리고 바로 이 점에서 현대 정신분석학의 통찰과 연결된다. 영국 태생의 여성 정신분석학자 존 리비에르Joan Riviere(1883~1962)는 「가면극으로서의 여성성Womanliness as a Masquerade」(1929)이란 논문에서 여성성은 가면과 다르지 않고, 여성성이란 불안에 대한 보상 차원에서 무의식적으로 연기하는 것이라고 썼다. 가령 여성들은 부모에 대한 경쟁심이나 공격성이 발각될까봐, 그리하여 사랑받지 못할까봐 불안해하며 과장된 여성성을 연기하곤 한다. 이때 여성성은 자신 안의 공격성을 숨기기 위해 무의식적으로 선택하는 가면이다. 그런데 리비에르의 글은 여기에서 더 나아가, 여성성을 가면처럼 쓰고 벗기도 하지만, 진정한 여성성과 가면 쓴 여성성이 사실은 근본적으로 다르지 않다는 놀라운 주장을 펼친다. 진정한 여성성이 가면과 다르지 않다는 말은 여성성을 그야말로 미궁에 빠뜨린다. 이 말은 여성성이 애초에 주어지기보다는 사회적 관계 속에서 만들어지고 발현된다는 의미를 넘어, 여성의 욕망 그 자체가 가면이고 그 가면 뒤에는 아무것도 없다는 뜻이기 때문이다.

「판토미나」는 물론 정신분석학이 대두하기 전에 태어난 작품이지만 여성의 욕망을 비어 있는 가면과 엮는 방식에서 상당히 현대적이다. 첫 장면에서부터 극장을 무대로 삼고 분장과 가면을 중심으로 플롯을 이끌어가는 헤이우드는 연극배우이자 희곡작가이기도 했다. 그 전력이 풍부하게 느껴지는 작품 「판토미나」에서 헤이우드는 욕망의 세계가 판타지의 영역에 있다는 사실을 누구보다 잘 알고 있음을 보여준다. 그 판타지는 사회의 규범을 인용하면서 패러디하고 비틀어버린다.

서사학의 관점에서 일러두기

캐번디시, 벤, 헤이우드의 작품은 좀처럼 전개를 예측하기 힘들다는 공통점이 있다. 캐번디시의 「순결의 수난」을 읽다보면 갑자기 영화 〈아바타〉의 세계로 진입한 듯한 순간이 온다. 보라색 피부를 가진 인종이 나타나는가 하면, "반은 짐승이고 반은 물고기"인 괴물도 나오고, 털 달린 새와 "몸은 낙타 모양인데 백조 목을 한 동물"도 나온다. 캐번디시는 로맨스의 전형적 틀을 수용하면서도 자연과학에 대한 자신의 철학적 관심을 곳곳에 표출했고, 신세계 여행기와 유토피아 서사를 적극 차용했다. 이런 자유분방함 덕분에 독자는 SF 세계에 온 듯한 재미를 느끼면서도 혼란스러워할 수 있겠다. 왜냐하면 장르란 작가가 독자와 맺는 일종의 계약으로, 독자에게 해석의 틀을 미리 제공해줌으로써 보다 편안한 읽기를 보장하는 역할을 하는데, 캐번디시는 그 틀에 얌전하게 종속되기를 한사코 거부하기 때문이다. 벤이나 헤이우드는 자신의 작품에 로맨스 대신 '역사 history'라는 이름을 붙여 보다 현실적인 서사를 의도했음을 시사했다. 그들의 작품은 전형적 로맨스와는 달리 과거의 귀족이 아닌, 동시대를 사는 젠트리 계급을 중심으로 보다 사실적으로 전개된다.

로맨스가 소설로 이행하는 과도기에 출간된 이 작품들을 읽으면서 독자는 장르의 불안정성에 더해 젠더와 이름의 유동성 때문에 혼란을 겪을 수 있다. 캐번디시나 헤이우드는 여주인공의 '진짜 이름'을 끝까지 제공하지 않는다는 특징을 공유한다. 「계약」의 델리시아는 '달콤함 Delicia'을 뜻할 수도 있지만 '삭제되었음 Delitia'을 뜻할 수도 있다. 「순결의 수난」에 나오는 주인공은 트라벨리아, 미제리아, 아펙시오나타 등으로 이름을 바꿔가면서 끝끝내 자신의 본래 이름을 밝히지 않는데, 캐번디시는 주인공 이름을 수시로 바꾸고 여성에서 남성, 남성에서 여성으로 거듭 변장시키는 데 그치지 않고 남장한 여주인공에게 여성 이름을 붙이는 등, 젠더화된 정체성을 끊임없이 교란시킨다. 심지어 같은 문단 안에서 여성대명사와 남성대명사를 섞어 쓰는 경우도 있다. '유령 phantom'이라는 뜻의 이름을 사용하면서 자신의 정체를 감추고 있는 판토미나보다 「순결의 수난」에 등장하는 주인공이 더 유령 같은 캐릭터로 읽힐 수 있는 대목이다.

이 외에도 캐번디시, 벤, 헤이우드의 작품에는 매끄럽지 못하다고 여겨질 만한 서사학적 요소들이 꽤 있다. 세 작가의 작품은 대체로 3인칭 서술로 이루어져 있으며, 간접화법보다는 직접화법이 주를 이루고, 심리묘사도 주인공의 혼잣말 형태로 제시되는 경향을 띤다. 그러나 작가들은 이런 서술 형식에 변형을 자주 가한다. 캐번디시의 경우 한 문장 안에서 간접화법에서 직접화법으로 무작정 전환되기도 하고, 벤이나 헤이우드의 경우에는 1인칭 서술자가 갑자기 별 맥락도 없이 서사 안으로 끼어들어 3인칭 서사에서 1인칭 서사로 급작스럽게 바뀌기도 한다. 번역하면서 이런 부분들을 가능한 한 숨기지 않고 있는 그대로 드러내기로 결정했다. 왜냐하면 이런 껄끄러움이 이 작품들의 색다른 매력이기도 하기 때문이다. 초기 영국소설은 로맨스와 달리 1인칭 서사로 이루어진 경우가 많았기에 벤의 작품에서 등장하는 1인칭 서술자는 소설적 요소로, 벤이 로맨스와 소설 사이에서 작업했음을 드러낸다. 이는 캐번디시의 작품에서는 찾아볼 수 없는 특징이다. 반면 헤이우드의 경우 간접화법을 더 적극적으로 사용하고 자유간접화법에 근접한 서술을 실험하는 것을 볼 수 있다. 소설의 시대에 가까워졌음을 알리는 신호다.

같은 맥락에서 이들 작가가 활용한 문장부호 및 이탤릭체 역시 최대한 그대로 살리고자 노력했다. 캐번디시의 경우 따옴표를 쓰지 않고, 벤은 이탤릭체로 대화를 표시한다. 헤이우드는 특이하게도 줄표dash를 아주 많이 사용한다. 욕망이 타오르는 긴박하고 숨가쁜 순간에 줄표를 써서 서사의 리듬에 반영하는 전략으로, 헐떡거리는 숨이 느껴질 정도다. 이렇듯 표기법은 서사의 특징과 관련 있기 때문에 되도록 보존하려고 노력했다. 다만 표기법이 조금씩 다른 세 작가를 모아놓다보니 어느 정도의 통일성은 확보할 필요가 있었음을 독자에게 알린다. 문단 구분은 가급적 원문을 따르되 글의 흐름이 어색한 경우에는 적절히 수정했다. 원문의 이탤릭체는 가독성을 위해 고딕체로 바꿨다.

이 세 작가의 글을 국내 초역으로 내놓으면서 다시금 느낀다. 영국 소설사 연구에서 오랫동안 배제된 여성 작가들을 지난 수십 년 동안 학자들이 열심히 발굴하고 연구하고 소개해왔음에도, 일반 독자가 이들의 글을 만나기는 여전히 쉽지 않다는 점을 말이다. 캐번디시의 로맨스를 모아놓은 현대 판본은 이미 삼십 년 전인 1994년 출간된 펭귄 판본이 유일하며 벤과 헤이우드의 짧은 픽션 역시 옥스퍼드대학출판사와 브로드뷰출판사에서 각각 단일 판본으로 출간했을 뿐인 실정이다. 학술적 가치가 높은 선집으로 폴라 백샤이더와 존 J. 리케티가 편집해 1996년 옥스퍼드대학출판사의 클래런던프레스에서 출간한 『여성 작가가 쓴 대중소설 선집 1660~1730』이 있지만, 왕정복고가 이루어진 1660년을 기점으로 삼았기에 아쉽게도 캐번디시의 작품은 포함되어 있지 않다.

이 책을 기획하면서 『여성 작가가 쓴 대중소설 선집 1660~1730』을 일부 참조했지만 이 학술서보다 더 밝고 경쾌하며 일반 독자에게 친근히 다가갈 만한 판본이 되길 지향했다. 수업에서 학생들이 특히 재미있어하고 좋아한 작품을 선별했고 독자의 이해를 돕기 위해 상세한 옮긴이주를 붙였다. 각 작가의 대표작으로 꼽히는 작품들은 따로 있지만 이 책에 수록한 작품들이 접근성도 더 뛰어나고 현대 독자의 관심사에 맞닿아 있다고 판단했다.

「판토미나」를 표제작으로 선정한 이유는 이름이 예쁘기도 하고, 파격적이고 흥미진진한 이야기로 독자의 호기심을 자극할 것이라 기대했기 때문이다. 연구가 많이 되어 이제는 정전의 반열에 오른 「판토미나」는 대표성을 띠는 상징적 작품이기도 하다.

삼 세기도 전에 쓰인 글을 번역하는 작업은 역시나 만만치 않았다. 최유정 교수가 이 번역 작업에 처음부터 관심을 가져주고 동참해주기로 약속하지 않았더라면 첫 삽도 뜨지 못했을 터이다. 대학원에서 세 작가의 작품을 같이 읽고 논의한 경험이 있어 더욱 든든한 동반자였다. 제자와 함께해서 애착이 더 가는 책이 되었다. 원고를 다듬으며 문학동네 편집부의 이단네, 김혜정, 그리고 이미영 편집자께 진 빚이 매우 크다. 진심으로 감사드린다.

마침 작년은 캐번디시 탄생 400주년이었다. 덕분에 올해에도 여러 기념 행사 및 학술 행사가 이어지고 있고, 올여름에는 영국 캔터베리시에 벤 동상이 세워질 계획이라고 한다. 일부러 의도하지는 않았지만, 여성 작가들을 기념하는 축제 분위기 속에서 이 책을 출간하게 되어 기쁘다.

2024년 8월
민은경

판본 소개

마거릿 캐번디시의 「계약The Contract」과 「순결의 수난Assaulted and Pursued Chastity」은 『상상의 연필로 자연을 보고 그린 그림들. 세 개의 귀족 작위를 지닌, 고결하고 저명하며 뛰어나기 그지없는 공주, 뉴캐슬 후작부인이 쓰다Natures Pictures Drawn by Fancies Pencil to the Life. Written by the Thrice Noble, Illustrious, and Excellent Princess, the Lady Marchioness of Newcastle』에 수록된 작품이다. 캐번디시의 시와 산문을 모아놓은 이 책은 1656년과 1671년 두 차례 출간되었다. 캐번디시의 두 로맨스가 수록된 유일한 현대 판본은 케이트 릴리Kate Lilley가 편집한 『불타는 세계와 기타 저작들The Blazing World and Other Writings』(Penguin, 1994)이다. 이 책은 캐번디시의 대표작 『불타는 세계』와 함께 「계약」과 「순결의 수난」을 소개한다. 번역하면서 1656년 판본, 1671년 판본, 그리고 릴리의 펭귄 판본을 참조했다.

애프라 벤의 「수녀 이야기, 혹은 서약을 어긴 미녀The History of the Nun; or, The Fair Vow-Breaker」 초판은 1689년에 출간되었다. 1700년 처음 출간된 「불행한 신부, 혹은 앞 못 보는 미녀The Unfortunate Bride; or, The Blind Lady a Beauty」는 벤의 『역사, 소설, 번역Histories, Novels, and Translations』에 수록되었다. 「판토미나, 혹은 미로 속의 사랑Fantomina; or, Love in a Maze」은 1725년 단독 출간되어 이후 헤이우드의 전집 『비밀스러운 역사, 소설, 시Secret Histories, Novels and Poems』에 수록되었다. 벤과 헤이우드의 작품을 번역하고 주석을 달면서 참조한 판본은 다음과 같다. 폴라 백샤이더Paula Backscheider와 존 J. 리케티John J. Richetti가 편집한 『여성 작가가 쓴 대중소설 선집 1660~1730Popular Fiction by Women, 1660-1730: An Anthology』(Clarendon Press, 1996), 폴 살츠먼Paul Salzman이 편집한 『오루노코와 기타 저작들Oroonoko and Other Writings』(Oxford University Press, 1994), 알렉산더 페팃Alexander Pettit, 마거릿 케이스 크로스케리Margaret Case Croskery, 애나 C. 패치어스Anna C. Patchias가 공동 편집한 『판토미나와 기타 작품들Fantomina and Other Works』(Broadview Press, 2004). 벤과 헤이우드의 작품을 더 읽고 싶은 독자에게 위 판본을 추천한다.

문학동네 세계문학

판토미나

17, 18세기 영국 여성 작가 선집

초판 인쇄 2024년 8월 8일 | 초판 발행 2024년 8월 23일

지은이 마거릿 캐번디시·애프라 벤·일라이자 헤이우드
옮긴이 민은경 최유정

책임편집 이단네 | 편집 이미영 김혜정
디자인 김이정 최미영 | 저작권 박지영 형소진 최은진 오서영
마케팅 정민호 서지화 한민아 이민경 안남영 왕지경 정경주 김수인 김혜원 김하연 김예진
브랜딩 함유지 함근아 박민재 김희숙 이송이 박다솔 조다현 정승민 배진성
제작 강신은 김동욱 이순호 | 제작처 영신사

펴낸곳 (주)문학동네 | 펴낸이 김소영
출판등록 1993년 10월 22일 제2003-000045호
주소 10881 경기도 파주시 회동길 210
전자우편 editor@munhak.com | 대표전화 031)955-8888 | 팩스 031)955-8855
문의전화 031)955-1927(마케팅), 031)955-1916(편집)
문학동네카페 http://cafe.naver.com/mhdn
인스타그램 @munhakdongne | 트위터 @munhakdongne
북클럽문학동네 http://bookclubmunhak.com

ISBN 979-11-416-0117-1 03840

* 이 책은 2021년 서울대학교 기초학문 저술지원사업의 연구비 지원을 받아 출간되었습니다.

www.munhak.com